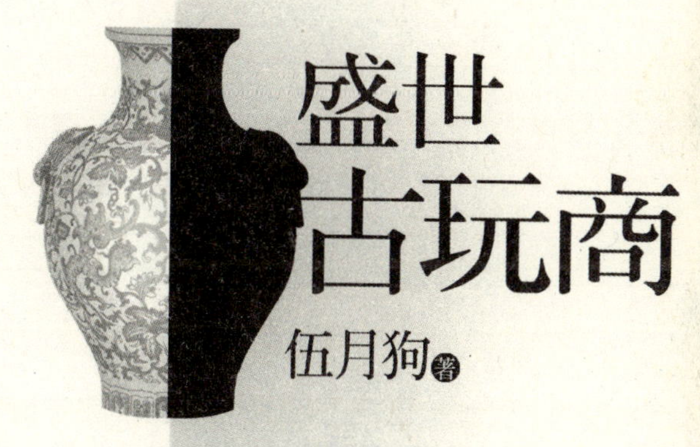

# 盛世古玩商

伍月狗 著



重庆出版集团 重庆出版社

图书在版编目(CIP)数据

盛世古玩商/伍月狗著. —重庆:重庆出版社,2012.7

ISBN 978-7-229-05137-2

Ⅰ. ①盛… Ⅱ. ①伍… Ⅲ. ①长篇小说-中国-当代 Ⅳ. ①I247.5

中国版本图书馆CIP数据核字(2012)第082450号

**盛世古玩商**

SHENGSHI GUWANSHANG

**伍月狗 著**

出 版 人:罗小卫

责任编辑:罗玉平

责任校对:杨 婧

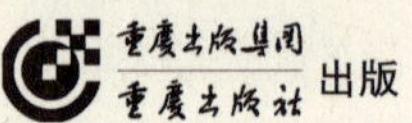 出版

重庆长江二路205号 邮政编码:400016 http://www.cqph.com

重庆华林天美印务有限公司印刷

重庆出版集团图书发行有限公司发行

E-MAIL:fxchu@cqph.com 邮购电话:023-68809452

全国新华书店经销

开本:787mm×1092mm 1/16 印张:17 字数:300千

2012年7月第1版 2012年7月第1次印刷

ISBN 978-7-229-05137-2

**定价:28.00元**

如有印装质量问题,请向本集团图书发行有限公司调换:023-68706683

# 关于收藏

“收藏热”一开始，就以其轰轰烈烈的气势席卷全国。近几年，以官窑瓷器和名人字画为代表的艺术藏品价格一路飙升，大大小小的古玩市场如雨后春笋般在全国各个城市涌现，收藏人群亦呈大众化、平民化的趋势发展。当炒股热、地产热风光不再，收藏热俨然成为一股新的潮流。

二十世纪七八十年代，一张齐白石的真迹在文物商店五十块钱就能拿下，如今一平方尺的画作也高达几十万元。以前放在家里还嫌碍事的红木家具，如今千金也难求一件。甚至连老报纸、旧书籍都成为收藏发烧友们追逐的目标。这就是收藏的魅力，它在提高文化品位的同时，还保值增值，甚至可以作为一种很好的投资理财手段。你不置身于其中，是无法体会到收藏带给人的巨大震撼力的。

放眼天下，藏品之多，令人目不暇接。但藏品多，赝品更多，藏家们稍不留神，就会被糊里糊涂地套进去。这就要涉及到一个很重要的话题：收藏热背后的造假与识假。基于此，笔者有了写一本关于收藏类题材的小说的想法，在酝酿一段时间后，于去年开始动笔。题目定为《盛世古玩商》，本书是以一个普通古玩商的角度去描写轰轰烈烈的收藏热，将一些“打眼”和“做局”的故事穿插其中，从而揭开古玩市场中的种种内幕。

今年正月，笔者在石家庄见到河北师范大学的退休老教授李寿安老师，跟他聊了几句小说创作方面的话题，并表示自己正在写一本收藏题材的小说。老教授挺高兴，说可以搞一搞，至少与时下的收藏热合拍，也算与时俱进。不过有一点要注意，就是文章要有技术含量，比如对古玩鉴定、作假技法、骗局内幕等的描写，一定要到位，给读者带去实质性的收获。

衡水学院退休老教授王文平（笔者外公）在看了本文部分底稿后，认为一些观点还是比较新颖有趣的，最起码让人看着不累，甚至有所收获。外公建议把年轻的主人公塑造成一个拼搏向上的角色，为现在的年轻人竖立榜样。尽管是写收藏、写古玩商，主人公的起家尽量不要与“捡漏”挂钩，主要还是靠自身的拼搏，否则容易助长不劳而获的投机思想。这一点倒是与笔者不谋而合，无论小说还是现实，大家都要保持一颗平常心，不要想着靠捡大漏来一夜暴富。捡大漏就跟中彩票差不多，永远都是自己以外的人赶上。

所谓“乱世收藏黄金，盛世收藏古董”，收藏热起来说明我们国家国泰民安，这是好事。与中国历史上出现的几次收藏热潮不同，这次是全民参与，范围之广，以往难以企及。搞收藏跟炒股、炒房子还不太一样，相比之下，它多了几分文化气息、艺术气息。目前，古玩题材的小说在市场上并不多见，尤其是涉及到一些古玩鉴定知识、古玩行做局等更少，所以本文着重在这方面下了功夫。当然，笔者不是专家，很难达到专家水准。所以您读本书的时候，主要是图个乐子，偶尔借鉴一下其中的专业知识也未尝不可，但要以此去捡漏发家致富，那可就得千万悠着点儿了。

伍月狗即笔

于2012年6月6日

# 目录

# 第 1 章 “博古轩”古玩店

老街是梨城的一条古老街道，街上的古玩店特别多，几乎占据了老街的半壁江山。几十年前，滏阳河还有水的时候，老街也是商贾云集，从这里的码头上船可以直达天津卫，可谓历史悠久。如今，老街已然成为冀中南最有名的古玩市场，每逢周六，摆地摊的、淘宝的，人山人海，场面壮观。

“博古轩”古玩店，掌柜的叫伍子，二十来岁，白白净净的脸庞，颇有点儿书生气质。店里就他老哥儿一个，掌柜的兼店伙计。伍子正趴在柜台上看一场无聊的中超联赛，皮球犹如一只完全缩进龟壳里的乌龟，在很多双臭脚的谦让之下慢条斯理地滚动着，电视屏幕上除了这几双大脚就是一块嫩绿的草坪。要说这中国的草坪也不比国外的差，差的就是那几双脚。有的脚是用来耍球的，有的脚则是被球耍的。解说员还在激情四射地解说：后卫把球回传给门将……

这时候，一男一女两个年轻人走进店里，和伍子差不多大的年纪，一身情侣装，每人斜挎着一个背包，打扮挺时髦，看情形是一对情侣。女孩一头淡黄色的齐耳短发，显着挺干练。她进店后就直接往存放玉佩、玉镯的柜台上瞄。旁边的男孩也是浅黄色的头发，发型有点类似于贝克汉姆的莫西干头。伍子对时下这种很流行的发型十分不感冒，远处看就像公鸡头上的鸡冠子。男孩在女孩身边指指点点，一副唯女孩马首是瞻的样子。

伍子马上明白，女孩有心买一件小玉器作装饰，男孩则充当陪逛和掏钱的角色。两人挑选了半天，始终犹犹豫豫，下不了决心。伍子自然明白他们心里在顾虑什么，无非是怕玉器有假，这年头，用玻璃或硬塑料冒充玉器的例子比比皆是，外行人很容易被骗。

“两位是不是想买玉器？我可以向你们保证，本店所有的玉件都保真，绝不会有石头或玻璃之类的仿冒品。”伍子上前给两个年轻人打消疑虑。为表诚意，他还特地介绍了一些关于玉器真假的鉴别常识：如果是玻璃仿制的玉，只要用放大镜观察，就可以看到里面的气泡，而玉是没有的，哪怕只有一个气泡，它也是玻璃；如果可能的话，在物件不显眼的部位用针尖划动，玻璃会留下痕迹，玉器则不会；再有就是凭手感，玉生性凉，玻璃则发温。如果是用硬塑料冒充玉器，那更好说，把钢针烧红了往上一捅，一目了然。

伍子的一席话，彻底打消了这对小情侣的疑虑，俩人很快就挑选好一块玉佩，一笔生意就算成了。这是“博古轩”这周来第一次开张，虽然是小生意，可也总算开张了。伍子的心情稍微好了些，如果这种小生意每天来上几宗，欠下的房租也能补上了。想到房租，他满脑子都是房东那个胖女人咄咄逼人的样子，不就是欠几个月房租嘛，货架上有的是古董，随便拿几件不就完了。想到古董，伍子不自觉抬头看看货架显眼处的一排“元青花”，这东西什么时候能出手啊？哪怕出手一件儿，半年的房租也不用愁了。当然，像元青花这种东西，只有碰上“有缘人”才能出手，而所谓的有缘人，自然是指那些有钱又没处花的冤大头。

做古玩生意的，最盼望的就是遇上冤大头，这种人爱好收藏，自以为是，而且有钱，只要你抓住时机奉承那么几句，钞票就会大把大把地往外流。

店门一开，一道靓丽的身影飘进店里，人还没到，几缕清淡的香水味先扑面而来。进来的是位标准美女，身材修长、五官精致，乌黑的长发盘成发髻绾在脑后，身穿一款高档长裙，一条白金项链恰到好处地点缀在胸前，更加衬托出她凹凸有致的身材。高雅而略显成熟的衣服很好地掩饰了她的年龄，乍一看像二十七八，仔细一看又像二十三四，成熟中透着一股清纯，令人浮想联翩，这种女人恐怕是天底下所有男人的梦中情人，漂亮、高贵、典雅。

伍子眼前一亮，赶紧起身迎接顾客，这样的顾客登门，叫人心里说不出的舒服，买不买东西先不说，最起码看着养眼。伍子几乎在第一时间就认定，这位美女就是传说中的冤大头，看这身行头，肯定是位不差钱的主儿。

“这位小……女同志，您需要什么尽管挑，本店所有东西保真保老。”伍子张口想管人家叫小姐，但转念一想又觉得这词儿容易引起误会，赶紧半途改口。

女顾客对伍子的话爱理不理，只顾着抬头看货架上的东西。伍子见状心里苦笑，这位美女也忒能摆架子了，不过没关系，只要买东西就成，管你美女不美女，进入本店坑你没商量。伍子从货架上抱下一件瓷器：“您看这个，元青花大罐，刚从乡下收来的，还没来得及出手，您是第一个过眼的。”

自从元青花鬼谷子下山图罐拍出 2.3 亿元的天价之后，元青花就成了收藏界的宠儿，大大小小的古玩市场一夜之间冒出无数元青花。伍子投其所好，不失时机地向这位美女推出一件元青花。

女顾客对伍子递过来的元青花并没有上手，只远远看了那么两眼：“你这也是元青花？看看那釉色，鲜亮得能照见人，贼光闪闪啊，老瓷器有这么鲜亮的吗？我看是刚从窑里烧出来不久吧，摸一把估计还烫手呢。再说，你要有元青花，还在这儿开店？北京王府井的店面都能盘下几间了。”

伍子一脸尴尬，他这件元青花是够鲜亮的，行内把这种亮光叫做“贼光”，老瓷器根本不会有贼光。“没关系，这件您不喜欢，咱们再换一件。”伍子说完又从货架上拿下一件粉彩瓷器，这件瓷器看着挺古朴，一点儿贼光都没有。

“您再看这件，粉彩梅瓶，虽然比不上元青花金贵，可也是清三代的民窑精品。”伍子边说边把梅瓶放在柜台上，请女顾客看货。

古玩交易有条规矩，像瓷器这种易损的东西，不能从卖家之手直接交到买家手上，而是卖家先把东西放在一边，买家再自己去拿，这样东西一旦摔坏，也好区分责任。

女顾客把梅瓶拿在手里，看看釉色，又看看底足，工夫不大便把东西放回原处：“这件瓷器倒是没有贼光，不过它也不是老东西，如果没猜错的话，贼光是被人用细砂纸给打磨掉了。你瞧瞧这釉色表面，一道道平行的打磨痕迹还摆着呢，还有那胎，是清三代的胎吗？”

嘿，今天可遇到行家了，伍子暗叹晦气，原以为碰上了冤大头，结果给碰茬子上了。他眼睛转了转，从玉器柜台最底层拿出一个精致的小木盒子，递到女顾客跟前：“您再看看这个，战国的玉佩，这可是本店的镇店之宝。”

女顾客伸出芊芊玉手灵巧地把盒子打开，伍子看着这双手恍惚了一下，突然有一种握上去的冲动，不过他很快制止了自己的非分之想，把注意力集中到盒子里面的东西上。

这时候女顾客已经用葱段般的手指将玉佩轻轻捏住，这是一块椭圆形的玉佩，颜色白中泛青，有的地方还带着棕黄色，表面雕刻着各种铭文。从玉佩的造型和铭文的格式上看，确实有战国风格。女顾客仔细打量了玉佩几眼，又放在鼻子底下闻闻，然后还给伍子，露出一脸不屑的表情。

“你这也是战国的玉佩？”女顾客一双明眸紧紧盯住伍子。

伍子赶紧把头低下，他自己也纳闷，怎么就不敢跟人家对视呢：“我向您保证，这绝对是真玉，如果有假，我赔您十万。”

女顾客被伍子的话给逗乐了：“你这是玉吗？是玉。但玉也分三六九等，你这块是玉器里面最低等的山料，这么大个儿的也就十几块钱。如果我没猜错的话，这块玉是先放进死狗肚子里埋上那么几年再挖出来，然后玉器表面的包浆和成色就出来了。这种玉器的做旧方法早淘汰好几年了，你还视为传家宝，未免也太落后了！”

伍子这回彻底服了，这位美女可是地地道道的行家啊：“这位姐姐，大姐，我对不住您了。您要真心要好东西，跟您说实话，本店还真没有，就是有几个小件，您也看不上眼，您不妨上别处瞧瞧去？”遇到行家，不交实底也不行，他这个小店，连房租都交不起，哪来行家能看上眼的老货。

女顾客没有多言，水灵的大眼睛蔑视了伍子几眼，推开店门翩然而去，只剩下伍子呆呆地愣在柜台边，心里如同打翻了五味瓶。被人蔑视的滋味不好受，尤其是被美女蔑视，这已经不是伤自尊的问题，而是对人格的彻底否定和毁灭。这年头全民都在搞收藏，连时髦的美女都成了行家，这在以前是不可想象的，由此可见收藏是多么地深入人心。伍子一直以为搞古玩是男人的专利，女性专家，特别是美女专家实在是凤毛麟角，但今天他可是真真切切遇到一位，还被人家给实实在在蔑视了一把。伍子不由得对这位女顾客留下了深刻印象，放眼整个老街，还没有一位容颜这么出挑的女性，应该是外地过来的，他又忍不住多看了几眼，那背影只能用一个字来形容——靓。

“他娘的，咱走着瞧，爷我一定收藏几件国宝，开一家堂堂正正的古玩店！”伍子在心灵备受打击之后，沉重而无奈地感叹一句，同时心里隐隐生出一个信念，在有生之年他一定要收藏几件像样的古董。

接下来的日子依旧顾客稀少、门庭冷落，伍子躲在柜台里昏昏欲睡，用睡眠来打发无聊的时间。我爱你，爱着你，就像老鼠爱大米……手机铃声响起，伍子抓起手机懒散地问了一句：“喂，哪位？”

电话是一位高中同学打来的，他的邻居收了一件古董，自己又不懂行，想请人鉴定一下。同学知道伍子是开古玩店的，特意请他过去鉴定，当然不能白去，人家答应给一定数额的鉴定费。看在老同学和鉴定费的分上，伍子决定走一遭，反正看这样子也不会有什么生意，还不如出去捞点外快，动动嘴皮子就能赚钱，感觉估计很爽。

这位同学姓黄，叫子山，住在同城的西郊，打的半小时就能到。出租车到了胡同口，黄子山已候在那里，他先给伍子透了一下实底。他这位邻居姓姜，为人挺随和，见面叫姜叔叔或是老姜都可以。老姜前些年收了一件玉枕，也请一些半拉子专家鉴定过，有人说是汉代的，有人说是唐代的，也有人说是现代的仿品，弄得老姜全家心里七上八下，做梦都在琢磨这玉枕是哪个朝代的，听黄子山说他有个同学是开古玩店的，这才有了请高人鉴定的念头。

老姜知道黄子山今天会领着专家来鉴定，早已沏好茶在家等着，还摆了几样水果，这架势跟盼望自己多年未见的亲戚似的。不光老姜和他老伴在场，他儿子和女儿也在。自从伍子和黄子山进屋后，姜家老小就一个劲儿地递糖送水，俨然把他们当成了来基层视察、发放慰问金的领导。老姜家里的气氛祥和而热烈，不过伍子能清楚地感觉到这家人内心的忐忑，这热情背后是浮躁而不踏实的心啊，显然他们对这次的鉴定十分在意，毕竟是十几万的东西，好坏全在伍子一句话了。寒暄几句之后，伍子切入正题：“姜叔叔，把家里那个玉枕拿出来吧，咱先开开眼。”

老姜一溜小跑进卧室，不一会儿抱出一个淡蓝色的盒子，盒子呈长条状，显得古朴雅致。老姜轻轻将盒子放在桌上，把盒盖打开，里面还衬着一层软绵绵的黄锦缎，玉枕就躺在黄锦上面。

“小同志，你给把把眼，看这东西是不是古代的玉枕，这是我十几年前花了大价钱买下的。”老姜小心翼翼地把玉枕递给伍子，说这话时透出一股浓浓的期待，看人家那毕恭毕敬的语气，丝毫没有因为伍子年纪小而轻视他，有些东西确实不是年龄所能左右的，很大程度靠的是阅历和天分。

伍子将玉枕接过来，先用手掂了掂分量，然后把玉枕放在桌上，掏出放大镜开始上上下下仔细观察。屋里顿时鸦雀无声，好几双眼睛紧紧盯着伍子，试图从他表情里得到什么信息，就像他们家有什么病人在等着医生做最后诊断一样，气氛沉闷而压抑。尤其是老姜的一双儿女，每人死死搂住母亲的一只胳膊，忐忑不安地盯着伍子，仿佛他就是洪水猛兽，随时要把他们家给吞了似的。这屋里压力最小的就是黄子山了，玉枕的真假和年代跟他没有关系，果盘里各种水果散发出诱人的香气，他掰下一根香蕉慢条斯理地品尝起来。

与此同时，伍子也在品味这件玉枕：玉枕用料是青玉，形状跟睡觉的枕头差不多，中间低、两头高。雕刻技术还不错，有镂雕有透雕，技艺精湛、匠心独具。但是上面雕刻的几何图案却很奇怪，这种图案让伍子有种很熟悉的感觉，好像经常在什么地方见到，不过一时又想不起来，总之看着挺晦气。究竟在哪里见过呢……伍子冷不丁回过味来，这种几何图案常常出现在棺材、骨灰盒、寿衣上，怪不得这么熟悉、这么晦气。

黄子山第三根香蕉下肚的时候，伍子总算把放大镜收起来，脸上表情有些古怪。他这神情自然瞒不过老姜和他的儿女。“怎么了小同志，这玉枕有问题？”老姜不安地问道，他的老伴和一双儿女也将目光紧紧锁住伍子。

“姜叔叔，这玉枕你是怎么得来的，花了多少钱？”伍子没有回答老姜的问题，而是一脸严肃地问了他一个很重要的问题。

“这是我十几年前出差到天津，无意中从沈阳道的‘鬼市’上收来的，花了十万。当时也请人给看了，说东西肯定是老东西，至少是唐代以前的。这些年一直在家藏着，没敢外露，现在儿子和女儿都要在市区买房，我寻思着把这玉枕拍卖了，给儿女添上些钱。”老姜如实回答。

伍子犹豫了片刻，对老姜说道：“这玉枕的确年头不短了，看这沁色和氧化程度，应该是唐代以前的。玉料是青玉，玉质细腻，表面光泽尚好，略带油性，应该是油青种。”

伍子这话一出口，屋里沉闷的气氛顿时缓和下来，老姜和他老伴，还有一对儿女都面带喜色。“藏了这么多年，总算没白忙活……”老姜如释重负地感叹道。最重要的是，儿女的房子有着落了，十几年前值十万，现在还不得值几十万。

伍子见老姜这神色，无奈地摇摇头，言辞恳切地对他说道：“姜叔叔，你是我哥们儿黄子山的邻居，说起来我们也不是外人。你把东西让我鉴定是瞧得起我，有些话我不能不说，不把这件玉枕的全部隐情告诉你，我感觉对不住朋友。”

“隐情？还有什么隐情？”老姜语带焦急，脸色顿时晴转多云。

黄子山正在高速咀嚼水果的嘴巴也不由停住，瞪大眼睛盯着伍子，好像伍子后面的话要骂他祖宗八辈似的。

伍子见老姜这副表情，更加不忍心揭穿谜底，不过既然来了就得把实情告诉人家。“从这件玉枕的雕工和图案上来看，这不像活人用的东西，应该是一件陪葬品，下葬的时候枕在死人头底下的东西。为什么这么说呢？第一，玉枕上雕刻的图案太丧气，这图案估计你也不陌生，棺材上、寿衣上比比皆是；第二，这件玉枕大部分采用的是镂雕、透雕和高浮雕，表面凹凹凸凸，活人枕上去肯定不舒服，它咯得慌；第三，你仔细提鼻子闻闻，上面还有一丝土墓味，是陪葬品无疑，尽管出土已有十几年，但还残留着一丝土墓的气息。”

屋里的气氛相当压抑，老姜的表情阴沉到了极点，伍子的每一句话都如同一把斧子，不断把姜家人心目中的楼房毁掉、毁掉……

“我说这玉枕怎么看着这么晦气，原来是死人用的东西。天啊，我可在卧室里摆了好几年……”老姜的老伴用惊惧异常的口气大声呼道，看她那后怕的表情，仿佛遇到了天底下最膈应人的事情，幸亏她没枕着这玩意儿睡觉。

老姜听老伴一番话，心里也有些发毛：“这东西虽然是死人用的，但它终归是老东西，是古董，对吧？”老姜这话一面是在问伍子，一面也是在安慰他自己和家人。

伍子一声苦笑：“怎么说呢，古董这玩意儿并不一定越老越值钱，它的价值取决于多方面，比如流行性、稀缺性和人们的认可度等。举个例子，公墓里的骨灰盒再过几百年也是老东西，但它值钱吗？你这个玉枕，有钱人没人要，没钱人买不起，属于鸡肋性质的东西。”

“那，它值多少钱？”老姜问了一个最敏感的问题。

“你不是十万收的吗，后面去一个零，顶多值一万。”伍子很干脆地说道。他这一句话彻底把老姜一家人最后一丝希望打破，一家人面容阴沉得几乎能滴出水来。十万块啊，放十几年以前能在梨城买好几套房，如今钱没了，房也没了。

黄子山也被姜家人的悲痛神情所打动，此情此景，他再贪吃也不好意思继续狼吞虎咽，开始坐在沙发上陪着姜家人一起难过。

伍子意味深长地对老姜说道：“我说姜叔叔啊，收藏古董可不能抱着押宝的心态，玩古董有时候比押宝还不靠谱。特别像你这样的假行家，玩玩可以，千万不要指着这个发财，动不动几万、几十万投进去，很可能会血本无归，古玩这一行，水太深了！”一个年轻人教导一位老者，这种新鲜事恐怕也只有古玩行里才会有。

伍子和黄子山从老姜家出来，心里止不住替姜家人惋惜。十万块啊，十几年以前要是投资房地产，现在至少翻十倍。阴差阳错投资到了古董上，结果血本无归。老姜恐怕肠子都悔青了。“古市”有风险，投资要慎重，这话一点儿也不假。

姜家隐隐传出男女混杂的嚎声，十万块啊，瞬间缩水十倍以上，这对一个普通家庭来说实在有些残酷，更重要的是，一套房子没有了……

像老姜这样的悲剧，在古玩界差不多每天都在上演，这些人往往以外行居多，有的抱着捡大漏的心态，有的干脆就是赌。他们也不想想，在全民搞收藏的今天，哪那么容易捡漏。伍子心里也不是滋味，一来老姜一家的遭遇确实凄惨，值得同情；二来他原本是冲着鉴定费来的，可看人家上吊的心都有了，他怎么好开口再提鉴定费。得，就当为收藏迷服务一次吧。当然，他可以放过老姜，但绝对不会放过黄子山，既然来了，狠狠宰他一顿是在所难免的。

古玩行里有句老话叫做“三年不开张，开张吃三年”。平常没什么顾客很正常，古董店又不是杂货铺，想要天天人来人往，那不可能。

没生意的时候伍子总爱趴在柜台上睡觉，用神经的暂时麻痹来打发无聊的时间。这天他刚睡着不久，就被店外的喧嚣声给吵醒了。谁呀这是，这么没教养，好端端的一条古玩街，都被这些没素质的人给糟蹋了。看古董就看古董，你咋呼什么啊！伍子肚里一阵牢骚，抬头往外一瞧，愕然，大街上全是黑压压的人头，不时有人高谈阔论，好像遇上了什么新鲜事。

伍子腾地一下从柜台后面站起，他的第一感觉就是外面摊上出现宝贝了，不然不会有这么多人围观。古玩街嘛，最吸引人眼球的当然还是古玩。不行，得赶紧出去看看，如果在自家门口叫别人捡了漏，那还不把肠子给悔青了。

伍子带好店门，狠劲儿往人群里挤，几经周折，终于挤进了人群最核心的部分。他发现里面是一个小得不能再小的地摊，小到什么程度？这么说吧，这地摊只有一个人、一件物品，可就是这一件儿东西，吸引了大半条古玩街的注意力，可见这东西非同小可。

摊主蹲在地上，人群几乎能把他全部覆盖，地上铺着一张旧报纸，上面摆着一把古剑。伍子也学着摊主蹲下身子，开始近距离观察这把古剑。这是一把铜剑，颜色青中泛黄，剑身有锈迹，但是不多。当然，铜锈多少是不能作为铜器断代的依据的，有些新东西在潮湿的泥土里埋上那么几年，照样锈迹斑斑，于是不少人就上当了。

伍子搞古玩也有好几年了，当然不会只看锈迹，他把注意力集中在古剑的外形和纹饰上。这把剑长 60 厘米，宽 4 厘米多一点，铜质还算精良，前锋内敛，两从有血槽，剑身中脊和刃线界划分明，剑身制作得比较工整。从铜质上看，应该是青铜，所谓的青铜，就是铜锡合金，这在春秋以前应用广泛，所以人们又称夏、商、周和春秋时代为青铜器时代。铜质也可以作为铜器的断代依据之一。不过，这些还不足以判断这把剑的年代和价值，他又把注意力放在了剑身的铸铭上，这把剑的铭义还十分清晰：攻王夫差自乍其元用。

伍子心里一激灵，差点跌坐在地上，吴王夫差，这不是春秋的霸主之一吗？他的宝剑那还了得，即便算不上国之重器，起码也是一级文物。按照国家规定，清朝以前的青铜器是不允许买卖的，个人可以收藏，但不能交易。这个摊主竟敢在光天化日、朗朗乾坤下倒卖国家一级文物，这不是找死吗？他吃了熊心豹子胆，还是这东西本来就是假的，还是他根本不知道卖这玩意儿犯法？

这把剑要是真的，伍子根本不敢买下来，谁买谁犯法，搞不好十年八年就得在监狱里度过了。这也是这么多人只围观而不问价的原因，搞收藏玩的是兴趣，可要把自己玩进大牢里，那就过头了。反过来，这把剑要是假的，也没有收藏的必要，如今的古玩市场，假东西满天飞，伍子自己的假货还卖不完，哪会收别人的假货。

总之一句话，这把剑无论真假，伍子都不可能去染指。就此离开吧，还真不甘心，伍子一时间心乱如麻，明知道这东西烫手，明知道不可能得到，就是不忍心离开。这就是古玩人的心魔，一旦遇上好东西，就跟吸毒者遇到鸦片一样，欲罢不能。

提起“吴王夫差剑”，可能有人不知道，不过提起吴王夫差的老对头越王勾践的宝剑，名头可就大了。“越王勾践剑”1965 年出土于湖北荆州，这把剑在地下沉睡了两千多年，丝毫不见锈斑，并且锋利无比，曾经一剑划破 20 多层复印纸。现珍藏于湖北省博物馆，堪称中华第一宝剑。

与“越王勾践剑”齐名的兵器当属“吴王夫差矛”，这把矛头埋在地下两千多年，仍然锃亮如新，不能不说是个奇迹，现也珍藏在湖北省博物馆。

吴王夫差和越王勾践这对老冤家，生前斗了一辈子，孰料两千多年后，拿手的兵器竟然存放在同一个地方，和睦相处着。其实，“越王勾践剑”出土的墓地和“吴王夫差矛”出土的地方只相距两公里，两把兵器早已和平共处了两千多年。赏古物，忆古人，品人生百味，这或许是搞收藏最大的乐趣吧。不过，吴越两位霸主的遗物，如何会埋藏在荆楚大地？两把盖世兵器的埋藏地点又为何如此相近？这些问题就要等着考古学家一点一点去考证了。

相比于“越王勾践剑”和“吴王夫差矛”的名声鹊起，知道“吴王夫差剑”的人不多，有人甚至不知道吴王夫差也有宝剑传世。事实上，夫差不仅有宝剑传世，而且数量还不少。湖北襄阳、河南辉县和洛阳都分别出土过一把吴王夫差剑，剑身腐蚀较为严重，不过“攻王夫差自乍其元用”的铭文还清晰可见；山西岢峪出土过“吴王光剑”；清代学者阮元在《积古斋钟鼎彝器款识》里也录有一把吴王夫差剑，据说被潍县著名收藏家陈介祺所收藏；台湾收藏家王振华、王淑华也藏有一把精美无比的吴王夫差剑；著名古文字学家于省吾教授同样收藏着一把，天津市艺术博物馆也藏有一把。

另外，民间无意中发现的吴王剑也不少：1965 年，在山东平度县废品收购站发现一把吴王夫差剑；1974 年，安徽庐江县农民在开挖水渠时，无意中发现一把吴王夫差剑；1991 年，山东邹城市农民在整修地堰时也发现了一把吴王夫差剑。

粗略地计数一下，现存于世的吴王夫差剑多达十几把，也难怪，夫差本就是穷兵黩武之辈，他的宝剑在全国各地出土也不足为奇。这也是伍子依依不舍的原因，既然吴王夫差剑不止一把，那么眼前地摊上这把也有可能是真的。

在所有已知的吴王夫差剑当中，除了台湾收藏家王振华、王淑华手里的那把还算完美之外，其余都有瑕疵，要么折断，要么腐蚀严重。相比之下，地摊上这把无疑是最完美的一把。剑身没有多少腐蚀，纹饰和铭文清晰可辨，剑刃锋利，看样子能吹毛利刃。收藏这么一把精美绝伦的古剑，是多少收藏家做梦都想的事，东西就在眼前，由不得伍子不心动。

“老乡，你这把剑是怎么来的？”伍子把眼神从古剑上移开，露出一脸的真诚，对摊主说道。

摊主是个六十岁上下的老农，一身土蓝色的中山装，皱皱巴巴裹在身上，手上和脸上布满沧桑的皱纹，怎么看都不像文物贩子。听到伍子问话，老人用浓重的河南乡音回答道：“这是俺在菜地里挖出来的，俺们家种大棚，挖土时挖出来的。这玩意儿贼快当，一不小心把俺的手划出道口子，流血了。”老人边说话边举起左手。

伍子往老人左手一瞧，可不是，老人左手还缠着变了色的白纱布，纱布隐隐透出血迹。在地里挖出宝剑并不稀罕，以前有好几把吴王夫差剑都是农民在地里挖出来的，再挖出这么一把也不奇怪。伍子心情越发惆怅，自己怎么就没这么一块风水宝地呢？种菜能种出一把宝剑，这得多少大棚黄瓜来换呀！看老人这架势，他还不知道这把剑的真正价值，这可是个大漏，眼睁睁看着大漏溜走，还不得把人心疼死。对于搞古玩的人来说，人生最大的痛苦莫过于有漏不捡，眼睁睁看着大漏溜走。

伍子的心跳开始加快，这可是宝贝，得想办法弄到手啊。他对这把宝剑感兴趣不光是宝剑本身的知名度，还有另外一个原因。吴王夫差麾下有一位盖世名将伍子胥，提起伍子胥，那在历史上可是赫赫有名，吴国能够称霸南方，一半的功劳都要记在伍子胥的名下。伍子也姓伍，跟伍子胥同一姓氏，伍子老家伍屯一直流传着一个说法：伍屯所有伍姓人都是伍子胥的后代。这个传说不知是从什么时候兴起的，或许只是老辈人空穴来风胡编乱造的，但这至少也表现出伍姓人对伍子胥的一种崇拜。鉴于吴王夫差和伍子胥之间的渊源，伍子看到这把剑总有一种怀念老祖宗的感觉。众所周知，伍子胥最后被吴王夫差赐死，一代名将就这样含冤而去。伍子寻思着得到这把剑之后，每天啐上那么两口，也算为老祖宗出了口气。

伍子想入非非，不知不觉开始对这把剑着了魔，有了非得到不可的念头。现在最大的问题是这把剑已经显露在众目睽睽之下，明目张胆地交易肯定不行，那相当于在交警队门口上演酒后驾驶，自己找罪受。

伍子还没想好对策，有人已经下手了。“老大爷，您这把剑我要了，不过我没有现钱，用这枚戒指交换怎么样？”一个身材发福的中年人对老人说道，边说话边往下撸手指上那枚金灿灿的大戒指。这么富态的身材，真不知他是怎么挤进来的。

这年头儿还真有不怕死的，明目张胆地交易国宝，这中年人也算机灵，没有直接拿现金交易，而是选择用戒指交换，这家伙想钻法律的空子——你不是不准买卖吗，那我就交换。其实交换也属于交易，该判刑还得判。伍子暗暗着急，一会儿工夫心里已经问候了中年人老祖宗N遍，你犯法不要紧，可别妨碍我捡漏啊！

一不做二不休，干脆就来明的，大漏当前，可不是发扬风度的时候。“我说老人家，您知道这是什么东西吗？这是古代的青铜器，买卖这东西是要犯法的。坐牢懂不懂，窝头咸菜懂不懂？”伍子一着急说出了实话，他没明说宝剑是古董，值钱，只含糊地说是青铜器，给自己留下了回旋的余地。

青铜器老人不懂，可坐牢他懂，窝头咸菜他更懂。老人用不解和惶恐的眼神盯着伍子，那意思我自己捡来的东西还犯法，有没有天理。

伍子猜到了老人的想法，解释道：“这东西是您捡的没错，可您是在国家的土地上捡的，东西就是国家的，您家菜地不会自己生这玩意吧？撒一把白菜种子，长出一把青铜剑？您可以在家藏着，那不犯法，但您要拿出来卖，那就得坐牢。”伍子很清楚地跟老者表明了利害关系。

中年男人听伍子这么一说，把已经撸下来的大金戒又重新戴回手上，身躯在人群里一挤，消失不见。伍子心里轻松不少，总算把竞争对手给吓跑了，不过自己已经把这个套给挽死，封住别人的同时也封住了自己，想从中捡漏难度更大。外圈不少看热闹的人开始散去，话已被伍子挑明，今天这个大漏谁也别想捡到。人群里传出小声的议论，有羡慕老人运气好的，有埋怨伍子太多事的，有抱怨中年男人太心急的……

伍子对周围的议论熟视无睹：“老人家，您这个东西最好是捐出去，市文化局离这里不远，走，我陪您把东西缴上去，局里也会视情况给您一些补偿。”伍子边说话边拉着老人往圈外挤。老人被伍子忽悠得不轻，又是坐牢又是窝头咸菜，不自觉跟着伍子一路走下去。

伍子拉着老人拦下一辆出租车，就往市文化局的方向驶去。人群没有老人手里的青铜剑吸引，顷刻散去，古玩街又恢复了往日的旋律，一切按部就班……

出租车停在文化局大门口，伍子跟老人相继下车，一前一后走进文化局办公大楼。

伍子带着老人围着文化局楼上楼下转了一大圈，没有上缴古剑，而是原原本本又走出了文化局大门。老人一头雾水，显然被伍子的举动给弄蒙了。此刻伍子已胸有成竹，他再次拦下一辆出租车，朝市区最繁华的路段驶去，出租车穿过闹市一直往前，直到偏僻的郊区才停住，伍子领着老人下了车，出租车掀起一溜尘土返回市区。

空荡荡的公路边只剩下伍子和老人，偶有汽车疾驰而过，但没人去注意这路边的一老一少。

“老人家，跟您说实话吧，您这把古剑我想买下来，开个价吧。”伍子向老人摊牌。

“你买？你不是说买卖这玩意儿犯法吗？”老人用不解的目光盯着伍子。

伍子见老人不开窍，耐心解释道：“这事吧，得从两方面考虑，有人举报当然是犯法，如果只有您我两个人知道，那就不叫犯法。您考虑考虑，反正这事只有您知我知，第三个知情的就是老天爷了。”

老人被伍子简短的话语劝得有些心动，黝黑的脸部不停地抽搐，好像在钞票和窝头咸菜之间做着艰难的抉择。

“您放心，咱们一手交钱一手交货，买卖完成一拍两散，谁也不认识谁，咋样？”伍子抓住时机提醒老人。

“好，就这么定了。咱可先说好了，为这剑我可是冒着坐大牢的风险，价钱不能太便宜，最起码不能比刚才那人的金戒指便宜。”老人下了最后的决心，不过也趁机把价钱定在了一个较高的位置。

伍子暗暗佩服老人的记忆力，都老半天了，有人拿金戒指换古剑的事他还没忘记。也罢，那金戒指也就值两三万，换一把吴王夫差剑，值了！伍子暗暗咬牙，领着老人到附近的银行取款。

伍子银行卡里只有两万五，这是他所有的家底，这钱他一直没舍得动用。搞古玩嘛，难免会遇上捡漏的机会，万一手里没钱，大漏就会从眼皮子底下溜走。所以，不到万不得已，伍子决不会轻易动用这笔钱，哪怕他已经好几个月没钱交房租了，哪怕胖房东向他发出种种责难和威胁。面对这把吴王夫差剑，他是真豁出去了，放着这笔钱不就是预备捡漏的吗，现在大漏就在眼前，钱当然得动用。

伍子从取款机里分次取出两万五交给了老人，老人还有点不乐意：“人家那大号的金戒指说什么也值三万，到你娃子这里硬生生免下五千。”伍子满脸赔笑：“大爷啊，您认便宜吧，这两万五都顶上您两亩大棚了。”好说歹说，交易总算成功。

伍子怀里揣着这把吴王夫差剑，心里说不出的激动和舒服，这年头，撑死胆大的，饿死胆小的，自己略施小计，一把盖世名剑就轻而易举落入囊中。从此以后，“博古轩”古玩店也有了镇店之宝——吴王夫差剑。

伍子没有直接回到店里，而是在外边磨蹭到天黑才偷偷回去，这种事儿越低调越好，毕竟是见不得光的买卖。

第二天，伍子照样开张营业，好像昨天的事根本没有发生过。这条古玩街有一点好处，人们的嘴都特别严，心照不宣的事儿绝没有人乱多嘴，“吴王夫差剑”的昙花一现，没有给人们留下多少话题，也没人去追问那把剑的下落。几天之后，老街平静得像什么也没有发生过，伍子彻底放下心，这宝贝总算稳稳当当属于自己了。

夜深人静的时候，伍子把所有的门都插好，一个人躲进卧室，借着柔和的日光灯仔细欣赏着这把千年古剑，剑身带有黄色的光晕，锋利而高贵。“攻王夫差自乍其元用”的铭文清晰可见，伍子的目光长时间落在这行铭文上，心情波涛澎湃，这可是春秋霸主吴王夫差亲手用过的宝剑。夫差当年说不定就是擎着这把宝剑指挥千军万马，南征北讨，会盟中原。千年之后，宝剑落到了自己手上，抚摸着这把宝剑，伍子心里隐隐有一种触摸历史的感觉：夫差、勾践、伍子胥、西施、范蠡……一个个尘封进历史的人物慢慢浮现在眼前。这些千古名人都跟这把剑有着莫大的渊源，握着这把剑就等于走进了这一段历史。伍子心潮澎湃，大有一种与历史对话、与古人对话的感觉。

突然，手机铃音响起。谁呀这是，大半夜还打电话。伍子小心翼翼地将宝剑放在床头，不耐烦地去拿手机。这时候电话已经义无反顾地响了好一阵儿了，电话是表姑打来的，告诉他明天上午准备准备，下午去相亲。

人要是走大运，拦都拦不住，刚收到一把宝剑，爱情又来敲门，伍子长这么大还没正儿八经谈过恋爱。上学的时候胆子小，有看上的，没敢大胆去追；等毕业了，胆儿也大了，却没有了具体的目标。这几年总为生活奔波劳累，伍子也没什么心思去谈对象，最近也相过几次亲，最后都不了了之，主要原因是人家嫌他没有正经工作，有个古玩店吧，店面还是租的。现在的女孩都挺现实，要求男方有房、有车、有事业，求个后半生保险，这几样他一样也没有，相亲失败也就见怪不怪了。

伍子无聊时总爱看街上往来的人群，这满大街的美女，哪一个才是属于自己的呢？二十多岁，正是渴望激情和浪漫的年纪，伍子肚子里也装有一颗骚动的、渴望爱情的心，只是他把这份心情深深藏在暗处，没有事业的男人，恋爱怎么会牢固。古人讲究成家立业，而对于现代的年轻人来说，他们更信奉立业成家，没有事业，一切都是镜中花、水中月。

不过现在好了，伍子手里有了这把宝剑，一出手恐怕就是几百万，到时候房子、车子、女人就都有了。宝马车一下买两辆，前边开一辆，后边拉一辆。伍子躺在床上做着美梦，也不知道明天相亲的那个女孩长得怎么样，最好能跟前几天来店里看瓷器的那位美女差不多……

# 第2章　相亲

第二天傍晚，云梦咖啡屋，伍子按约定的时间提前一刻钟赶到，找了一个相对僻静的角落，要了两杯不加糖的咖啡等待女方到来。过了一会儿，三个女人就出现在伍子面前，一个是他表姑，一个跟他表姑年纪差不多，应该是女方来把眼的亲戚。最重要的角色跟在最后，女孩挺腼腆，低着头一言不发，好像对相亲这种活动参与不多。

表姑把伍子介绍给女孩："我这侄子叫伍三思，小名伍子，今年24岁。"伍子和女孩相视一眼，礼节性地点点头，就算是认识了。趁着对视的机会，伍子看清了女孩的相貌，给他的第一感觉还可以，谈不上很漂亮，不过也算中上。匀称高挑的身材凹凸有致，足有一米七左右，披肩长发垂在脑后，整个人显得文静而雅致。伍子微微有些失神，这样的女孩也会没有对象？这个世界简直太没天理了！他不由自主想起前些天见到的那位美女专家，两相比较，可说是各有千秋，美女专家在容貌上更出众，而眼前这个女孩的身材则是万里挑一。

伍子突然产生一个想法：要是把这两个女人的长处结合在一起，那肯定是天底下最吸引人的绝配。男人就是这样，对于美丽的东西无比贪婪，恨不能拥有世界上最美好的一切。

表姑和另外那个女人显然是不知道伍子心里的这些想法，在寒暄几句之后就借故离开，只剩下伍子和那个女孩。既然来了就谈几句，伍子对谈成没抱什么希望，心里没有压力，反倒放开了手脚。两人有一搭没一搭地闲聊，从天气谈到房价，又从房价谈到工作，双方都在有意无意探对方的底，毕竟在现实社会里，工作、收入、房子才是最主要的，相亲总是绕不开这些话题。

把见面地点选在咖啡屋，这个点子是伍子的表姑想到的，这种地方很适合相亲，咖啡屋不间断放着轻音乐，周围人窃窃私语，在这种环境下即便冷场也不会特别尴尬，实在是相亲的首选。伍子和女孩有好几次冷场，都被音乐和周围的话语声遮掩过去，要是放在比较安静的地方，冷场两次以上，估计相亲就告一段落了。

通过谈话，伍子知道对方叫楚珊，是市新华路幼儿园的老师，家就在本市，父母都是退休工人。伍子也把自己的情况告诉了楚珊，当然，他没有说明自己的古玩店是租的，也算保留了一点自尊。

一个小时后，双方结束了这次不尴不尬的谈话，相互留下手机号码。从云梦咖啡屋出来，大街上已是万家灯火，出于礼貌，伍子提出送楚珊回家的请求。想不到楚珊竟痛地快答应下来，她家离这里只有一站多地，步行回去就行。

初夏的季节，天气已经很热，背心短裙、拖鞋裤衩充斥着整条街道。街道两旁那些非法小商贩如雨后春笋般冒出来，有卖冷饮的，有烤羊肉串的，各种生意，兴旺异常。浮躁的天气，孕育出来的是浮躁而热情奔放的城市，人们白天为各自的生活奔波，晚上这一小段时间或许是唯一可以放松的时候，坐在小摊上品尝那些廉价的冷饮和小吃，也算给生活增添了一丝乐趣。特别是那些热恋中的青年男女，仲夏夜里，在小吃摊上培养感情，经济划算又不失情调。

伍子和楚珊并肩走在马路边的便道上，两人谁也没有再说话，完全融进了街道的无尽喧嚣之中。身旁不时有一对对情侣擦身而过，或手拉手，或肩并肩，悠然而淡定，对于年轻男女来讲，还有什么比爱情更使人陶醉的呢？伍子心里酸溜溜的，能让自己陶醉的爱情又在哪里，是身边这个叫楚珊的女孩吗？他偷瞄了一眼楚珊，中上的相貌，淡雅的穿着，这个女孩是自己喜欢的那种吗？

楚珊一言不发，伍子猜不透她在想什么，或许跟他有同样的想法吧。相亲本来就是人为创造出来的双向选择机会，这种活动更适合大龄青年，像伍子这样二十岁出头的年纪，搞相亲这一套也算是无奈之举，有几个人不希望在浪漫的情景下与自己的另一半相遇相知呢？

伍子思绪游离着，脚步也不停，很快就到了楚珊家所在的小区大门口，在简短的道别之后他打的回到了店里，等洗漱完毕已是夜里十一点。伍子躺在床上，大脑像过电影一样回放这次相亲的经过，总体感觉还可以，至少对方不反感自己。伍子掏出手机，把楚珊留给自己的手机号存上，一张小纸条，一串数字号码，字迹挺清秀，符合老师的身份。楚珊好像还隐约提到过，她的毛笔字不错，曾在市里组织的书法大赛上拿过奖。都说字如其人，嗯，这女孩心灵挺美，伍子最后给楚珊做了定论。

楚珊能把手机号码留给他，就证明这事有戏，以前相亲的对象，还没有任何一个女孩给他留过手机号。伍子心里挺感激楚珊，她给了他一点自尊和继续相亲的勇气。不管结果如何，他都会永远记住她，记住这次相亲。伍子又想起了那把吴王夫差剑，只要这把剑能出手，肯定会是一笔可观的财富，到时候得好好报答一下楚珊，起码在物质上要表示一下，让那些他看上人家，人家没看上他的女孩子见鬼去吧！要是楚珊有前些天来店里的那位美女漂亮就好了，伍子转念一想，人家要是回头率很高，还会跟他相亲吗？人啊，就是这样，总认为自己遇到的不够完美，永远都不知足。

第二天，伍子被一阵刺耳的手机铃声吵醒，电话是表姑打来的，问他昨天情况怎么样，那女孩中不中意。伍子含糊应答："现在谈中不中意太早，女方那边什么态度还不清楚呢。"表姑又嘱咐了几句，无非是向他表明这女孩不错，在幼儿园教书，有稳定的工作和收入，家里条件也不差，父母都有退休金，以后没什么负担……

伍子有些不耐烦地挂断电话，现在的相亲已经变味了，根本不是相人，完全是在相家庭背景和个人条件。看看手机上的时间，已经上午十点多了。伍子赶紧起床，今儿是周六，古玩街的大日子，方圆几百里内的古玩贩子都会来这里交易，这种大场面每周一次，想要淘宝的人绝对不能错过。伍子把店门锁好，迫不及待地挤进地摊淘宝，与其守着不开张的店面，还不如去淘地摊，运气好还能捡漏。

十点到十二点是古玩街最热闹的时段，卖货的，买货的，砍货的，当托的，各色人等应有尽有。整条大街人声鼎沸，货主可以漫天要价，买家也可以就地还价，没什么底价、成本，要的就是一个眼力劲儿，捡了漏凭的是真本事，打了眼也只能怪自己才疏学浅。

伍子沿着大街上的摊位来回转了一圈，心里有点失望，这么多摊位，这么多东西，没一件儿他看上眼的。古人说：乱世收黄金，盛世藏古董。现在正是太平盛世，搞收藏本来就是热门，再加上媒体炒作，收藏已经热到几近沸腾的状态。见过沸腾的水吗？腾腾冒着热气，咕嘟咕嘟冒着泡，收藏就跟这沸水一样，疯狂而杂乱无章。什么东西太热了都不是好事，体温太热了是在生病，车胎太热了容易爆胎，经济太热了容易产生泡沫，收藏太热假货也就多了……

老祖宗留下来的古董毕竟有限，搞收藏的人又太多，这个缺口怎么弥补，可不就是做假货，搞赝品吗？于是，全国大大小小的古玩市场上赝品充斥、假货横行。一些涉世不深的收藏者，还傻呵呵掏着腰包，殊不知自己已经成为赝品的倾销市场。

时间已近中午，伍子一脸失望，准备回店里做饭，现在开门营业，还能赶上下午的一个交易高潮，没准也能卖几件东西出去。伍子刚要转身往回走，前边不远处一个旧书摊位吸引了他的注意力，这个摊位以前没见过，应该是新摊。经常在这里摆摊的摊主都有自己固定的位置，就好比自己的势力范围，即使摊主偶尔不来，摊位空着也没人补缺，这是这条古玩街多年来形成的规矩。伍子看到的这个旧书摊摆在市场最边缘，应该属于新摊位，还没有自己固定的势力范围，只能靠边站。

伍子走近观看，哎哟，旧书还真不少。旧书跟老书可不一样，老书怎么也得几十年以上的才能称为老书，旧书的范围就广了，严格意义上讲，凡是过期的书刊都应该叫做旧书。这位摊主摆出来的就是旧书，五花八门什么都有：《女子世界》、《小说月报》、《特别关注》、《知音》、《读者》……

伍子差点气乐了，这东西也好意思上古玩市场，这些杂志的发行量太大，再过五十年恐怕也不会升值。相反，五六十年代的连环画、教科书、文史类书籍等倒有升值的可能，比如1960年版的《水浒》一套拍出6万元天价，1955年版的《黄巾起义》也拍出了4500元，升值几十倍、几百倍绝不是笑话。当然，书籍的收藏价值跟它的发行量、历史环境、现存数量、认知程度等都有关系，不是随便哪一种书籍放个几十年都能升值的。

“老人家，您这些书在古玩市场可不好卖啊。”伍子对摊主说道，他也是一番好意，这种货色的旧书估计不会有人问津。

摊主是一老头儿，手和脸不知是很久没洗还是本来就那样，黑得匀称而凝重，身上的衣服也被油污遮掩得看不出本来面目，倒是和肤色挺般配。这形象怎么看怎么像收废品的，反正和古董商是沾不上边的。老人冲伍子咧嘴一笑，露出残缺不全的黄板牙：“我是第一次上这来，能卖几个钱算几个。”

老人是蹬着三轮来的，足足装满好几个蛇皮口袋。有几个蛇皮袋已经打开，各种旧书凌乱地堆放在一起，还有几个袋子没有打开，大概是嫌占地儿太大。

伍子蹲下身漫无目的地翻着书堆，这些绝大多数都是过期的杂志，从九几年到二〇〇几年的都有，时间跨度有十几年。伍子暗想，要是把这些杂志从创刊号到现在的都集齐，说不定还有点收藏价值，但是如果中间有断档，哪怕只是一期，也只能当废纸处理了。大东西论件儿收藏，小东西就得论套收藏了，这是搞收藏的基本规律。可是，想要从老人这里收集全某一套杂志是绝对不可能的，这完全就是一个大杂烩，挑几本八成新的打发打发时间还行。

伍子正懒懒地挑选着，突然发现在另一个蛇皮袋里还有杂志以外的旧书，那是些二十世纪六七十年代的书，大部分是当时流行的小说和回忆录，有巴金的《随想录》、季羡林的《牛棚杂忆》，还有毛概、毛选等革命性书籍，另外就是些残缺不全的教科书。

伍子一下来了兴趣，二十世纪六七十年代的书虽然还不够老，但是已经有了一些收藏价值，个别的升个几倍、几十倍不成问题，而且随着时间的推移，升值空间更大。现在有很多人都在收藏那个年代的教科书，小学的、中学的都要，升值潜力挺大。那时候的书跟现在的不一样，纸张发黄，手感发轻，纸质远没有现在的好。

伍子从中挑选出十几本放在一边，示意老人这些都要了，然后又对老人说道："老同志，另外三个口袋能打开吗？我挑挑看，中意的话多要几本。"

老人见伍子有购买的意思，黝黑的脸上绽放出灿烂的笑容，迅速把三轮车上剩余的三个口袋全都打开了，口朝下摊在地上。这三口袋旧书还是以过期的杂志为主，不过伍子从中看到了几本格外刺眼的，那几本书颜色发黄，黄到什么程度呢，就跟死人的脸差不多，或者说跟祭奠死人烧的纸差不多。用死人打比方绝不是故弄玄虚，现在市面上流通的真古董，有多少是从死人身上扒拉下来的，谁又能说得清楚。

伍子伸手拣出那几本纸张发黄的书，封面三个大字非常醒目：红楼梦。伍子心跳有些加快，看这纸张，最起码也是六十年代以前的，因为它的纸张比刚才挑选出来的那些还黄、还轻。再看看书的末页，是1953年版，他手里的这本是中册，如果能找到上册和下册集成一套，也算捡了一个小漏。伍子压制住内心的激动，尽量表现出一脸平静，继续在书堆里翻，上册和下册终于被翻出来，还好，今天这个漏捡定了。

“老同志，您这么多书是从哪里来的？”伍子边翻书边问老人。

“我呀，是收废品的，河东三徐庄不是在进行城中村改造吗，最近一户人搬家，这些旧书就被我收来了。六毛三一斤，比市价足足高出一毛钱，把主人家乐坏了。”老人回道。

“那您比市场价高一毛收下来，不赔钱吗？”伍子问道。

老人一脸得意，脸上笑容持续绽放：“不会，我早打听好了，这种书一块钱一本好卖得很，有人专看过期杂志，就是五毛一本我也赚啊。”

伍子一阵感叹，什么叫商品社会，这就是，连收废品的老人都晓得搞投机了。其实搞古玩又何尝不是一种投机，除了极少数人是真正意义上的收藏爱好外，多数玩家都是在搞投机，赚取升值的利润。前些年人们炒股票，如今股市熊下去了，收藏热起来了，商品社会嘛，资金总要有个流向。命苦的人把钱用在买房上，命好的人把钱用在收藏上。

除了一套《红楼梦》，伍子还从书堆里翻出一本1956年版的《西游记》，不过只有下册。最有价值的是一本年限不详的《康熙字典》，看纸张最起码也应该是清末民初的，可惜只有六本，《康熙字典》分为子丑寅卯等十二本，六本只能算半套，全套和半套在价值上可不是简单除以二的关系，最起码会贬值五分之四。

伍子心里微微有些遗憾，不过能捡到这些已经不错了，要不是他突然心血来潮过来翻看，这个小漏恐怕就错过了。现在的古玩市场，无论是买方还是卖方，运作方式都已经相当成熟，捡大漏的可能性越来越小，能够捡到小漏就不错了。要不是这几本书夹杂在一些纸质同样发黄的五六十年代的旧书中间，很容易被人一眼发现，这样恐怕就轮不到伍子捡漏了。人嘛，知足常乐，不要得陇望蜀，这山看着那山高，那是自己给自己找烦恼。

伍子选来选去，总共挑中了那么三十来本，其中有杂志，也有毛选、《随想录》等五六十年代的旧书。当然，最主要还是那套《红楼梦》和《康熙字典》，1956年版的《西游记》虽然残缺，一块钱当然也值得拿下。至于那几本杂志，则完全是为了掩人耳目，不然很容易引起老人的注意，只选对的，不选贵的，太招眼。老人既然懂得单本卖这些旧书，肯定是个聪明的老头，万一被他看穿可就不好办了，捡漏，就要做到天衣无缝。

“老人家，我就要这些，您看多少钱？”伍子对老人说道。看着这老头，他不自觉想起前些天那位吴王夫差剑的卖主，也是个老头。事情就这么巧，两次捡漏都发生在老人身上，人要是走运拦都拦不住。

老人把伍子挑出去的书数了一下，满脸堆笑道：“一共三十三本，你给三十块钱得了。”

伍子没有砍价，三十块钱还砍价，就有点天理不容了。他把钱点给老人，老人黝黑的脸上笑容更加灿烂，他这一车书也不过一百块钱收来的，转眼就收回三分之一的成本，能不高兴吗？三十几本对他这几口袋书来说，根本不显多，三十块钱跟白捡似的。伍子突然觉得这个脏兮兮的老人挺可亲可近的，老人淳朴的笑容在他眼里犹如绽放的黑牡丹，连满是油污的衣服都脏得那么可爱，真是人逢喜事精神爽。

老人脸上在笑，伍子心里在笑，原来卖旧书的主人估计也在笑。老人笑是因为他赚了差价，伍子笑是因为他捡了漏，原书的主人笑是因为他卖废纸的价钱比市价高出一毛。一堆旧书，三家欢喜，这才是捡漏的最高境界。

所谓的捡漏，说白了就是坑蒙拐骗，仗着货主不懂行，将绝世珍品按废品的价格收走，美其名曰捡漏。这种事情在二十世纪七十年代末八十年代初绝不罕见，那时候市场刚刚搞活，古董收藏迎来了第一个春天，很多古董贩子上山下乡，收到不少好东西，那哪是捡漏，简直就是骗子、强盗。第一批搞古董的人发了，紧接着是第二批，这时候农村人的古玩意识开始强化，捡漏变得困难。第二批搞古玩的有的发了，有的则原地踏步。第三批古董贩子再下农村，好东西已经被人收走，怎么办，于是假货开始充斥，因而第三批下乡的人赔钱的不在少数。别看乡下大爷、大婶们看着挺憨厚，祖传的锅碗瓢盆一拿一摞，实际上全是赝品。

伍子搬着书回到店里已是下午两点，草草泡上两包方便面，午饭就算对付过去了。今天这东西若是出手，起码值上千，捡了一个小漏。现在市面上做假的古书也不少，不过伍子丝毫不怀疑自己收来的是假货。看老人那架势，还有他拉来的那几袋子旧书，不像是专门贩假的。当然，收东西不能光看人，主要得看东西本身。凭伍子的经验，他感觉不是作旧出来的。

古书作旧很简单，用浓烟或者特殊的化学材料熏蒸，古书泛黄的纸面就做出来了。不过，最常用的方法还是将隔夜茶喷上去，技艺更精湛的还会在茶水里掺入少许酱油和墨汁，反复刷几遍，这样效果就更好了，但是这种作旧方法容易被行家辨识出来，真的假不了，假的也真不了。最简单易行的鉴别方法就是取清水淋在纸上，如果是作旧的纸张，那么晾干后就会出现黄白相间的水痕。由于这种鉴别方法会损害纸张的原来形态，属于有损鉴定，一般不常用。除此之外，也可以用鼻子去闻，刷过茶水的有茶叶沫子味，烟熏的有烟味，而正宗的老纸则是一种很沧桑的味道。什么叫沧桑的味道呢？这个不好用语言形容，接触的古纸多了，自然能够体会出来，这就牵扯到一个历练的问题，初搞收藏的人最好不要轻易上手去买，先身处实地历练一番，等积累了一定经验再上手淘货，这样才能少打眼。

凭着伍子这几年的历练，古纸的简单作旧自然瞒不过他，不过还有一种古书的作假很容易使人上当，那就是用现成的古纸做成古书或古画，一般人很难辨认，因为纸本来就是老的，根本无所谓真假，做纸张年代测试也没用，这才是最能坑人的作假方法。

不过这一点伍子倒不担心，因为古纸放到现在已经非常非常稀少，本身就很值钱，其价值不在这几本《红楼梦》或《康熙字典》之下，根本犯不上在这上面作假。没有利润的作假，在古玩界不会存在。古纸作假一般是用在古代名人的字画上，那样才有一本万利的可能。

# 第3章　进村淘宝

时间在老街的喧嚣声中悄悄溜走，转眼离相亲已经过去三天，女孩那边一点动静都没有，不要说电话，连条信息也没有，伍子有些失望，看来自己的魅力还真是有限。但转念一想，自己是男人，应该主动一点，这种事儿让女孩去主动，是有些勉为其难。不过，像楚珊这样的女孩，值得自己主动吗？或者说这种类型的女孩是自己想要的吗？

伍子犹犹豫豫拿不定主意，这时表姑又打来电话，说女孩那边基本没意见，没说行，也没说不行，关键就看伍子怎么表现了。末了又嘱咐一大堆话：女人最重要的是脾气好，能吃苦，漂亮不漂亮还在其次，况且人家楚珊还有一份不错的工作，配你这个古玩行的假老板绰绰有余。表姑在电话那头喋喋不休，伍子只好耐着性子听，心里边儿烦躁不已。

挂断电话后，伍子陷入了长时间的沉思，就自己现在这副德性，连房租都交不起，还癞蛤蟆想吃天鹅肉，省省吧，想象中的美女注定这辈子都与自己无缘。其实楚珊这种女孩也不错，平平淡淡、清爽自然，总比那些脸蛋漂亮，咋咋忽忽，水性杨花的要好许多。自己现在这个处境，找个像楚珊这样的，在外人看来已经有点天理不容了，也不怪表姑替自己着急，人嘛，就得有自知之明，最忌讳的就是好高骛远。

主意一定，伍子掏出手机给楚珊发了条信息：最近忙什么呢？几分钟后对方回复：也没忙什么，就是准备新一批小孩入幼儿园的事。你呢，最近怎么样？

对方这么快就回信息，说明这事有门，伍子心里多少有些兴奋，思考片刻回复道：我还是老样子，看着一个小店面，天天没有生意，连交房租都成问题。又快到月底了，房东那个胖女人马上就要来逼债，搞不好得用一件元青花抵债。

伍子这话有点儿开玩笑的意思，不过也的确是实话，他真在为房租发愁。伍子把信息发过去后，心里头产生一丝自卑，一个连生活都成问题的人，还有资格谈恋爱吗？他把自己的真实情况告诉楚珊，无非是想表明一种态度：我现在情况就是这样，如何选择随便你。伍子自认为还算有自尊和良知，隐瞒现状，骗取一个人的感情是不可取的。真正的感情应该建立在相互了解、相互信赖的基础上。

很快，楚珊回过信息：呵呵，你太能逗了，女房东如果会狮吼功的话，你最好送她一口铜钟。不过说实话，我相信你搞古玩的眼光，相信你的未来。

伍子心里暖暖的，不论出身只看缘分的人还是有的，比如楚珊。她的话看似玩笑，其实也表明了一个态度，不在乎你的现在，更相信你的未来。这或许就是知音吧，或者说是知己，遇到知己的感觉是令人兴奋的，尤其是异性知己，令人温暖而甜蜜。

短信在同一座城市的两个角落里来回穿梭，无线信号搭起了一座心灵沟通的桥梁。在若干次互道晚安之后，这次心灵的沟通才暂时停止。他们约定，明天去河东的三徐庄淘宝。

伍子把淘到老书的事情告诉了楚珊，并做出自己的推断，河东拆迁，那边可能还会有老东西出现。人们都爱犯同一个毛病，把自己平常不用的东西掖在角落里，等到搬家才把压箱底的东西抖出来，这时候最容易捡漏，多余的旧东西带不走，可不就等着贱卖呗。加上搬家时房子的主人方寸最乱，捡漏往往就发生在这个节骨眼儿上，关于这一点，收废品的恐怕是深有体会。

伍子现在想的是，还会不会有像老版《红楼梦》和《康熙字典》这样的东西出现，万一有的话，那一定得赶在收废品的之前把东西抢下来。所以，伍子决定去河东走一遭，楚珊则是抱着好奇的心态，想看看捡漏是如何发生的。当然，他们决定一起去的目的远不止这个，其他的就心照不宣了。

结束对话，伍子又想起那把吴王夫差剑，这把宝剑要是能出手，资金上的难题就会迎刃而解。现在最主要就是寻找买家，太张扬不行，这东西本身就来路不正，再大张旗鼓地叫卖，明摆着是想蹲大牢，窝头咸菜有他受的。

第二天，老天爷不负众望，万里无云的好天气。八点来钟就已经热得难受，伍子暗暗叫苦，这种鬼天气去淘宝，没有收获可对不住自己的满身大汗。

伍子先打的到楚珊家的小区门口，然后俩人一起去河东。梨城不大，二十分钟后就赶到了河东的三徐庄。这里属于城市边缘，是地地道道的城中村，这几年，梨城对城中村的改造力度挺大，三徐庄周围大片大片的平房都已经被铲平，南门口和东门口也在紧锣密鼓地拆迁，街道两旁全是残垣断壁。

伍子和楚珊下车，到处都是又红又大的“拆”字。村子里窄小的街道上冷冷清清，偶尔有几只流浪狗和猫在垃圾堆里觅食，不时也可以看见收废品的老人在那里捡东西。这儿的搬迁已经接近尾声，百分之八十以上的住户都搬走了，剩下的也在忙着收拾东西，再剩下的，恐怕就是抗拆的“钉子户”了。

伍子的目标就锁定在那些准备搬家的人家上面，兴许还能找到几本像样的老书。当然，对于特别值钱的古董他没抱希望。河东这地方的建筑物的历史普遍不长，过去也没听说有什么显赫的人家，更没有历史悠久的四合院、学堂、庙宇等老宅子，所以淘到古董的可能性几乎为零。

随着国内收藏的持续升温，执迷于收藏的人越来越多，那些捡大漏的段子也越传越邪乎，比如谁谁谁随随便便就捡到国宝级的古董，进而一夜暴富。这纯粹是扯淡，国宝是萝卜白菜吗，什么地方都能捡？即便很多人祖辈是大家族，几经没落变迁，流传到现在的古董也是少之又少。这还得说是有史可考的大家族，那些祖上八辈都是贫农的家庭，根本不可能会有什么古董。

伍子和楚珊继续走在破落不堪的街道上，村民没看到几个，收废品的倒是来往不断，这些人的消息很灵通，无疑都是冲着捡漏来的。一辆三轮从他们身后慢悠悠擦肩而过，楚珊突然狠劲儿一拽伍子的胳膊，手指着前面收废品的三轮：“快看，车上有一件古董！”

伍子被楚珊的举动吓了一跳，这可是他们之间第一次亲密接触，顺着她的手指望去，那是一辆满载而归的收废品的三轮车。车上旧报纸、旧鞋、破电视满满一车，为了怕东西掉下来，车主还用绳子横竖在上面勒了好几道。各种废品中间夹着一只五彩大花瓶，白地彩色，看着挺喜庆，楚珊指的古董就是那东西。

伍子看着楚珊兴奋的样子，一阵苦笑：“那不是什么古董，就是一普通花瓶。”

“你怎么知道？这么远也能辨别出古董的真假？”楚珊一脸疑惑地望着伍子。

伍子解释道：“这么远当然看不出来，我又没有孙猴子的火眼金睛。这辆三轮不是刚从我们身边过去的吗，那花瓶我早注意到了，底款印着‘邢台第二瓷器厂’，古董有瓷器厂出来的？”

楚珊一听这话，兴奋劲儿一扫而光，继而扑哧一下笑出声来：“想不到你的眼睛还挺尖，不起眼的地方都能注意到。”

伍子淡淡答道：“这是搞古董这一行的职业习惯，全神贯注地观察身边出现的每一件东西。捡漏不单单是凭运气，更得靠眼力，不是有那么句话吗，机会往往偏向有准备的人。一个合格的古玩商，随时随地都得做好捡漏的准备，碰上瓷器，当然要看看它的底款。”

“该死的邢台第二瓷器厂，要不是这几个字，我们今天真捡漏了。”楚珊不无遗憾地说道。“这里离邢台不远，出现落款为邢台瓷器厂的瓷器也不意外。提到邢台，它烧造瓷器的历史可以追溯到唐代，邢窑白瓷在全国也是大名鼎鼎。宋代五大名窑之一的定窑，也在我们河北省，曲阳县到现在还保留着定窑的遗址呢。说起来，定窑白瓷在很多方面都跟邢窑白瓷很像。”

“你懂得可真多，一个花瓶能引出这么多话题。”楚珊用钦佩的语气说道。

“这是搞古玩的常识，连这都不懂，干脆也别搞古玩了，回家抱孩子去吧。”

两人边说边走，除了这件现代痕迹明显的瓷器外，再没有新发现。

河东这个地方的历史不长，经济也欠发达，本就缺乏出现宝贝的基础。伍子是这么认为的，事实也的确是这样，俩人顶着烈日转悠了半天，一无所获。不要说旧版《红楼梦》、《康熙字典》，就连新版的影子也没见着半个。伍子这才意识到自己捡到那几本老书是多么侥幸，任何一个环节断档，事情都不可能发生，这就是收藏的缘分。收藏跟爱情有时挺像的，靠的也是一种缘分，收不到好东西就证明没有缘分，强求也没用。不过，也不能说完全一无所获，伍子和楚珊这次相谈甚欢，气氛明显比第一次见面时活跃多了。

河东之所以叫河东，是因为南北走向的滏阳河将梨城一分为二，河东和河西，河西是主城区，河东是老城区。滏阳河自南向北流淌了几千年，留下不少古老的石桥，就如同眼前这座连接市区东西的“老石桥”。伍子和楚珊并肩走在桥上，品味着穿越历史和空间的感觉。

“老石桥”上最醒目的地方就是桥头的石狮子，两边栏杆上总共有二十六只。虽然历经风霜，线条有些模糊，但神态依旧栩栩如生。不过很多石狮子都被损毁了，有的缺胳膊断腿儿，有的干脆整只消失。关于“老石桥”石狮子的传说，当地有很多种版本，甚至有跟北京卢沟桥相提并论的。

石狮子整只消失，多数人认为是夜里被人盗走了。这里的石狮子漂亮，有活性，于是一些人就开始惦记，把整只石狮子凿下来，或卖给富人镇宅子，或卖给收藏石雕的藏家。总之，公家的东西落入私人腰包，好端端的一座古桥，就这么给毁了。谈到这里，伍子一阵感叹，从清末到现在，历经几次古董大浩劫，被外国人抢走的，被自己人损毁的，损失的国宝何止千万。

听着伍子发自内心的感伤，楚珊扑哧一声乐了："看不出你还挺有爱国心的。"

伍子苦笑："说我有爱国心你可冤枉我了，我连肚子都吃不饱，还谈什么爱国呀。干哪一行说哪一行，我主要是心疼，损坏和流失的那些国宝要都给我，就是换成一百块的美金也能排到月球上去，那才叫富可敌国。"

说到文物失窃，伍子跟楚珊谈起了他们老家邻县发生的一件事儿，时间大概是三年前，那村子叫什么名字记不太清楚了，不过重要的是这村子在几百年前出过一位尚书，也不知是礼部尚书还是刑部尚书，总之是朝廷里的大官。

据村里老辈人讲，以前村东头儿有个挺大的土丘，跟小山似的，那就是老尚书的坟墓。再早土丘上还有祠堂。"文革"时期祠堂被砸了个稀巴烂，砖瓦木料都被村民用来垒猪圈、搭鸡窝了。到了八十年代末九十年代初，土丘被村民挖去不少，用来填自家宅基。再后来，土丘周围出现几个比老鼠洞大许多的窟窿，县文物局的同志看过以后，确认那是盗洞，古墓在不知不觉中被盗了，村民们这才知道土丘原来是老尚书的坟墓。

祠堂被毁，土丘被平，坟墓被盗，老尚书留下的遗存灰飞烟灭，不过总算有些遗迹幸存下来，土丘旁边还屹立着不少石佛、石马，以及"乌龟驼石碑"。"乌龟驼石碑"是村里人的通俗叫法，那东西学名叫"屃"。传说"屃"是龙的第八子，生平好文，石碑两旁的文龙就是它的遗像。我国碑碣历史久远，内容丰富，上面的字多是出自名家之手，诗文更是脍炙人口，千古称绝。"屃"十分爱好这种文采斐然的碑文，甘愿化作文龙去衬托这些文化精粹，于是才有了人们看到的"乌龟驼石碑"。

虽然经过几百年的风吹雨打，石雕和碑文却依旧清晰可辨。文物局的同志说这也是文物，尤其是石佛和石碑，对研究本县的历史有很高的文献价值。如果有证据证明石碑上的字出自老尚书之手，研究价值会更高。由于这些东西搬运起来比较麻烦，文物局并没有派人将它们搬走，再说，即便搬到县里，也没地方妥善保管。石碑和石佛等就一直留在几乎被夷为平地的土丘旁边。

直到三年前的一个傍晚，两辆大卡车和一辆大吊车停在土丘旁边，下来几个人比比画画，看样子是要把石碑、石佛放吊车上运走。眼看天马上就要黑透，这时候出现几个不速之客，引起了村民们的警觉。几个胆大的村民上前询问，车上的人回答得吞吞吐吐，一会儿说是县文物局的，一会儿又说是市博物馆的。村民一听就知道是在瞎编，现在什么时间，文物局的同志早下班了，他们犯不上晚上加班来运这个东西吧。

村民越聚越多，车上的人见势不妙，灰溜溜开车走人，村民们长出一口气，这可是老祖宗留下来的最后一点念想了。纯朴的村民捍卫住了老祖宗的遗产，不过事情远没有结束。几天以后，还是傍晚，还是那几辆汽车，像幽灵一样停在土丘旁边。几个人从车上带出钢丝绳，在石佛、石碑上缠绕了好几圈，吊车开始麻利地往车上吊。

村民们发现这群不速之客还惦记着老祖宗的遗物，自发组织起来阻止，可是车上的人早有准备，噌噌跳下几个赤裸上身的年轻混混，每个人胸前背后都有文身，一看就不是什么好鸟，他们手里拿着双管猎枪，还有两个手里拿着仿五四手枪。

一边是单纯的村民，一边是荷枪实弹的混混，这就有点抢劫的味道了，村民们眼睁睁看着东西被拉走，毫无办法。石佛和石碑足足装满两大卡车，还有一尊石佛放不下，一个歹徒便用红布把石佛的头包住，另一个歹徒则拿起大锤狠狠一抡，佛头落进红色包袱里，汽车扬长而去，只留下原地发呆的村民。

等村民反应过来，无不义愤填膺，这样明抢明夺，还有没有王法？除了六十多年前日本鬼子进村，他们何曾受过这份窝囊气，当下便有人拨打了110，工作人员接警后却迟迟不见行动，直到夜幕彻底降临，110警车才姗姗而来。

如今，那尊没有头颅的石佛还兀自矗立在几乎被夷为平地的尚书墓旁，向世人昭示着曾经的不平凡。懂行的人就知道，石佛最有价值的地方就是佛头，石佛无头，价值将缩水数倍。不难想象，那些打石碑、石佛主意的人，又何尝不是行家？

国内收藏越来越热，可这热闹的背后又掺杂了多少不和谐的音符？收藏热增加了人们对古董的了解和热情，在很大程度上促进了文物的保护和开发，但同时也激起了不法分子的投机热情，盗墓、拐骗、作假，泛滥成风。

中国是文物大国，有五千多年的悠久历史，历朝历代留下的文物不计其数，一级的、二级的、三级的、不定级的，何止千千万万。有时候一棵老树、一座古桥、一件石雕，甚至一件民俗服装，都称得上文物。现在国家财力有限，只能把钱花在刀刃上，保护一级、兼顾二级，那些数量最多，分布最广的三级和不定级文物，则需要我们齐心协力来保护。老祖宗留下的东西，一旦失去或损坏，永远都不可能再复原，纵有金山银山也不能。所以，搞收藏别只想着升值发财，还要保护国家古老的文化传承，这才是收藏的最高境界。

听着伍子抑扬顿挫地发表了一通长篇大论，楚珊笑了："想不到你的思想觉悟还挺高，古玩店老板像你这样的可不多，很多人都只向钱看。而你，看的地方太多，注意力不集中，怪不得交不起房租。"

伍子轻轻摇头，没有回答，难得楚珊把他看得那么好，他心里挺惭愧。不是他不认钱，而是钱不认他，店里的仿古赝品也不少，就是卖不出去。不知道是仿的质量不高，还是人们的眼力提升太快，抑或是自己不够狠，搞古玩的心不狠，注定发不了财。

伍子和楚珊在老石桥上并肩而行，头上的太阳挺毒，桥上行人稀少，这样的天气也只有刚谈恋爱的情侣才会不避酷暑漫步桥上。伍子和楚珊趴在栏杆上俯看缓缓流淌的滏阳河水，楚珊身上淡淡的香水味飘进鼻孔，伍子一阵陶醉，这就是女人的气息，他长这么大还从没有这么近距离接近过同龄女孩。他装着不经意地看了一眼楚珊，粉色的连衣裙勾勒出凹凸有致的身材，他突然发现楚珊其实挺漂亮的。

滏阳河如同一个熟睡的婴儿，清清静静，虽然是汛期，但河水依旧很少。曾几何时，滏阳河也曾浩浩荡荡向北汇流入海河，从天津入海。滏阳河有一段是河北与山东的分界线，京杭大运河就是借助这一段向北延伸，直达通州。

在二十世纪六七十年代根治海河大会战中，滏阳河被平行地分成几条，变成了滏阳河、滏阳新河、滏阳排河。河道多了，水流量少了，如今的滏阳河只剩下浅浅一层，曾经商船往来不断的场面再难见到。老石桥边上的木制码头静静矗立在河岸，历经多年风霜，向人们昭示着这里曾经的繁华。

河里有几个小孩在嬉戏，河水最深的地方也只能到他们的肚脐，这种水位不会发生什么危险，所以家长也没有过多约束。伍子和楚珊看这些小孩玩水都有点出神，这就是童年，人一生当中最无忧无虑的时光。等到了现在这个年龄，要操心的事情就太多了，比如终身大事，而身边这个人，真的是陪伴自己走完后半生的人吗？伍子在考虑，楚珊估计也在考虑。

一阵小孩的嬉戏声打断了伍子和楚珊的思绪，伍子的眼睛不由自主朝嬉戏声望去。一个十二三岁的小孩手里攥着样东西，在水里手舞足蹈地吆喝着，其他小孩见有人捡到东西，也跟着起哄，过来争抢，嬉戏声正是小孩们互相追逐发出的。

伍子的目光瞬间定格在小孩手里的那件东西上，由于距离比较远，只能看见是一件长筒形状的东西，青白相间的花色。

伍子拍拍楚珊的肩膀："你在这等我一下，我马上回来。"说完一溜烟跑下老石桥。

楚珊脸色一阵绯红，才第二次见面，他就动手拍自己的肩膀，是不是有点……还没等她反应过来，伍子已经跑出老远，很快消失在前边不远处的小商品批发市场。楚珊一脸愕然地站在老石桥上，不知道伍子在搞什么鬼。

几分钟后，伍子重新出现在桥头，手里拎着一个紫红色的，类似于汽车内胎一样的东西。他没有过去找楚珊，而是冲她做了个手势，意思让她再等一会儿。楚珊莫名其妙地点点头算是回应，清澈的双眸一刻不离地盯着伍子，想看他到底搞什么名堂。

伍子沿着桥头弯曲的小路朝河床跑去，很快就来到河边上，也不知说了些什么，水里的小孩儿一窝蜂朝他跑去。伍子弯腰对捡到东西的那个小孩边说话边扬了扬手中的东西，楚珊距离他们比较远，听不到他们在说什么，只看见那个小孩把捡到的东西递给了伍子，伍子则把类似于汽车内胎的东西交给了小孩，他们之间做了一个交换。

交换完之后伍子没有停留，转身朝岸上跑去，小孩们则把"汽车内胎"扔进河里，围拢在上面打闹。楚珊这才明白，那不是什么汽车内胎，而是个中号的游泳圈，至于交换来的是什么东西，还不得而知。

伍子一路小跑回到楚珊身边，烈日当空，他身上的T恤衫早已湿透，脸上也渗出浓密的汗珠，尽管形态狼狈，却掩不住脸上兴奋的光彩。楚珊更是疑惑，一双眼紧紧盯着伍子，想得到他一个合理的解释。伍子知道楚珊的想法，主动把手里的东西递过去："给，看看这是什么？"楚珊伸手接过，这是一个圆筒状的瓷器，说是圆筒也不太确切，因为这东西上下并不是一样粗细。上边形似喇叭口，下边的底足向外扩展，中间部分倒像个笔筒。整个瓷器上都是青色的图案，跟芭蕉叶差不多，楚珊来回摆弄半天也没看出个所以然。

伍子一脸得意，终于有了一个卖弄的机会："这东西叫花觚，仿青铜器的造型，流行于元明清三代。看见上面的芭蕉叶没，那叫蕉叶纹，这东西的全称叫青花芭蕉纹花觚。"

伍子的解释不但没有打消楚珊的疑虑，反而更令她如坠雾里："这东西是干什么用的？"

"这个嘛，还不好说。盛水吧，太小；盛酒吧，口太大；当花瓶吧，造型也不对；当笔筒吧，太细长了点。现在人们普遍认为它就是一种陈设器，摆设而已。"伍子回答道。

楚珊有些不屑："闹了半天是这么个东西，中看不中用，大热的天跑了半天，就为这个？"说着一把还给伍子。

伍子接过花觚一脸苦笑，在全民搞收藏的今天，还有这么不懂行的："你可别小看它，这可是清代的青花瓷器，能值不少钱呢。"

"是吗？你怎么知道它是清代的，或许又是哪个陶瓷厂生产的呢。"楚珊先是一惊，而后不以为然道，要真是清代的，这东西来得也太容易了。

"怎么跟你说呢，给瓷器断代是一项系统的内容，一句两句说不清楚。咱们别在这儿傻站着了，找个地方吃饭吧，边吃边聊。"伍子说完话，领着楚珊下了老石桥。河里那几个小孩仍在嬉戏打闹，早将捡到一件破瓷器的事儿抛到脑后，好像根本没有发生过，只有紫红色的游泳圈还在孩子们的围拢下荡漾在水面……

伍子和楚珊来到一家小餐馆，刚进门，清凉的感觉就扑面而来，伍子感觉一阵清爽。两人在不显眼的地方挑了一张桌子，面对面坐下，饭菜还有一会儿才能上，楚珊迫不及待地问伍子："现在该老实交代了吧，你的依据是什么，凭什么说花觚是清代的？"

伍子将花觚捧在手里，放到他与楚珊中间："你看花觚上面的釉色，白里泛青，釉面肥润。你再看底下的胎，质地坚硬，胎、釉结合细密。再看看器形，端庄雅致，线条流畅。这些都是清代青花瓷的特征，不过下面没有款，只能认为是民窑里边的精品。"

楚珊听得一头雾水："什么胎，什么釉？你能不能从头解释。"

伍子闻言头痛，她连胎和釉都不知道，这事儿没法解释，越解释越乱，就好像跟一个小学生讲微积分一样，一切无从谈起。这时候服务员把菜端上来，伍子顺坡下驴："来来，先不说胎釉，先吃饭菜。"楚珊被太阳照顾了一上午，的确有些饿了，也没再追问瓷器的事，埋头吃起饭来。伍子一下从为难中解脱出来，她真要抱着胎釉的问题不放，估计到明天早晨也未必能解释清楚，古玩这东西，解释一个名词需要用到另一个名词，一环套一环，不是三言两语能够说清楚的。

临出餐馆，楚珊问了伍子另一个问题："你费这么大劲换来这花觚，能值多少钱？"

伍子有些得意，终于问到点子上了，搞古玩的人费尽周折淘东西，不就是为了升值吗？终于可以在女人面前显露一把了，把捡漏的喜悦跟女人分享，估计是搞古玩的男人最大的快乐。伍子举了个通俗易懂的例子："我买那个游泳圈花了 35 块钱，这个青花花觚至少能值好几百个游泳圈。"

"天啊，你发财了！"楚珊一脸惊愕地望着伍子，"怪不得人人都搞古玩，这东西来钱太容易了。如今两个行业最赚钱，第一是房地产，第二就是搞收藏，我今天算是亲眼所见，你还说交不起房租，骗人的吧？"

伍子摇头："这种好事，我长这么大也是第一次赶上，这辈子能不能遇到第二次，还难说得很。"楚珊若有所思："说来也怪，这河床里怎么会捞出瓷器呢，看来你是有财神保佑，福星高照。"

"这个并不奇怪，滏阳河往南属于京杭运河的一部分，自古就是南北漕运的必经之地，千百年来沉在滏阳河底的船只不少，这里面肯定有运送瓷器的，在河里打捞上瓷器并不新鲜。直到现在，邢台、邯郸等滏阳河沿岸的好些农民，到了农闲时节还会去河里打捞沉船，据说也有人捞到过宝贝。”伍子解说道。

两人吃完午饭走出餐馆，大街上依旧艳阳高照、酷热难耐，伍子问楚珊下午有什么安排，肯定不能再遛大街了，皮肤晒黑事小，中暑可就麻烦大了。楚珊提议去伍子的古玩店，看看伍老板店里有什么千古绝唱的好东西。伍子自然没意见，他店里的东西虽然摆不上台面儿，但他还有那把吴王夫差剑镇店，教楚珊见识见识也不错。

伍子在潜意识里已经渐渐接受楚珊，这女孩不错，能顶着烈日陪自己半天，仅此一点就值得交往，伍子拦下一辆出租车，带着楚珊往老街的方向驶去。

# 第4章　从国宝到凶器

楚珊走进伍子的古玩店，瞅着每一件东西都新鲜，一会儿拿起件瓷器，一会儿又抱起个香炉，跟刘姥姥进大观园一样。伍子暗暗得意，这正是他要的效果，男人嘛，总想在女人面前展现自己最在行的一面。

好半天，楚珊的新鲜劲儿终于消退，坐在一把老藤椅上休息。伍子用紫砂壶沏上一壶茶，茶香四溢，楚珊品着不知名的茶水，隐隐有一种陶醉的感觉。藤椅背后是各式各样的古玩，此情此景，真有点返璞归真的感觉。老街年代久远，街道狭窄而细长，很少有机动车通过，是喧闹的城市中难得的一块净土。

伍子从卧室床铺底下的箱子里取出一个长条状的盒子，那把心爱的吴王夫差剑就躺在里面。这可是千古一剑，好东西当然得显摆显摆，也算增加一个恋爱的砝码。伍子刚把盒子抱出来，还没等打开，就见到一个人影晃进店里。伍子抬头瞧去，来人土里土气，一身农民打扮，身后还背着个麻布口袋。

“你们这儿收古董吗？”来人用很浓重的乡音对伍子说道。

“当然收，你有什么好东西，先拿出来看看。”伍子回答道。

来人将口袋轻轻放在地上，伸手从里面拎出一个大花瓶，瓶面满是青色莲纹和古代人物图像，看上去挺喜庆。“这是我家祖传的梅瓶，康熙民窑的精品，小哥看看能值多少钱？”这人边说话边轻轻将花瓶放在柜台上。

伍子伸手拿起这件瓷器，先大致看了看器型和釉面，又翻过来看了看底足。这些动作之后，他已经心里有数，嘴角不禁牵起一丝冷笑，不过笑容很快消失，抬起头来已是一本正经：“这个青花梅瓶你打算卖多少钱？”

农民打扮的人用浓重的乡音回答道：“我急着用钱，也不想出价太高，一口价，八千。”

对方的要价把伍子给逗乐了：“就您这件瓷器，我看八十差不多，还八千。这样的瓶子八千块钱能买一车，您信不信。”

这人被伍子的话给弄呆了，好像伍子跟他开了个天底下最大的玩笑："哎，我说朋友，咱别说笑。你可看清楚了，这是康熙民窑的精品，就这梅瓶，要再多个底款，能值八十万！"

伍子指了指那件瓷器："就您这梅瓶，还康熙年的。你看看里面的胎，机器旋转出来的吧，康熙爷那会儿，有制瓷机器吗？您再提鼻子闻闻，一股子煤气味儿，估计是用煤气炉子烧出来的。这器型倒有点梅瓶的样子，不过还是太臃肿了点，完全没有康熙梅瓶的影子……"

伍子还要往下说，被这人一把拦住："得得得，你不收就不收，也不能诋毁我的传家宝啊！"伍子冲这人一乐："这梅瓶顶多也就三五年的历史，您可千万别再说是祖传的了，听着让人笑话，我们老祖宗可没有用煤气炉子烧制瓷器的手艺。我看这东西就是从某个瓷器厂捡出来的残次品，八十块我都给高了，也就值十八。"

"你这小孩儿不识货，得了，我到别家转转去。"这人脸色微红，抱着梅瓶就匆匆走出了店门。

"您慢走，不送嘞。"伍子在对方走出店门后冲楚珊挤了个眼色，那意思我这两下不是白给的吧。一直在旁边看热闹的楚珊笑得打跌："你也忒损了，不收就不收呗，非把人家的东西贬得一文不值。"楚珊盈盈秋水般的眸子盯住伍子，隐隐透出一丝异样。

伍子见楚珊用那种眼神看着自己，下意识避开，但避开后又立即后悔了。瞧自己这德性，这不是拒绝浪漫吗？伍子心里后悔，不过话还得答："损他，他那样的就该损。那破瓷器，真就值十来块，还好意思拿出来蒙人，他是看店里没有大掌柜的，我们俩年纪小好蒙，才跑来骗钱的。"

像这种明目张胆拿着"破烂"来骗钱的，在古玩这一行比比皆是。这些骗子喜欢打扮成农民的样子，先给人留下一个老实巴交的印象，然后开始编故事，要么说是家里祖传的古董，要么就说是在地里刨出来的宝贝，总之是把手里的"古董"合理化。趁买家被忽悠住的机会，假东西就这么出手了。不过，被忽悠住的一般都是没什么经验的新手，直接到古玩店里来忽悠的就比较少了，毕竟开店的掌柜谁没有两把刷子。

伍子把骗子送走，重新拿起那个长条盒子，冲楚珊摆摆手："来，让你见识一下真正的古董。”楚珊还停留在刚才可笑的骗局之中，见伍子叫她便从藤椅上起来，走到放着长条盒子的柜台边。伍子轻轻将盒子打开，取出一把黄里透青稍有些锈迹的宝剑。“瞧瞧，这可是一把盖世宝剑，历史上有一位大名鼎鼎的人物，曾经用这把宝剑南征北讨，称霸天下，你猜猜他是谁？”

“我不猜，这哪能猜得到。”楚珊歪着脑袋拒绝了伍子的问题。

伍子稍微有点扫兴，不过看楚珊那洗耳恭听的架势，夸夸其谈的精神头又上来了：“越王勾践剑听说过吗？湖北省博物馆珍藏的那把，号称中华第一宝剑。”

楚珊点点头：“略有耳闻，那可是国宝。怎么，你也有一把？”

“对，也不对。我这把虽然不是越王勾践剑，但也跟它齐名。春秋时期吴越争霸南方，吴王夫差俘虏了越王勾践，不过他并没有干掉勾践。勾践侥幸活下来，开始了忍辱负重、卧薪尝胆的生活。在其后的十几年里，他美人计、反间计并施，最终灭掉夫差，成为春秋最后一位霸主。这两位风云人物共同演绎了一段血雨腥风、荡气回肠的历史，时光流转到今天，越王勾践剑驰名天下，我这把吴王夫差剑没理由不成为国宝呀？”伍子一口气将宝剑的来龙去脉介绍了一遍，言谈说话声情并茂，生怕楚珊领悟不到这把宝剑的价值。

恋爱中的青年男女，时间总是如白驹过隙，不知不觉一个下午悄悄溜走。临近傍晚楚珊提出要回家，伍子邀请她吃晚饭，楚珊没有答应，伍子也不作勉强，一直把她送出老街。伍子想，这第二次见面就相处了一整天，开局可说是相当顺利，照这样发展下去，胜利的曙光已然可见。如果人家对自己没意思，断不会陪自己东奔西走一整天。

伍子心情不错，不光是因为爱情来敲门，还有今天无意中捡到的那个花觚。回到店里后他仔细瞧过，是清代民窑的东西不假，而且还是精品，价钱嘛，应该在两万到三万之间。

无意之间，爱情财富双收获，一切来得太突然，伍子甚至没有丝毫的心理准备。当然，他的头脑还是清醒的，现在这社会，爱情是建立在物质基础上的，没有物质作后盾，再唯美的爱情也经不住考验。不是女孩太现实，而是世界太残酷，就业难、通货膨胀、房价高涨……所有压力都前所未有地压在了刚刚创业的年轻人身上，在生存都成问题的情况下，爱情又从何谈起。尤其是女孩，她们更需要一种安全感，安全感从哪里来，说到底还是体现在物质上。伍子感到一种深深的压力，连房租都交不起的他，却在肖想恋爱。几次失败的相亲经历使他犹如惊弓之鸟，不敢抱有太多幻想，他这个年龄的人不是不想浪漫，而是不敢浪漫，或者说没有浪漫的资本。童话里王子与灰姑娘的故事倒是够浪漫，但男主人公是位王子，有着数不清的财富，如果王子换成一个普通农民，他跟灰姑娘的故事还会这么浪漫吗？连童话故事都不能免俗啊！

一个青花花觚解决不了根本的问题，甚至改变不了举步维艰的现状，要是那把“吴王夫差剑”能出手就好了，这样生活将从根本上得到改变，想到这里，伍子对未来又有了些信心，至少他手里还握着一个重重的砝码。

吃过晚饭，夜幕已经完全降临，伍子关好店门躺在床上，满脑袋都是楚珊和花觚的影子。美其实是相通的，同样的词汇几乎可以同时用在楚珊和青花花觚的身上：体型端庄、线条流畅、凹凸有致。单论身材，楚珊是很优秀的，虽然相貌稍显普通，不过白皙的皮肤很好地弥补了这一缺陷。综合起来，楚珊的外表并不在以往任何一个跟伍子相亲的女孩之下，而且人家还有一份比较好的工作，在这个小城里，绝对是好女不愁嫁。也正因为这样，伍子跟楚珊交往骨子里是有一些自卑和心虚的，他目前的状况，无论如何都配不上人家，若不是有一把吴王夫差剑作后盾，伍子根本没有继续与楚珊交往的勇气。

楚珊并没有像他希望的那样发来信息，伍子有心发过去一条，但想想还是算了，对女人过分主动从来不是他的性格。伍子是一个很相信缘分的人，命里有时终须有，命里无时莫强求。他这个想法多少有些消极，或者也可以说是自尊心强的一种表现。

接下来的几天有些平淡，楚珊没有再跟伍子见面，只是水清水淡的短信往来。跟那天的“烈日寻宝”相比，倒像是高潮后的低谷，或许人家那天只是心血来潮。伍子骚动的心又重新平静下来，他和她本就是两种不同类型的人，一味追求什么结果，只会徒增烦恼，还是顺其自然的好。

又是一个阳光明媚的早晨，伍子老早就打开了店门。今儿是周六，又到了老街的大日子——古玩交易最集中的一天。伍子已经打算好，上午开店营业，下午去街上淘宝，两不耽误。九点来钟，街上买卖的人开始增多，伍子拿着鸡毛掸子在货架上来回扫拭。不一会儿，就见几条人影晃进店里，伍子暗中高兴，这么早就有买卖登门，兆头不错啊。不过等伍子扭头看清楚来人的衣着相貌后，他马上否定了自己的想法，这几位的打扮，可不像是来买东西的。

柜台前站着四个人，三男一女，清一色着浅蓝制服。女的手里拎着黑色公文包，用不太标准的普通话对伍子说道："我们是市文化局的，有人举报你前段时间收过一把青铜剑，我们想核实一下情况，请你配合工作。"女人说完，便从公文包里掏出工作证和一沓红头文件，全是关于国家文物保护方面的。

伍子心里咯噔一下，坏了，收购吴王夫差剑的消息到底还是走漏了。谁啊这是，诚心跟爷过不去，满以为能够瞒天过海，神不知鬼不觉把这件事搞定，到最后还是露馅了。现在一想也难怪，那天那么多人看见卖主跟自己出去，后来这事不了了之，用脚趾头也能猜出东西让自己给黑了。早知如此，就应该把活儿再做细点儿。得，现在不是后悔的时候，先应付眼前这四位吧，招还是不招呢？

伍子大脑飞速运转，考虑坦白和抗拒的得失。人家既然找上门来，肯定是得到线索的，这时候硬抗下去不明智，倒不如主动坦白，争取个宽大处理。伍子心里七上八下，脸上却是半分不显，一张白净的脸始终洋溢着热情的笑容，好像对方来不是"找碴"的，而是拿着米面现金来慰问的。

穿制服的女人始终板着脸，任伍子百般赔笑依旧不为所动，一副铁面无私的架势。后面三个男的也一脸严肃，四双眼紧紧盯住伍子浑身上下，好像要用眼神把伍子震慑住。伍子被这样四双眼睛盯着，心里有点儿发虚，今儿耍赖是不成了，还是坦白吧。

当然，坦白也分很多种，伍子承认宝剑在自己手上的同时，也向四位"制服"同志表明了一件事：自己是春秋吴国名将伍子胥的后代，鉴于夫差对伍子胥痛下杀手，作为老伍家的后人，留下宝剑有充分的理由。至于得到宝剑的细节，伍子没有说得很明白，只是含糊交代是跟一位老者换来的。

穿制服的女人没有答话，后边一位男同志走上来冲伍子摆摆手："得得得，别瞎掰了，如果那把剑真是吴王夫差剑，没什么说的，我们得收走。看你能主动交代问题，你这把剑具体怎么来的，我们暂时不予追究。"男同志说完又一扬手，示意伍子赶紧去取东西。

"几位同志，不，领导。我将这把剑交给你们，是不是也算捐献了一件国宝？

我保存这剑不容易，政府能不能给一些补偿？当然，如果政府财政有困难，给发张奖状也行。”伍子仗着胆子提要求。按说人家不追究他倒卖文物的罪已经够可以了，还要求补偿就有点贪心了，不过伍子也有苦衷，他收这把宝剑可是花了两万多块，白白捐出去，那不是从他身上割肉吗，他现在连房租都交不起。

四位文物局的同志你看看我，我看看你，最后那女的说道：“补偿的问题嘛，我们得先回去跟局领导汇报才能做决定，至于奖状嘛，肯定会给的，现在就看你捐献国宝的诚意了。”

话都说到这份上了，再不捐就是抗法，伍子极不情愿地从卧室床底下拿出盒子，双手递给那女同志。女同志的脸上总算浮出一丝笑意：“谢谢伍先生的配合，东西我们先带走，鉴定之后会给你一个准确的答复。如果宝剑是真的，你捐献国宝的事情肯定会在梨城引起轰动，到时候你出名了，你的店也火了，两全其美。”

女同志说完，又从公文包里取出一张纸，记下了伍子的姓名、年龄、籍贯、身份证号、手机等，一项不落。伍子感觉有些别扭，这就是捐献国宝的待遇吗，怎么跟审犯人差不多。最后，文物局的工作人员给他留下了一张带走宝剑的存根，便告辞离去，眼瞅着白蓝相间的公务车驶出老街，伍子的心里说不出是啥滋味，失落、惋惜、庆幸、懊恼、无奈……总之挺不爽。

突然发生这档子事，完全打乱了伍子的计划，他再也没有心情做生意，更没有心思去街上淘宝。对于这把宝剑，伍子寄予了很大的希望，原本还指着它彻底改变自己的生活，这下可好，煮熟的鸭子硬生生从眼皮子底下飞走了。而且，抢他鸭子的还不是某个私人，而是市文物局，再借他个胆子他也不敢跟政府部门作对，只能打碎了牙往肚里咽。

伍子最痛恨的还是举报他的人，真是吃饱了撑的，损人又不利己。他敢肯定，举报者就在老街，并且对他不陌生。老街大大小小近百家古玩店，具体是哪一家他也吃不准，这些古玩店的老板，平常一脸笑容，和和气气，见面就问寒问暖，跟见着亲哥哥似的，背地里可没少动暗劲儿，挖墙脚、抢生意的事情屡见不鲜。同行是冤家，老街就这么大，客源有限，竞争自然激烈。

本来那些大老板们并没有把伍子的小店放在眼里，他年纪太轻，二十来岁就开古玩店当掌柜的，老街也只此一家。“博古轩”生意清淡是意料之中的事儿，而且他们敢肯定，不出三年“博古轩”就得关门。事实上也如此，伍子已经有好几个月交不起房租了，房东把他轰出去只是时间的问题，伍子和他的“博古轩”，注定只是老街的一段插曲。但事情在前几天突然发生了戏剧性转折，一把吴王夫差剑的出现彻底打乱了老街原有的秩序。那些个店老板都不是吃素的，眼睛全瞄着这把宝剑，只是碍于国家法律才没有明目张胆地收购，清朝以前的青铜器不准交易，这在老街绝算不上什么秘密。如果没有这条法律约束着，那天得到宝剑的也绝不会是伍子。

伍子把持剑老人领出老街，美其名曰去文物局捐献，这点小伎俩怎么瞒得过古玩街那些老油条。他们得不到，也决不可能让别人得到，举报是早晚的事儿。伍子年纪轻轻，自然领会不到个中因由，只道举报之人太不仗义，而绝想不到举报之人还十分阴险，并且恐怕不止一个。

伍子郁闷无比，老早就关上店门，躺在床上生闷气。美好前程就这么没了，他围着成功转了几个圈，又回到一无所有的原地。老天就是这么残酷，刚刚把他抛上天堂，又立即将他扔到地狱。这把剑如果运作得好，值几百万绝不是问题，如今文物局的同志只给打了一张白条，就理直气壮地把东西拿走了，这事儿放谁身上都难以接受。足以改变他生活的一条捷径被堵死，他不得不重新开始。

不过反过来想想，这个结局已经不错了，政府没把他当非法买卖文物的贩子抓起来，已经够照顾他了，人家文物局不还答应给他发奖状吗，那可是金字招牌，以后店里的生意肯定会好转。伍子不断地安慰自己，生怕一个想不开，就找根绳子把自己勒死了。这一夜，伍子辗转反侧，满脑子都是那把盖世宝剑。也难怪，两万多块钱换一张奖状，这也忒贵了。

第二天是星期天，楚珊发来信息，说她今天不上班，想来伍子这边的古玩店转转。伍子无精打采地应着，他的心思还在那把宝剑上转悠，那可是他通向成功的捷径啊！

吃过早饭，伍子就在店里等着楚珊，电话铃声响起，是文物局打过来的，要他马上去一趟。伍子心里一阵激动，这是要给自己发奖状啊，如今全国都在倡导和谐社会，政府部门办事的效率也快了不少，星期天都在加班加点。伍子盘算着给自己的奖状会有多大，三十二开，好像小了点；十六开，还凑合；最好是八开的，大红奖状上的字得是烫金的，看着醒目。这东西一定要贴墙上，管用不管用先不说，最起码看着唬人啊！

伍子刚要出门，楚珊也赶到了，正好，两人一起去文物局。

老街这地方虽然历史悠久，但它不是历朝历代的都城，也不是古代的大州郡，属于古往今来的穷乡僻壤。这地方没有大型古墓，也没有大规模的地上古建筑群。秦始皇没在这里歇过马，唐太宗没在这里杀过敌，李太白没在这里赋过诗，乾隆爷下江南更没有路过这里。可以说，这里的历史文化积淀并不是很厚重，因而文物局在梨城算不上大单位，办公楼不大，工作人员也不多，平时的工作估计也就是看看报纸喝喝茶什么的。

今天是星期天，办公楼里更显冷清，两人只看到传达室的老大爷。楚珊感觉有点不对劲，问伍子："哎，你不说给你发奖状吗，人呢？该不会是看门的老大爷给你发吧？"

伍子也纳闷，打电话的时候还说在这里等，怎么没人呢？

哎哟，该不会被人给骗了吧，那三男一女根本不是文物局的！伍子这一惊非同小可，赶紧拉住传达室的老大爷询问。问过之后才知道，今儿还真有人加班，就在三楼的大会议室，老大爷还说，星期天加班在本局可是几年来的头一次。伍子惊起的一颗心这才放回原位，带着楚珊直接上了三楼，边爬楼梯边感动，到底是人民公仆，星期天还在为自己加班加点赶制奖状，待会儿颁发奖状的时候有记者采访怎么办？最起码也得说些客套话吧，伍子暗暗构思着自己的获奖感言。

上到三楼，一眼就看见了会议室的牌子，伍子礼节性地敲了几下门，咚咚咚，很快出来一位穿制服的中年人。这人伍子眼熟，昨天去他店里的好像就有这人，伍子这下彻底放心，这事儿不是骗局。

中年人打开旁边一间办公室的门，对伍子说："你先在这屋里坐坐，等会我们叫你。"说完便把伍子和楚珊让进屋里，自己又重新回到会议室。

伍子和楚珊在一张办公桌前坐下，楚珊问伍子："待会儿给你发奖状，你是不是得说几句感谢的话，说不定还有电视台的给你录像呢。"

伍子没有回答楚珊的问话，这女孩也太单纯了，满脑子只想着奖状，她哪里知道吴王夫差剑的真正价值，那是一张奖状能换来的吗？真是不当家不知柴米油盐贵，不懂古玩不知道里面的酸苦与快乐啊！伍子又开始盘算着自己的获奖感言：感谢政府、感谢社会、感谢父母、感谢楚珊……总之除了他自己，所有人都要感谢。

“伍三思，你过来一趟。”中年男人在门口对伍子喊道。伍子听见对方叫自己，赶紧跟过去，楚珊没好意思一起去，留在办公室里等消息。

伍子跟着中年男人走进会议室，里面挺宽敞，所有办公桌都被并在一起，上面铺了一层白布，组成一个很大的临时会议桌。那把令他魂不守舍的吴王夫差剑就躺在白布上，此前恐怕已经有不少专家鉴定过了。围着会议桌坐着十来个人，有老有少，高矮胖瘦不一，每个人脸上都异常严肃，整个大厅显得安静而沉闷。

伍子被大厅的气氛所感染，庄重地坐在会议桌一角，等待着各位专家和文物局同志的宣判。至于那张奖状，是十六开的，还是三十二开的，他已经不在意了。

会议桌比较中间的位置，一个挺富态的男人首先发话：“伍三思同志，得到你收藏有一把宝剑的消息后，我们马上派人过去联系，并把宝剑带回了文物局。趁着星期天，我们请来了省博物馆的专家对这把宝剑进行了详细鉴定，至于鉴定结果，请省博物馆的专家跟你谈谈吧。”这人说完话便垂首不再看他，语气十分平淡，连节奏起伏都没有变化过。

伍子有些生气，怎么说我也是国宝的捐献者，有这样对待捐献者的吗？但随即又意识到，这宝剑该不会是假的吧，晕菜，真要是假的，这人可丢大了，直接丢政府部门来了。

接下来那位专家的发言至关重要，他的结论直接关系到这把剑的真伪，伍子竖起耳朵，等待省博物馆专家的鉴定结果，那心情，就跟犯人等待宣判似的。

“你这把青铜剑，我和几位同事都看过了，经过我们集体论证，一致认为你这把吴王夫差剑是仿品，仿制时间也就是最近几年。首先，宝剑的尺度没有问题，但这并不能说明剑是真的；剑身上的铭文应该是仿山东博物馆的那把；剑柄上菱形的几何暗纹，跟吴王夫差矛上的纹饰很相似，估计是照葫芦画瓢刻上去的；剑身颜色黄中泛青，是仿照越王勾践剑的外表来的……总之，这把剑就是一个四不像。”这位专家的言语不多，不过字字见血，几句话已令伍子遍体鳞伤。

专家提到的这些细节伍子也曾注意到，也许这把剑本就是博采众家之长制出来的，“四不像”也是一种特色嘛，总不能因为这把剑的特色而否定掉它的真实性吧。

伍子刚要出言辩护，另一位专家补充道：“这位小同志，看得出你也是搞古玩的，以上几点恐怕还不能说服你，我再跟你谈谈这把剑的材质。这把剑是用青铜铸造的不假，但是铜质不对，铸造宝剑的铜不可能这么软，这不要说打仗，恐怕切猪肉都不行。如果没有估计错，这把剑应该是这么铸造出来的：造假者首先找到一件破损严重的古代青铜器，然后将它融化掉，打造成古剑的样式。铸造出来以后便埋在潮湿的泥土里，使它尽快长锈，等锈迹长出来后，一把足以乱真的宝剑就做成了。看这把剑的体积，一件青铜器可以铸造三五把这种宝剑，青铜器本身损坏严重，已经失去经济价值，将它融铸成宝剑反而能升值，铜本身就是老的，所以很能蒙人。”

专家的一席话彻底把这把吴王夫差剑打回了原形，伍子心服口服，到底是专家，一语中的，入木三分，不服都不行。

“小伙子，搞古玩可得把眼睛擦亮了，不要总想着捡漏。吴王夫差剑在我们国家是出现过不少，好几把还是在废品收购站里抢救出来的，但这并不代表每个人都能在废品站里捡到。我们搞古董，最忌讳的就是投机取巧的心里，看一件古董，不能光盯着它哪个地方像古董，更要看它哪个地方不像，假东西，总有露馅儿的地方。”一开始说话的那位专家言语恳切地对伍子说道，一方面是想安慰伍子，另一方面也跟他讲讲搞收藏的技巧。

伍子大脑一片空白，机械性地点点头，连句道谢的话也忘记说。能得到省级古董专家的点拨，这可是千金难求的事，可是伍子现在满脑子都是宝剑的影子，好端端一把宝剑，就这么被专家给否了。

挨伍子坐得最近的是昨天去他店里的那个女同志，见他有些失态，知道他受的打击不小，轻声说道：“好了，问题已经讲清楚，我们出去谈吧。”说完领着伍子出了会议室。

回到隔壁办公室，伍子一屁股坐在椅子上，事情的结果大大出乎意料，不仅奖状没戏，还落下一个天大的笑柄，这要传到老街，他那店也不用开了，丢不起那人。楚珊见这架势，也猜出其中原委，走到他旁边轻轻安慰道：“不就是把剑吗，真假无所谓，真的得捐出去，假的还可以自己留着。”

另一个工作人员推门进来，手里捧着那把“宝剑”，对伍子说道：“这东西交还给你，不过有一点，最好放在家里别乱动。这剑往好里说是仿古工艺品，往坏里说就是凶器。像这么大尺寸的，说凶器不过分吧，这要落到不法分子手里，那就是社会不安定的因素。你拎着这把剑在大街上走，知道的也就不说了，不知道的还以为你要打劫呢。国家对刀具有严格的管制，可不要为这东西进局子里了。”

伍子恨不能上前抽这人两大嘴巴，听他的语气，好像是在对自己进行安全教育，古董都被说成凶器了，这不是往伤口上撒盐吗！

女工作人员知道伍子心情不好，拉着说话的人离开了，让他自己平静一下。屋里只剩下伍子和楚珊，会议室里的专家和工作人员估计已经离开了，整个三楼一片安静。两人并肩坐着，谁也没有说话，沉静得能听见对方的呼吸声。一件国宝级的文物，转眼就变成了管制类的凶器，这个变化实在太离谱，伍子觉得自己需要一段时间来适应。而楚珊则陪着他，静静等待他适应这个结果……

“咱们走吧，都几点了，人家早下班了。”楚珊拍拍伍子的肩头，柔声说道。

伍子看看手机，十一点半，他在这里整整发了一个多小时的呆，难为楚珊还一直陪着他。“走，我请你吃饭去。”伍子故作轻松地一笑，对楚珊说道。

“好啊，反正今天是星期天，我有的是时间。”楚珊拉起伍子走出办公室。

离开文物局，两人在离古玩街不远的小餐馆吃午饭，伍子喝了很多酒，一杯接一杯，试图用酒精麻痹失落的神经。楚珊知道他心情不好，也没过分劝，最后伍子直接摊在椅子上不省人事了。楚珊结完账便跟服务员一起把他抬到大街边上，拦下一辆出租车，将烂醉如泥的伍子塞进车里，朝老街驶去。

车停在“博古轩”门前，楚珊将司机打发走，从伍子身上取下钥匙打开店门，费尽力气才将伍子搬进店里。这店分里外两层，外面是柜台、货物，里面有一间卧室和卫生间。楚珊来过一次，对店里的格局并不陌生，她直接把伍子搬到床上。从店门到卧室也就几米的距离，但是楚珊把伍子放到床上后已经累得双颊通红、喘息连连。酒醉的人如一摊烂泥，搬起来谈何容易，更何况还是个女孩。

楚珊打开空调，径自休息了好一会儿，店里闷热的空气慢慢凉爽下来。她倒了一杯白开水放在床头备着，喝醉的人容易口渴，估计一会儿伍子会要水喝，然后又把毛巾浸湿拧干，轻轻擦拭着他额头渗出来的汗，足足忙了好一阵，才把伍子“处理”好。楚珊坐在柜台边的藤椅上休息，一边看店一边注意他的动静。

时间一分一秒地流逝，直到夜幕降临，伍子也没有醒过来，老街的路灯已经点亮。古玩街晚上开店的很少，一来不安全，二来鉴定古玩时光线不好，买家和卖家都不愿在晚上进行交易，所以入夜后的古玩街一般都是店门紧闭，不过街上的行人却不少。闷热的天气把人们从各个角落里蒸发出来，人流攒动，背心、短裤、丝袜、拖鞋交织成一支夏夜狂想曲。

楚珊开始着急，这么晚她该回家了，可是看到醉醺醺的伍子又不忍心离开，店里只剩下他一个人，还昏迷不醒，万一出现什么意外……

几番权衡，楚珊最终决定留下来，这么把伍子扔下她做不到，这或许就是女人母性的一面。楚珊掏出手机拨通家里的电话：“喂，妈，我今天不回家了，在同学家里过夜……”

楚珊挂断电话，脸上显出轻松的神色，她把店里所有的灯都打开，然后慢慢落下防盗门。店门重重关下，将店里店外隔绝成两个世界，外面闷热而喧嚣，里面清爽而安静。空调一直开着，气温有些偏低，楚珊怕伍子着凉给他盖了一条薄被。轻轻关好房门后，楚珊又躺回到藤椅上，柜台上放着一台电视，她便看着无聊的韩剧打发时间。

一直到夜里十一点，卧室里终于有了些动静，听声音好像有什么东西摔到地上。楚珊急忙跑进卧室，只见伍子斜趴在床边，手伸到桌子上，看样子是要拿上面的茶杯，结果茶杯没拿到，反倒把水洒了一地，幸好杯子是不锈钢的。楚珊重新倒上水，把伍子从床上扶起，让他背靠在墙上，然后把杯子递给了他。伍子实在太渴，一把抢过茶杯，咕咚咕咚一口气喝光。

楚珊接过空茶杯放在桌上，问他还要不要喝。伍子见楚珊在身旁，不由分说一把抓住她，将头埋在她的香肩，泪水夺眶而出，宝剑的事情实在太让他伤心，对于这把剑他倾注了太多的希望和心血，没想到到头来却是个骗局。他出格的动作其实是因为感激楚珊，伍子没有想到她会留下来一直照顾自己，宝剑没了，他现在一无所有，楚珊能这样待他，对他来说是莫大的安慰。男人在无助的时候，最需要的便是女人的体贴和安慰，这将使他终生难忘。

泪水落在楚珊肩上，她能清晰地感觉到泪水灼热的温度，楚珊双手环住伍子的头，把他的脸埋在自己胸前，任由泪水决堤。这是一种母性，当女人母性的一面发挥出来时，那是一种可以包容一切的柔情。

伍子突然一把推开楚珊，由于力道太大，差点把她推倒。楚珊还没明白怎么回事，就见伍子头往下一低，开始狂吐。酒味和酸腐味顿时弥漫整个卧室，伍子吐完后，又一歪头重新睡过去了，只剩下一脸愕然的楚珊默默清扫着地板上的狼藉……

第二天伍子醒来的时候，天已经大亮，白花花的阳光照进店里，一个修长的身影闪进卧室。"你可算醒了，知道你睡了多久吗？都快二十个小时了，你要再不醒我就得打120送你去医院了。"楚珊清甜的声音传入伍子的神经，让他头脑顿时清爽了许多，她为了照顾自己，在店里守了整整一夜？伍子心头升起一股暖意。

楚珊看了看表，对伍子说道："时间不早了，我还得上班，幼儿园的孩子们等着我排练节目呢。"说完冲他摆摆手，快速闪出店外了。

伍子匆匆洗了把脸，酒精的副作用还没有完全消退，头部隐隐作痛，嗓子发干。柜台上放着一杯牛奶、两个煎蛋，楚珊想得挺周到，连早餐都给他准备好了。

伍子有气无力地坐在藤椅上，昨天发生的事情实在令他憋气，一把破剑，毁了自己一世英名。回想起那天摆地摊那老头的神态，编出来的故事，还有手上恰到好处的伤口。不用问，人家设了一个局，单等着人上钩。现在想来，这个骗局根本谈不上高明，无非就是编故事、装外行，骗取他人的信任，谁要有捡大漏的心理，谁必然上当。

"他娘的！"伍子狠狠骂了一句，一口气将牛奶、鸡蛋消灭干净。受骗是真，可人总得活下去，打眼不要紧，就当交学费了。只是这回学费交得可不少，两万五，那可是他全部的积蓄啊！如今的他真可以称得上一穷二白了，再这样下去连生活都成问题。楚珊对自己不错，可是自己能给她带来幸福吗？残酷的现实如一块巨大的顽石，重重压在伍子心头。

伍子思考再三，给楚珊发过去一条短信：我现在一无所有，连张奖状都没捞到，积蓄也用光了。自己目前的处境必须跟她交代清楚，这是对人家负责，也是对自己负责。

楚珊接到短信，脸上露出一丝浅笑。虽然跟伍子接触的时间不长，但是她能感觉得出这是一个自尊心很强的男人，言语不多却心思细腻。跟这样的人交往，令她有种前所未有的踏实感。其实在伍子之前，楚珊也相处过几个对象，只是那些油嘴滑舌的男孩们总是令她心生厌烦。跟伍子见面以后，平生第一次没有生烦，这或许就是缘分吧。她有一种预感，以伍子的能力，走出困境只是时间问题。之所以有这样的判断，一是出于对伍子的了解，二嘛则是全凭女人的直觉。

“你总有一天会事业有成的。”楚珊编好短信，很快给伍子回了过去。有一种投资叫做感情投资，楚珊觉得投在他身上回报的几率很大。如果感情也需要赌，她倒是愿意用自己的青春在伍子身上赌一把，何况，女人不管将终身托付在哪一个男人身上，都是在赌。

幼儿园的小孩儿们在教室里叽叽喳喳，楚珊坐在一边陷入长久的沉思，自从她分配到这家幼儿园，还没有这么失态过……

炎热的夏天渐渐过去，伍子和楚珊有条不紊地发展着，尽管谁都没有挑明，但双方已经心领神会。伍子的古玩店依旧半死不活，饿不死也吃不饱，勉强维持生活。最近一个月女房东倒是没有像黄世仁逼债似的来催房租，这令伍子有些意外，因为实在太不符合女房东一贯的行事作风了，不过也好，她不来催，伍子也乐得清静。

等到秋末，伍子坐不住了，再这样下去不是办法，这个店还是关门大吉的好，或许他天生不是开店的料。他打算去北京，前几天在梨城晚报上看到一则招聘启事，北京某艺术品拍卖公司招人，条件不限，只要懂古玩鉴定即可，薪水还挺高，伍子有些心动。在艺术品拍卖公司工作，一来可以接触很多古董；二来可以结交很多藏友和专家，以及收藏界大腕，这是绝佳的拓展眼界的机会，对日后发展是大有好处。

他把想法告诉了楚珊，楚珊既没有表示支持也不提出反对，路是自己选的，尤其是年轻男人。在得知楚珊的态度后，伍子更是摩拳擦掌，跃跃欲试，人生短短数十年，年轻的时候都不奋斗还啥时候奋斗，这可是上帝留给年轻人的一项专利，伍子没有理由浪费它。

打定主意说干就干，伍子很快把店面盘给了搞古玩的徐配达徐老板，除了那个青花花觚，他什么都没带走。伍子店里的那些东西根本谈不上古董，顶多算是艺术品，也就是赝品、假货。伍子把所有东西处理干净后拿到几万块钱，这是他进京的唯一资本。

伍子跟盘店的徐老板耍了个心眼，他还欠着女房东几个月房租呢，他走以后，房租就得落在这位徐老板身上了。以女房东那身材和脾气，估计这位徐老板不是对手，房租恐怕得乖乖补上。

深秋天气，天说凉就凉。伍子去北京那天，天上飘着小雨，这场雨就像一条季节分界线，将深秋和初冬清楚地分割开来。阴冷的天气，映照出的是伍子同样阴冷的心情，楚珊把伍子送到月台，两个人默默相视，谁也不知道该说些什么。

列车缓缓进站，候车的人群像潮水一样挤上车，伍子背着包随着人群往车里涌动，“再见楚珊！”他回头喊道。

楚珊冲他招招手：“一路保重！”

列车慢慢开动，将车窗外的一切抛诸脑后。伍子满脑子都是楚珊的影子，此去北京前途未卜，也许一年，也许五年，总之做不出成绩他决不回梨城。至于楚珊，人家没义务一直等着他，他和她之间没有任何承诺。

梨城距北京只有五百多里，四小时后，伍子终于踏上了首都的土地，他顺着人流走出车站，抬头看着北京西客站那块巨大的牌子，从心底喊出一声：“北京，我来了！”

……

# 第 5 章　三道考题

刚走出北京西客站，伍子一下子蒙了，这火车站也太大了，比梨城的足足大出好几倍。人流涌动，操着各省口音的外地人行色匆匆，还没出站就已经感受到这个城市的快节奏了。伍子现在连艾利丝拍卖公司在哪条街都不知道，好在站外有不少出租车，省去伍子不少麻烦。伍子在车上足足坐了一个多小时，他暗暗琢磨，这司机该不会带着他兜圈子吧？外地人来北京终归是不熟，有时候很简单的一件事都颇费周折，伍子深切感受到外地人在北京的不易。

终于找到艾利丝艺术品拍卖公司，伍子抬头看了看，这是一幢好几十层的办公大楼，拍卖公司在第十二层。伍子乘着电梯上去，这时候离招聘正式开始只有半小时，接待大厅里熙熙攘攘、人头攒动，大约都是应聘者。伍子粗略地打量着这些人，以中年人和老年人居多，有的甚至年过古稀，须发皆白。伍子暗暗称奇，这种招聘场面比较罕见，恐怕也只有古董鉴定这一行才会出现，他在应聘者当中绝对算是非常年轻的，伍子跟这些中老年人站在一起，显得特别另类和扎眼。

伍子看了看有关艾利丝拍卖行的简介，这家公司以拍卖艺术品和古董为主，本次招聘的是有古董鉴别能力的专家。他混在应聘队伍里，心里七上八下，原本的底气十足被这里略显紧张的气氛消磨得一干二净。眼前这些人可都是在古玩界摸爬滚打了好几十年的老江湖，大部分跟他父亲的年龄差不多，有的甚至能当他爷爷，跟这帮人精竞争两个名额，伍子觉得压力很大，但转念一想，既然来了就试一试，也算增长一些见识。

伍子下意识扫描了一下大厅，跟自己年龄相仿的也就两人，其中一个是穿白色风衣的女孩。这女孩身材娇小玲珑，五官精致，就像一个漂亮的瓷娃娃，一头葡萄紫的披肩长发，整个人显得清纯活泼，又不失文雅。她是这堆人里唯一的女性，而且还是个容貌出众的美女，伍子不由得多看了两眼。

半个小时后，一个身穿职业西装的白领女孩宣布应聘正式开始，并介绍了一下具体事宜，然后就开始发号牌，应聘者按自己的号牌一个一个进去面试。不知道是不是这间公司的刻意安排，那些年纪大的老同志号牌一律靠前，他们是最先面试的那一批。那个白色风衣的女孩好像认识其中不少应聘者，对那些老头子们一脸恭敬，跟孙女见了亲爷爷差不多。伍子的心凉了半截，看这架势，人家是有门路的，自己应聘成功的机会实在是小之又小。

伍子是倒数第二个进去面试的，那个白色风衣女孩在他之前。伍子看到她从面试办公室出来便走了进去，两人在走廊里擦肩而过，一股淡雅的清香钻进鼻孔，伍子瞬间陶醉了一下，带着这份心情去面试挺不错的。

进入面试办公室，伍子顿觉气氛严肃了许多，迎面是一排办公桌，三个身穿黑西装的中年男人并排坐在办公桌后，办公桌用白布盖住，桌上放着三件古董：一面古代铜镜、一幅画、一件雕刻精美的玉器。显然，这就是今天的考题了。

左边那人见伍子进屋，面无表情地说道："桌上这三件古董有一件是真的，两件是仿造的，你必须在十分钟之内辨出真伪。另外，假要说出假在何处，真又真在哪里，现在开始计时。"这人说完低头看了看表。

整个房间鸦雀无声，偶尔有皮鞋声从外面走廊传来，伍子像是完全没听见，全部心思已经沉浸在这三件古董之中。

伍子先拿起那面铜镜，这面铜镜好像有些年头了，全身斑斑锈迹，瞧瞧镜子背面，中间是几只不知名的兽，外围是一串串类似葡萄的图案。这种款式正是唐代最流行的海兽葡萄镜。唐镜非常出名，也是市场上赝品最多的一类，这面镜子上的绿锈很轻浮，用手一拍几乎能掉下来，应该是把镜子埋在土里，浇上水泡出来的锈迹。用手轻轻敲击镜面，响声清脆，显然是新的，如果是老镜子，铜锈不可能只生在外表，镜子内部也应该有锈，声音必然十分混沌，这是辨别古镜最简单的方法。

伍子将自己的看法告诉了三个评委，这三位倒是沉得住气，既不肯定也不否定，脸色沉静得如一块木雕，不过伍子也不在意，凭他在古董方面的造诣，这种小东西还不至于看走眼。

接下来伍子把注意力放到那件玉器上面，这件玉器红中泛着橘黄，呈半圆弧状，两端各有一个小孔。玉件表面采用的是浅浮雕技法，刻满类似几何图案的铭文，显得庄重大气。伍子把玉件拿在手里掂了掂分量，然后放在鼻子底下嗅了嗅，再慢慢触摸感受玉的质感，一系列动作后，伍子心里有底了。

他仰头对三个评委报以微笑：“这个玉件叫玉璜，是一种玉配饰，它出现的年代很早，除了红山文化以外，在所有的新石器晚期文化中都发现过玉璜。不过，几乎所有的早期玉璜都是有孔无纹的，弧度也不是准弧，当然，这并不包括良渚文化出土的玉璜。直到商周以后，玉璜才成为重要的礼器和配饰。至于这件玉璜，我认为是现代仿的：首先这件玉璜色泽晦暗，不如真古玉红沁色那样红中闪黄闪褐；其次玉件的沁色深浅差异明显，缺乏过渡；其三是绺裂有火烧之相，纹理粗硬，用手甚至可以摸到裂纹，丝毫没有古玉绺裂的自然感。如果我没猜错的话，这种作旧方法是先把玉器烧热抹上红蜡，然后再烧再抹，直到玉器呈枣红色为止。现在市面上很多玉器都是这么做旧来冒充高古玉的，当然，把玉器放进热油锅里炸，也能做出高古玉表面的那种深红和橘红色。”

这次三个评委终于有所表示，冲伍子点了点头，似乎是对他的一种认可。

现在只剩下那幅书画了，刚才评委说过，这三件古董当中有一件是真的，既然前面两件都假，那这件是真迹无疑。说实话，伍子在书画作品的识别上最差劲，所以他才选择最后判断这幅书画，这时候排除法帮了大忙。不过评委交代了，即便是真品，也得说出真在哪里，所以他还得硬着头皮往下看。

伍子轻轻打开画轴，这是一幅小尺幅的花鸟画，落款是李苦禅。伍子暗暗松了一口气，总算不会当着考官的面丢人。如果这是什么不知名的画家，伍子还真不好胡乱评价，但李苦禅则不一样，他可是现代著名的大画家，自己再怎么外行，也不可能连李苦禅他老人家的画都不认识。

李苦禅是现代画坛宗师齐白石最得意的弟子之一，他最擅长大写意的花鸟画，在这方面，李苦禅算得上是一位开宗立派的大人物。以前有种说法，说李苦禅大师在绘画方面没有自己的创新，在走前辈的老路，不过现在这种说法已经被越来越多的人否定。

左边那位评委冲伍子挤出一丝笑意，尽管是挤出来的，但对伍子来说却比一个美女冲他微笑还要珍贵。“的确如你所说，这幅画是李苦禅大师的真迹，这是我们公司准备上拍的一幅作品，以你的意见，起拍价定在多少合适？”

这人问了伍子一个意想不到的问题，表面上人家是在征求伍子的意见，实际上又是一道考题，考察他在艺术品估价方面的能力。

“李苦禅是齐白石最得意的弟子之一，他的造诣跟师弟李可染不分伯仲，但如今市场上对李苦禅的作品并不太认可，这导致了一个很奇怪的现象：李苦禅一流的画家、一流的作品，卖出去的却是三流的价格。李苦禅的作品价格不仅赶不上师父齐白石，跟师弟李可染也有相当大的差距。造成这种差距的原因是多方面的，比如一些港澳台收藏家就不喜欢李苦禅的作品，因为他名字里带了个苦字，港台商人比较迷信，很在乎这个。”伍子没有说这幅画具体定价多少，只是把影响定价的因素介绍了一下，这种答题方式很高明，既表现了自己的知识面，又没有偏离考题。

“好了，面试到此为止，你在大厅等消息吧。”左边那人对伍子淡淡道。

伍子礼貌地冲三位评委点点头，在他转身出门的那一瞬间，他看见左右两个评委的脑袋分别歪向中间，好像在交流意见。伍子刚刚出门，最后一个应聘者就迫不及待地走进去了，这人跟自己差不多的年纪，又高又瘦，一脸的青春痘。

伍子在大厅角落里找了把椅子坐下，等待最后的结果。那些来应聘的老头三三两两分布在大厅四周，个个胸有成竹的样子，要不是公司给出的待遇确实太高，也不会引出这么多“老怪物”来竞争，这么多人里只选两个，伍子胜出的机会可想而知。他的眼睛开始在大厅里寻寻觅觅，很快就找到那个穿白色风衣的女孩，她玲珑的身段正笔挺地立在窗前，眼睛盯着窗外的景色，看她那淡定的架势，好像跟那帮“老怪物”一样成竹在胸。

一脸青春痘的年轻人从办公室里出来，所有面试结束，结果马上就要出来了。伍子心里一阵莫名的紧张，尽管知道机会渺茫，可心底仍然抱有一丝希望。说实话，他对自己在考场的发挥还是很满意的，可转念一想，这么简单的考题，自己能做出来，其他人当然也能，主要还是看谁做得更完美。

那个一身职业装的女孩再次出现，手里拿着一个文件夹，伍子知道文件夹里的名字就是最后胜出的两个人。女孩在打开文件夹前先说了一大通感谢大家捧场之类的客套话，伍子心情很乱，一句也没听进去。他偷眼看那个白衣女孩，她已经把身体转过来，眼瞅着拿着文件夹的女孩，看样子也未必比伍子平静到哪里去。

等了好一会儿，职业装的女孩终于啰唆完毕，她慢吞吞地打开文件夹，在宣布结果之前故意顿了一顿，就好像电视上节目主持人宣布获奖名单一样："请宋跃进、李凯生两位老师到总经理办公室来一趟，其他人可以离开了。"

两个头发花白的老头儿走出人群，职业装女孩一脸赔笑，将二人领向走廊深处的某一间办公室。其他人表情复杂，有的羡慕，有的失望，有的一脸木讷，故作深沉。剩下的这些人都是失败者，但大家却没有一点同病相怜的感觉，所有人的目光都冷冷的，一如外面阴冷的天气。失败的结果在意料之中，伍子尽量摆出一副无所谓的样子，随着人流向电梯口走去，第一批人很快站满电梯，他只有等下一批。

"伍三思和韩笑雨请留步，我们主任有话跟你们谈。"那个职业装的女孩不知什么时候又出现在大厅里。

听见叫自己的名字，伍子马上停住脚步，同时那个穿白色风衣的女孩也停下来，她就是韩笑雨了。

"找我有事吗？"女孩回头问道。

这个问题也是伍子想问的，现在已经有人替他发问了，也省得他再说话。

"我们主任想跟二位谈谈，如果可能的话，希望二位能留在我们公司。"职业装女孩带着一脸笑容说道。

很快，伍子和那个叫韩笑雨的女孩再次来到先前面试的办公室，三位评委依然稳如泰山地坐在原地。见他们进来，中间那个男人率先说话："我们艾利丝拍卖公司最近正在筹备秋拍，急需古董鉴定方面的人手，二位能不能留下来帮忙？当然，如果表现好的话极有可能成为本公司的正式员工。"

伍子和韩笑雨对视一眼，都从对方眼中看到一丝劫后余生的喜悦，对于他们来说，天上掉下来一个不大不小的馅饼。

中间那个男人继续说道："我是本公司技术鉴定部的主任，姓杨，你们叫我老杨就可以了。说实话，你们不是今天面试中表现最好的，但是你们年轻，这正是本公司目前最需要的……"老杨一口气把公司的基本情况和伍子他们加入后的具体工作讲述了一遍，好像伍子已经答应加入他们公司似的。不过事实上，伍子和韩笑雨都不会拒绝这个从天而落的馅饼。

第二天，伍子正式在艾利丝拍卖公司技术部上班。伍子的心情很好，不光是应聘成功的喜悦，还有就是能跟韩笑雨这样的美女做同事，这无论如何都是一件惬意的事情。

上班后老杨立即给伍子和韩笑雨分派了工作——鉴定一组玉器的真伪。如果是真的的话，就可以和卖主商议上拍事宜，最好是直接把协议签下来。伍子和韩笑雨都明白，这次鉴定其实是对他们的实战考核，万万马虎不得。

玉器的主人住在丰台区二郎庙附近，伍子和韩笑雨费尽周折才找到他家。这是一个保留得相对完整的四合院，院里树木成荫，在喧嚣的大都市里，显出几分特有的幽静与古朴。都市的老宅子有个通病，就是地势低，院子比马路还低，一到夏天特别潮湿，现在是冬天，潮湿的程度还不算明显。

玉器的主人姓尚，自称老尚。老尚知道拍卖公司的人今天要来，早已准备好东西在家等着，偌大的四合院只有老尚一个人，古朴幽静的背后显出几分冷清。伍子和韩笑雨在老尚热情的招呼下走进屋里，里面既没有暖气也没有炉子，温度跟室外差不多。老尚不好意思地挠挠头："家里就我自个儿，也没生火，两位将就一下。"

几句寒暄过后，伍子谈到正题："尚叔叔，您的玉件在哪儿，我们先看看。"

老尚把桌上一个红布包打开，里面大大小小好几个物件，他推到伍子跟前，伍子没有接，而是直接推到韩笑雨跟前。临来的时候他跟韩笑雨商量好了，这次的鉴定以她为主，韩笑雨专攻玉器，在玉器鉴定方面比伍子在行。

红布包里一共有五件玉器，一对手镯、一只扳指和两枚玉璧。五件玉器有青有白，在红布包的映衬下对比强烈，看上去颇为赏心悦目。韩笑雨收起刚才的随意态度，一脸正色，一件一件拿起来把玩鉴别。

在韩笑雨鉴别玉器的空当，伍子和老尚在旁边唠嗑。老尚这人挺健谈，从老宅子的历史到北京城的变迁，从他家显赫的过去到萧条的现状，从他老伴过世到两个子女考上大学，总之，句句不离他家那点事儿。从谈话里，伍子也了解了老尚的一些家世，老尚祖上也曾经显赫过，他爷爷的老爸在朝廷当过礼部侍郎，这套四合院就是他祖爷留下来的，当时尚家的宅院远不止这么大，围着这套四合院方圆几百米都是尚府的宅子。

到了老尚他爷爷那辈，家道开始衰落，清政府摇摇欲坠，那些朝廷大臣和后世子孙失去了保护伞，树倒猢狲散。清政府倒台以后，紧接着军阀混战，后来又是日本鬼子入侵，再后来是平津战役。总之，那一百年里北京城就没安生过，老尚一家在战火和动乱中风雨飘摇，挺大一片宅子就只剩下几套四合院了。解放后三年饥荒、十年“文革”，家里遗留下来的东西有的换吃喝，有的分掉，有的充公。如今这套四合院成了尚家仅存的硕果，至于老尚手里这几件玉器，还是在打扫房间时从角落里发现的，由于手头紧，这才动了上拍卖行的念头。

伍子暗暗感叹：“文章千秋在，仕途一世荣。”无论多么兴旺的家族，多么令人仰止的高官显位，总有落魄的时候，好比《红楼梦》里的贾府，好比坐在自己面前的老尚。风水轮流转，连皇帝都换了一茬又一茬，更何况普通的贵族。翻开历史，能永远载入史册的大富豪又有几个，倒是那些贫困潦倒的文人，连同他们的文章一起不朽，永远被后世歌颂和怀念。

眼前的老尚，变卖的已经是老祖宗留下来的最后一点遗产。伍子抬头看着尚家破败不堪的四合院，谁能想到这里曾经是礼部侍郎的府邸，谁能想到这里曾经人丁兴旺、钟鸣鼎食。

老尚一门心思上拍，打算拍些钱在市区给儿女们买套房子，如今房市一路看涨，早买早消停，越等越伤心。老尚正谈得起劲，那边韩笑雨已经鉴定完毕，老尚意犹未尽地收住话头，把注意力转回到玉件上。

“小姑娘，这几件东西怎么样，能不能上拍？”老尚用期待的语气问道。

韩笑雨没有马上回答，她先将把玩的玉件放回红布包，才用尽量缓和的语气说道：“尚叔叔，您这几个玉件我看过了，东西嘛都是真的，但是年代不老，玉料也不算上乘，上拍恐怕有难度。”

老尚闻言面露愠色：“姑娘，这东西可是我家祖传下来的，怎么会不老？我家祖上是礼部侍郎，想当年府里面什么珍玩古物没有，玉料怎么可能不上乘？不行，这事儿你得给我说清楚。”

伍子见老尚不高兴，本着尊重客户的原则赶紧打圆场：“尚叔叔，您别生气。我这位同事既然这么说，肯定有她的道理，咱先听听她的解释。要是不在理儿，不要说您老，我都饶不了她！”伍子说话间不住用眼睛瞄韩笑雨，心说你倒是把事情给解释清楚啊！

韩笑雨自然明白伍子的意思，她本来是准备解释的，可老尚马上就急眼了，根本没给她解释的机会啊。

“您这对手镯啊，准确说属于硬玉，也就是翡翠。翡翠是统称，红者为翡、绿者为翠。按照我们中国人的习惯，翡翠自然是越绿越好，水头越足越值钱。您这对手镯绿色很浓，而且颜色纯正，但缺点是透明度太差。我刚才用聚光电筒试过，最多只能照进去一毫米，如果单纯是阳光照射，根本不透光，而且呢这玉质较粗，绿得也不规则，是硬玉中的干青种，属于中下档次的翡翠品种。按目前的市价来说，也就值个两三千块。”韩笑雨心平气和地道出了这对手镯的优缺点，话虽不多，但字字珠玑。

韩笑雨的几句话，说得老尚哑口无言，刚才的愠色已然不见，随之而来的是一脸尴尬。他想不明白，自己的老祖宗怎么说也是朝廷要员，不折不扣的封疆大吏啊，人家三年清知府还十万雪花银，更何况他家老祖宗是堂堂的当朝二品。难道老祖宗真是个不折不扣的大清官，做了一辈子的官，最后连个像样的手镯也买不起？

老尚这边在心里埋怨老祖宗，韩笑雨那边又开始介绍另外几件玉器：“这只玉扳指的料子跟那对手镯差不多，也属于翡翠里的中低档货色。至于另外两件东西，别看形状差不多，都圆圆的、中间有孔，但名称却大不一样，一个叫玉璧，一个叫玉瑗。”

“哦，这两件东西看起来挺像，怎么名字还不一样？”老尚疑惑地问道。

韩笑雨随手拿起一个，用手指着其中一部分：“看见没，玉的实体部分叫做‘肉’；中间的圆孔叫做‘好’。《尔雅》里说‘肉倍好谓之璧，好倍肉谓之瑗，肉好若一谓之环’。通俗来讲，就是孔小肉多的叫做玉璧，孔大肉少的叫做玉瑗。如果孔的直径和肉的厚度正好相等，则叫做玉环。”

“一块玉还有这么多讲究，今天算是长见识了，小姑娘年纪不大，学问还挺深。”老尚情不自禁地夸了韩笑雨两句，但马上他又想到一个很关键的问题，“我这两块玉璧，不，玉璧和玉瑗，能值多少钱？”

“看这做工和沁色，这个玉璧和玉瑗应该是清朝中晚期的东西。玉质呈暗绿色，有黑色斑点和不规则的团块，属于酒泉玉。酒泉玉也是岫玉的一种，在玉料中属中低档，价值远不及和田白玉。这块玉璧和玉瑗加起来，价值不会超过一万。”韩笑雨给老尚的最后两件东西下了定论。

老尚如泄了气的皮球，彻底瘫在椅子上，他更加断定，当年他家老祖宗肯定是独一无二的大清官，不然怎么会给后世子孙留这么几件破玩意儿。

伍子见老尚一脸失望，心里有些过意不去，赶紧安慰道："老尚啊，尚叔叔，您也别太难过。这东西起码是真的，虽然不能上拍，但可以私卖嘛，五件东西加起来怎么也值两三万。我觉得吧，这几件玉器应该是早年您祖上府中丫鬟老妈佩戴的，后来不知怎么就落在角落里，这不被你重新捡到了吗？凡事想开一点，有总比没有强。"

老尚哭丧着脸点点头，事到如今也只能这样想，谁让他不走运呢，老祖宗对他这个不肖子孙也忒不够意思，这点钱不要说在北京买房，就连两块地板砖的面积都买不到，满心的希望就这么破灭了。老尚以后给老祖宗烧纸的时候，估计会顺带埋怨几句，大清国那么多贪官，还差你一个吗？

从老尚家里出来，伍子冲韩笑雨竖起了大拇指："想不到你对玉器研究得这么透彻，有机会我得好好跟你学习。"伍子这话倒不是单纯的客气，他对玉器的确不在行，有韩笑雨这个专攻玉器的同事，对学习鉴定玉器大有帮助。

韩笑雨冲伍子莞尔一笑，精致的脸上平添了几分妩媚："好啊，我专攻玉器和杂项，你专攻瓷器和书画，我们两个加在一起，也算古玩界里的绝配。"

伍子心里一动，脸不由自主地有些发烫，他没有接下句，也不知道该如何接……

伍子和韩笑雨成功完成了第一次任务，当然，主要功劳还要归在韩笑雨身上，韩笑雨在玉器方面的阅历要比伍子多得多。伍子虽能判断出玉器的真假和年代，但对玉器附带的那些杂七杂八的东西却知之甚少，他第一次体会到什么叫人外有人。

后来，伍子和韩笑雨或单独、或合作地完成了几项古董鉴定工作，基本上没出什么问题，在艾利丝拍卖公司初步站住脚跟。技术鉴定部的工作其实很清闲，在有古董需要鉴定的时候就出去跑一趟，没有的话，时间完全归自己支配，一个月下来，实际只上了十几天的班。

在秋拍临近的一段时间，技术鉴定部才开始忙碌起来，有时候伍子他们一天要跑几个地方。上次应聘来的那两个老家伙每天只在公司待一两个小时，更不用说让他们登门去鉴定了，伍子这才明白当初老杨留下他和韩笑雨的真正用意，原来就是专门让他们俩跑外差的。

其间，楚珊和他一直有短信联系，偶尔也通通电话。得知伍子在京城站住脚跟，楚珊挺高兴的，也更加相信自己的眼光。伍子终究不是池中之物，事业有成是早晚的事儿，他现在只缺少一个机遇。

伍子顺口邀请楚珊来北京发展，没想到她竟痛快答应下来，弄得伍子一时不知所措。楚珊在梨城可是有一份不错的工作，贸然来北京绝对不是明智之举。不过伍子还是开始寻找出租房，他本来可以住公司宿舍，但是楚珊要来的话，就得租房住了。

# 第6章　捡漏有时很容易

这天，伍子正在潘家园古物市场淘货，手机铃声突然响起，是公司值班室打来的，说有急事叫他马上过去。伍子不敢耽搁，快步走出潘家园市场，打车直奔公司大楼。

刚走进大厅，伍子就被老杨叫到了办公室。进去一瞧，屋里的人还不少，除了老杨的两个助手，韩笑雨和上次应聘上的那两个老家伙也在，好像一个叫宋跃进、一个叫李凯生。这几个人正团团围住一张办公桌，桌上有一幅展开的字画，看样子是在鉴定这幅画的真伪。

“伍子你来得正好，快看看这幅画，我们几个人对这画的真伪有分歧，你给拿个意见。”老杨见伍子进屋，迫不及待地说道。

其他人倒没什么，宋跃进和李凯生见老杨叫伍子这个毛头小子拿意见，脸上多少露出些不屑的神色。伍子心里暗暗憋气，这不是狗眼看人低嘛，不过心里这么想，嘴上不能说出来，伍子若无其事地开始观察这幅画。

画面比较简单，只有一只蝈蝈和一棵白菜，蝈蝈趴在白菜上展翅鸣叫。蝈蝈是工笔画法，可说是画得惟妙惟肖，连蝈蝈翅膀上的纹理都清晰可见，两只触角一只仰着一只斜着，还挺有些威风劲。白菜的画法则略带写意风格，白菜的帮和叶都略有夸张的成分。整幅画说工笔算不上工笔，说写意又不是写意，再看看题款，写的是“八十八岁白石”。看样子是齐白石的作品，当然，真假还有待断定。

在伍子看画的过程中，老杨已经把大家的分歧告诉他。老杨和宋跃进的意见一致，认为此画是真迹无疑，因为它将齐白石老年作画的那种风格展现得淋漓尽致，无论是绘画，还是书法、印章，都跟真迹无二。李凯生和韩笑雨几人则持怀疑态度，因为题款已经表明，齐白石作这幅画时已经八十八岁，那么大的年纪不可能画出这么细腻的工笔蝈蝈。而且仔细看的话，会发现蝈蝈和白菜的衔接稍微有那么一点不自然，作为一个历练了几十年的成名画家，不可能出现这种瑕疵，这也是李凯生、韩笑雨等人的主要依据。

几个人一直僵持不下，所以老杨才想到伍子，让他给提个意见。这幅画是一个卖家打算上秋拍的，画的真伪直接关系到公司的信誉，所以不能有丝毫马虎。

听老杨把情况说完，伍子心里已经有了底，外公曾经跟他提起过一些关于齐白石老先生的轶事。想不到今天真的遇到，伍子心里暗暗高兴，苍天有眼，该着自己大显身手。

伍子家祖上三代都是搞古玩的，算得上古玩世家，他太爷爷、爷爷、外公、父亲，每一个都是古玩行家，早年也是北京城里响当当的人物，后来不知什么原因，伍家一夜之间撤离北京，回到河北老家。那时候伍子才七岁，刚上小学一年级，对于家庭的巨大变故一无所知，只记得当时全家人走得很匆忙，爷爷和父亲一脸忧郁，尤其是父亲，仿佛一夜之间苍老了十岁。伍子的童年就是在河北老家长大的，说是老家，其实就是他太爷爷那辈人居住的地方，华北平原的一个偏僻小村庄。

伍子的外公在石家庄某大学考古系教书，是古董方面很资深的教授。伍子在石家庄上大专时就住在外公家里，关于齐白石大师的轶事，外公就是在那时候跟他提起的。

说起伍子的外公，跟齐白石还有些渊源，早年外公在山西教书，认识了山西一位著名的女画家杨秀珍。杨秀珍是齐白石最得意的女弟子之一，入门很早，在二十世纪三十年代就拜了齐老为师，她的艺术功底极为深厚，居齐门女弟子之首。有一次徐悲鸿去齐家做客，参观齐老的画作，画室里正好挂着一幅杨秀珍的作品，徐悲鸿竟然分辨不出是否出自齐老之手，当得知此画为杨秀珍所作，大感意外，于是提笔写下“丹青可名世，齐老有传人”这十个大字。除了杨秀珍之外，齐白石还收过不少女弟子，很多都是当时的社会名媛，如老舍的夫人胡洁青、爱国将领黄琪翔的夫人郭秀仪等。

在与杨秀珍女士的交往中，外公得知了不少关于齐白石老先生的轶事，其中就提到过齐老八十八岁工笔草虫的故事。

在判断这幅画作的真伪之前，伍子先给在场人讲了这样一个故事：

齐白石老先生的工笔草虫非常出名，他笔下的蜻蜓、蝈蝈、蝉等小昆虫，惟妙惟肖、几可乱真，好像能从纸上爬出来。当时来求画的人络绎不绝，然而画工笔画是一件非常耗神和辛苦的事，有时候一整天下来，也不见得能画出一只蝈蝈。齐白石在六十来岁的时候，画过一批工笔草虫，自己保留了下来，目的是等自己年纪大了拿出来用，在草虫旁边画上配景，一幅画就成了。所以，偶尔看到齐白石八十岁以后的工笔草虫，也是有可能的。这只是齐老众多轶事中的一件，没想到今天有幸遇到。

话说到这里，伍子的意见已经非常明了，整个房间鸦雀无声，宋跃进和李凯生两个老家伙脸上的傲慢之色全消，显出一片红晕。伍子的话等于不动声色地扇了他们一记耳光，在后辈面前跌份，在古玩界是最令人颜面扫地的事儿。

古玩这一行包罗万象，一个人不可能什么都懂，傲慢和咄咄逼人，吃亏的只能是自己。能扇这两个老家伙耳光，伍子心里甭提多舒服，当然脸上不能表现出来。他故作平静，把故事讲完之后便不再做声，画作的真伪还得由老杨和鉴定团定准。

老杨和韩笑雨同时向伍子投来异样的眼神，老杨的眼神里充满了赞许，能在上司面前狠狠表现一把，伍子的地位无疑又巩固了几分。而韩笑雨看伍子的眼神则充满了意外和崇拜，被一个美女如此注视着，实在是一件很令人惬意的事情，伍子有些飘飘然。当然，归根到底还是伍子外公的功劳，当年他老人家要是没提这个事，今天伍子就只能扮演一个任人嘲笑的小角色。想到外公，伍子才意识到自己已经大半年都没去看望他老人家了，也不知老头子现在怎么样了。

宋跃进和李凯生两个老家伙此刻向伍子投来的目光绝对算不上和善，伍子明白，今天算是把这俩老头给得罪了，以后在艾利丝公司混要更加小心，当心人家使绊子。玩古董到他们这把年纪的人心机都很深沉，得罪这种人实在不是什么好事。

伍子从公司出来已是傍晚，斜阳有气无力地躲在楼群后面，给整个城市蒙上一层灰暗的影子。刚走出公司大门，正好韩笑雨也出来了，她主动叫住伍子：“哎，伍三思，我送你回宿舍吧，顺便跟你聊几句。”

伍子回头见是韩笑雨，复杂的心情顿时舒缓，展颜一笑道：“那敢情好，我正愁挤不上公交车呢。”

说着话两人一左一右上了一辆别克凯越。车是韩笑雨的，她比伍子早来北京几年，经济上要宽裕许多。在众多“北漂”人士中，韩笑雨算是做得比较成功的。车缓缓行驶在北京宽阔的大街上，天越来越暗，都市的霓虹开始闪烁。

“有什么话，现在可以说了吧。”伍子坐在副驾座上，扭头对韩笑雨说道。这么近的距离，韩笑雨那张精致美丽的面孔毫无保留地映入伍子眼中，他只觉心里一阵悸动。

韩笑雨好像根本没留意到伍子看她，目视前方，专心致志地开车：“首先得佩服你的眼力，这幅工笔画要不是你一语道破天机，恐怕到明天也没有定论。想不到你的知识面这么广，连齐老先生的奇闻轶事都了如指掌，但是你今天做得有些过了，一点颜面都没给其他人留，风头完全被你抢去了。特别是李凯生和宋跃进那两位老专家，都被你给得罪了，这对你以后的工作很不利，锋芒太露在一个团队里可不是什么好事儿。”

伍子点点头，一脸无奈：“我何尝不知道，可当时箭在弦上不得不发，等把话都说完我也觉得不妥，可是连挽回的余地都没有。”

汽车拐进一条陌生的街道，路灯光线昏暗，街上人流攒动、车水马龙，看得出这是一条人群混杂又年代久远的街道。伍子从没来过这里，他敢肯定这绝不是回宿舍的路，于是一脸奇怪地看向韩笑雨。

韩笑雨没有理会伍子好奇的眼神，依旧专心开车，十几分钟后在一个相对宽敞的地方停下：“走，我请你吃这里的特色小吃。”韩笑雨没等伍子反应过来，自己先下了车，然后重重关上车门。伍子赶紧下车，一脸茫然地跟在韩笑雨身后。

在一家挂着“兰州正宗拉面”的小吃店里，伍子和韩笑雨面对面坐下，现在正是吃饭的点儿，店里食客不少，几乎占满了所有的座。伍子和韩笑雨占了最后一个空闲的餐桌。时间不长，店老板端上来两碗热气腾腾的牛肉拉面，这老板头上戴着白帽，高鼻梁、深眼窝，一看就是回民，由于生意实在太好，他正忙得不亦乐乎。

“大老远跑这里来，就是为了请我吃这个？还特色小吃，告诉你，兰州拉面我老家梨城也有，不光梨城，全国每个城市都有。”伍子对韩笑雨的小题大做深感不解。

韩笑雨对伍子的牢骚不以为然："你以为是拉面都能叫兰州拉面吗，普通一碗面条，挂个牌子就成了兰州拉面？你先别发牢骚，尝尝再说。"

伍子卷起一筷子面条放进嘴里，嘿，味道还真不一样。当然，特殊的不仅是味道，还有这面条，柔韧筋道、口感极好，老家梨城的拉面还真没法儿比。伍子心里大加感叹：同样是拉面，差距咋这么大。

韩笑雨看伍子这表情，知道他在想什么，一脸得意："怎么样，名不虚传吧，咱们都是平民，平常只能吃这个，也算苦中一点甜。"

提到两人的生活现状，伍子也有感触，他和韩笑雨只是千千万万"北漂"中的普通一员，在北京这个大都市，他们就如同浩瀚水面上的一叶浮萍，随波逐流、渺小异常。韩笑雨虽然有车，但也只能算浮萍上的一个光点，离成功还差十万八千里。

伍子来北京是抱着理想和抱负来的，他想闯出一片属于自己的天地，可是现在他却连通往成功的门都没摸到，甚至还不如这家小店的老板，人家至少还有一个挣钱的门路，钞票每天都在源源不断地流进腰包。拉面怎么了，照样能拉出百万富翁、千万富翁。

"他娘的，等咱有了钱，拉面一下要两碗，一碗吃面，一碗喝汤！"面对同病相怜的韩笑雨，伍子除了重重感叹一声，说些略带黑色的幽默笑话，剩下的只有蓄势待发了。

韩笑雨被伍子的话给逗乐了："拉面要两碗，汽车是不是也要两辆，一辆奔驰、一辆宝马。奔驰自己开，宝马给保姆买菜用……"

"老板，给拿点五香粉。"旁边一个声音打断了伍子和韩笑雨的对话。

店老板赶紧放下手里的面团，从货架上的罐子里舀出一勺五香粉，放到客人桌上。店主人这套麻利的动作被伍子无意中看到，他的两只眼睛有些发直，继而开始放光，身体像着魔似的不由自主朝店主人走去。伍子的反常把对面的韩笑雨吓了一跳："喂，伍三思，你怎么啦？"

真正吸引伍子的不是店主人这套麻利的动作，而是盛放五香粉的那只罐子。伍子径直走到货架跟前，近距离观察这只罐子：罐子高 40 公分，直径 30 公分，椭圆形，表面大部分呈白色，只有正中间一小块地方画着一株细小的竹子，画作采用的青料，整个罐子勉强也可以称作青花瓷。

这只罐子在货架上存放的时间已经不短，釉面上满是油污，黑漆漆的油渍几乎掩盖了瓷器的本来面目。伍子伸手拿起罐子，状若嗅闻里面的五香粉，手指轻轻摩挲着罐面，除了黏糊糊的油污感之外，釉面本身那种温润坚硬的质感隐约可辨。单看这釉色，伍子已经有八成的把握，这件瓷器绝对不是现代工艺，最起码有二百年以上的历史。

罐子的口沿处稍微有些破损，露出了釉色底下的胎体，这省去伍子不少麻烦，不然他还得把罐子翻过来，从底足不上釉的地方观察胎质。这罐子里还盛着五香粉，他总不能贸然把五香粉倒掉吧。口沿的破损给伍子进一步鉴定提供了极大的便利，毕竟鉴定一件瓷器的年代，除了釉色和器形纹饰之外，胎体才是最主要的。

伍子似不经意地用拇指抹掉破损处的油渍，露出里面洁白细密的胎质，而且在胎釉交接的部位也没有发现火石红。回头再看看釉色，白中泛青、气泡细小，符合清中期青花瓷的特征。伍子的心怦怦直跳，想不到吃一顿饭竟吃出一个大漏，这个瓷罐无论如何得拿下呀，如果自己的判断没错，这罐子起码价值百万以上。现在他还没办法把罐子翻过来，康雍乾哪一代的还不好说，凭经验判断应该是乾隆年的，因为胎釉交接处没有火石红。

韩笑雨见伍子围着一只瓷罐打转，有些莫名其妙，放下碗筷过来询问，当她看到这只青花罐子的时候，不用伍子解释，她已猜出十之八九。韩笑雨伸手拉拉伍子的衣角，示意他冷静，伍子激动的心情有些放缓，两人重新回到座位。

“掌柜的，来点儿五香粉！”伍子冲店主喊道。

店主放下手里的面团，很麻利地舀了一勺五香粉放到伍子桌上的小碟里。伍子煞有介事地把五香粉倒进碗里，胡吃海塞几口，又对店主喊道：“老板，再过来一下！”

店主不得不再次放下手里的面团，走到伍子跟前：“小兄弟，你还有什么需要？”店主用很生硬的普通话问道。

“你这五香粉味道不错，我特别喜欢，这么着，这罐子五香粉我全买下来，你看怎么样？价钱嘛，好说。”伍子咂咂嘴对店主说道，一边说话一边装出回味无穷的样子。

店主赶紧摇头："那可不成，五香粉是本店特制的，只有这么一罐，你全买走了，叫我的客人们吃什么？再说了，我开的是拉面馆，不是调味品店，你能在澡堂子里买拖鞋吗？"见店主拒绝得很干脆，伍子大为失望，尤其是店主最后那句，词儿还挺熟，好像在什么地方听过。

"这么着吧，掌柜的，我们也不为难你，我这位朋友确实是喜欢你这五香粉的味道，能不能匀一半给我们，剩下一半足够你用了。价钱嘛，好商量。"旁边的韩笑雨帮伍子说道。

店主没有马上表态，开始犹豫不决，顾客是上帝，顾客的要求总不能都给否了吧，再说人家喜欢自己的五香粉是对自己的认可。

伍子见店主开始松动，赶紧趁热打铁："就这么定了，五香粉我要一半，价钱嘛，由你定。"

店主终于下定决心，反正配制五香粉又不是多么复杂，匀出去一半也没关系，至少不影响做生意。店主很快找来一个塑料袋子，将五香粉倒出去一半。伍子抢先一步过去，一把抓住那只青花罐子："五香粉连同这罐子我带走，塑料袋的一半归你，这罐子我算给你钱，怎么样？"伍子对店主说道。

店主闻听头晃得跟拨浪鼓似的："那可不行，这罐子我不能给你！"

伍子心头一凉，心说坏了，难道店主知道这罐子是古董？又一想不可能啊，他要是知道是古董的话，还会用来盛五香粉吗？或者……这本身就是一个骗局，专门吸引伍子这种自作聪明的人来购买五香粉，把青花罐子当成一种促销方式？

心凉的不仅是伍子，韩笑雨也一阵紧张，她的第一反应跟伍子一样：这不会是个圈套吧？

店主后面的话很快打消了两人的疑虑："五香粉放在瓷器里才能保持原味，搁塑料袋里时间久了味道会变淡，所以罐子万万不能给你。"

伍子和韩笑雨相视一笑，两颗悬着的心重新放进肚里。

"你看这样行不行，我多给你钱，你再去买一只瓷罐子。我还要赶时间，这只瓷罐子先带走。"关键时刻，伍子也不再含蓄，直接拿出经济利益引诱对方。

店主终于心动，把罐子让给了伍子，伍子则掏出几张百元大钞递给店主，一笔交易就此完成。

回到韩笑雨的别克凯越，伍子把瓷罐放好，一屁股坐在副驾座上，双眼紧闭，手捂着心口，感受着胸膛里怦怦直跳的心。看似平淡的一笔交易，对伍子来说可是一波三折，充满变数，好在东西已经到手了。他努力平定了一下思绪，缓缓睁开眼，却发现韩笑雨正笑吟吟地盯着他，精致的五官犹如一朵绽放的百合。

“盯着我干嘛，赶紧走啊！”伍子生怕店主改变主意，见韩笑雨迟迟不开动汽车，赶紧催促她。

汽车缓缓启动，离开了喧闹的街市，回到城区主道，街上的车流依旧滚滚如潮。别克凯越跟在一辆汽车的屁股后面缓缓爬行，凯越车的屁股后面同样被一辆车紧紧咬着。北京的街道有时候不是街道，更像是一条条由汽车编织成的钢铁丝带，把北京这个千年古都缠绕得喘不过气来。

“这顿饭吃得，还吃出一件古董。”韩笑雨边开车边感叹道，“对了，你敢肯定这罐子是好东西，表面脏兮兮的，反正我看不准。”

伍子已经从刚才的紧张中恢复过来：“釉色没有错，我也看过破口处的胎，也没问题，应该是清中期的老东西。”他对自己的判断还是有几分把握，“即使是仿品也没关系，大不了损失几百块钱。再说这罐子不是在这吗，仿品起码也值一百，里面还有五香粉，也能值一百。”伍子自顾自说道，他不由自主想起了那把吴王夫差剑，几万块钱的眼都打过，还在乎这几百块吗？这就叫破罐子破摔、有钱难买我乐意，很多对收藏有心魔的人就是这么陷进去的。

“拉面是我请你吃的，地方是我拉你去的。这东西要是真的，得分我一半。”韩笑雨装作一本正经对伍子说道。

“那是自然，你不说我也得分给你一半，咱俩谁跟谁啊，总之这件瓷罐有你的一半也有我的一半。”伍子也一本正经说道，说完这话他又感觉不太合适，便不再说话。

韩笑雨也没有再接话茬，目视前方，专心开车。很快就回到了伍子住的宿舍，他没有把罐子拿下来，而是告诉韩笑雨先放车上，明天去公司以后再让专家给鉴定一下。韩笑雨点了点头，没说什么，开车回自己租住的地方。望着远去的车灯，伍子有些走神，他感觉把罐子暂时放在凯越车上比较合适，最起码表示出对韩笑雨的信任。

伍子回到宿舍睡得挺踏实，倒没有因为捡到一件古董而兴奋到失眠，吴王夫差剑的事情对他的打击太大，令他不敢再轻易相信天上会掉馅饼，这件瓷罐他也只是抱着试一试的心理。第二天一早，韩笑雨打来电话，说她已经把罐子拿到公司了，让伍子赶紧过去。伍子匆匆洗漱完毕，早饭也顾不上吃，直接赶往公司。

伍子到公司的时候还不到八点，里面冷冷清清，大多数人都还没来，几个保洁员正在清理楼道。伍子推门走进韩笑雨的办公室，见她正趴在桌子上观察那件瓷罐，伍子凑到韩笑雨旁边，一股淡淡的香水味立即钻进鼻孔，特别舒服，伍子稍微陶醉了一下，然后就把注意力放在了那件瓷罐子上。

瓷罐已经焕然一新，显然经过了韩笑雨的精心擦拭和清理。原先粘在表面的油污不见踪影，取而代之的是白里透青的釉色，青花发色纯蓝，略见晕散。借着刚刚升起的朝阳，整件瓷器透出淡淡的光晕。这不是贼光，而是老瓷器特有的那种古拙、柔和、温润的光。不难想象，韩笑雨为擦去罐子表面的油污，昨夜费了多大的精神，伍子更加确定这是一件老瓷器，同时也为韩笑雨昨夜的忙碌而感动。

“别愣着啦，看看底款吧。”韩笑雨明眸闪烁，对伍子说道。她显然已经看过底下的款子，不过没有明说，那份喜悦还是让伍子自己去体会的好。

伍子小心翼翼把罐子翻过来，几个端庄的楷体字映入眼帘：大清乾隆年制。六字双行，没有边圈。尽管早有预感，但当这几个字真正出现在眼前的时候，伍子的心脏还是一阵疯狂的跳动，从器形、款识、釉色、胎体几方面来看，这就是一件乾隆官窑的瓷器，他现在已经有百分之九十九的把握了。

“你怎么看？”伍子压制住内心的激动，征求韩笑雨的意见。

“我认为是真的。”韩笑雨用最简洁最动听的语句回答了伍子，“老杨可能来了，最好请他鉴定一下，没有问题的话或许还能赶上秋拍。”

伍子带着瓷罐和韩笑雨一起走进老杨的办公室，老杨是艾利丝艺术品拍卖公司鉴定部的经理，古玩鉴定水平自然不一般。十几分钟后，两人从老杨办公室出来，脸上都绽放着灿烂的笑容。老杨的结论跟他们一样，这件瓷罐是乾隆官窑无疑，而且像这种几乎满白地的青花罐，拍卖行还真不多见。

不过，拍卖行不多见的东西是好还是不好，很难说。不多见意味着稀有，价格可能会比普通的高；同时也可能意味着不被收藏界认可，价值也许还不如常见的。据老杨的保守估计，这件瓷罐的价格应该在 80 万到 120 万之间，如果口沿没有破损，价格还会更高。当然，如果赶上竞拍激烈的时候，突破 150 万也不是不可能。

难怪伍子笑得那么开心，从低微的穷小子一下过渡到百万富翁的行列，任伍子心理素质再好也平静不了。在北京这个城市，一百万或许不算什么，只相当于四环外的一套住房，但对伍子来讲已经是不敢想象的数字了。他现在月薪八千，已经自认为不错了，以现在的薪水，攒足一百万最少也得十年，前提还是不吃不喝不穿不消费。最重要的是，有了这一百万的原始积累，他就可以干自己想干的事情了。

“看把你美的，还是想想上拍的事吧，现在早已过了拍卖登记的时间，你还得跟拍卖部的刘经理沟通一下，看能不能把这件东西补上去。”韩笑雨打断了伍子的美梦，将他拉回到现实中来。

伍子一拍脑门儿，幸亏韩笑雨提醒，上拍才是大事。“等瓷罐拍卖了，咱俩一人一半。”伍子对韩笑雨说道。他这话是出自真心，毕竟没有韩笑雨带他去吃拉面，他也不可能捡到这个罐子。

“钱就免了，到时候请我吃一顿大餐就行。”韩笑雨将“分红”的事儿一语带过，好像丝毫没有放在心上，这更让伍子对她心生好感。

拍卖登记的最后时限早已过去，各种安排已经定好，就连拍卖品的宣传册也印刷完毕，贸然加进一件拍品，各方面的计划都要推倒重来，难度挺大。还好伍子是公司的内部员工，多少有一些人情关系，而且他这件瓷罐也的确不错，对提高公司拍卖额有帮助。几经交涉，拍卖部总算答应把瓷罐加进去。伍子悬着的心才算放下来，他现在要做的就是等待，等待“捡来”的瓷罐变成百万现金。

……

秋拍终于拉开帷幕，伍子着实忙活了一阵子，布展、宣传、解说，甚至当托。看着一件件古董上拍、交易，他终于知道了什么叫价值连城，什么叫一掷千金，玩古董，真的不是自己这种穷人玩得起的。伍子最期待的还是自己的那件瓷罐，不知道这件乾隆青花罐能拍多少钱。除了委托金和税金，剩下的可都是自己的啊！

# 第7章　秋拍

拍卖最后几天有两个专场，都是重头戏，一个瓷器专场，一个书画专场。中国人有个习惯，好东西都放在最后面，俗称“压箱底”。这可能与中国儒家文化有关，儒家讲究中庸，所谓枪打出头鸟、出头的椽子先烂等，就是很好的注解。当然，拍卖公司把好东西放在最后，也有故弄玄虚和轰行市的意思。

瓷器和书画历来都是收藏的热点，拍卖价格动不动就上千万，身价过亿的藏品也屡见不鲜。正是因为这样，瓷器和书画也是造假最泛滥、技术最高明的区域，如今科学技术越来越进步，古董造假也是花样频出，紧跟着科技发展的步伐。其实，书画做假早在明清时期就有，甚至还要更早，那时候的假东西传到现在，本身也有很长的年份，行话叫“老仿”。老仿最容易糊弄人，因为它本身也是老东西，用纸张测定年代不管用，只能凭经验，稍有疏忽，就可能受骗上当。

瓷器的做假历史不次于书画，到了清末民初，瓷器做假已经成规模出现。再早，瓷器的仿制也很普遍，最有名的就是“官仿官”，即官窑仿官窑，比如康熙仿成化、道光仿康熙等。

古玩市场就好像一个色彩斑斓的深渊，每一分钟都有人往里跳，没人知道它有多深。

最先开场的是瓷器专场，在拍卖之前上拍的瓷器已经预先展出过，品相如何大家心里都有数，能不能拍到就要看自己的财力和机缘了。

作为拍卖公司的内部人员，伍子有幸进到拍卖现场。工作人员把拍品的高清照片装订成册，在场人手一本，便于对拍品的进一步了解。伍子也得到一本宣传册，他打开一页一页仔细观察，蓦然一件淡蓝色的青花罐引起了他的注意，这个图案他见过：远景是辽阔的群山，近景是河边的码头，码头上有人，人的头部很小，跟身体的比例极不协调，人物手里还有手杖。单从纹饰看，属于典型的明代瓷器人物特征。再看看图罐底部的照片，釉面灰白，也跟明代胎体特征搭边。落款是：大明成化年制。

伍子曾在梨城的古玩市场见过一模一样的东西，只是他当时见到的是一块瓷片，如今这里要拍卖的是一件整器。那块瓷片伍子仔细研究过，应该是明天启年的东西，落的却是成化款，为什么？因为成化瓷器有名啊，这就属于官仿官的范畴了。

当年，伍子见到的那块瓷片只有 8 厘米长、8 厘米宽，这么一小块东西竟然要一百元，少一分也不卖，伍子当时差点背过气去，一百元买一块手掌大的瓷片，还是小孩的手掌。不过话又说回来，这么大一块瓷片还真值一百元，只不过那是市价，买到手里没多少利润空间，所以伍子才大发感慨。如今一件整器放在这里，伍子自然特别注意。

韩笑雨轻轻坐到伍子身边："喂，看什么呢？"甜甜的声音传进伍子耳朵。

伍子在图片上一指："喏，就是这个，一块瓷片都值一百，不知道整器能拍出多少。"

"这个嘛，我看得 100 万，如果竞争激烈，突破 150 万也有可能。"韩笑雨说道。听她那语气，对自己的判断似乎很有把握。

"150 万！"伍子从心里惊叹。如果能把那些瓷片粘成一个整器，并且看起来完好无损，那该有多好，这可是一本万利的买卖。不过现在的技术还达不到这个水平，如果谁能率先突破技术上的瓶颈，无疑能在一夜之间成为亿万富翁。什么比尔·盖茨、巴菲特，都让他们望着青花瓷落泪去吧。

伍子正在胡思乱想做白日梦，韩笑雨用力捅一捅他："快看，古玩大亨来了！"

伍子顺着韩笑雨的目光望去，一个中年男人正在几个保镖的护卫下向前排走去。这人伍子见过，自从秋拍开始以来没少露面，前几天还以 450 万的价格拍下了一枚田黄印章。今天他又来了，面对收藏大热门的瓷器类，不知道又会有什么大手笔。大厅里一片骚动，不少人开始交头接耳，也有不少人主动上前打招呼，他的人脉显然很广。

"你对他很了解？"伍子问韩笑雨。这话一出口又觉得多余，韩笑雨一直在北京的古玩圈子里混，怎么可能不熟悉，他又接着问了一句，"这人什么来历？"

韩笑雨一脸惊愕："他你都不知道？北京民间收藏协会会长，张文平。张老师在北京收藏界可是一言九鼎，不管什么东西，只要他夸上一个好字，立马升值一倍。每天不知有多少人捧着心爱的古董请张老师长眼，他家别墅前的小车，天天都能排出几百米。"韩笑雨边说话边盯着张文平的背影，眼神表露出来的，除了崇拜还是崇拜。伍子和韩笑雨坐在拍卖大厅的后排，只能看见张文平的背影。

"有这么夸张吗？真要这样，鉴定一件古董收费一万，不出几年就发了。"伍子悻悻地说道。他开始努力回忆张文平的长相，见过几次面后好像还有点印象，这人中等身材，白净的脸，眼角眉毛下垂，不自觉中透出一脸奸相。相书上说，这种人工于心计，喜怒不形于色，属于老奸巨猾之辈。

听完韩笑雨对张文平的介绍，伍子知道他是属于古玩界泰斗一级的人物，所以才有那么多人请他鉴定，并且相信他的鉴定，经他手鉴定过的东西也才会一路飙升。这从侧面反映出古玩界的一个弊病：过于相信某一个专家，认为专家是万能的。如果张文平徇私，将赝品说成古董，高价出售出去，吃亏的还是相信专家的买主。

当然，古董鉴别又离不开专家，古董估价也得依靠专家，这就形成了前后矛盾的两方面。如今的古玩市场，就是一台在这些专家和"专家"的主持之下，带着弊病不停运转的机器。不过这里并没有诋毁专家的意思，古董的鉴别、发掘、保护、抢救等，还得依靠专家，我们前面提到的是"专家"，不是专家。

"快看，快看，又一个古玩大亨！"韩笑雨用力捅了一下伍子，仿佛她面前出现的就是一颗流星，稍微迟疑就会错过。

伍子很顺从地向韩笑雨指的方向看去，又一个中年男人在保镖的前呼后拥下走进大厅。这人中等偏下的身材，圆脸，前额稍微有些谢顶，一缕挺长的头发护住头上光秃的部分。跟刚才张文平进场时一样，这人一出现在大厅里，人群又是一片骚动。显然，这位也是古玩界的大腕。

"这人什么来历？"伍子歪着头问韩笑雨，正好撞上对方看过来的目光，心里一阵悸动。他赶紧把脸扭过去，这时候那个稍微谢顶的中年人已经在比较靠前的位置坐好了，离他座位较近的人，都纷纷站起来打招呼，一副讨好的架势，这更增加了伍子的好奇心，来这里竞拍的，随便哪一个都是有头有脸的人物，能让这些“爷”们屈尊，这人绝不简单。

韩笑雨没感到伍子的异样，回答道：“这人也不简单，市民间收藏协会的副会长，姓赵，叫赵刚。他跟刚才的张文平老师共同主持着协会的工作，在北京古玩界都是属于一言九鼎的人物。”

伍子点点头，算是回应，他潜意识里认为，民间收藏协会，顶多就是个民间自发组织起来的群团组织，属于有官无禄、有名无权的那种。其实他错了，民间收藏协会的影响力大得超乎想象，小到古董鉴定、交流，大到古董定价、定级，协会都有很大的发言权。收藏协会跟大家所熟知的作家协会、美术家协会、戏曲家协会、书法家协会一样，虽然是属于群团组织，但某些方面又有半事业单位的性质，不少人都拿着国家的俸禄，至于会长一级的，大概也属于国家干部之列吧。

大厅里的人越来越多，尤其是后面进来的这几位，几乎每一位进场都能引起一片骚动，北京城就这么大，古玩界的腕自然众所周知，尤其是在收藏这个圈子里。

韩笑雨显得特别兴奋，她身材比较娇小，又坐在后排，看前排有些吃力，后来干脆站起身子，睁大眼睛扫视前排的情况。

“哇，龙光宝业的老板许龙光也来了，还有兴元地产的老板柳元，真宝斋的掌柜万家成……这些老板都是身家十几亿的主，如果同时看上一件古董，搞不好会有一场龙争虎斗，这下可热闹了！”韩笑雨说这话时带有一种期待的语气，看她那兴奋的神情，恨不得拍卖会马上开始。韩笑雨穿着一件紧身的紫色夹克，里边套着紧身的毛衣，身体向前探时衣服跟着往上跑，露出白皙的腰肢。伍子无意中瞥见，心里又是一阵蠢蠢欲动，跟女孩这么近距离坐在一起，除了楚珊，韩笑雨是第二个。想到楚珊，伍子不自觉又把她和韩笑雨放在一起比较，这两个女人各有千秋，前者如一朵高贵的牡丹，后者似一枝轻灵的百合，很难说孰优孰劣。当然，如果把两个人的长处综合起来，那肯定是逆天级的搭配。

伍子对于自己的想法有些好笑，楚珊跟他之间没有任何承诺，虽然是相亲认识的，也交往了一段时间，但是离修成正果还差十万八千里。至于韩笑雨，纯粹是同事关系，他更没有任何别的想法，把她和楚珊放在一起比较，只是男人特有的“想象力”而已。

拍卖师简短的发言之后，瓷器专场的拍卖正式开始，骚动的拍卖大厅沉静下来，到这里的人没有谁是为唠嗑来的。这些收藏界大腕的时间都宝贵得很，谁舍得花时间去闲聊，把时间不当回事的人，注定只能碌碌无为。韩笑雨重新坐回座位上，一脸兴奋和期待，与她鉴别古玩时表现出来的沉稳截然不同。

伍子对此次拍卖专场也很期待，不仅因为他的那件瓷器，更因为这是难得的学习机会。尤其是那个明天启年的青花图罐，他很想知道它的价值，韩笑雨估价 100 万，也不知道靠不靠谱。此外，他觉得这些古玩大亨们之间的竞争很有趣，特别是他们的竞价技巧和策略。这些人都不差钱，钱对他们来说或许只是一个符号，但他们的钱也不是大风刮来的，肯定会将利益最大化。这些都是伍子最需要学习的东西，而这东西书本上又没有，只能靠自己身临其境地去感受、去体会，何况这种学习机会也不多。

首先上拍的是一件青花梅瓶，什么叫梅瓶呢？顾名思义，就是瓶口小到只能插梅枝的瓶子，它的造型特点是小口、短颈、丰肩 、瘦底、圈足。梅瓶出现于唐代，定型于宋辽，如果哪个梅瓶说是唐代以前烧造的，那纯属扯淡。至少现在还没有发现唐代以前的梅瓶的标准器。梅瓶的出现和演变据说跟辽国契丹人有关，它最早是契丹人烧造的一种储水器，口特别小，这样水才容易储存，当时叫“鸡腿瓶”。后来经过演变，梅瓶的实用性逐渐被观赏性取代，到了元代，梅瓶基本定型，最后经过明清两代的发展，就变成了现在这样纯观赏性的瓷器，当然也有将梅瓶当酒器的。

伍子看着手里的宣传册，上拍的这件青花梅瓶最显眼的地方画有一条蛟龙，仔细看会发现这条龙只有三爪。通常意义上龙都有五爪，人们也已经习惯龙生五爪，这条三爪龙看上去有些另类和别扭，是工匠不小心出错，还是梅瓶本身就是假的?

这一点伍子有自己的看法，清雍正年间，青花瓷器上的龙经常出现三爪。“三爪龙”是雍正瓷器的一个特点，也可以作为断代依据之一。这件瓷器的釉面比较光亮，由于只能看照片，胎质如何还不好判断。据拍卖师介绍，这件青花梅瓶，正是清雍正官窑瓷器无疑。

拍卖师宣布此青花梅瓶的起拍价是 50 万，每次至少加价 5 万，他话音刚落，就有人举牌出价 60 万，马上有人跟价 65 万，伍子一看，跟价的正是兴元地产老板柳元，韩笑雨说这家伙是靠房地产起家的，最近不知为何涉足古玩，或许是为了扩充产业，也或许是买几件充门面。第一次报价的那位买家很快还以颜色，出价75万。柳元稍微犹豫了一下，看来75万这个价位已经触及到他的底线。

拍卖师开始倒计时，75万一次，还有加价的没有；75万两次……柳元犹豫片刻很快做出决定，直接出价105万。从75万到105万，这就属于三级跳了，意在一棒子把对手打死，同时向人们表明一种态度，这东西是我的，别跟我抢。三级跳的竞拍方式也是一种战略，远比一点一点加价更有威慑力。一点一点加价属于温水煮蛤蟆，不知不觉价位就高了，还不如一步到位，这样才能令竞价者感到肉痛，进而退出竞争。

最后清雍正青花龙纹梅瓶以105万成交，地产大亨柳元笑到最后，不过这人一脸平静，完全没有竞拍成功的喜悦，仿佛这件瓷器本来就应该是他的。市收藏协会会长张文平、副会长赵刚；龙光宝业的许龙光；真宝斋的万家成这几位收藏巨头，不约而同向柳元投去了祝贺式的微笑，柳元则点头回敬。

这个细节被伍子捕捉到，他不像韩笑雨只关注拍品本身，伍子更在意的是竞拍者的表情变化和手段。或许这几位收藏巨头之间已经达成某种默契，在拍卖之前就划分好了彼此的拍品范围，难怪这几位大腕没有参与柳元的竞争。伍子真切地感觉到古玩界的深不可测，比起那把吴王夫差剑的经历，自己受骗的事情简直微不足道。这就是古玩界，惊心动魄的程度绝不亚于谍战。

第二件拍品是一件清乾隆年的玉壶春瓶，形状呈撇口，细颈，圆腹，圈足样式，瓶身画有梅花图案，笔法刚劲、线条流畅而清晰。玉壶春瓶是典型的酒器，宋代就开始流行，元明清均有烧造。仅从照片上看，伍子判断这应该是乾隆年官窑的精品，不过玉壶春瓶存世量较大，器形又比刚才拍卖的梅瓶小很多，所以伍子估计它的价格也要低于刚才的梅瓶。

果然，拍卖师在绘声绘色介绍完玉壶春瓶的优点之后，宣布起拍价为38万，每次加价至少1万。说实话，伍子非常喜欢这瓶子，造型精致，小巧玲珑，线条极其流畅，如同两个对着的S形，只可惜他手上没那么多钱，不可能把这东西拍下来。当然，即便有38万，他也不可能为得到一个瓶子连饭都不吃，再说38万是起拍价，最后的成交价还指不定是多少。伍子现在还一穷二白，远没有到能随心所欲把玩价值几十万的古董的程度。

伍子暗暗感叹，这就是人与人之间的差距，有的人劳动了一辈子、奋斗了一辈子，也不见得能挣到几十万；而有的人一掷千金，只为区区一个中看不中用的瓶子，花费几十万连眼睛都不眨，这就是贫富差距，真真实实的存在。

这时候，那个市收藏协会的副会长赵刚开始竞拍，他出价40万，举牌的是他身边一个保镖，这种事情他自然不会亲自动手。很快就有人竞价，是龙光宝业的老板许龙光，他出价42万。紧接着角落里一个年轻人举起号牌，出价45万，伍子扭头看看竞价的这位，只见他戴着一副大号的墨镜，遮住了大半边脸，看不清楚五官相貌。赵刚这边马上反击，保镖举起号牌，55万。

戴墨镜的年轻人开始犹豫，对方一次超出10万，显然势在必得，他迅速掏出手机开始打电话，看来这人只是一个小弟，后面还有老大坐镇。

拍卖师叫价，55万，108号出价55万，还有没有更高的！55万一次，55万两次……拍卖师的询问很有技巧，戴墨镜的年轻人刚刚挂断电话，没有再举牌，拍卖师的锣声才敲响。55万，成交，恭喜108号！

赵刚回头向许龙光示以微笑，后者微微点头，算是回应。许龙光只跟价一次便放弃，这里面大有玄机。以龙光宝业的财力，几十万根本就是毛毛雨，他之所以没有竞价，自然是给赵刚一个面子，双方心照不宣。

第三件拍品是一只青花大碗，清康熙官窑精品。这只碗被许龙光以90万拍走，其间张文平和柳元各竞价一次，在被许龙光压过后就没有再报价，其中的潜规则不言而喻。倒是那个戴墨镜的年轻人有意跟许龙光较量，从60万一直跟到85万，许龙光出价90万时，他才无奈放弃。（注：本书所提到的藏品及价格，不作为市场参考。）

专场拍卖会头三件拍品，康、雍、乾“清三代”的瓷器悉数登场，每一件都是精品，着实令人大开眼界。尤其是伍子，终于领略到了什么叫收藏，跟这些收藏大亨比起来，自己那个古玩店简直就是一堆破烂，来北京算是来对了，如果自己一直窝在梨城那个小地方，永远都只是井底之蛙。

韩笑雨拍了拍伍子的肩膀：“嘿，长见识了吧，这只是开始，好东西还在后头，后面说不定会有突破千万的极品。”

第四件拍品正是伍子特别关注的那件天启仿成化的青花人物图罐，拍卖师开始介绍这个图罐，说得那叫一个声情并茂，好像他不是在介绍一件瓷器，而是在竞选总统。一个优秀的拍卖师就应该这样，口若悬河、滔滔不绝，充分把人的购买欲和购买情感调动起来，这样竞争才会激烈，拍价才会飞上天。

不过，伍子对拍卖师的介绍颇为反感，这家伙啰里啰唆说个没完，完全把拍卖会当成了他的个人演讲会，就是竞选总统这会儿也该结束了吧！伍子突然有种想脱下鞋扔过去的冲动，当然，他只能是想想而已，这位拍卖师还是他的同事呢，只不过伍子对这人一点印象也没有，或许是他每天来上班的时间太少吧。

终于，拍卖师结束物品介绍，直奔主题：天启仿成化渔樵人物图罐起拍价105万，现在开始竞拍……

前排一位中年妇女举起手里的号牌：125万，这位妇女对前面拍出的瓷器没有举过牌，这还是第一次出手，显然有备而来，目标明确，越是这样，出高价的可能性就越大。伍子坐在后排看不到中年女人的脸，只见这人一头黄色卷发，他问韩笑雨："这女的什么来历？"

韩笑雨摇摇头："不清楚，北京收藏界的大人物都逃不出我的眼睛，这人一点印象也没有，应该不是什么大人物。或者是慕名前来的外地人，也可能是某位收藏大佬派来的代表。"

韩笑雨都不清楚的人，伍子自然更不知道底细，不过这件瓷器的起拍价和韩笑雨的估价相当接近，令伍子对她另眼相看。现在他最感兴趣的是这件瓷器最终的成交价会是多少，不知道整器的价格会是碎片的多少倍，伍子对它们之间的比例关系很好奇。

一直很少报价的张文平开始竞价，他出价135万。张文平是市民间收藏协会的会长，他出手的话，一般人肯定要给他面子，不会跟他竞价。但刚才报价的那个女的好像不买张文平的账，马上出价145万，看样子对这个图罐势在必得。张文平自然不会示弱，跳过155万直接报价165万，这也是一种竞拍技巧，让对方知难而退。

可是女人马上还以颜色，出价185万，也跳过了175万这个坎。伍子基本可以肯定，如韩笑雨所说，这人应该是外地人，不然不会跟张文平这个地头蛇如此竞争。市民间收藏协会虽然只是群团组织，但它的影响力不容小视，一件古玩如果能得到收藏协会的宣传或是肯定，其身价绝对大涨。张文平是会长，掌握着协会的实权，本地收藏界的人一般不会轻易开罪，毕竟在这圈里混就离不开人家，这女的敢跟张文平硬碰硬，肯定不是本地人。

强龙遇上地头蛇，注定有一场龙争虎斗的好戏。

双方一路竞争，从 185 万一直争到 295 万，这个价位是那个女的报出的。张文平不再跟价，这个价位比市场价高出不少，即便考虑到价格上涨的因素，几年后也不一定能高出这个价位，所以张文平不再跟价，他是会长，更是商人，商人决不做没有利润可图的事情。

295 万一次，295 万两次，295 万三次，成交……拍卖师的语气有些激动，显然这大大超出了他的预计，又会多出一笔不少的提成。

大厅里一片骚动，会长张文平竟然竞拍失败，这绝对是爆炸性的新闻，而这个神秘女人也立即成为众人瞩目的焦点，能把收藏界大佬张文平击败，也算是收藏界的巾帼英雄了，这是拍卖会到现在的第一次高潮。

伍子也随着拍卖会高潮的到来变得越来越激动，这件青花瓷罐拍出了将近 300 万，自己那件瓷罐不知道有没有这么好的运气，马上要轮到自己的拍品了，伍子感到一阵紧张，毕竟自己和百万富翁只有一步之遥了。韩笑雨拍了拍伍子的肩膀：“喂，你发什么抖啊，是不是担心自己的瓷罐流拍？”

伍子点点头：“有点紧张，钱对我来说太重要了，没钱哪来资本捡漏，我当然希望东西能够拍出去。”

“我看没问题，今天这场面，那么多大腕都在，还有几匹黑马，你这个瓷罐又是货真价实的东西，应该有人看上眼。”韩笑雨给伍子吃了颗定心丸。

接下来是一件邢窑的白瓷盘，相比起青花瓷，白瓷受追捧的程度要差一些，这件瓷盘的竞拍也不瘟不火，最终以 65 万成交。第六件就是伍子的青花瓷罐，伍子和韩笑雨都坐直了身子，其他都是看热闹，这件才跟自己切身相关，以伍子现在的经济状况，多拍一万那都是天大的好事，他太缺钱了，也太需要钱了。

拍卖师又开始声情并茂地介绍着瓷罐的优点，似乎不买这件瓷罐就错过了天底下最好的商品。伍子从来没感觉到拍卖师原来这么可爱，这哪是在介绍商品，分明就是在讲解中华民族的厚重历史，不买这东西那就是不爱国，跟人民的敌人似的。伍子也有耳闻，拍卖师的薪水比他们这些鉴定师还要高，有时候一件古董能不能拍出、拍出什么价格，跟拍卖师的运作能力有很大关系。

拍卖师讲解完毕开始竞价，张文平首先举牌，出价78万；许龙光、李刚、柳元、万家成见张文平第一个举牌，都没有跟进。刚才张文平已经栽了一次，这次肯定要找回面子，所以几个巨头都选择了放弃。而刚才那个中年女人再次跟进，出价88万，一次涨上去10万，看样子有点跟张文平对着干。张文平脸色有些难看，在北京收藏界还没人敢跟他这么干的，当着这么多同行的面，无论如何也要找回脸面。他马上开出了98万的报价，超出前一位10万，收藏大亨的霸气开始显现。

伍子和韩笑雨对视一眼，分别从对方眼中看到一丝兴奋，两个拍家相互较劲，很容易就把价格抬上去了，这正是他们最希望看到的。张文平刚报完价，戴墨镜的那个年轻人突然杀出，开价102万。自从和赵刚竞拍玉壶春瓶失利后，年轻人就一直沉默，这会儿突然杀出，一下子将拍价突进百万以上。伍子更加兴奋，原来的二虎相争变成了三足鼎立，竞拍形式越来越好。

张文平见又有人竞价，马上将拍价提高到112万，再涨10万，势在必得之势尽显无疑。戴墨镜的年轻人再次出价118万，压住张文平一头，张文平马上反击，128万……

竞拍价格一路上涨，不过并未出现伍子期待的三足鼎立的局面，中年妇女在第一次报价后便不再跟价，显然已经退出竞争。伍子很快明白过来中年妇女的用意，人家是在还张文平面子，通过加价竞拍，败给张文平，回报上次的得罪之处。这就是商人，任何时候都不把事情做绝、做死，尽量留有余地。伍子能看出来的事情，张文平自然心知肚明，只是突然杀出的这个戴墨镜的年轻人打乱了张文平的计划，张文平最终以148万拍得这件瓷罐，比起拍价高了将近一倍，为了收藏大亨的面子，赔赚已经是次要的了，张文平拿下这件瓷罐，刚才失去的颜面总算找回一些。

148万……

伍子不断重复着这个陌生而熟悉的数字，这组数字是他自己的，他已经是百万富翁了！一百万意味着什么，意味着可以有一辆好车，或者在五环外有一套好房，又或者能在三线城市买一套别墅。伍子大脑一片空白，这块天上掉下来的馅饼着着实实把他给砸蒙了……

后面几件都是明官窑的东西，其中一只明洪武青花笔洗拍出840万，一只明成化斗彩花纹杯更是拍出990万的天价，相比之下，宋代定窑的白瓷枕拍出88万就有点小巫见大巫了。由此可见，瓷器并不是越老越值钱。

虽然拍品都没有过千万，但已经令伍子大开眼界，成化斗彩杯990万的价格，已经无限接近千万了，这也是本场唯一一个斗彩瓷器。

伍子发现这次拍卖专场成交额最大、竞争最激烈的都是明清瓷器，相比之下，宋代及以前的单色瓷要温和不少。以2008年中国瓷器最高拍卖记录为例，排在前十位的有四件清代瓷器，三件明代瓷器，一件元青花，两件南宋官窑瓷器，明清瓷器就占到了七件。

普遍意义上，人们把元代以前的瓷器称为高古瓷。高古瓷除了宋代五大名窑的精品以外，其余价格都不高。这跟国人的收藏兴趣和国际流行趋势有很大关系，目前来讲，港澳台富商及国内的收藏大腕们，都倾向于青花瓷和釉上彩的彩瓷。单色高古瓷一直倍受冷落，这也是高古瓷器价格不高的主要原因之一。

其实，随着搞收藏的人越来越多，人们对高古瓷开始逐步认知和了解，这种瓷器的升值潜力巨大，无疑是投资瓷器收藏的一个好项目。这些伍子都懂，他也想投资高古瓷，只可惜手上没钱，想也是瞎想。这就是有钱人和没钱人的区别，有钱人可以投资任何感兴趣的项目，没钱人就是有好项目也没有资本往里投。虽然老天爷突然砸到他头上一百万，不过想用来投资高古瓷，显然又太少太少了。伍子暗暗感叹，人就是这样，欲望永无止境，有了一百万就想一千万，有了一千万还想着一个亿……

韩笑雨见伍子的表情突然有些郁闷，伸手捅捅他的肩膀：“怎么啦，不至于被这一百多万给吓住了吧？”

伍子郁闷的表情马上换成一脸不屑：“我再没见过世面，也不至于被区区一百万吓住吧？我郁闷的是这个社会，有钱人玩古董，没钱人玩电脑。”

“走，我请你吃饭，把不愉快统统嚼烂，咽到肚子里。”韩笑雨说着，拉起伍子就往外走。伍子抬头看看，大厅里的人已经走得七七八八，只剩下工作人员在清理现场。他刚才光顾着郁闷了，连那些收藏大腕们离场都没有看到，伍子心里叹了口气，韩笑雨介绍的那些人，他看到的基本上都是背影，以后再遇到人家估计也认不出来，又错过了一次认识北京收藏界风云人物的机会。

韩笑雨见伍子还愣在那里，狠狠掐了他胳膊一下，莺语道：“还不快走，拍卖部的经理快来了，你不想被他当做免费的劳动力吧。”

伍子马上明白过来，公司里很多员工都在大厅清理现场，同为公司的一员，他们在这闲着有点说不过去。现在只有两个选择，要么一起帮忙清理，要么赶紧撤，不然等部门经理来了，想撤都没有机会。

伍子被韩笑雨一路拉着小跑离开了拍卖会场，外面大街上已是车灯闪烁、霓虹灿灿。伍子来北京有一段时间了，不过对这个大都市还是十分陌生，除了去过公司总部和潘家园、北京古玩城、琉璃厂文化街等少数几个地方，其他地方对他来说还是未经发现的新大陆。

# 第 8 章　文玩核桃

韩笑雨在街上拦下一辆出租车，跟司机说了一个挺绕口的名字，司机点点头便开始一路狂奔。伍子和韩笑雨是同一天来艾利丝拍卖公司面试的，又是同时被录取的，这让他感觉跟韩笑雨之间有一种莫名的缘分。两人在公司里也合作过很多次，还算谈得来，伍子跟她在一起感觉挺舒服，尤其是一顿兰州拉面捡来这么一个天大的漏，这得需要多大的机缘啊！

现在韩笑雨又主动请他吃饭，能跟一位青春靓丽、活泼开朗的美女共进晚餐，同时还能谈一些古玩方面的话题，实在是一件令伍子感到愉悦的事情。他早想好了，等拍金兑现后一定要分给韩笑雨一半，不管从哪方面讲，人家都有得的理由。不过从目前的情形上看，人家对这笔"不义之财"好像并不太感兴趣，只是真心替他高兴而已，这更让伍子对她心存好感，同时也坚定了自己的想法。

出租车行驶的时间不长，停在一家餐馆门前，两人先后下车，伍子抬头一瞧，这是一家专门做饺子的餐馆，名字他特别熟悉：梨园饺子城。梨园饺子城在梨城可是鼎鼎有名，想不到北京也有分店。身在异乡，看到熟悉的家乡餐馆，伍子心里一阵热络。

"别愣着了，进去吧。"韩笑雨带路，两人一前一后走进餐馆，他们在大厅的角落挑了一个僻静的位置，面对面坐下。

"想吃什么馅儿的，随便点。"韩笑雨笑吟吟地对伍子说道。

"我随便，只要有肉，什么馅儿都行。"伍子回答。

韩笑雨捂嘴一乐，叫来服务员开始点菜，她要了西红柿鸡蛋、白萝卜羊肉、茄子猪肉三种，前一种是为自己点的，后两种是为伍子点的。伍子觉得韩笑雨还挺心细，猪肉羊肉各一种，充分照顾到自己的口味。

两人边吃边聊，伍子忍不住问出了心中的疑问："你对北京这么熟，应该是本地人吧？还有上次面试时的那些老专家你好像都认识，你们家是古董世家，我的判断准不准？”

韩笑雨听了伍子的话，差点笑喷出来：“你是这么以为的？告诉你吧，你的推断不仅错，而且错得离谱。”在伍子莫名其妙的目光里，韩笑雨讲起了自己在北京的经历——

韩笑雨老家也是河北的，紧邻渤海，是一个普通的滨海小村。她在西北大学攻读考古专业，毕业后便孤身来到北京，当了一名普通的“北漂”。一个女孩人生地不熟，来北京混谈何容易，她做过古玩店的营业员、玉石珠宝公司的模特、拍卖公司的保管员，总算跟她学的专业搭上点边。她老家县城上也有梨园饺子城的分店，所以当她在北京看到这家分店以后，不自觉将它当成了家乡的一部分，每当工作压力大的时候，她就会来这里吃一顿饺子，享受一下家乡的感觉，然后心情就会舒畅不少，而且这家餐馆价钱公道，特别适合工薪阶层。

“想不到我们竟然是老乡，你请我到这里来，就是让我感受一下家乡的气氛？”伍子插话道。

“是啊，北京虽然离我们的家乡不远，但它毕竟是国际大都市，没有一点家乡的影子。有时候一个人身在这繁华的都市，陌生和无助的感觉特别强烈。”韩笑雨说完这些，又接着讲述——

在不断跳槽的同时，她抓住一切机会恶补古玩知识，经过几年的努力，在古董鉴定方面小有所成，一般的东西都不会看走眼，尤其在玉器方面，表现出相当高的天赋，一些浸淫几十年的专家的眼力也不见得比她好。几年间她不断跳槽，不断换工作，每换一次薪水就涨一截，因而她也热衷于跳槽。

由于不断换公司，改变了工作圈子，她接触到不少古玩界专家，其中不乏收藏界大佬，所以韩笑雨认识那些来参加面试的老头并不奇怪。韩笑雨说，那天去艾丽斯面试的那些老专家，他们基本上都有自己的古玩店或古玩产业，去面试其实是兼职，在拍卖公司兼职对他们很有好处，可以同时打开卖方和买方两个市场。对这些老专家来说，薪水多少不重要，重要的是能开阔自己的市场。

相比之下，面试成功的宋跃进和李凯生两位，还算私心比较少的，他们没有自己的古玩产业，只是受聘于一些大款，做私人的鉴定专家，所以公司才决定雇用这两位。艾利丝公司董事会当然也不是傻子，事先已经调查了每一个面试者的背景，私心太重、背景深厚的自然不能聘用。

伍子不住点头，一个小小的招聘会都能连带出这么多学问，古玩这一行的水比自己想的还要深。同时，韩笑雨的经历更令他折服，一个女孩子，孤身来北京发展，并能初步立足，所付出的艰辛可想而知。这样的女人，活泼开朗的背后隐藏的是顽强和坚韧，只是她把不向命运低头的一面很好地藏了起来。比起韩笑雨，自己在梨城开古玩店的那几年简直是浪费大好青春，他今年才出来为理想拼搏，而这时候韩笑雨已经在北京奋斗了好几年，这就是差距。

如今，韩笑雨有了自己的私家车，能够拥有一辆属于自己的车，说明她在北京已站稳脚跟，或许再过些年，“北漂”的帽子就可以甩掉了，成为真正意义上的北京人。

有的人一生碌碌无为，连理想都不敢有；有的人有理想，却不敢为理想去奋斗。伍子开始对对面的女孩产生了一种敬仰，如果说劳动者是最美的人，那么敢于拼搏的人便是最有魅力的人。看到韩笑雨，伍子再次肯定自己选择来北京没有错，这里有广阔的舞台等着自己去展现。每年拥入京城的“北漂”千千万万，他们无不是抱着梦想来到北京，不管最后结果怎么样，至少他们曾经为理想奋斗过，无愧于自己的青春。

这顿饭吃的时间很长，直到韩笑雨把自己的经历讲完才结束。伍子向韩笑雨发出邀请：“明天有没有时间，如果有的话，不如我们一起去潘家园捡漏，运气好的话，说不定还能捡一件元青花。”

韩笑雨爽快地答应：“好啊，反正书画拍卖专场三天后才开拍，明天正好有时间。不过先说好，元青花如果是我先发现的归我，你先发现的，咱们俩一人一半。”

“我怎么感觉这个约定有点不公平啊，好像怎么着也是我吃亏。”伍子挠挠头，装作若有所思的样子，好像明天真能捡到元青花似的。

“你是男人嘛，当然要吃亏，难不成还让女同志让着你？”韩笑雨和伍子有说有笑地走出餐馆，伍子暂时还住在公司宿舍，韩笑雨则住自己租的房屋，两人不顺路，就此分手。

伍子回到宿舍，其他室友都在，算上伍子在内宿舍里一共四人，其他三位也是艾利丝拍卖公司的员工，张长乐、王帅和崔亚斌。张长乐是公司的保安，经常白天夜里两班倒，伍子搬进宿舍这么长时间也没机会跟他说几句话，因为张长乐在宿舍除了睡觉还是睡觉，基本上没有其他活动。王帅是库房保管，那些签约后准备上拍的古董都归他登记保存，可说是职责重大，当然，他的薪水也比一般员工高出不少，据说王帅是某个部门经理的亲戚，否则这肥差也不会落到他头上。崔亚斌是公司的接待员，人长得挺帅气，与公司第一美女——董事长秘书董春，号称艾丽斯的金童玉女。崔亚斌比伍子还要小两岁，高中毕业就来到北京闯荡，薪水方面能跟伍子这种专业人士平起平坐，已经很可贵了。王帅和崔亚斌都不上夜班，一般夜里都在宿舍，伍子跟他们俩混得较熟，平时也有说有笑。

今天宿舍的气氛有些沉闷，张长乐站了一天岗，正埋头呼呼大睡；崔亚斌白天刚挨了一个大客户的训斥，心情不爽，一个人躺在床上生闷气；王帅是库房保管，这几天拍卖行交易火暴，拍卖品进出频繁，他忙得焦头烂额，也躺在床上闷闷不乐。伍子躺在床上翻来覆去睡不着，渐渐也受到这种沉闷气氛的感染，原本不错的心情变得有些糟。

不知是谁不讲卫生，一种几天不洗、淡淡的袜子馊味充满房间，伍子的心情更加糟糕，他盘算着等手头宽裕一些就搬出这个鬼地方。他又想起了楚珊，这几天她都没来信息，不知道是不是发生了什么事。楚珊一直说要来北京找自己，以前他特别希望楚珊能来，在这个陌生的城市，有一个女人陪伴自己，下班后有热水喝、热饭吃，给自己家的感觉，那是多么惬意的事情。可是今天跟韩笑雨在一起，那种惬意而踏实的感觉同样存在，这是一个很危险的信号，自己是一个花心的男人吗？

或许他希望楚珊来北京，只是一种心灵上的慰藉，而这种慰藉韩笑雨也能给他，男人有时候就是这么容易满足，也因为此，他们才容易在感情的道路上偏移方向，给自己徒增烦恼。

第二天，伍子很早就来到潘家园旧货市场，看看手机，才八点一刻，离约定的时间还差一个小时。此时市场里的摊位不多，店铺基本没有打开门营业。伍子顺着市场往里走，还真有开早门的，一个叫“六朝坊”的古玩店已经开门纳客。

伍子信步走进店里，小店不大，但柜台安排得井井有条，一边是玉器，一边是瓷器，雪白的墙面上挂着几幅字画。整个店铺虽满满当当，却有条不紊，丝毫没有拥挤的感觉。店里有一个中年人和一个年轻人，不用问，这就是店里的掌柜和伙计了。

伍子进店时掌柜的和伙计正拿着鸡毛掸子拂拭古玩上的灰尘。中年人见有顾客进门，赶紧放下手里的活儿赔笑道："这位小同志，你需要什么东西？本店的古玩可是保老保真，六朝坊在潘家园也是出了名的信誉好，您来这里算是来着了。本店书画、瓷器、玉器、青铜器，竹雕、木雕、石雕、象牙雕，样样齐全，不知你中意哪一样？"

掌柜的挺健谈，没等伍子开口，先夸夸其谈放下一大堆，伍子等掌柜的把话说完，才插话道："我不是来这里买东西的，而是有一件东西要出手，不知掌柜的有没有兴趣？"

"什么东西，拿出来瞧瞧，成色好的话，本店自然会收。"掌柜的见伍子不是买东西的，微微有些失望，不过大早起来能收到一件好东西也不错，所以他对伍子还是满怀期待，希望他能拿出一件开门见山的好货。

伍子打开背包，取出一个长条形的盒子，大小有点类似于盛放保温杯的盒子。伍子把盒子放在玻璃柜台上，轻轻打开，里面正是他无意中捡到的那个青花花觚。他伸手轻轻一推，把盒子推到掌柜的跟前："清代的民窑精品，青花蕉叶纹花觚，您瞧瞧。"

"既然小兄弟有意出手，那哥哥我就不客气了，老哥我先上上手。"掌柜的把话说完，伸手轻轻将花觚从盒子里取出，拿在手里仔细把玩。先看造型，再看釉色和纹饰，然后看底足的胎质，动作挺专业。开古玩店的老板自然没几个是傻的，不然早关门大吉了。足足有十分钟，掌柜的才把花觚放回盒子里。还觉得不放心，又从柜台里取出放大镜，冲伍子尴尬地一乐："老哥我还得上上手。"

伍子点了点头，表示不介意，既然要把东西卖给人家，当然得允许人家把东西看仔细。掌柜的端起放大镜把花觚从头到尾观察了一遍，再次放进盒子里，把盒子盖好，笑道："这件青花蕉叶纹花觚你打算要价多少？"

伍子回敬了掌柜一个笑脸："我们都是干这一行的，明人不说暗话，我只要市价，掌柜的你也有得赚，大家两全其美，你看怎么样？"

伍子这话比较含蓄，不过也很有水平，既没有把价钱挑明，也把底线告诉了对方。至于他所说的“市价”，掌柜的如何理解，就看他的诚意了。伍子好歹也做过几年店老板，这点心机和言谈技巧还是有的。

掌柜的嘬嘬牙花，露出一副为难的样子：“既然小兄弟这么说，大哥我就开个价，你要觉得合适呢，我就收下，不合适，你再问问别家。”说完很不情愿地伸出三根指头，脸上一副无奈而痛苦的表情，好像这个价已经是吐血大收购了。

三万，这个价钱伍子还可以接受，原先他的估价就是两万八到三万二之间，清中期民窑的东西就这个价，他冲掌柜的点点头：“三万块，成交。”

掌柜的叫伙计从保险柜里取出三万块钱，一手交钱一手交货，买卖成交。

“兄弟以后有什么好东西，尽管到哥哥这里来，老哥我保证最高价收购。”成交以后掌柜的对伍子说道。做生意就是这样，拉拢住一个主顾，就等于多了一条销售和进货的渠道，生意人嘛，讲究的就是人脉。

伍子冲掌柜的笑道：“那是自然，兄弟我收到好东西，肯定还会来叨扰老哥。”

“哥哥我姓宋，叫宋万。”掌柜的自我介绍。

“我姓伍，叫伍三思。”伍子也自我介绍。

……

从“六朝坊”出来，已经快上午九点，跟韩笑雨约定的时间差不多快到了，他赶紧朝古玩市场的大门口走去。

伍子之所以早来，就是想把手里的花觚卖掉，换取一些现金。捡漏嘛，没现金怎么行，囊中羞涩，见到好东西也没法收购啊，所以准备一些现金是必要的。现在手里有三万块钱，捡小漏估计够用，再加上盘店来的几万块，租房问题不大，一切等楚珊来了再说。

伍子在潘家园市场门口等着韩笑雨，不一会儿韩笑雨赶了过来，两人肩并肩朝古玩市场里走去。

这时候，古玩市场上的人流开始增多，地摊十之八九都已摆好，各种各样的旧货琳琅满目，当然，这里边有多少是真正的古玩就不得而知了，伍子和韩笑雨捡漏的主要目标就在这上面。古玩店不是捡漏的好地方，那里的经营比较成熟，所有商品都接近或高于市价，捡漏的几率极低，相比之下，地摊上捡漏的可能性还大些。

伍子和韩笑雨将大半个市场转遍了都一无所获，不是说地摊上没有好东西，而是摊主的要价太接近市价了，根本没利润可图。这种交易只能叫收藏，只有收藏爱好者才会做的交易。伍子和韩笑雨是专程捡漏来的，自然不会做这种无利可图的交易。

就在他们快要失去信心的时候，一个摊位同时吸引住了两人的视线。这个摊位说大不大，说小也不小，能有三个平方，地上铺着脏兮兮的红绫，上面摆放的东西比较杂乱，有锈得一塌糊涂的铜钱，有一堆烟袋杆上的烟嘴，有铜镜、佛像，还有一堆说不上年代的小人书……

各种东西杂乱无章地堆在一起，不像其他摊位那样各种物件分门别类、摆放整齐，一看这位摊主就是一邋遢主。

摊主搬个马扎坐在摊位后面，埋着头专心致志地玩手机，对来来往往的人群看都不看一眼，一副心不在焉的样子。

伍子和韩笑雨对视一眼，不约而同地点点头，这可是捡漏的好机会，两个人蹲在摊位旁边，用手拨弄着摊位上这堆“破烂”，试图从中发现什么宝贝。

翻腾了老半天，一无所获，两人开始失望，怪不得摊主心不在焉，这纯粹就是一堆破烂啊，整个摊位的东西加起来都超不过五百。伍子打算起身离开，猛然，摊主马扎边上的一样东西吸引了他的注意。这东西通体紫里透红，牛眼那么大，纹理清晰，前尖后圆，跟桃子的形状有点相似。这东西伍子相当熟悉，这就是一核桃，准确说是叫文玩核桃。

提起文玩核桃，在中国也有上千年的历史了，它流行于唐宋，盛行于明清。遥想唐宋盛世，上至帝王将相，下至平民百姓，无不为有一对玲珑剔透、油光可鉴的核桃而感到自豪。到了明清两朝，玩核桃达到鼎盛，明天启皇帝朱由校更是玩核桃玩到了痴迷的地步，他曾亲自操刀雕刻核桃，连国事都给遗忘了。

据说，清朝乾隆爷就经常把玩核桃，并留下了“掌上旋日月，时光欲倒流。周身气血涌，何年是白头？”的诗句，诗中的“日月”指的就是文玩核桃，虽然不是千古绝唱，但也是他老人家成百上千首诗作当中能流传下来的。在乾隆爷的带动下，上至王公大臣、太监总管，下至地方小吏、平头百姓，无不竞相效仿。

一直到现在，文玩核桃依然在民间广为流传，成为收藏界的宠儿、投资的热点，形成了中国独特的核桃文化。

伍子冲韩笑雨使了个眼色，韩笑雨注意到摊主座位下的核桃马上会意，开始在摊子上寻找另外一只。文玩核桃一般都是成对出现，单只的情况几乎没有，既然出现一只，另一只肯定也在。

韩笑雨寻找另一只核桃，伍子则若无其事地跟摊主搭腔，这叫“兵分两路”。

“我说掌柜的，你摊上的东西可不怎么样啊。”伍子一边说话一边在地摊上寻摸，眼睛尽量不去看那只核桃，这是声东击西，不能让人看出自己的真实想法。

摊主见有人说话，皱皱眉长叹一声：“唉，兄弟，不瞒您说，我根本不是倒腾古玩的，这东西是别人欠我钱，顶账顶来的，谁让我倒霉呢，这堆破烂能卖几个钱算几个。”

伍子闻听马上放下心来，原来这位不是搞古玩的，这就好办了，连弯子都不用绕，直接奔主题就可以：“我说老板，您座位底下那核桃不错，我能不能瞧瞧？”

摊主弯腰把凳子底下的核桃捡起来，递给伍子：“您是说这个吧，给您瞧瞧。”

伍子把核桃拿在手里仔细观察，首先这核桃比较压手，说明核桃的质地密实，质地密实才容易保存并且容易出包浆；通体呈紫红色，红中透亮，宛如红玉，从颜色上判断至少有一二百年的历史，这时间越长，把玩过的人就越多，人气也越旺；纹理呈拧花状，粗而大，摸起来比较扎手，扎手把玩起来才有舒经活络的功效，也符合好核桃的标准。

综合以上三点，伍子完全可以断定，这是一只色彩纯正、年代久远、纹理清晰、质地优良的文玩核桃。这种成色的一对核桃，市价要万元以上，如果能几百块钱拿下来，无疑是捡了个不大不小的漏。

伍子正在为自己的发现得意，那边韩笑雨也有了新发现，另一只核桃被她从“破烂”堆里找到。伍子拿过那一只瞧瞧，两个核桃成色一致，而且个头大小和纹路也差不多，这才是最难得的。核桃配对其实相当困难，有时候一火车皮核桃，也不见得找到几乎一样的。一对核桃如果在形状上无限接近，其价值还会大大提升。

“掌柜的，这两只核桃我们要了，多少钱？”伍子开门见山直接问道。

“哎呦，老弟啊，您真有眼力，这可是文玩核桃，乾隆爷年间的老东西，这堆破烂里数它最值钱了，您要啊，价钱可不低。”摊主见伍子对两只核桃有意思，赶紧往上面贴金。

坏菜！这家伙不是说自己是外行吗，怎么对这两个核桃如此熟悉？这样一来，捡漏的难度可就大了。伍子放松的心情开始紧绷，过了这村可没这店，今儿说什么也得把这东西拿下。

“一对破核桃，还乾隆年间的，别瞎吹了。得，你直接开价吧。”伍子尽量装作满不在乎的样子，但他又怕摊主狮子大开口，补充道，“这东西是我女朋友喜欢，我才有意买下来，不然您给我我还不一定要呢。”说完把核桃递给韩笑雨，韩笑雨握在手里，装出一副很感兴趣的样子，对伍子的瞎话倒挺配合。

摊主伸出五个手指头：“兄弟，让这对核桃为你们的爱情做见证吧，老哥我出个吐血价，这个数。”

“五百？还是五十？”伍子问道。

“哎呦兄弟，开什么玩笑，这可是你们爱情的见证，怎么也得五千吧。乾隆爷他老人家在天之灵可看着呢，五百块，伤天理啊！”摊主一脸惊愕，仿佛伍子的开价是天底下最不合逻辑的事情，说着说着竟把乾隆爷都给搬出来了。

“三千五，多一分我也不要，乾隆爷他老人家可最痛恨奸商了。”伍子装出一副决然的样子，韩笑雨配合地把核桃放回摊位上，那意思只要摊主说个“不”字，他们立马走人。

摊主见两个小青年动真格的，马上软下来：“三千五就三千五，赚钱不赚钱总算开张了。”说完就将两个核桃用报纸包好，递给了韩笑雨。伍子则点出三千五百块钱递给摊主，一笔交易就算完成。

两人起身往市场外面走，韩笑雨见伍子挺兴奋，问道：“这对核桃市场价能值多少？”

伍子一脸得意：“就凭这成色、这年头，市价应该在一万五左右，只高不低。”

“哎呦，这么说你捡大漏啦，今天中午得请客。”

“那是自然，想吃什么随便点，可有一样，不能浪费，乾隆爷他老人家在天之灵可看着呢。”伍子学起摊主的语气说道。人逢喜事精神爽，捡了漏心里高兴，看马路上的垃圾桶都顺眼，伍子突然有种把韩笑雨搂过来的冲动，不过还是忍住了，漏是自己捡的，可身边的女人不是自己的，乱来可不行。

伍子回想起刚才的事儿，他把她说成是自己女朋友的时候，韩笑雨不仅没有反对，还很配合他的谎言，难不成她对自己有意思？伍子心里一阵激动，愉悦的心情更增加几分。男人就是这样，喜欢做白日梦，好像自己是完美无缺的王子，所有女人都围着自己转。

两人在附近的餐馆简单吃了点饭，由于正是吃饭的点，用餐的人比较多，场面有些杂乱。这时候伍子的手机铃声响起，打开一瞧是楚珊打来的，伍子冲韩笑雨抱歉地一笑：“对不起，我接个电话。”说完一直走到门外才接听。

楚珊在电话里说她最近正在给幼儿园的小朋友们做节目培训，准备元旦演出，所以最近没有时间打电话。她还说如果伍子同意，她随时可以办停薪留职的手续，到北京来找他。伍子表示不着急，等他在北京一切都稳定了，她再过来也不迟。两人又简单聊上几句，伍子借口工作忙，挂了电话。

回到座位上，韩笑雨问道：“谁来的电话啊，搞得这么神秘，还到外面去接，不是女朋友打来的吧？”

“当然是女朋友，不然怎么会背着你呢。”伍子半认真半开玩笑地说道。

吃完饭两人都觉得挺累，原本打算继续在潘家园淘宝的，后来还是放弃了，便就此分手，各自回到住处。

伍子躺在宿舍的床上，手里把玩着刚淘来的文玩核桃，心情那叫一个爽。把核桃放在手心里来回揉搓，伍子心里还在想，这核桃可有一二百年的历史，不知在多少人手里把玩过，可谓人气十足，这东西天天上手玩一会儿，说不定还能延年益寿。

像自己这种打工仔，有机会把玩清代的老核桃，也算是一种享受，那些身价上亿的大款也不一定有机会上手这种年份的老东西。伍子心里挺美，总算在玩核桃上找到了一点平衡感。

把玩了很长时间，过足了手瘾，伍子才把核桃收起来，他无意中发现有点不对劲，两只手怎么油光光的，好像用手吃了几根油条没洗似的。他用干毛巾擦擦，效果不明显，手心依旧油光闪闪，最后用肥皂清洗一遍，才算把油光去掉。

伍子挺纳闷，以前也见过高档次的老核桃，把玩后没听说手上会沾油啊，莫非这核桃本身是油性品种？那也不对，它再油总不至于跟油条差不多吧。这事有点怪，明天得找行家问问，反正明天他也要去公司准备后天专场拍卖的事儿，干脆把核桃也带去，公司里专家不少，请他们看看这对核桃的品相，肯定有懂行的。

第二天，伍子将核桃带到公司，一进门就看见韩笑雨和崔亚斌趴在桌子上打闹，两个人不知因为什么而产生争执，谈判不成，正在用“武力”解决问题。崔亚斌一双手有意无意间总是“照顾”韩笑雨身上的某些敏感部位，也许正玩到兴头上，韩笑雨对崔亚斌的举动没有太在意，一门心思投入到“战斗”之中。

伍子脸上有些发烫，他能感觉到自己的脸正在慢慢变红，男女同事间正常的玩笑，此刻在他眼里特别刺眼，好像触动了内心某根敏感的神经。他赶紧把头扭向一边，转身进了王帅的办公室。王帅正在电脑上做库房物品的出入登记，见伍子进来，赶紧招呼他坐下。伍子从包里拿出那对核桃递给王帅：“我昨天从潘家园的地摊上淘来的，你给长长眼，看是不是老东西。”

伍子找王帅做鉴定也不是没有道理，他做库房保管已经有好几年了，天天都在跟真正的古董打交道，耳濡目染，不是专家也得被熏陶成半个专家。韩笑雨的古玩鉴定本领就是这么学来的，当然，她也经过了不少实战，相比之下，王帅是真正的纸上谈兵。

王帅把核桃拿在手里观察了好一会儿，最后还煞有介事地拿出放大镜，将两只核桃地毯式地观察了一遍：“行啊，伍哥，你运气不错啊，这可是有些年头的老核桃了。颜色红中透紫，润泽如红玉，应该是文玩核桃里的极品，看包浆至少是清代晚期的。我们公司以前在杂项专场里也拍卖过文玩核桃，当时那对核桃被认定为清中期的，成色和你这对几乎一样呢。”

王帅的话如一颗定心丸，把伍子悬着的心彻底归位，对方说话一套一套，鉴定的动作也非常专业，看样子对自己的结论有九成把握。“不过呢，这核桃好像油多点，跟上次拍卖的那对不太一样。”王帅补充道。

说了半天，他还是对文玩核桃不太了解，连油的问题都说不准，至于他刚才的结论就不用问了。伍子对王帅大失所望，看样子还得继续找人鉴定，这次得找真正的专家，一锤定音，看这核桃到底是怎么回事。

这时候，李凯生从门口一闪而过，伍子眼前一亮，对呀，公司里不是还有两个高薪聘请来的专家吗？李凯生和宋跃进可是顶着专家级高帽的，他们的眼光肯定不会错，不过因为上次齐白石那幅画的缘故，人家给不给鉴定还两说，毕竟自己大庭广众之下给了人家难堪，现在去找人家，面子上还真过意不去。

“你跟李凯生那老头儿熟吗？要不然你帮忙给问问，这核桃的来历估计瞒不过他。”伍子对王帅说道，他想利用王帅跟李凯生搭上桥。

“没问题，你跟我来。”王帅爽快地答应，两人一前一后朝李凯生的办公室走去。伍子不经意朝韩笑雨的办公桌看去，崔亚斌不知什么时候已经离开，只剩下韩笑雨一个人在那。

韩笑雨见王帅跟伍子从屋里出来，问道：“你们上哪去？”

“我们找一下李凯生老师，伍哥有一对核桃拿不准，想听听专家的意见。”王帅回答道。

“核桃？不就是我跟伍子昨天在潘家园淘到的那对吗，怎么，有问题？我也去。”韩笑雨也来了兴趣，跟在伍子和王帅身后凑热闹，昨天淘换这对核桃也有她的份，她当时并没看出什么问题，不过听听专家的意见也好。

古人说，千金难买美人一笑，如今在古玩界也有一句话，叫“千金难买专家一言”。专家给外人鉴定东西，那可是要收鉴定费的，只看那么几眼，说那么几句话，鉴定费就得到手。知识就是力量，知识就是财富，这句话在古玩圈子里尤为适用。捡漏凭的是什么，自然是眼力，眼力怎么来的，当然是知识的积累。

进到李凯生的办公室，王帅首先说话：“李老师，我手上有对核桃想请您过过眼，您看现在有没有时间。”王帅说话挺客气，毕竟是请人家帮忙，而且人家的年龄也摆在那里。后面的韩笑雨也紧跟着点头，见伍子在旁边无动于衷，暗地伸手掐了他一把。

李凯生欠了欠身子，悦色道：“行啊，文玩核桃可是舒经活络的好东西，很久没机会上手了，今天正好开开眼。”

王帅赶紧毕恭毕敬地把核桃递过去，韩笑雨一双杏眼睁得老大，生怕错过一个细节，伍子也悄悄竖起耳朵，听专家对这对核桃有什么评价。

李凯生接过核桃，先用手掂掂分量，然后拿起放大镜仔细观察，只看了那么几眼，便把放大镜放到一边，最后把核桃搁在鼻子下边，提鼻子闻闻，做完这些动作以后，便将核桃用纸包好还给了王帅。

伍子暗暗称奇，这么快就鉴定完了？前后还没超过三分钟，刚才王帅做鉴定可是足足用了二十分钟，李凯生这鉴定是不是有点草率。

伍子还在纳闷，王帅说话了："李老师，这对核桃怎么样，是清中晚期的吧？"

李凯生听完乐了："我说小王啊，你拿来的这东西我怎么看都不像文玩核桃，倒像是下酒菜。"

"下酒菜？"伍子、王帅、韩笑雨同时一愣，明明是文玩核桃，怎么成下酒菜了。

文玩核桃是野生的核桃品种，质地坚硬，根本没有果仁，不要说吃，用锤子砸都不一定能砸开，李凯生这话有点过了，难道他是在报那天伍子令他难堪的一箭之仇？

李凯生见三个小青年一脸疑惑，不再卖关子，解释道："这对核桃也就是今年八九月份摘下来的，你们看，最上面的小尖儿已经掉了，这就证明是七八成熟的时候摘下来的。摘下来以后稍微晾干，然后放在热油锅里炸，炸成紫红色后再捞出来晾干，最后把核桃上面的油擦净，就拿到古玩市场上去卖了，不明就里的，还真以为是有些年份的老核桃呢。油炸核桃，你们说是不是下酒菜？"

李凯生一席话，说得王帅和韩笑雨忍不住乐出声来，伍子没乐，他怎么乐得出？这可是他花大价钱买来的，三千五百块，就换自己一乐？伍子现在除了肉痛就是心痛，他要真能乐出来，除非他是神经病。三千五百块啊，就这么打了水漂，亏自己还偷着乐了一宿。

李凯生见三个年轻人的表情，就知道了其中的隐情："伍三思，这核桃是你的吧？不要告诉我你是从潘家园淘来的，油炸核桃在潘家园兴起的时间可不短了，你这时候还上当可太不应该了。"李凯生语重心长地对伍子说道，语气平和，没有半分嘲笑的意思，就好像长辈教育晚辈。

伍子点点头算是默认，对方没有趁机落井下石嘲笑他，着实出乎他的意料，看来这老头还不错，自己以前把人家想歪了。

“不光你上当，早些年在潘家园，我们不少老家伙都上过当，大把大把的钱买来一对下酒菜。除了油炸核桃，我们还遇到过糖炒核桃，就是用糖炒栗子的方法炒核桃，那才是一本万利，当然，上当的人也都把他们的祖宗翻出来骂了个遍。年轻人搞古玩最忌讳一个躁字，不能浮躁，也不能急躁。捡漏谁都想，但首先得有一颗平常心，心态不正了，离打眼还远？捡漏和打眼可是双胞胎兄弟，如今这情况，打眼可比捡漏要多得多，所以心态更要平和。在潘家园那地方捡漏，估计比中彩票还难，除非你眼光独到，运气好到极点。打眼不可怕，现在损失几千就当交学费，以后就可能少损失几万、几十万。”李凯生慢条斯理地说道，听着像套话官话，实际上字字珠玑，这可都是经验之谈。

伍子、王帅和韩笑雨不住点头，人家肯对他们说这些，是瞧得起他们，自然得洗耳恭听。

三人向李凯生告辞，慢慢退出房间，伍子走在最后，李凯生对他半开玩笑半认真地说道：“小朋友，那天谢谢你的指点，齐白石的那个小故事让我长见识了。人啊，活到老学到老，永无止境！”

伍子向李凯生深深鞠了一躬：“李老师，那天是我不对，我向您道歉，以后跟您学习的地方还很多，希望您老多指教。”

李凯生爽朗地一笑：“好小子，有出息，你这个朋友我交定了，有时间咱爷俩好好聚聚。”

伍子从李凯生办公室出来，心里面热乎乎的，以前真是拿小人之心度君子之腹了。李凯生这老头不错，和蔼可亲、平易近人，能跟这老爷子交往上，对提升自己的古玩鉴定水平肯定大有帮助。这篇掀过去，最令他肉痛的还是那对“油炸核桃”，三千五百块啊，买了一对中看不中用的下酒菜。

回头想想，摆地摊那人真能装逼，故意把一只核桃放在板凳底下吸引人的眼球；故意说自己是外行，骗取别人的大意；故意把货说成是顶债顶来的，换取别人的同情心……总之，人家把所有的圈套都摆好了，就等着伍子这种自作聪明的人往里钻。有时候圈套比假货更可怕，一些高明的圈套能把假东西忽悠成真东西，被忽悠的人除了上当，还是上当。

整整一天，伍子在公司神情恍惚，老杨见伍子心不在焉有些诧异，还没等问是怎么回事，嘴快的韩笑雨先趴在老杨耳边透了实底。老杨用同情的目光看看伍子："我说呢，原来是打眼了。"还好他没交给伍子什么重要事情，否则就他这状态很可能出漏子。

韩笑雨见伍子霜打的蔫样，忍不住过去劝几句，毕竟人家这次打眼也有她的"功劳"。伍子把头扭向一边假装没听见，韩笑雨自讨没趣，乖乖跟着老杨忙别的去了。

下班以后伍子走出办公大楼，他没有坐公交车，而是步行着朝宿舍的方向走去。街道两边的路灯已经点亮，汽车的灯也都亮了起来，排成一条蜿蜒的慢慢移动的灯火长龙，各色霓虹灯闪闪烁烁，把北京的夜晚点缀得五彩斑斓。

这种大都市的气氛伍子到现在仍有点不适应，梨城也有路灯、也有霓虹灯，可是远没有这种气势和张力。一阵冷风吹过，伍子浑身一哆嗦，用力裹了裹身上的风衣，现在已经是冬天，想象中的白雪虽然一直未曾降临，不过寒冷的气息已令他感到了冬天的威力。

一种凄凉的陌生感传遍心头，自从来到这座城市，这种感觉还从来没有这么强烈过。在老街伍子也打过眼，比如那把吴王夫差剑，当时他也难受，不过仅仅是难受而已，或许是因为在老家，而且还有楚珊在旁边安慰自己。如今在北京再次打眼，损失比起那把天花乱坠的吴王夫差剑来要小得多，不过凄凉和无助感却胜过老街时数倍。韩笑雨也安慰过他，但他觉得那就好像是一阵风，一闪即逝。

伍子的情绪低落到了极点，仅仅是因为这次打眼的缘故吗？他问自己。显然不是，至少韩笑雨与崔亚斌的"亲密举动"在他心里留下了阴影。有一点他不得不承认，他的心田已经播下了韩笑雨的种子，所以才会对她如此在意。伍子被自己的想法吓了一跳，那楚珊呢，人家可是一直等着自己。伍子现在所能做的，就是尽力不让心田里那个多余的种子生根发芽，否则心魔一起，留给自己的只能是越来越多的烦恼。

伍子足足走了一个半小时才回到宿舍，寒冷的天气使他清醒了不少，不就是一次打眼吗，有什么了不起，正如李凯生说的那样，现在损失几千，就是为了以后少损失几万。几千块的学费，也不是很贵。

回到宿舍，伍子匆匆洗漱完毕，拖着疲惫的身子躺在床上，一个是心累，打眼了嘛；再就是身体累，毕竟走了一个多小时的路。张长乐今天值夜班去了，王帅和崔亚斌都在，两人没有睡，正谈得兴致盎然。伍子无意中听着，这二位晚上不睡觉，把公司上上下下的女员工给盘点了一遍，崔亚斌正好提到韩笑雨，他对她的评价是：靓丽、活泼、学历高、眼光也高。

伍子听到崔亚斌的点评，想起今天早晨他在公司看见崔亚斌跟韩笑雨在一起的情形，有意无意地问了一句：“你和韩笑雨是不是在谈恋爱？”

崔亚斌不置可否，故作尴尬道：“韩笑雨这种美女可不好染指，眼光太高，没房没车，想跟她谈恋爱那是休想。哥们我这样的，要学历没学历，车子房子更别想了。”

伍子不再言语，韩笑雨是这样的人吗，他认识她这么多天，可没看出来。

这时候王帅已经把话题扯到了公司第一美女董春身上，其实就相貌而言，韩笑雨和董春难分伯仲，不过董春身材高挑匀称，要更胜一筹，而且该鼓的地方鼓、该瘦的地方瘦，用王帅的话讲那叫无可挑剔。伍子也见过董春几次，的确是名不虚传，不过董春总给他一种高高在上的感觉，是可远观而不可近交往的类型。王帅和崔亚斌还在高谈阔论，伍子浑身乏累，退出了谈话行列，头一歪就睡过去了。

# 第 9 章　石棺里的秘密

今天是艾利丝艺术品拍卖公司书画专场的拍卖会，伍子自然不会放过这次大开眼界的机会，能出现在书画专场的，无疑都是精品。如今的古玩界，好东西都被人们收藏在家里，市面上能见到的越来越少，开眼界的机会也越来越难得。

对于一个古玩爱好者来讲，能亲身经历一次顶级古玩的拍卖会，那绝对比看一部好莱坞大片过瘾。就好比有的人看球着了迷，便成为所谓的超级球迷，自己喜欢的球队一旦失败，他连楼都敢去跳，这就是心魔使然。凡事都有个度，一旦某种嗜好超过限度，心魔就会支配你的身体，干出一些在旁人看来匪夷所思的事情。

书画文化在中国传承已久，可以追溯到六千年前的仰韶文化。书画最开始是刻在龟甲、陶器、青铜器等器物上，跟现在所指的书画作品不太一样。如今市面上常见的书画作品一般是唐宋以后的，唐宋以后锦帛和纸张大量生产，书画有了更合适的载体，才开始大量流传。

历朝历代的书画名家层出不穷，作品独具特色，各有千秋，如今能收藏一幅名家的真迹，几乎成了可遇而不可求的事情。到了宋代，在绘画作品上题字逐渐流行开，于是便有了书画不分家这种说法，“书画”一词或许正来源于此。宋以前大多是在锦帛上作画，宋以后宣纸盛行，绢本和纸本开始并驾齐驱。元明清三代，宣纸应用更为广泛，纸本书画的流传大有盖过绢本之势。我们通常理解的书画作品，就是在宣纸上作画后再装裱起来，其实这只是书画文化的载体形式之一。

伍子老早就来到拍卖大厅，这时候大厅里人还不多，公司的工作人员在做最后的布置工作，如灯光、音响的调试等。伍子依旧坐在最后排不显眼的位置，这位置不错，既隐蔽，又可以看到全场的情况。现在离正式开场还有一个多小时，伍子无聊地摆弄着手机，齐白石那幅工笔草虫也将上拍，那可是自己的鉴定成果，不知道能拍出什么样的价位。伍子都能想象拍卖师在介绍这幅画时，肯定会声情并茂、抑扬顿挫地引用他讲的故事，这也许会成为一个卖点。

任何拍卖会都免不了炒作，不过只有炒得恰到好处，东西的价位才能上去。伍子想，也许等这场拍卖会结束，齐老的这个轶事便会流传开来，然后像潘家园、琉璃厂这些古玩市场就会陆陆续续冒出许多齐老的工笔草虫画。这年头，古玩做假贩子的消息灵通得很，他们也在紧跟潮流，讲究与时俱进、科技创收啊。

突然，一阵淡淡的清香飘进鼻孔，这香水味伍子很熟，他知道是韩笑雨来了。

韩笑雨坐在伍子身边的座位上，手里拿着一本拍品宣传册："哎，这场拍卖会可有不少精品，除了你鉴定过的那幅齐白石工笔草虫，还有李可染大师的一幅写意山水，另外还有一幅清代彭启丰的真迹，可都是难得一见啊！"她边把宣传册递给伍子，边问道："你说哪幅作品会创下今天拍卖会的新高呢，是齐白石师徒俩，还是清代的彭启丰？"

伍子接过宣传册，一边翻阅一边回答："这可不好说，书画这东西定价标准比较复杂，不完全是年代越老越值钱。它跟作者的名气、尺幅大小、品相好坏、买主喜好、作品内容等都有关系，不是一两句能说得清的。"

韩笑雨对伍子的回答不太满意。"你这话等于没说啊，道理还用你讲，我也懂，我是叫你判断一下哪幅作品能最后胜出。"韩笑雨摇着伍子的胳膊，半认真半撒娇地说道。

"我想，拍出价格最高的应该在齐白石和李可染这师徒俩的作品里产生，毕竟这二位可都是现代画坛开宗立派的人物，光提名字都能把人震倒。相比之下，彭启丰的名头就差多了，不过他也有优势，人家是清代中期的画家，距今已经二三百年，作品的传世量相对较少。"伍子避重就轻道，还是没有最终定论。

其实也不能怪伍子，书画作品的定价相当复杂，需要参考的因素很多，而且每每见仁见智，争议颇多。书画作品的定价一般都是参照近期拍卖行同类作品的成交记录，并且也只能作为参考。

举几个简单的例子，2010 年李可染的一幅《长征》拍出 1.075 亿，创下了全国近代书画拍卖的新纪录，2002 年宋代大书法家米芾的《研山铭》也不过才拍出 2999 万元。要说用三幅米芾的真迹换李可染的《长征》，这笔交易恐怕永远只能停留在想象当中。当然，这里没考虑物价上涨的因素，如果考虑到这个，2002 年的三千万跟现在的一个亿也差得不多。如齐白石、张大千、徐悲鸿这些近现代著名画家，作品过千万的比比皆是，而人们所熟知的清代著名画家郑板桥，他的画一般也才在几百万，还没有出现过千万的，你能草率说后者的艺术功力不如前者吗？

还有前面提到过的李苦禅，他的绘画功力和艺术造诣举世公认，是开宗立派的画坛大师，但他的作品价格却始终上不去，近几年来一直在几十万到一百万之间徘徊。慈禧太后也是个业余画家，这个恐怕不少人还不知道，不过这老太太整天操心国事、家事，很难系统地学习绘画，她的绘画功力可想而知，但是她的作品一旦拿到拍卖行，拍出个几百万绝对不是什么难事。再说说人尽皆知的著名画家唐伯虎，他的作品要拍出几千万没问题，但是若要超过李可染《长征》的价位，恐怕就不容易了，然而事实上，唐伯虎流传下来的作品数量可要远远低于李可染的作品。

通过以上这些例子可以看出，书画作品的定价不仅跟作者的名气、年代、传世数量、作品尺幅、艺术魅力、作品所处的历史环境和文献价值等有关，跟时下的流行趋势也关系巨大，哪个画家受到追捧，他作品的价格自然扶摇直上。当然，有时候也不能排除一些偶然因素，比如两个人互相竞价，暗自较劲，拼着命比钱多，那么该作品的价格便会坐着火箭往上升。

现在离正式开拍还有不到半小时，伍子把宣传册放到他和韩笑雨中间，两人头挨着头看上拍的作品简介。韩笑雨柔软的秀发透出淡淡的洗发水清香，伍子心神荡漾，再也没心思琢磨宣传册上的书画。

崔亚斌不知从哪冒出来，坐在韩笑雨旁边，手里也拿着一本宣传册，冲韩笑雨比比画画："今天的拍品据说都不错呀。"

韩笑雨对崔亚斌的话一脸不屑："什么错不错的，你懂吗？对了，你不在前台做接待，来这里干吗？"

"我前天不是告诉你了吗，今天我歇班，闲着没事来看看热闹。"崔亚斌回答道。

"你看热闹，能看懂吗？不是姐们我小看你，知道齐白石是谁吗？"韩笑雨把头从伍子这边挪开，注意力放在崔亚斌那边。

崔亚斌装出挺无辜的样子："瞧你说的，齐白石我还不知道，画虾的那个，他的画老值钱了。"

韩笑雨和崔亚斌东一句、西一句地瞎扯，倒把伍子凉在了一边，弄得伍子挺郁闷，也挺尴尬。他无聊地抬头看看四周，那天瓷器专场到场的大腕悉数出现，张文平、赵刚、柳元、许龙光等，前排还有几个他不认识的，不过看这几个人的穿着打扮和神态气质，还有与张文平等人谈笑风生的样子，伍子判断他们应该也是收藏界的大人物。

每一行、每一阶层都有自己的交际圈子，上层找上层、中层找中层、下层找下层，全世界都这样。这里面除了等级观念外，找同阶层的人交往更有共同语言，利益也更趋于一致，比较容易谈得拢。如张文平这种人，交往的自然都是古玩界最顶端的人物，而伍子这样的呢，只能交往韩笑雨这样在古玩界的底层人物。当然也有越界交往的情况，但大多都是属于利用和被利用，或者利益交换的关系。

韩笑雨和崔亚斌谈得十分尽兴，完全忽略伍子的存在，一开始韩笑雨还偶尔和伍子说句话照顾一下，后来干脆把他晾到一边，弄得伍子尴尬无比，只能拿着一本宣传册无聊地翻阅，里面的内容他根本没看进去。找个理由离开吧，又好像找不到像样的借口，他就是奔着书画专场来的，现在离开也不太合适，显着自己太小气。

伍子坐在那里完全可以用度日如年来形容，上次瓷器专场没有崔亚斌在，他和韩笑雨相处得挺好。伍子想着想着，就有些讨厌崔亚斌，这家伙来得真不是时候，不会真跟韩笑雨谈恋爱了吧？上次伍子无意中问过他，得到的回答比较含糊，现在看来倒有些像真的了，伍子心里一团糟。

我爱你，爱着你，就像老鼠爱大米……伍子手机铃声响起，拿出一看是楚珊打来的。伍子如同抓住了救命稻草，赶紧接通电话："喂，楚珊吗？我在拍卖大厅呢，挺好的，你呢……"他故意把声音说得很大，潜意识里想让韩笑雨听到，一边说话一边向韩笑雨、崔亚斌示意自己要出去接电话，韩笑雨和崔亚斌闪开身体，露出一条缝隙让伍子出去。

韩笑雨见伍子走出了大厅，稍微顿了一下，

从大厅里出来，嘈杂和沉闷的气息陡然消失，整个人清爽了不少。楚珊打电话也没别的事，就是问伍子还好吗。伍子听到楚珊的声音突然有一种想哭的感觉，就好像受了委屈的孩子找到母亲一样，他努力控制自己的情绪：“楚珊，你来北京吧，越快越好，我想你……”

“你是不是遇到什么困难了，说出来，也许我能帮你。”楚珊在电话另一头说道。

“没有，我一切都挺好，就是想你……”

伍子挂断电话已经是一小时以后的事了，书画拍卖专场早已开始，他完全没有心情再进去，一个人默默回到宿舍。这一天是他来北京以后最失落的一天，就连三千五买到一对油炸核桃也没这么失落过。

两天后，楚珊来到北京，她在单位办了停薪留职手续，对于这个业务骨干，校领导多次真心实意地挽留。楚珊的父母也不理解，放着好好的工作不要，非去什么北京呀，“北漂”可不是那么好当的，她顶住各种压力，可以说是力排众议来到北京。

北京西客站，两人在穿梭的人潮里四目相对，伍子有一种拥抱的冲动，不过理智告诉他要忍住，他接过楚珊的行李，顺着人流往外挤。楚珊穿着一件紧身羽绒服，更加衬托出她身材的曼妙，头上还戴着一顶粉色毛线帽，端庄而不失活泼，几月不见越发漂亮了。

出租车一路往北，朝五环驶去，伍子在五环租了一套两居室的房子，地方虽然有点偏僻，不过房租便宜，环境也不错，离奥林匹克公园和圆明园遗址都挺近。再往西就是清华大学和北京大学，还有颐和园和香山公园，每一处都堪称北京的标志，住在这地方，没事出去转转，随处都是北京城的精华所在。

伍子租的房子在十五楼，拉开窗帘就能直接看见奥林匹克公园，空气比市里要清新一些，用房地产商的话来说叫适宜居住的经典楼盘。楚珊把行李扔在大厅，重重坐在沙发上，连续坐了几个小时火车，身上酸痛乏累。伍子拉开落地窗帘，把窗户稍微打开，清凉的空气不遗余力地往屋里钻，干燥的房间一下子充满活力。

楚珊斜躺在沙发上，身体彻底放松下来，酸痛感慢慢散去。伍子端过一杯热水放在茶几上，然后开始一件件把楚珊的行李往卧室里搬。他提前一天就把房间收拾好了，等人一来便可以入住，这套房子他半个月前看好的，只是当时没租，在楚珊确定要来以后，他才急急忙忙找房东租了下来。房东是个肥胖的中年女人，也算中产阶层，光郊区就有四套房子，专门用来出租。伍子暗自称奇，自己怎么跟胖房东这么有缘呢，在老街开古玩店的时候，那房东就是个胖女人。

不过，这个房东胖是胖了点儿，话里话外可透着股精明劲，说话客气，人也和善，是典型的做买卖的性格。相比之下，老街古玩店的那个女房东就差远了，那胖女人除了彪悍，还是彪悍，跟那样的人打交道，伍子天生有一种排斥感，最后还赖下人家几个月房租没给。

把楚珊的行李搬进卧室后，伍子看看时间，已经晚上六点了，他赶紧进厨房准备晚饭。柴米油盐都是新买的，生活嘛，总离不开这个，楚珊起身要过去帮忙，被伍子一把拦住，说她坐火车够辛苦了，先休息一会儿，等做好饭再叫她。楚珊听话地点点头，重新斜躺在沙发上，她实在太累，真要做饭也是强撑着身子。听着厨房里传来锅碗瓢盆碰撞声，楚珊只觉一股暖流传遍全身，她对自己的选择不后悔。伍子炒菜的声响犹如一曲优美的旋律，彻底打消了她最后一丝顾虑，楚珊相信自己的眼光，若干年后的伍子，绝不是现在的样子，他会拥有一片属于自己的天地。

过了一会儿，饭菜端了上来，热气腾腾的四菜一汤，两人面对面坐下，边吃边聊。伍子把来北京后的经历大概讲述一遍，包括面试、鉴定玉器、参加瓷器专场拍卖，因一对油炸核桃打眼等，楚珊听得津津有味，特别是听说伍子花了三千五百块买来一对油炸核桃，笑得差点喷饭。“有一把吴王夫差剑作纪念了还不知悔改，又整出一对油炸核桃来，你呀，天生不是捡漏的料，还是老老实实地工作是正理。”

这话说得伍子一阵尴尬，同时心里又觉得好笑，如果楚珊知道自己捡了一百万的话，不知道还会不会是这种语气。“常在河边走哪有不湿鞋的，有机会我给你淘一件大宝贝，保证你一辈子吃穿不完。对了，我前几天刚捡到一件青花大罐，拍出一百多万，除去佣金和缴税，还能剩下几十万，够我们生活一段时间了。”伍子终于把秘密告诉楚珊，不过他把韩笑雨那部分的事截留了，没有对她讲。

“我不求你捡什么大漏，只要你在自己喜欢的事业上做出成绩就行。”楚珊发自内心地说道。

伍子一本正经地点点头，像是应和，也像是承诺……

等两人吃完饭已是晚上九点多，伍子赶紧收拾完碗筷起身告辞。楚珊问他住在哪里，伍子说一直住在公司的集体宿舍。楚珊没有说什么，默默把他送到门外，伍子说了声再见，就摁开了往下的电梯，楚珊一直看着电梯门关上才带好门。

第二天伍子给楚珊打来电话，说自己要去公司，先不去看她，秋拍刚刚结束，还有不少后续工作要做，楚珊让他忙自己的，她会照顾好自己。

秋拍圆满结束，艾利丝艺术品拍卖公司总拍价超过 3 亿，虽然跟佳士得、苏富比这些拍卖行没法比，不过在北京的拍卖行业内也算是中游靠上了。公司为了庆祝业务量的提升，给每位员工都发了红包，就连看大门的老大爷、清洁阿姨都有份，只不过根据个人对公司贡献的大小，红包的厚度有所不同罢了。与此同时，拍卖金也打到了伍子的账户，除去各种费用还剩下 110 多万，伍子拿出 60 万偷偷打到韩笑雨的账户上，剩下的 50 多万存在一张卡上打算交给楚珊。其实连伍子自己也不明白，为什么想把银行卡交给她，他们认识还不到半年，楚珊来北京也还没十天，他跟楚珊在一起的时候总感觉特别踏实，把银行卡交给她或许只是潜意识里的行为。

有了额外的收入，韩笑雨、王帅、崔亚斌几个人都嚷嚷着出去玩一天，地点就选在北边的密云水库，那地方有白龙潭、神农峪、九谷口好几个风景区，特别适合一日游。几人向伍子发出了邀请，伍子本打算不去，楚珊刚来北京自然要多陪陪人家，不过王帅说密云那边有一座古建筑要拆，说不定里边有什么古董。伍子一听马上有了去的心思，犹豫了半天还是一口答应下来。除了韩笑雨，这些人还不知道伍子捡了个一百多万的大漏，如果知道，出行的费用肯定得让他全包了。

几个人当场约好明天一早出发，在公司门口集合，谁都不许迟到。王帅还神秘兮兮地告诉伍子，他要邀请公司第一美女董春一起去，有了这位美女的加入，相信大家这一路上都不会寂寞了。伍子取笑道："什么叫大家不寂寞，恐怕是你自己不寂寞吧。"

王帅不好意思地挠挠头："反正她答应去了，到时候你们可别眼红。"

伍子下班以后没有回宿舍，而是直接去了楚珊那里。今天发奖金，自然要庆祝一下，伍子在路上买了几样菜，还有一瓶饮料。他琢磨着明天王帅和董春、崔亚斌和韩笑雨都去，人家成双成对，就自己落单，到时候不尴不尬多没意思，不如把楚珊叫上。她刚来北京，恐怕一时还摆脱不了对老家的依恋，出去转转也好。

楚珊好像知道伍子要来，门铃只响了一声房门便打开了，楚珊接过伍子带来的东西，关心地问道："今天上班挺累吧？"

"不累，今天还发了奖金，所以我弄了点吃的庆祝一下。秋拍已经结束，以后陪着你的时间就多了。"伍子一边把东西摆上餐桌，一边说道，他抽空还把那张存了50多万的银行卡塞进楚珊的衣兜。

两个人在平静的气氛里吃了一顿还算丰盛的晚餐，伍子把出游的事情告诉了楚珊，征求她的意见，没想到楚珊马上答应下来，如伍子想的那样，从来没离开过家的她乍一出远门，心里难免感到失落，出去散散心也好。

吃过晚饭，伍子在回宿舍前叮嘱楚珊明天不要睡懒觉，一早会有车来接她。

第二天，伍子老早来到公司，门口停着两辆车，一辆别克凯越和一辆大众宝来。别克凯越他知道，那是韩笑雨的，大众宝来没见过，应该是王帅借来的，这家伙为了一路照顾好董春，还真是下了工夫。

伍子刚走到车跟前，两辆车的玻璃同时落下，韩笑雨开着她的凯越，副驾驶座上坐着崔亚斌，王帅驾驶着宝来，副驾驶位置上自然是董春了。

"我说你快点！说好一早去，现在就等你了！"王帅把头伸出车窗外，冲伍子嚷道。

伍子紧跑了几步，来到两辆车前，本来他过来的方向离韩笑雨的车比较近，但他微微犹豫一下，还是越过凯越，上了王帅的宝来。伍子刚关好车门，车就窜了出去，惊得伍子一身冷汗："我说你会开车吗，不会开就推着，车上不光你，还有两条无辜的人命呢。"

"嘿嘿……你就放心吧。王哥我玩古董不如你，开车绝对比你高一个档次。"王帅嘿嘿一乐，扭头冲伍子使了个鬼脸，然后讨好地看看董春。

"你少废话，赶紧小心开车。对了，前边路口绕一下，有人跟着一起去。"伍子对王帅说道。

楚珊早早就等在单元楼门口，王帅见到夸张地“哇”了一声：“好个伍三思，原来你金屋藏娇啊，你小子嘴可够严的，这么长时间我竟然不知道。”

“说什么呢，楚珊是我女朋友不假，可她刚从老家过来，才两天，我一直住宿舍你又不是不知道。”伍子解释道。

“行了，行了，别解释了，反正你小子不地道。”王帅挥挥手打断他。

汽车顺着京承高速一路往前，二十分钟后下了 101 国道，往前不远就是神农峪风景区，再往前就是白龙潭风景区。

宝来在一处山脚下的停车场停住，后边紧跟着的凯越也停下。六个人先后下车，伍子抬头看了看四周，这地方远离城市，群山环绕，若不是山腰里偶然出现一两栋现代化的建筑，还真让人产生一种返璞归真的感觉。

“王帅，你说这里有一座古建筑要拆，在哪？”伍子对这事最上心，一下车便迫不及待问道。

“你小子满心都想着这个，咱们先玩，玩痛快了再去那里，有古董的话没人跟你抢。”王帅先对伍子抱怨几句，然后张罗着大家往景区走去。

六个人正好分成三对，韩笑雨见伍子旁边多出个女人，眼中闪过一抹异色，有意无意凑到伍子跟前问道：“这位美女是你女朋友吧？”

伍子脸上尴尬了一下，然后马上恢复常态：“是的，她叫楚珊，我在老街认识的。”他又指了指韩笑雨，对身边的楚珊说：“这位是我同事，韩笑雨。”

两个女人第一次站到一起，友好地握了握手。伍子的大脑在第一时间产生一个想法，这个想法不是现在才有的，只是现在又重新冒了出来：楚珊和韩笑雨到底谁更优秀？当然，他这里的优秀，纯粹是指外表，男人认识女人，首先是从脸蛋和身材开始的。

伍子不止一次把两个女人放在心里比较，如今她们真的站在一起，反而不敢正眼去看。董春在王帅的引导下已经走了，她要在这的话，世界上三种最值得玩味的女人就凑齐了。

简单地寒暄了几句，伍子、楚珊、韩笑雨、崔亚斌四个开始往前走，这时候王帅和董春已经把他们落下老远。

“行啊伍三思，你嘴够严的，女朋友都请北京来了，我们还不知道，学汉武帝金屋藏娇啊。”韩笑雨笑着对伍子调侃道。

伍子捕捉到韩笑雨的眼神，他能看得出她笑得很勉强，似乎有什么心事。这种场合他也不便多说什么，只得把跟王帅解释的话又重新说了一遍。崔亚斌过来插话："这样不挺好吗，一共六个人，三女的，三男的，这样出游才有意义嘛。"

韩笑雨白了崔亚斌一眼，快步朝前走去，一会儿就超出伍子、楚珊和崔亚斌老远。她扭头冲三人喊道："快点吧，前边有个小亭子，可以歇歇脚。"伍子三人加快脚步，追赶前面的伙伴。

亭子建在半山腰的宽阔地带，灰瓦红柱，典型的仿古建筑。不过亭子的柱子、斗拱、飞昂、檐椽等都是混凝土制成的，冰冷生硬，丝毫没有木质结构的那种绵软和柔和感，显得不伦不类。用混凝土材料做仿古建筑，是目前很多景区的通病，也不知道他们是在发扬传统的建筑艺术，还是在糟改老祖宗留下来的精粹。

六个人坐在亭子里的石磩上休息，气氛有些尴尬，或者说没有想象中那么融洽。王帅一直坚持不懈地讨好董春，不过后者对他的殷勤并不感冒，完全沉浸在周围的景色之中，好像王帅的存在还不如山上的一块石头、一棵树木，弄得王帅垂头丧气。韩笑雨自下车以来一直情绪低落，虽然偶尔也说说笑笑，不过显然是故意表现出来的，崔亚斌使出浑身解数哄她高兴，毫无效果。楚珊跟其他人不熟悉，话自然比较少，更多的时候是把头扭到一边看风景。伍子本身就比较内向，除了楚珊，也不便和韩笑雨、董春过多交流，而且韩笑雨似乎故意不拿正眼看他，好像忽视他的存在。

六个人在亭子里坐了二十分钟，气氛一直沉闷，韩笑雨接到一个电话，然后说有急事，自己先走一步。她走，崔亚斌也跟着说有事，随着韩笑雨往山下走。

亭子里只剩下伍子和王帅等四个人，游玩的兴致减去大半，王帅见实在没意思，干脆直接领着伍子到要拆除的古建筑那里。他本来打算最后再去，现在看来没什么意思，了却伍子这个心愿就返回城里。

王帅说的古建筑在一个小村子的边上，远离风景区，不过交通还算方便，汽车可以直接开进去。伍子下车后先观察了一下周围的环境，这里处在一个山坡脚下，山坡呈三十度角倾斜向上。坡上有几辆推土机和挖掘机，正干得热火朝天，这就是王帅所说的工地了，想必要拆除的古建筑就在附近。

伍子来回寻摸，始终没发现古建筑的影子，他把王帅叫到跟前："我说王帅，你小子不会耍我吧！"

王帅一脸尴尬，不好意思地挠挠头，这里有古建筑他也只是听说，不过看现在这情况，连块古代的砖瓦也没有："别着急，我找人问问，我一哥们是这儿施工队的小队长，就是他告诉我这里有古建筑要拆除的。"王帅掏出手机，赶紧联系他那哥们。

不一会儿，一个戴着黄色安全帽的工人从挖掘机的方向跑过来，这人就是给王帅透露消息的小队长，姓李，王帅叫他李哥。李哥跟王帅打过招呼，见后面还有两位美女，眼睛有些发直。王帅拍拍他的肩膀，提醒他赶紧说正事，李哥这才把眼神从董春和楚珊身上收回来，讲述古建筑拆除的事情——

工地旁边的这个小村子叫王家窑，村里世世代代流传着一个故事，说这里几百年前曾有个窑厂，是专门给达官显贵烧造瓷器的。烧窑的师傅姓王，王家窑就是这么来的。二十世纪六七十年代的时候，就在挖掘机所在的山坡上还有破烂不堪的窑址存在，当时有专家来考察过，支着帐篷一住就是十几天，专家说这是元代的一个窑址，还说要进一步抢救挖掘，后来"文化大革命"发展起来，抢救挖掘工作就不了了之。

八十年代到九十年代，又先后有几批专家来这里挖掘，出土了不少瓷器碎片，专家们宝贝似的装口袋里运走了。那是最早的几批，后来的考察队再挖掘就一无所获了，瓷片早都被搜罗干净了。最近几年，这里再也没有专家光顾过，彻底成了历史遗留下来的废墟。

如今周围的风景区扩建，准备建造一座仿古瓷窑，重现当年烧造瓷器的盛况，地点就选在这座窑址上。前些时日，专家团又来过一次，对窑址彻底清理一番，确认没有什么遗漏，于是施工队进场，开始建设仿古瓷窑。李哥是王家窑邻村的，自然知道这些内幕，是他无意中把事情告诉王帅的。王帅想象力比较丰富，硬是把一个毫无意义的古窑址说成了古建筑，把伍子诓到了这里。

伍子有些哭笑不得，指指挖掘机的施工场地，冲王帅喊道："这就是你说的古建筑？"

"伍子，你别着急啊，李哥不是说了吗，这是元代的窑址，咱这次来，说不定还能找到元青花呢。"王帅一边狡辩一边用眼睛瞄楚珊，意思想请她帮忙说句话。

楚珊会意，对伍子说道："既然来了，我们就过去看看，运气好的话真捡到宝贝也说不定。"

伍子狠狠瞪了王帅一眼，他知道，在这里捡漏的可能性几乎为零，据李哥说专家们都挖掘过好几次了，那眼睛可都是显微镜级别的，绝不会放过任何蛛丝马迹，要真是元代窑址，不要说整器，连个瓷片渣子都不会留下。不过既然来了，过去看看也好，老天爷要长眼，发现一两块手指头大小的瓷片也说不定。

元代的都城大都就是今天的北京，因此在北京郊区发现专门为达官显贵烧造瓷器的窑口也很正常。元代的窑口是官民不分的，当时所有的窑口都收归国有，出现王家窑这种小规模的瓷窑遗址，在逻辑上也没问题。

伍子、王帅、楚珊、董春四人在李哥的带领下来到施工现场，伍子一见施工现场的情况，心彻底凉透。这帮专家可够狠的，挖掘的面积足足比原窑址大出五六倍，而且深度惊人，从土层上判断，全部都挖掘到了原始土层，这种一窝端的挖掘方式，别人再想捡漏根本不可能。

几人看了几眼，匆匆走下山坡，王帅还不甘心："李哥，附近还有没有要拆的古建筑？"

李哥一声苦笑："拆？兄弟，这儿可是风景区，假的古建筑建都建不过来，还拆真的？你脑子进水了吧。"

话都说成这样，再待下去也没意思，几人打算上车回城，这时候李哥手里的对讲机响起：李三，李三，快过来一趟，这里发现一口石棺。

伍子已经坐到车里，听到这话马上又钻出来："石棺，石棺在哪？"看他这架势，比李哥还在意。

据伍子了解，石棺在民间极少使用，一般都倾向于用木棺，使用石棺的例子极其特殊。比如在尸体入殓前有尸变的迹象，也就是有变成僵尸的迹象，人们才会采用石棺入殓。据说，用石棺入殓的人是不能进入六道轮回的，所以没有人愿意把自己的亲人入殓在石棺里。古墓里出现石棺，一般都是异兆的征象。

"王帅，老天爷今天开眼，我们可能真遇到宝贝了。走，赶紧过去看看。"他迫不及待要走，又突然转头对楚珊和董春说道，"对了，你们两个女的，如果害怕就在车里坐着，我们去去就回。"

伍子和王帅跟着李哥朝最远处的一台挖掘机走去，这台挖掘机的施工范围没有在窑址附近，离窑址大概有二三百米远。伍子根本没有注意到这里也在施工，李哥说这里要建一座宾馆，现在正在挖地基。

三个人走到发现石棺的地方，这是一个长方形的大坑，应该就是李哥所说的宾馆地基了。石棺的下半截还埋在土里，上半截已经被挖掘机清理得差不多了，上面是青色的石板，石板盖住的就是棺材。消息不胫而走，不少干活的民工都围拢过来看热闹，人声嘈杂，议论纷纷。

王帅有些兴奋，这么大号的石棺，埋得又这么深，肯定有好东西。伍子则另有想法，不过那只是一种推测，不能轻易跟别人讲，否则可能要闹出笑话，别人也不会轻易相信。

这时候李哥已经叫挖掘机对棺材下手了，在场所有人都开始兴奋，这么大号的石棺，埋藏这么深，肯定是古代某个大户人家留下来的，里面不定有多少金银财宝……

挖掘机的起重臂如同一只大手，三两下就把石棺盖子掀开了，出乎所有人预料，里面除了一层粉末状的灰土，一无所有。围观的人一脸失望，满以为会挖出来金银财宝，没想到只是一层土。

这层土是干什么的，为什么会盛放在石棺里，又埋藏这么深？失望之余，人们又开始议论新的话题。

“骨灰，棺材放的是骨灰！”不知谁喊出这么一句。人们恍然大悟，肯定是骨灰，棺材里能放什么，可不就是骨灰嘛。

李哥一脸的扫兴，冲挖掘机司机喊道：“赶紧的，把棺材砸碎，挖出来扔山沟里没人的地方，真他妈晦气！”最后这老哥还不忘补一句脏话。

王帅拉了拉伍子的衣角：“走吧，这地方太晦气了，咱赶紧回去，多待一分钟我都恶心。”

伍子甩开王帅的手，对李哥喊道：“李哥，先别动手，我下去看看。”

李哥和王帅满脸疑惑地望着伍子，不知道他想干什么，不过李哥还是照他说的办了。

挖掘机停止工作，伍子顺着坑槽往石棺的方向挪过去。所有的目光都投向伍子，民工们也纳闷，这个穿戴挺干净的小伙子干吗对骨灰感兴趣啊？在场所有人都不知伍子葫芦里卖的什么药，只有定定观察着他的一举一动，看他到底想干什么。

伍子挪到石棺边上，从衣兜里拿出手套戴上，伸手朝石棺里摸去。这层粉末状的灰土铺在石棺底部有20多厘米高，由于石棺外壁比较厚，水渗不进来，灰土埋在地下这么多年，一点不见潮。这层灰土呈极细的粉末状，伍子敢百分之百肯定，这绝对不是骨灰，应该是一种特殊的土壤或是石粉，他抓了一把放在鼻子底下闻闻，没闻出什么味道。

坑上面的人见伍子这动作，纷纷交头接耳，这小子是不是疯了，竟然把骨灰拿到鼻子底下闻，王帅也对伍子的动作大感不解："伍子，你小子是不是疯啦，赶紧上来！"

伍子陷入沉思，对王帅的提醒充耳不闻，大脑飞速思索，这灰土是做什么用的？为什么会放在石棺里，还埋这么深？

突然，伍子灵光一闪，石棺埋在瓷窑遗址附近，会不会跟瓷窑有关系，难道……这石棺里的灰土就是当年烧造瓷器用的胎料？如果窑址真是元代的，那么这瓷土很可能就是传说中的"麻仓土"，这个结论令伍子心下大骇。

众所周知，麻仓土是烧造瓷器的最佳胎料之一，产于江西景德镇的麻仓山，这种土早在明万历年间就已绝迹。据明朝王宗沐《江西省大志》载，在当时，一百斤麻仓土已经值银七分，可见麻仓土之珍贵。元青花的胎体里就含有一定比例的麻仓土，鉴于这种土已经绝迹，后人再想做出高仿的元青花绝不可能。有机会上手元青花的人都会发现，看似粗糙的元青花底部的胎体，摸上去却是顺滑无比，宛若少女的肌肤，这在元以前和元以后的瓷胎中是见不到的，可说是元青花所独有的特征，而令元青花具有这一特性的，正是麻仓土。

伍子推断，现在放在面前的极有可能就是麻仓土，因为窑址专家们已经鉴定过，是元代的。如果石棺里的确是麻仓土，那么对于研究麻仓土的化学构成，重现元青花的辉煌，都有不可估量的作用，这一层灰土足能顶得上一座金山。如果猜测是真的，那这个发现不说震惊世界，最起码也会轰动全国收藏界。

当然，这一切都得建立在伍子的判断是正确的基础上，否则一切都是空想。

伍子在坑底沉浸在巨大的喜悦之中，上面的王帅已经有些不耐烦："伍子，你发什么神经，赶紧上来，骨灰有什么好看的，当心恶鬼缠身。"

伍子抬头对王帅喊道："赶紧找几个蛇皮袋，我要把这东西装走。"

"什么？"王帅眼珠子差点掉下来，这小子真疯了，连骨灰他都要。

伍子现在也没工夫跟王帅解释，催促道："别傻站着啦，赶紧，越快越好！"

王帅没办法，托李哥给找了几个蛇皮袋，他这哥们要把棺材里面的骨灰带走，估计是鬼迷心窍了。李哥也纳闷，认为伍子在下面发神经，不过看在王帅的分上还是照办了。很快几个蛇皮袋扔到坑底，伍子又叫人扔下一把铁锹，一点一点把粉末装进口袋。

一个人装有些腾不开手，伍子叫王帅下来帮忙，王帅跟吃了摇头丸似的，一个劲摇头："你自己装吧，打死我也不下去。"伍子没办法，只能自己一点一点往里装。

好半天，才把石棺里的灰土装干净，足足三大袋子。伍子指挥着挖掘机，把袋子放在挖掘机的起重臂上，一袋一袋运到上边，最后自己从坑底爬上来。

"我说伍子，你要那骨灰干什么，先说好，我的车可不拉这个，你自己想办法带回去。"王帅见伍子爬上来，先冲他发了一顿牢骚。

伍子把王帅拉到一边，低声说道："你懂个屁，这哪是什么骨灰，一个人的骨灰能装三口袋吗？再说了，如果真是骨灰，不要说你，我还不要呢。我他妈有病啊，把骨灰往家带……"伍子对王帅动之以情，晓之以理，苦口婆心地劝说，最后总算把王帅劝得有些心动。不过王帅还是不放心，问伍子道："你得告诉我，你怎么肯定这不是骨灰？"

伍子恨不能扇王帅俩嘴巴："合着我苦口婆心劝了半天，对牛弹琴了？其中的秘密咱们路上再说，现在赶紧装车走人。"

王帅没有办法，只得把车开过来，后备箱只能勉强装进去两袋，剩下的一袋伍子直接扔进了后座，王帅心痛得要死，这可是借来的车啊，不过在董春面前，还得故意表现得大气一点，这才叫死要面子活受罪。

跟李哥打了声招呼，王帅就开着宝来往回走了，等汽车驶出风景区，他迫不及待地问伍子："你怎么知道那不是骨灰，兴许还是好几个人合葬呢。赶紧说说理由，理由不充分我直接给你扔下去。"

伍子和楚珊坐在后排，脚下是鼓鼓囊囊的蛇皮袋，脚没地方放，只能蜷缩着放在蛇皮袋上面："实话告诉你吧，那坑里挖到的根本不是石棺，而是专门盛放这种灰土的容器。我看见它的第一眼，就感觉不像棺材，棺材应该是一头大，一头小；一头高，一头矮。可眼前这具石棺是规规矩矩的长方体，不符合棺材的造型，而且表面没有任何丧葬纹饰，硬往棺材上靠有些牵强。”

王帅点点头：“分析得还算有理，这么浅显的问题怎么我没注意到呢？对了，既然不是骨灰，那这东西是什么呢？”

“应该是一种烧制瓷器的胎料，附近不是有一座瓷窑遗址吗，至于具体是什么材料，还得找行家问问。”伍子没有说明那可能是制作元青花的麻仓土，倒不是故意瞒着王帅，而是怕他受不了这份刺激，直接把车开到路边的栏杆上。伍子突然想起了韩笑雨，要是她也在的话，应该可以给自己拿个主意，帮忙分析一下到底是什么土，可惜她走了。伍子有一种感觉，韩笑雨的提前离开似乎跟楚珊有关系，不过这只是他内心的一种想法，永远不可能跟别人说，也没法去验证。

董春和楚珊对两个男人的对话一头雾水：“什么骨灰？什么石棺？你们到底碰见什么了？”

伍子和王帅赶紧打哈哈：“男人的事女人少问，知道多了当心晚上睡不着觉。”

汽车在靠近五环的地方停下，四人找了一家饭店草草吃了顿午饭，看看表，已经下午三点了。这一趟出游简直毫无意义，当然，伍子除外。他这次的收获比捡到一次大漏还重要，如果真是传说中的麻仓土，那么伍子的一生将就此改变。

王帅开车把伍子和楚珊送回家，自己又拉着董春到别的地方玩去了，下车后伍子赶紧把三口袋麻仓土搬下来，放到电梯上，一起搬上楼。回到租住的地方，伍子和楚珊分别斜躺在沙发上，身体被巨大的疲累包围，一动也不想动。看着那三口袋麻仓土静静堆放在角落里，伍子心中感慨万分，究竟是不是麻仓土他还不敢肯定，不过从挖掘现场来看，古人如此郑重地把东西保存完好，肯定是非常重要的东西。

楚珊见伍子一直冲着三口袋灰土发呆，好奇地问道：“这口袋里是什么东西，很重要吗？”

伍子郑重其事地点点头：“很重要，或许它可以彻底改变我们的生活，一步登天。退一万步说，至少也能让我们这辈子吃穿不愁。”他没有跟楚珊说这具体是什么东西，说元青花她不知道，说麻仓土她更不知道。隔行如隔山，内行人跟外行人打交道，就跟对牛弹琴差不多。要是韩笑雨就不一样了，她懂的不见得比伍子少，有时候一句话就能点透。

想着想着，伍子又想到韩笑雨那里去了，她急匆匆地赶回去，错过了一个惊天大发现，伍子以后跟她提起来，肯定得把她的肠子悔青。看出游的情景，伍子觉得韩笑雨跟崔亚斌不像是谈恋爱，或许只是崔亚斌缠着人家，一相情愿罢了。

伍子的思维有些溜号，这时候楚珊说话了：“既然这东西这么值钱，不如过几天我们把它拿去卖了吧……”

伍子一下被逗乐了，心说我的姑奶奶，你以为这是黄金白银，说卖就能卖啊。他挠着头不知道该怎么跟她解释，最后终于想出一个不太恰当的比喻：“埋在地下的石油知道吧，虽然它很值钱，但是如果不开采、不提炼，它永远只是黑糊糊的原油，换不成钱。这麻仓土也一样，如果没有一个实现其价值的载体，它永远只是一堆土。”这么比喻不知道楚珊能不能听懂，反正伍子尽了最大努力，行业之间的鸿沟，不是一两句话就能填平的。

楚珊点点头，又摇摇头，似懂非懂的样子。沉默片刻后，楚珊又说道：“明天我打算出去转转，找份工作，总不能一直这样待着。”

“找工作不急，你先好好歇几天，等熟悉了这里的环境，我陪你出去找。”伍子对楚珊说道。凭他现在的情况，他还没有底气说出自己能养活她、不用她找工作的话。来北京这么久，他知道这里的消费水平，凭自己的工资，供两人吃饭和交房租自然没问题，可剩下的也不多，只能维持基本生活而已，至于买房买车，想都不用想。捡漏来的几十万在这个大都市来讲就等于是毛毛雨，不到万不得已，伍子不准备动用。楚珊如果找份工作，经济上无疑会宽松不少，至少可以有一定的资金供他在古玩市场捡漏。玩古玩、搞收藏，靠的就是经济实力，没有钱一切免谈，即使你看见有好东西，没钱买下来，漏也不是你的。

麻仓土的意外发现，使伍子对以后的事业有了底气，但那是以后的事情，至少现在他还得依靠一份稳定的工作。伍子还不想马上对麻仓土进行开发，更不打算公诸于众，他得理一理思绪，考虑如何把麻仓土的价值最大化。也就是说，在将来很长一段时间，麻仓土都只是一堆灰土，不会马上变现成钞票。

吃过晚饭，伍子返回宿舍，临走前特意叮嘱楚珊，今天带来的那几袋灰土不要动，更不能洒上水，切记保存好，过几天他就会把东西转移走，找一个妥善的地方保管，楚珊点点头让他放心。

# 第 10 章　天津卫之行

回到宿舍，只有崔亚斌在，张长乐在值夜班，王帅则不知干什么去了，估计还在陪着董春看夜景。崔亚斌耳朵里塞着耳机，闷闷不乐地躺在床上，见伍子进来也没打招呼。伍子猜测崔亚斌这德性可能跟韩笑雨有关，韩笑雨中途退场，崔亚斌也跟着回去，想必之后韩笑雨没给崔亚斌什么好脸色。伍子突然觉得心情舒畅，不知为什么，看见崔亚斌极具挫败感的脸，他心里很痛快。

第二天，鉴定部的老杨找伍子有事商量，在公司大厅里他遇见了韩笑雨，两人熟络地打招呼。韩笑雨还是以前的样子，满脸笑容，意气风发，好像昨天的事儿根本没有发生过。伍子暗暗称奇，真是谜一样的女人。他一问才知道，老杨今天也在找韩笑雨，秋拍刚结束，不知道找他俩有什么安排。

走进老杨办公室，老杨直接步入正题：艾利丝艺术品拍卖公司计划拓展业务，在天津开了一家分公司，一切准备就绪，就差一位古董鉴定方面的专家过去给拍品把关。思来想去，公司里只有伍子和韩笑雨具备单独作战能力，老杨今天正是要征求伍子和韩笑雨的意见，看两人谁去合适。

伍子和韩笑雨对视一眼，都没有说话，去分公司做古董鉴定部门的主管，可以说是机遇与挑战并存。做得好，薪水和职务都会提升；一旦做不好，不仅名誉扫地，搞不好现在的待遇也会受到影响。当然，伍子和韩笑雨都是初生牛犊不怕虎，敢于面对挑战，抓住机遇，在北京这个人才济济的地方，“北漂”若没有一股子闯劲儿，永远不可能有出头之日。

伍子之所以没有马上表态是另有顾虑，他现在的竞争对手是韩笑雨，凭着自己对她的好感，绝不会跟她去竞争。韩笑雨也没表态，可能跟伍子抱有同样的想法，或者她认为伍子是男人，应该得到这次机会。

老杨不知其中隐情，还以为他们前怕狼后怕虎，不敢接受这份差事。“这事儿不急，你们先考虑一段时间，去天津那边的话，职务就是鉴定部经理，跟我一样，薪水也不会比我低，最近一月给我答复就成。这可是个机会，你们自己好好考虑。”老杨语重心长对伍子和韩笑雨说道。

老杨挺器重这两个年轻人，业务精熟、踏实肯干，这样的人走到哪里都吃得开。尤其是古董这一行，年轻的内行人特别少，不是说现在的年轻人不爱好或者头脑笨，而是古董这一行靠的是经验和阅历，这两样儿往往是年轻人最欠缺的。

从老杨办公室出来，韩笑雨拉了拉伍子的衣角，宛然一笑：“还是你去吧，到那边肯定有前途，我留在首都支持你。”

伍子笑道：“咱俩谁去都一样，凭你的能力，肯定能闯出一片天地。你来北京这么多年，等的不就是这一天吗？”

“谁稀罕，我来北京是为了好玩，干事业是你们男人的事，还是你去好啦。女人最应该做的就是找一个好男人，至于事业嘛，还是留给男人去做，我可不想当女强人。”

从公司出来以后，伍子直接到了楚珊那里。

这几天伍子没有上班，一直陪着楚珊满京城转悠，一边逛景点一边找工作。几天相处下来，两人的关系又近了几分。没过多久，楚珊就在一所幼儿园找到了工作，跟她在老家的一样，做幼儿园小朋友的老师兼阿姨，地方离租住的单元楼不远，也就三站地，上下班都挺方便的。

为了庆祝楚珊顺利找到工作，伍子买了一瓶红酒外加几样小菜，楚珊也下厨炒了几样菜，满满当当摆了一桌。两人边吃边聊，整个房间充满温馨的情调，不知不觉一瓶红酒见底。伍子的头开始发晕，脸比红酒还要鲜艳，他本来就不善饮酒，一不小心喝下这么多，酒精开始在他脑袋和胃里发挥余热。

楚珊是第二次看见伍子喝醉了，上一次是在吴王夫差剑“变成”凶器以后，伍子醉得一塌糊涂。这次伍子是因为高兴，楚珊顺利找到工作，而他自己也有可能担任分公司的部门经理，麻仓土的意外发现更令他对前途充满信心，现在需要的只是一个崛起的机遇。

楚珊把伍子扶到床上盖好被子，然后倒来一杯醋给他灌下去解酒。

夜已经很深，大街上的喧嚣被融进无边的夜色里，暗淡的路灯孤零零撕开黑暗的一角，昭示着这个城市难得的休眠。

伍子醒来时发现自己身上盖着被子，楚珊坐在床边已经睡过去了，修长的身躯斜躺在伍子身上。床头灯散发着柔和的光晕，伍子清楚地看到楚珊的脸庞，她也喝了不少酒，脸上还浮现出一抹红晕。他伸手理了理楚珊额前的刘海，白皙的脸庞彻底呈现在眼前，伍子的动作似乎惊动了她，令她嘴角微微牵动，一只手轻轻搭在抚摸她脸庞的手上。

伍子伸出另一只手抓住楚珊伸过来的小手，轻轻抚摸她的手背，这是一只灵巧细腻又充满弹性的手，他突然有一种顺着她手指一直向上抚摸的冲动，可惜玉臂被粉色的衣袖裹得严严实实，隔绝住他不断膨胀的欲望，紧身的毛衣更衬托出楚珊凹凸有致的身材，他的眼神有些龌龊，紧紧锁定在突起的胸部上。

客观地说，这是一个十分完美的女人的胸，高高的隆起仿佛要突破毛衣的束缚，在修长的身体上制造出一对近乎完美的粉色山丘。伍子感觉头有些大，他握住楚珊的手不知不觉开始用力。楚珊从睡梦里惊醒，眼见伍子正在用火热的目光看着自己，红润的脸庞更显红艳，赶紧坐起来把头扭向一边。

伍子伸手扶住楚珊的香肩，顺势搂进怀里，乌黑的秀发正好落在鼻子底下，芬芳夹杂着女人的气息钻进鼻孔，伍子的头开始发胀。长发顺着呼吸钻进鼻孔，撩拨着里面敏感的神经，痒痒的、酥酥的，说不出的舒服。伍子把楚珊扳过来面对着自己，楚珊睁开眼勇敢地迎向伍子的目光，她从他眼里发现一股灼热的气息，楚珊赶紧把眼睛闭上，似乎怕自己被这热烈的气息灼伤。

伍子附在楚珊的耳际，昏暗的灯光，披散的秀发，更衬托出一种朦胧的美。伍子眼里的灼热气息慢慢演变成两团熊熊燃烧的火苗，他能感觉到体内的血在快速流转，几近沸腾，心脏不堪重负，如一只狂野的小鹿咚咚直跳。伍子大脑一片空白，身体的本能支配着他要做点什么，他把自己灼热的有些干涩的嘴唇贴在楚珊薄薄的两片唇上，灵巧的舌尖如一条精力旺盛的泥鳅，使劲往楚珊温润的口腔里索取。楚珊歪着头反抗，不过这种反抗对于一条精力旺盛的泥鳅来说，象征大于实质。

当两个润滑的舌尖缠绕在一起的时候，伍子反倒有些清醒，沸腾的血液稍稍降温，他从心里说出一句：这就是自己的初吻。并没有他想象中的惊心动魄，甜甜的、涩涩的，宛如一颗含在嘴里的荔枝。伍子也不知道为什么会把宝贵的初吻想象成荔枝的味道，不过那种味道实在有些相像，如果非要用一种水果来形容初吻的味道，他实在想不出还有比荔枝更贴切的比喻。

当身体也如舌尖相互缠绕在一起的时候，伍子的狂热达到了顶峰，他意识到无数次在梦境中想象的情景即将变成事实。无私地给予自己的，就是眼前这个女孩，她将注定成为他一生中最重要的女人。楚珊如一条挣扎在案板上的鱼，扭动着身体和腰肢，伍子再一次坚定了自己的想法：楚珊的身材是完美的、无可挑剔的，无论搭配各种衣装，还是天然去雕饰的裸体，都让人看不出一点瑕疵。

狂热之后是瞬间的冷却，伍子如一团棉花瘫软在床上，楚珊紧紧依偎在他怀里，如同一只温顺的小猫。窗外寒风瑟瑟，屋内温暖如春，强烈的对比更让人生出一种满足感，伍子多么希望时间永远停留在这一刻，没有生活压力，没有钩心斗角，没有戴着面具的虚伪，有的只是坦诚相对，给予对方快乐和从对方那里获得快乐的惬意，人在这一刻回到了最原始的状态。

不过很快，身体的快感就被巨大的责任感取代，在这个陌生而魅力四射的城市，他与她紧紧联系在一起，从此他要为她的后半生肩负起男人的责任。伍子相信自己能做到，他当然不认为自己是一个随意而没有责任感的男人。

伍子和楚珊醒来的时候已经是第二天上午，拉开窗帘，刺眼的阳光毫无保留照了进来，又是风和日丽的一天。看看手机，上午十点半，时间在热恋的人眼里永远过得最快。伍子回到公司宿舍，把东西收拾收拾，正式和楚珊住到一起。人与人之间有时候只隔着一层纸，一旦那层纸捅破，所谓的界限和约束便不复存在。

在回去的路上，伍子经过公司门口，他看见韩笑雨的别克凯越停在那里，一股涩涩的失落感袭上心头。他这一辈子注定和韩笑雨无缘，就好像他乘坐的这辆出租车和那辆别克凯越一样，距离越拉越远。

伍子回到住处，楚珊已经把房间重新收拾了一遍，外边很冷，屋里却温馨别致，刚才涌起的失落感很快被掩盖下去，他开始帮着楚珊准备晚饭。一座陌生而充满激情的城市，一对热恋的情侣组成的小家庭，那种温馨不言而喻。

第二天楚珊要去幼儿园上班，两人早早就上床休息了，第一次上班可不能迟到。伍子说要陪楚珊一起去被她拒绝，她要试着一个人融入这座城市。伍子也没有勉强，一个人去了趟公司，然后就往潘家园淘宝去了。

一个月后，楚珊渐渐融入到幼儿园的工作，逐渐成为业务骨干。伍子所在的公司事情不多，他更多的时间是在潘家园、琉璃厂、北京古玩城这些地方闲逛，不过一直没什么大的收获。同时他也一直在通过各种关系和查阅书籍了解麻仓土的相关知识，只可惜无论是专家还是那些书籍，对麻仓土的介绍都不太详细，千篇一律地介绍个大概，对他帮助并不大。伍子现在最需要确认的是自己收藏的到底是不是麻仓土，这一点很重要，确定不了真假一切无从谈起；其次还要搞到烧制元青花胎体的配方，麻仓土与瓷土的比例具体是多少，现有各种版本的书籍记载不一，有说一比四，也有说一比二。不过这事不能着急，得循序渐进，一点一点来，他有个大胆的设想，利用手里的麻仓土烧制一批高仿的元青花，然后卖给外国人。

在伍子印象里，外国人没一个好东西，八国联军进北京抢走多少古董。据记载，中国流失的珍贵文物多达百万件。这是一个多么触目惊心的数字，一些老古董专家们谈到这些，无不痛心疾首、扼腕叹息。直到现在，那些外国商人依然对我们的古董虎视眈眈，恨不能把泱泱中华的文物全部挖走才痛快。英国、法国、美国、日本……这些国家的博物馆里不知陈列着多少中国文物，那些都是我们老祖宗用汗水和智慧留下的宝贵遗产，可如今国人要去看看自己老祖宗留下来的东西，还得到国外拿着门票才能看到。

如果能把手里的麻仓土烧制成高仿的元青花，再高价卖给外国人，无疑也是一大快事。鉴于元青花在国际收藏市场的知名度，即便做出一火车皮，也不愁卖不出去。现代仿制元青花的最大瓶颈就是麻仓土的问题，这种土早已绝迹好几百年，其他的瓷土又烧制不出元青花那种细腻的瓷胎，所以仿制元青花根本不可能。现在伍子手上有一批麻仓土，虽然还不能最后确定，但至少也有九成把握，原料上的瓶颈不复存在，高仿元青花就从不可能变成了可能。

当然，伍子要是把手里这批麻仓土出手，或者上拍，肯定也能拍出天价，不过相比自己仿制元青花的利润，还是差距巨大。一个成功的投资者，当然要把手中的利益最大化，所以他还是决定自己动手，仿制元青花。

不过这只是一个远景设想，离实施还有十万八千里，仿制元青花远没有那么容易，除了麻仓土的配比之外，烧造温度、器形拿捏、青花纹饰、青花用料等，都要求精益求精，稍有一点瑕疵，就不叫高仿了，而是低劣的艺术品。做高仿也需要很大的机缘，不是一蹴而就，做出来便能赚大钱的。一件精美的瓷器，不知要经过多少眼睛的过滤，多少专家的鉴定，任何一个细节出问题都会被毙掉。

所以，伍子的计划暂时停留在设想阶段，现在他还需要一份稳定的工作来维持日常生活。趁着闲暇之余，他把三口袋麻仓土寄存在银行对外出租的保险柜里，一个柜子存不下，伍子一下租了三个。

转眼离元旦还有不到十天，这天老杨把伍子叫到总经理办公室，除了老杨，公司的董事会成员也在。老杨代表公司董事会向伍子宣布了公司的决定：任命伍子为艾利丝艺术品拍卖公司天津分公司古董鉴定部经理，三天以后去天津上任。尽管在意料之中，但听到正式宣布以后伍子还是一阵兴奋，仿佛有了施展手脚的舞台。总经理和老杨先后勉励了伍子几句，伍子也郑重其事地表示，自己一定不负公司重托，兢兢业业把工作干好。

从总经理办公室出来，老杨又单独嘱咐伍子几句："虽然天津的人没有北京多，地也没有北京大，可是搞古玩的人一点不比北京少。天津卫自古就是商贾云集之地，那地方古董多，赝品更多，公司刚过去立足，千万要小心打眼。天津沈阳道古玩市场的名气丝毫不比北京潘家园差，那地方至今还保留着每周一次的鬼市。要问沈阳道的水有多深，这么跟你说吧，肯定比潘家园有过之而无不及。"

从老杨的办公室出来，伍子在大厅碰见了韩笑雨。两人将近一个月没见面，突然在这里遇见，谁也没有话说，又不想这么离开，就一直干站着，还是伍子先打破僵局："过几天我就要去天津了，你也不为我送送行。"

韩笑雨向伍子展开一个笑脸，显出几分妩媚，精致的五官娇艳异常。伍子赶紧把眼睛挪向一边，生怕眼神投进去就再也出不来。

"今天我请客，怎么样，敢不敢去？"韩笑雨开口说道。

"怎么不敢，你还能吃了我。"

"切，我是说你女朋友，晚上不回家，不怕她审问你？"

伍子："……"

怀旧咖啡厅，韩笑雨点了两份甜点、两杯咖啡。伍子一皱眉："晚餐就吃这个？"在他眼里两杯咖啡等于两杯白水，两份甜点等于两个馒头，这吃得饱吗？

韩笑雨用蔑视的眼光盯着他："晚上吃那么多干吗，吃多了会发胖，知不知道？还有，男人晚上也不能多吃，挺着个将军肚，还真以为自己是将军啊！"

伍子一脸无奈，不过也不好说什么，两人相对无语，分别用小勺轻轻搅拌着杯里的咖啡。咖啡厅很安静，除了音响里飘出的邓丽君忧伤而恬淡的歌曲，再也没有其他声响。橘黄的灯光柔和而妩媚，给咖啡厅营造了一种宁静安详的气氛。

伍子很快被邓丽君忧伤的歌声所感染，刚才还在抱怨这顿晚饭分量太少，这会儿已经安静得像个孩子，再也不只顾着吃了。在这样温馨和令人陶醉的环境里，山吃海喝的确大煞风景，这种场合，吃饭是其次，重要的是享受温馨的气氛。伍子突然觉得韩笑雨挺会享受生活，孤身一人在外地，而且还是竞争异常激烈的北京，韩笑雨能有这份雅心，的确难能可贵。这是一种对工作和生活的自信，懂得享受生活、排解压力，是他们这些"北漂"最欠缺的。二三十岁的大好光景，全部投入在工作的忙碌和生活的奔波上，何尝不是对自己青春的浪费。享受生活，在某种意义上正是对生命的负责。

我爱你，爱着你，就像老鼠爱大米……伍子的手机铃声响起，是楚珊打来的。伍子离开座位，走到吧台旁边接听电话。楚珊问他晚上还回家吃饭吗，她做好饭等着呢。伍子这才想起来自己竟然忘了跟她说一声，赶紧道歉，说今天公司加班，他要晚一点回去，晚饭在外面吃。放下电话，伍子暗暗摇头，他还没跟楚珊说过谎，不过有时候善意的谎言能避免很多误会，明知是谎，也得狠心撒下去。

回到座位上，韩笑雨正笑吟吟地看着他："女朋友打来的吧，还回避，有什么了不起的。"

伍子点点头，算是承认。他端起杯子一口气将咖啡喝完，很苦，却有一种茶水里没有的浓香。

"搞对象真麻烦，连晚一点回家都得受限制，累不累啊！"韩笑雨用嘲笑的语气对伍子说道。

"搞对象还有罪啊，你不也在搞吗？崔亚斌对你可不错，小伙子又帅。"

韩笑雨把舀咖啡的勺子往杯里一扔："你少来，小白脸对本姑娘没有任何杀伤力。我最讨厌金玉其外败絮其中的小白脸，中看不中用，崔亚斌那样的，能养得起本姑娘？”

是啊，像韩笑雨这种“北漂”中的佼佼者，什么世面没见过，什么人没见过，能入她法眼的，恐怕得是精英级别的人物。伍子不是精英，而且离精英差十万八千里，他甚至连小白脸也算不上，所以不能对韩笑雨这样的“北漂靓女”产生任何幻想，何况他还有楚珊。

从怀旧咖啡厅出来已是夜里十点，邓丽君忧伤的歌声仍在耳边飘荡，带着一丝淡淡的惆怅，伍子上了韩笑雨的别克凯越，韩笑雨开车把他送回家。汽车停在小区门口，伍子从副驾驶座上下来，临走前趴在车窗上嘱咐韩笑雨路上小心，韩笑雨宛然一笑，把车窗摇上。一直等到别克凯越消失在都市霓虹的掩映之下，伍子才走进小区。

楚珊还没有睡，正坐在沙发上看冗长的韩国泡沫剧，见伍子回来，起身给他沏了一杯热茶，送进他有些冰凉的手里。茶杯的温度从手传到内心深处，伍子一阵惭愧，善意的谎言诚然可以避免很多误解，可谎言毕竟是谎言，善良的人对谎言总是心虚的。伍子把楚珊打发回卧室，把电视切到体育频道，天下足球正在总结一年内所有的足坛大事，还有一百粒经典进球。伍子心不在焉地盯着电视，每一粒进球都很精彩，然而此时他却无心观看。回到卧室，楚珊已经睡着，回想刚才发生的事情，伍子的愧疚感愈发浓烈，他下意识把楚珊搂紧，似乎这样可以减轻心里的愧疚。

两天以后，伍子赶去天津，艾利丝艺术品拍卖公司天津分公司将在元旦这天成立，作为部门经理，有很多前期的准备工作要做。伍子叮嘱楚珊一个人留在北京要小心，幼儿园的工作能做则做，不能做就去天津找他，他现在是部门经理，薪水涨了不少，完全可以供两个人消费。楚珊的意见是先留下来，他们租住的这地方提前交了一整年的房租，现在离开无疑是亏大了。当然，这只是一个玩笑的理由，楚珊有自己的想法：幼儿园的工作她刚刚熟悉，并适应了那里的环境，在这个陌生城市找一份应心的工作不容易，她不想轻易放弃，更不想一味依赖伍子。

经过精心准备，分公司终于在元旦挂牌成立，这时候已接近年关，拍卖市场比较冷清，再加上公司刚刚成立，业务实在少得可怜。作为鉴定部经理，伍子更多的时间是在办公室里无所事事，承揽业务是业务部和宣传部的事情，业务不景气对伍子的压力倒不大。

伍子在郊区的静海县租下一套两居室的单元房，虽然离市区比较远，不过房租便宜，而且公交车可以直达公司门口，出行也还算方便。他寻思着站稳脚跟就把楚珊接过来，两室一厅，足够两人住，毕竟一直京津两地分居不是长远之计，尤其是他和楚珊这年纪，二十岁出头，正是男女间最依恋的年纪。

闲暇之余，伍子开始向人打听天津“鬼市”的事情，天津卫的鬼市在全国都是响当当的，他早有耳闻，不过一直无缘参与其中，如今有亲身体验的机会，他自然不能放过。

所谓鬼市，就是指天黑后出摊，天亮前收摊的买卖市场。这种市场通常不见阳光，故称为鬼市。以前好些破败的大户人家，嫌去当铺换钱花“栽面”，于是借着天黑偷偷摸摸出来卖家底。当然，也有顺手牵羊来的，甚至是打家劫舍、盗墓挖坟的赃品……

# 第11章　鬼市

天津的鬼市由来已久，可以追溯到明清时期，可谓历史悠久、传承有序。1860年，被称为“万园之园”的圆明园被英法联军抢劫烧毁，天津作为离北京最近的大都会，圆明园里很大一部分名人字画、名窑瓷器、玉石珠宝都被英法联军这帮强盗拉到天津，当街叫卖。每一个路口都有高鼻子蓝眼睛的外国士兵出卖成堆的珍玩古董，天津一些富商、财主、达官显贵抢购成风。再后来，交易转入地下，即进入当地的鬼市。那段时间，是天津鬼市最繁华的时候，不过繁华背后，衬托出的则是国力的衰微和民族的麻木。

如今，天津卫的鬼市已经演变成一个买卖“破烂”的专业市场，一些你想象不到的破旧东西都能在这儿见到。拾破烂的、清垃圾的、扫马路的、来路不正销赃的、卖些小物件换点小钱花的、专门出售赝品的，逐渐成为鬼市的卖方主力，而买方则主要以收藏爱好者、贪图小便宜的市民为主。可以说，现在的鬼市越来越鬼，不过其中也不乏有一些真东西、好东西，用买腌鸡蛋罐的钱买到青花大罐的有过，用买旧报纸的钱买到康有为字帖的也有过，对于收藏爱好者来说，这也是一个捡漏的天堂。当然，买个康熙青花天球瓶回去才发现背面刻着“第二瓷器制造厂”的例子也不在少数。总之，这里机遇与挑战并存，捡漏与打眼同在。

挑战越大，吸引力就越大，搞收藏的人来到天津，不去光顾天津卫的“鬼市”等于白来。

最近十几年，天津市区不断扩建，再加上执法人员的控制，鬼市不断被挤压，生存空间越来越小，不得已几次转移，不是天津本地人，还真不知道鬼市搬到哪里去了。

伍子向公司新招来的保安小刘打听，才弄清最近鬼市的去向。小刘说，鬼市要到周四周五才是大市，那两天存着好东西的人都会出来，北京、保定、济南等地的贩子也会赶过来，所以那两天是鬼市最热闹的时候。今天是周日，离鬼市的大集还有好几天，没办法，伍子只有耐心等待。

好不容易等到周四，小刘中午来找伍子，告诉他晚上就可以行动了。伍子邀请小刘一起去，一来夜里有人做个伴，二来有本地人在，找起鬼市的具体位置来也方便。小刘痛快地答应，让伍子准备两支手电筒，晚上准时出发。

小刘叫刘可爽，今年 19 岁，刚高中毕业，高考时离大学的录取分数线差那么几百分，于是直接选择了就业。刘可爽生得人高马大、虎头虎脑，从里到外透出一股憨气，一看就是特实在的那种人。他老家在天津郊区的静海县，离伍子租住的地方不远。伍子一看见刘可爽就觉得特别亲近，感觉这人不是耍心眼的那种，值得交往，不然去鬼市捡漏这档子事也不会带着他。

为了赶鬼市，伍子特意在公司过夜。凌晨两点，刘可爽就叫起伍子："伍经理，咱们该去啦，再晚好东西估计就没了。"

伍子睁开惺忪的双眼，称呼他"伍经理"的，刘可爽是第一个，听起来心里说不出的舒服，心里一舒服，睡意也就消退了。伍子用冷水洗了把脸，顿时神清气爽。公司大门外冷冷清清，白天出租车随处可见，现在却连个影儿都没有，好半天刘可爽才在路边拦下一辆车，两人先后上车，直奔老西关街。

夜里开车有一点好，不会堵车，二十分钟后伍子他们来到了传说中的鬼市。

鬼市最近转到了老西关街，这条街南面建起了大厦，北面正面临拆迁，中间是一大片裸地，鬼市就在这里。这地方是个比较原生态的市场，没有任何为交易提供方便的基础设施，最近的路灯离这里也有二百多米。

来到鬼市，伍子的第一感觉就是冷，纯露天的市场，寒冬腊月的天气，除了冷还是冷。第二感觉就是黑，看人只能看见一条人影，连衣服什么颜色也看不清，更不用说长得什么样。这倒有个好处，买卖双方互不相见，为销赃提供了极大的便利。在鬼市里，东西决不能问来路，人家也不会跟你说，这也是鬼市得名的原因之一吧。

伍子和刘可爽走进鬼市中间，这时候是凌晨三点，市场上的人来来往往，在羽绒服和棉大衣的包裹之下，每一条人影都显得特别笨重。市场上人声嘈杂，赞叹的、自吹的、要价的、砍价的，此起彼伏，好不热闹。一个摊位往往能围上十几个人，相互交流，与摊主打着哈哈。数不清的手电筒照射出一道道光柱，各色各样的古旧物品在光柱的映射下若隐若现，衬托出市场的兴旺。

伍子这才明白，刘可爽为什么让他带着手电筒，原来这是淘东西的必备工具。不过手电筒的光亮毕竟有限，这种光线下看东西很容易走眼，仿品、赝品相对更容易出手，这也是一些摊主为什么偏爱赶夜市的原因。而对于淘宝的人来讲，生怕去晚了好东西就被别人淘走了，总会想着提前来。于是，鬼市就在买方和卖方的共同作用下一直延续至今，长久不衰。

伍子握着手电筒往人群里挤，一个摊位一个摊位地寻摸，东西还真是齐全，陶瓷字画、竹雕象雕、奇石翡翠、文房家具、铜器玉器、古籍善本、香炉紫砂、钱钞铜币、烟标火花、鼻烟壶、连环画等，种类繁多、五花八门，不过东西的真假就另当别论了。

寻来寻去，伍子被一个刷满油漆的大罐吸引住了，这是一个主营木器的摊位，脏得看不清颜色的棉布上摆满了木器制品，有算盘、根雕、笔筒，甚至还有卸下来的窗框，一堆木器里边唯独有这么一件瓷器。这件瓷器直径 40 公分，高 50 公分，中间最粗，沿口和底足往回收，是一个大罐子的形状。

最特别的是这件瓷器浑身刷着绿漆，油漆的年头儿好像还不短，绿中泛着青色，约莫有三四十年的历史，从远处用手电筒一打，犹如一个大号的青苹果。这东西引起了伍子的兴趣，莫非今天撞大运了？瓷器上刷漆他有所耳闻，这一般都是“文革”时期劳动人民的杰作。当时全国上下都在轰轰烈烈地破除四旧，老辈的瓷器也在破除的行列，当时不知有多少珍贵瓷器被砸成碎片。一些胆子大的人觉得砸碎了可惜，就在瓷器表面刷上油漆，然后再在油漆表面写上革命口号，“四旧”摇身一变，成了革命产品。

眼前这件瓷罐了，十有八九就是“文革”时的杰作。伍子几个箭步冲到摊位旁边，顺手拎起这件瓷器：“这东西怎么个价？”

伍子也不拐弯抹角，直接跟摊主摊牌，这瓷器他想要，现在可不是玩深沉的时候，该出手时就得出手。来鬼市里淘东西的人可没有白痴，收藏爱好者比比皆是，其中不乏古玩业内的高手。你在摊位旁边玩深沉，故意声东击西，说不定就有人上来钻空子，顺手把好东西给捞走了。鬼市里可不讲究先来后到，凭的就是手快，所以伍子也不敢大意，抓住时机，迅速出手。

伍子把瓷罐子拎在手里，再也不松开，生怕突然蹦出个人来把东西夺走。

摊主见有人问货，冲买家一乐："呵呵，这个罐子是我从乡下收上来的，器形不错，也没有破损，就是上边油漆太多，除漆的话恐怕要伤釉。这么着吧，你有意要的话，随便给几个钱就中。"

夜色很浓，尽管有手电筒，有限的光线也只是投在瓷罐子上，他看不见摊主在冲他乐，却能听见对方的笑声，尤其是摊主最后一句话，更令伍子心花怒放。"随便给几个钱就中"这话听着比叫他几声二大爷还顺耳，虽看不清对方的面容，却能想象出摊主是位慈眉善目、一脸憨气的汉子。

当然，买古董不能光听故事，更不能看人长相，有时候慈眉善目更能迷惑人。伍子看看瓷罐表面，漆色较淡，应该是日久年深有些掉色。瓷罐中上方用红油漆歪歪扭扭写着几个大字：全心全意为人民服务，红绿搭配，特别醒目。这件瓷罐子能保留下来，得归功于罐子主人的智慧，把一件"违禁品"给合理化了。不过伍子能来到鬼市并且遇见，这也是一种收藏的缘分。

伍子心里热乎乎的，能跟古董产生缘分，是每个古玩爱好者的最大愿望，就好像兔子喜欢胡萝卜、猫喜欢耗子、狼喜欢羔羊、驴友喜爱跑车一样。伍子感觉自己就是一伯乐，是他把这瓷罐从废品堆里拣出来，他现在要做的就是把罐子买下来，将它发扬光大，升值，升值，再升值。

伍子一边摆弄瓷罐，一边问摊主："你说具体一点，这瓷罐子到底多少钱？"

摊主向伍子伸出两根手指头，伍子心领神会，对方开价二百。他把手电筒交给身边一言不发的刘可爽，自己伸手在兜里掏钱，两张百元大钞递给摊主。

摊主没伸手去接："哥们儿，不是二百，是两千。这么大一罐子，两百块钱，你以为我是要饭的。"

伍子一听差点儿骂娘，这摊主也太黑了，张口就两千，他以为古玩爱好者都是扶贫的啊。刚才还说给点钱就中，转眼就是两千块，说一套做一套。伍子刚才对摊主产生的好印象瞬间荡然无存，原以为对方是一个慈眉善目、一脸憨气的老实人，敢情不是那么回事，这家伙分明就是贼眉鼠眼、充满铜臭的奸商。

"两千？老兄，你这也太离谱了吧，你以为瓷罐子里有金条啊。"伍子耐着性子跟摊主讨价还价。

"唉，不瞒小兄弟说，我这罐子从乡下收上来花了一千五，算上运费、工钱、保管费、风险金，根本没多少利润。"摊主用为难的语气对伍子说，把奸商的本性掩藏得严严实实，仿佛他就是一个为人民服务的活雷锋。

伍子冲摊主摆摆手，意思告诉他少来虚的。“一口价，一千五，多一分也不要。”他向摊主最后摊牌。看摊主这架势，恐怕太少了对方也不会出手，于是伍子开出一个双方都能够接受的价钱，毕竟这东西要是老的，不要说一千五，一万五也值。如果是明清官窑的东西，那可就是几十万上百万的价钱了，所以无论如何也要把东西拿下。

果然，摊主略微犹豫一下，虽然有些不情愿，最终还是点头答应。伍子又从怀里掏出一千三，连手里这二百，一起交给摊主，然后拎起那个瓷罐就离开了摊位。刘可爽紧随其后，打着手电给伍子照路。

现在已经凌晨四点多了，是一天里最冷的时候，嘴里呼出的水蒸气甚至能立刻冻住。鬼市上的人却越来越多，比刚来那会儿整整多出一倍，几乎每个摊位都有十多个人围观。伍子刚刚离开的那个摊位，这时候也围上去十五六个人。

伍子暗暗庆幸，亏得自己出手早、出手快，稍微一犹豫，现在恐怕两千五都拿不下来，不知有多少人要跟自己竞价。鬼市人来人往、摩肩擦背，离天亮还有三个来小时，这段时间是鬼市最热闹的一段。伍子淘到一件东西无心恋战，和刘可爽一起挤出了人群，打算打的回公司。

出租车司机无疑是每个城市中消息最灵通的一个阶层，对于鬼市，他们当然不会陌生，鬼市旁边停了一溜的出租车，看样子有好几十辆，都是为收藏爱好者服务的。伍子叫上一辆车，直接返回公司，他心里挺高兴，这件瓷罐要是明清的老东西，价值翻上几十倍、几百倍不成问题。退一步讲，即使东西是假的，也不过损失一千五百块而已，这点儿损失伍子还承受得起。人要是高兴了，看什么都顺眼，就连街道两边的枯树都显得亭亭玉立、婀娜多姿。

回到办公室，离天亮只剩下两个多小时，折腾了一宿，正是困意十足的时候，伍子趴在办公桌上很快进入梦乡，他睡得很沉，一直到上午八点半才醒过来。

从办公桌上起来，伍子觉得头重脚轻、眼皮发沉，浑身上下不得劲。他暗道不好，可能是昨晚天气太冷着凉了，看自己这德性，八成是感冒了。桌上还摆着那只绿油漆的大瓷罐，伍子心情顺畅不少，这可是件宝贝。

等到了下午，伍子感冒的症状进一步加剧，不仅头重脚轻、眼皮发沉，还觉得浑身发冷、全身无力。再看看桌上的绿漆大罐，也没有叫人神清气爽、包治百病的奇效了，伍子心里一沉，这次感冒得真挺严重。

他向公司请了几天假，坐车返回北京，除了他自己，一同返京的还有那只绿漆瓷罐。回到楚珊的住处，伍子再也坚持不住了，一头倒在床上呼呼大睡。伍子病得连眼睛都没力气睁开，竟然还有力气拎着十几斤重的瓷罐儿，并且完好无损地带回了家，颇有一种人在罐在、罐毁人亡的气势。这就是搞收藏人的心魔，能收藏一件儿喜欢的东西，比生一大胖小子还高兴，有时候为了一件心爱的藏品，甚至连命都可以豁出去。伍子虽然还没有到为古董拼命的地步，但心魔还是有的。

楚珊下班回来，见伍子突然出现在家里，不禁面露惊喜，不过看到他昏昏沉沉的样子，好像不太对劲。

“怎么了你，病啦？”楚珊坐到床边，伸手摸摸伍子的额头，烫得吓人。楚珊一阵手忙脚乱，从抽屉里找出几样感冒药，挑选一种自认为最有效的给他喂下去。伍子机械性地配合着楚珊，自始至终都没睁开眼，不过他头脑很清醒，知道楚珊在照顾自己，但眼皮就像缀上了两只秤砣，实在睁不开。

给伍子喂完药，盖上棉被后，楚珊去厨房烧了碗姜丝糖水，给伍子热热的喝了两碗。到晚上八点来钟，药力开始发挥作用，伍子浑身上下大汗淋漓，他感觉浑身轻松了许多，睁开眼就看见楚珊在身边。两人对视一笑，楚珊先问话：“你醒了，好点了没有？”

伍子点点头，伸手握住楚珊放在床边的手，不用说话，一个动作、一个眼神已经使两人的心灵契合在一起。楚珊把手抽了回来，用干毛巾轻轻擦拭着伍子额头上的汗珠，温润的手又捂在他额头上，温度果然比原先降下去不少，不过还是发烫。

“这么下去可不行，晚上烧起来还得上医院，咱们现在输液去吧。”楚珊把伍子从床上扶起来，给他穿上厚厚的棉衣，搀扶着出了家门。伍子的症状比中午时减轻不少，坚持自己能走路，好在小区门口就有一个诊所。医生试完体温，将近39度，又询问了他一些症状，然后开始在氯化钠和葡萄糖溶液里配药。伍子看了看，大概是先锋、清开灵等消炎药。

两大瓶子药液，恐怕得十一点才能输完，医生建议他们提着药瓶回家去输。楚珊要了几个酒精棉球，预备拔针头的时候用，然后高高举起药瓶，跟伍子回了家。伍子尽量把输液的那只手放低，这样才能增加压力，楚珊近一米七的个子加上高跟鞋，比伍子矮不了多少。她举起药瓶时，完全可以保证药液输入体内。伍子暗暗感叹，个子高就是有个子高的好处，不仅养眼，还挺实用。

回到家，楚珊把药瓶子挂在衣架上，再把被子叠起来放在床头，让伍子斜躺在上面，然后就去厨房准备晚饭了。伍子这才想起来，他们到现在还没吃晚饭呢。抬头看着药液一滴一滴流进体内，厨房里还有锅碗瓢盆的碰撞声，伍子心里特别温暖，这不就是家吗？生病了有人照顾，饿了有人做吃的，闷了有人陪说话，看起来挺平常，实际上却是生活的真谛。拥有的时候体会不到，一旦失去，才意识到它的宝贵。要知道，平淡而幸福的生活，是多少人可遇不可求的。

伍子在这个温馨的环境里很快睡去，醒来的时候楚珊已经帮他取下了针头。两人相拥在一起，体会着深夜带给人的宁静和安详……

第二天，伍子感觉身体轻松很多，虽然还是有些低烧，不过已无大碍。楚珊打算请假陪他一天，伍子没有答应，他一个血气方刚的大男人，小小的感冒能怎么样。所以楚珊陪伍子在诊所扎好吊针就去幼儿园上班了，中午她不回来，得照顾午睡的小朋友，只能将伍子一个人留下了。伍子输完液回到住处，心里还惦记着那个收来的绿油漆罐，罐子就静静地立在客厅的角落，看上去犹如大号的苹果。

油漆这东西特别难缠，一旦刷在什么东西上就很难去掉，特别是瓷器，要想不伤釉又把油漆除干净，这可是个难度不小的细活。

伍子打算用稀料浸泡，然后再用细砂纸轻轻打磨，这样瓷器上的油漆就能去除干净。不过他现在还病着，家里也没稀料，只有等病好了再说。尽管伍子对瓷罐充满期待，但现在还得忍住，就让瓷罐的神秘面纱再多留几天吧，伍子将瓷罐放下，重新躺在床上。这时候手机铃声突然响起，是韩笑雨打来的："喂，伍三思，回北京了也不打声招呼，怕请我们吃饭是不？都成部门经理了，可不能太小气。"

伍子从床上坐起来，心说我昨天才到家，跟谁也没有提，你怎么知道我在北京？想是这么想，伍子还是说道："请客那是自然，我最近生病了，等好点了一定补上。对了，我在天津鬼市收到一个涂着绿油漆的瓷罐，应该是个宝贝，有机会咱一块鉴赏。"

伍子第一时间把收到瓷罐的喜悦传达给了韩笑雨，在北京的朋友圈子里，能跟他一起分享古玩鉴赏快乐的首先就是韩笑雨了。至于楚珊，她对古玩一点儿兴趣没有，根本没办法交流，他和她只是纯粹的恋爱关系。

韩笑雨听说伍子病了，没有多打扰，很快就挂断了电话。伍子刚放下电话，铃声再次响起，这次是楚珊打来的，她让伍子自己做点吃的，先凑合一顿，晚上回家再给他做好的。伍子含糊地答应着，挂断电话后倒头便睡，他病得根本没有食欲，午饭干脆省了。

三天以后，伍子彻底康复。他拎着瓷罐赶到公司总部，先跟总经理还有老杨汇报了在天津这段时间的工作情况，然后来到韩笑雨的办公室。伍子调去天津以后，韩笑雨成了老杨的副手，鉴定部的副经理。办公室里除了韩笑雨，还有王帅和崔亚斌，三人正围在电脑跟前看古董照片。韩笑雨坐在中间的椅子上，王帅和崔亚斌一人站一边，每人一只手扶住韩笑雨的椅背，打远看就好像两帅哥同时搂着一个美女。伍子挺兴奋的心情一下跌落下去，不知为什么，他见到韩笑雨跟别的男人太亲近就讨厌，跟人家抢走他女朋友似的。他也知道和韩笑雨之间不可能，自己已经有了楚珊，不能再有其他想法。明白归明白，但心里那道弯始终转不过去，男人或许就是这么自私。

见伍子进来，三人纷纷打招呼，韩笑雨如一只轻快的小鸟，从椅子上站起来飞到伍子身边，给他一个轻轻的拥抱。伍子跌落下去的心情得到满足，刚才的失落感散去大半，能在两个男人面前得到美女这种待遇，自尊心受到了极大的照顾。

这时候王帅和崔亚斌也说话了："伍三思，你小子也太重色轻友了，这么长时间不回公司，回来了也不找哥们叙叙旧，先跑美女这来了。"

伍子脸上有些发红，仿佛被人揭穿心思，他打哈哈道："我第一个去的是总经理办公室，你该不会说我巴结上司吧。"

韩笑雨也跟着转移话题："这就是你在天津鬼市上淘换来的瓷罐吧，赶紧把油漆去掉，咱们看看是不是老东西。"这话一出口，王帅和崔亚斌才注意到伍子手里还拎着一个大罐子，听说是从天津鬼市上淘来的，两人马上来了兴趣。王帅虽然算不上专家，但是作为拍卖品的库房保管，耳濡目染这么些年，也勉强能算半个专家。至于崔亚斌，完全就是图个新鲜了。

伍子把准备好的稀料倒进脸盆，将瓷罐子放进去，不断变换浸泡的位置，让瓷罐的每个部位都跟稀料接触。稀料是油漆的一种稀释剂，易燃、易挥发，物理性质跟汽油差不多。半小时后，瓷罐表面的油漆开始变软，伍子用细砂纸细细打磨表面，稍微摩擦几下，油漆便脱落下来，露出瓷罐本身的釉色。

伍子的动作很轻柔，打磨得很细，半个小时过去，瓷罐表面的油漆只不过才除掉十分之一。光亮的釉色下露出一部分缠枝莲纹的图案，神秘瓷罐的冰山一角被揭开。韩笑雨和王帅同时“哇”的一声惊呼，眼睛里满是惊喜和羡慕，一千五百块换来一只青花大罐，简直跟白捡一样，看缠枝莲纹的绘画风格，跟康熙年间的青花大罐还有几分相似。这东西要是真的，价值可要翻上千倍，这意味着伍子可以轻而易举地在北京买下两套住房，由不得别人不羡慕。

不光韩笑雨和王帅，伍子更是激动万分，几百万啊，就攥在自己手里，他现在所做的，就相当于一点一点把散在地上的钱装进腰包。伍子打磨油漆的手有些发抖，额头开始冒汗，他暗暗告诫自己，动作轻点，再轻点，手里这东西可是位爷，一不小心力度过大就可能破相，釉色被损坏，价值无疑要缩水。心里这么想，手头上更加紧张，伍子拿着细砂纸的手如同有低压电流不断通过，又好像是半身不遂的病人，抖动得越来越明显。

韩笑雨见状取笑道：“快成百万富翁了，就激动成这样？赶紧打磨吧，把油漆都去掉，鉴定完再说，现在瞎激动什么，是古董是垃圾还不一定呢。”

韩笑雨的话还真起了作用，伍子原本把持不住的手重新恢复正常，打磨的速度加快了几分。熟能生巧，伍子的打磨速度越来越快，而且分毫没有伤到釉色，又过去一小时，青花大罐的六成面目呈现在三人面前。

伍子一边打磨一边纳闷，这个青花大罐怎么越看越不对劲啊，釉色鲜亮、贼光闪闪，该不会是新的吧？转念一想，也许是釉色经过稀料浸泡的缘故，稀料本来就有溶解杂质的作用，釉色鲜亮也不奇怪。不过后来他发现这青花的用料也有问题，青料没有一点杂质，青色纯正，无可挑剔，这可不像明代进口的苏麻离青料子，也不像清代流行的那种青中泛紫的料子。伍子心里直打鼓，这青料该不会是现代的染料吧……

韩笑雨那边也感觉出问题，惊喜和羡慕的神色渐渐消失，取而代之的是一丝凝重。当油漆被去除得还剩下百分之二三十的时候，伍子把砂纸和瓷罐往稀料盆里一扔，不去管它了，就好像随手丢弃垃圾一样，完全没有了原先的小心翼翼。伍子脸上露出一丝自嘲的苦笑："又他妈打眼了！"

韩笑雨理解性地拍了拍伍子的肩膀表示安慰，作为古玩行家，她和伍子一样也看出了大瓷罐的来路，从釉色、青料以及绘画特征上看，完全就是现代的仿品，估计是最近几年景德镇那边的瓷器厂烧造出来的工艺品，像这类瓷罐市价也就三四百块钱，人家在表面刷了一层绿漆，冒充"文革"时期的幸存品，价格陡然增长好几倍。这种做假方式其实没有多少技术含量，玩的就是人的心理。对古玩了解越多的人，越知道"文革"时期曾出现过类似情况的瓷器，于是人们纷纷幻想着自己也能遇上，捡个大漏，做假者投其所好，在一件工艺品上刷上油漆，于是乎一件"文革"时期的幸存文物就此诞生了。

"我说伍三思，你也太大意了，这种小把戏也会上当，拜托，你现在可是分公司鉴定部的经理。"韩笑雨刚刚安慰一下伍子，又忍不住埋怨他几句。

伍子没有辩解，一个劲儿摇头，其实这事怨不得他，当时市场上一片漆黑，照明完全依靠手电筒；淘货的人又特别多，有好东西也容不得细看；还有摊主的故事和表演能力也过关。几方面的原因综合在一起，促成了这次打眼。说一千道一万，贪图便宜的心理还是最主要的，伍子一开始就抱着捡漏的心态去的，见到所谓的好东西，自个儿心理先不平衡，摊主再在一旁煽风，钱就乖乖掏出去了。

王帅和崔亚斌听了伍子和韩笑雨的对话，也明白过来，这东西是水货。王帅安慰道："这东西不是一千五收的吗？也不贵，就当花钱买个教训，谁敢说玩一辈子古董没打过眼。"话是这么说，从王帅的表情也能看出来，他非常替伍子惋惜，这东西要是真的，伍子可就发了，他也能跟着蹭几顿好饭。整个公司，他跟伍子的关系最铁，属于除了女朋友什么都可以共享的那种，他当然希望伍子能天降横财。崔亚斌也过去安慰，不过从这家伙脸上就能看出那么点幸灾乐祸的意思。

伍子淡淡一笑："不就是一千五百块钱吗？这罐子把油漆去掉起码还能值三四百。实在不行，我再把油漆还刷上，拿到潘家园倒手。"

韩笑雨几个人哈哈大笑："你以为逛潘家园的都跟你一样傻啊！"屋里的沉闷气氛被打破。说实话，伍子还真没把这次打眼放在心上，一来经济上的损失不大；二来他本来就对这罐子有怀疑，只是抱着试试看的心理；三来这事只有韩笑雨他们三个人知道，都是自家哥们，不算丢人。

“走，咱吃饭去，我请。”屋里的气氛刚活跃起来，伍子不想扫大家的兴。

“请客？先给个理由，庆祝你打眼成功吗？”韩笑雨开玩笑道。

四人有说有笑地走出公司，韩笑雨开着她的别克凯越，崔亚斌有意无意地坐在了副驾驶座上，伍子和王帅则坐到后排。汽车停在一家中档饭店门口，自从伍子去天津以后，几个人很久都没聚到一起吃饭，气氛相当活跃，除韩笑雨之外，几个男人都喝了不少酒。

直到下午两点，四个人才从饭店里出来，伍子结账时花了一千四百块，不禁心里暗骂，这几个家伙一点也不晓得手下留情，这顿饭都顶上自己打一次眼了。转念一想，与其把钱白扔给文物贩子，还不如吃了喝了划算呢。伍子原先还为这顿饭大感肉痛，这么一想，心情又舒畅了不少。

王帅拦下一辆出租车，跟伍子和韩笑雨说他跟崔亚斌先回宿舍，韩笑雨负责把伍子送回去。伍子和韩笑雨还没表态，王帅已经拉着崔亚斌钻进车里，崔亚斌挣扎着想说什么，被王帅一把拉回去狠狠关上车门，出租车扬长而去。

饭店门口只剩下伍子和韩笑雨，两人在冬日的阳光下相视而立，良久无语……

“回家吗？我送你。”韩笑雨首先打破尴尬。

伍子点点头，和韩笑雨一前一后地钻进别克凯越，这次伍子坐在了副驾座上。白天的北京满大街都是汽车，一辆挨一辆，彰显出大都市的繁华与富足，只不过堵车严重了一点。韩笑雨的凯越如同一只行走在大街上的蜗牛，一点一点向前移动。在车厢这个密闭的空间，伍子能清晰地感受到一股女人的气息，或者说是韩笑雨身上的气息，他已经很长时间没和韩笑雨这么近距离接触过了，也很长时间没有感觉到她身上的气息了。伍子心里一阵骚动，脸开始发烫，不过他喝了不少酒，很好地掩饰了脸上的变化。

“要不，我们去潘家园转转，没准还能再打一次眼。”伍子对韩笑雨说道，话出口之后他自己也不知道为什么会提出这个要求。

韩笑雨爽快地答应：“好啊，有人打眼没够，我自然没意见。不过事先说好，这次遇到要拿下的东西，钱咱俩一人一半，省得老让你一个人吃亏。”

伍子见韩笑雨答应一起去潘家园，心里挺舒服，跟美女逛街本就是一件十分惬意的事情。至于她要掏一半的钱，伍子更没意见，最近半年也不知是犯了哪颗灾星，从吴王夫差剑到今天的油漆罐子，接二连三的打眼，伍子甚至开始怀疑自己的鉴别能力，韩笑雨提出分担他一半的风险，他当然双手赞成。

# 第 12 章　竹雕笔筒之谜

汽车在潘家园附近的一个停车场停下，伍子和韩笑雨步行赶到潘家园。临近年末，市场上的人比往常多出好几成，一派繁华喧闹的景象。

两人挤进人群，韩笑雨紧紧拉住伍子的衣角，生怕过往人流把他们挤散了，两人还是老样子，只在地摊上寻摸，古董店一概不去。

伍子和韩笑雨顺着市场上的摊位转了一圈，一无所获，连稍微能看上眼的东西都没有。这也不奇怪，若想在潘家园这地方捡漏，最好是一大早就来，那时候地摊刚摆上，或许还有好东西。现在都快傍晚了，地摊上的东西已经被来来往往的人不知过滤了多少遍，即使有好东西也被人淘走了。

韩笑雨在人群里挤了老半天，直抱怨腿疼，伍子没办法，搀着她往市场外边走，突然他看见一家古玩店的牌子特别熟悉——六朝坊，这不是自己出手青花蕉叶纹花觚的那家店铺吗？掌柜的叫宋万。没错，就是这家，既然有过生意往来，进去歇歇脚、喝杯茶也好。从花觚出手到现在，已经有些日子没来，不知掌柜的还认不认识自己。管他呢，反正现在累了，以顾客的身份进去歇歇脚，也没什么不妥。

伍子把想法跟韩笑雨一说，她也同意，两个人并肩走进六朝坊。

掌柜的见有顾客登门，赶紧迎接，抬头见是伍子，惊喜道："哎呦，小兄弟，您又来了。请进请进！哎呦，还喝酒啦。"说话间掌柜的已叫店伙计进去沏茶，见伍子身边还跟着一位美女，错以为是他的女朋友，冲韩笑雨礼节性地笑笑。

伍子挺高兴，想不到时隔两个来月，对方还认识自己，他不得不佩服掌柜的惊人的记忆力。这样的店铺每天都会有人光顾，能记住两个月前的顾客，着实不简单。他和韩笑雨坐在一对古色古香的仿红木椅子上，酸麻的双腿终于得到解脱，店伙计端过茶水，然后忙自己的去了。等伍子把一杯茶喝完，掌柜的亲自过来续上水，才不紧不慢地问伍子："怎么了兄弟，又有好东西要出手？"

伍子说话前先看看韩笑雨："我们暂时没有出手的东西，倒想看看宋掌柜的有什么压箱底的好东西。"

宋掌柜一听这话，稍微犹豫了一下，然后对伍子和韩笑雨说道："二位稍等，老哥我最近还真收上来一件东西，只是不知道能不能入二位的法眼。"说完话就朝里屋走去，看样子是去拿压箱底的东西了。伍子暗暗好笑，开古玩店的人都这样，好东西藏在里边，外面摆的都是赝品。

工夫不长，宋掌柜捧着一个盒子过来，他将盒子放在红木桌上打开，里面放着一个笔筒。伍子一眼就认出来，这是一个竹雕笔筒，直径有 10 公分，高将近 20 公分。笔筒通体为棕黄色，包浆自然匀称，一看就是有年头的老东西。

竹雕艺术品起源于汉唐，发展于宋元，在明清时期达到鼎盛。现在市场上流行的一般都是明清时期的作品，明以前的十分罕见。这一方面跟竹雕盛行的年代有关，另一方面跟竹雕作品的特性有关。竹子这东西比较容易开裂，不好保存，温度高了不行、温度低了也不行，太干了不行、太潮了也不行。

在拍卖行，竹雕一直被列为杂项类，最近十几年行情一路看涨，自九十年代中期交易开始火爆，从最初的不到一万元涨到几万、十几万。到了 2000 年的时候，佳士得春季拍卖会上一件明末清初的竹雕"竹林七贤"更是拍出了 42 万元的高价。一年以后，在巴黎拍卖会上，一件竹雕人物楼阁笔筒更是创下 54 万法郎的天价（约合人民币 416 万）。两年后，国内也出现了价值过百万的竹雕拍品，一件竹根雕拍出了 264 万元。之后竹雕行情更是一路上扬，在 2005 年香港佳士得春拍会上，一件清康熙年的竹雕山水人物笔筒创纪录地拍出 1215 万元，竹雕作品的火爆可见一斑。

对于竹雕的市场行情，伍子和韩笑雨当然知道，如果眼前这件竹雕是老的，又出自名家之手，肯定价值不菲。伍子抬头对宋掌柜说道："掌柜的，这东西能不能上手？"

宋掌柜一摆手："兄弟你随便看，这是竹子雕刻的，又不是纸糊的，老哥没那么小气。"

伍子也不客气，伸手拿起这件竹雕笔筒上下把玩，韩笑雨也凑过来一起欣赏。竹筒上雕刻的是刘玄德三顾茅庐的故事，远处是群山，近处有一间茅草屋，一带篱笆；刘备在茅屋外垂首站立，等着诸葛亮午休起床；张飞仰着头举着胳膊，看样子在发脾气；长胡须的关云长在一边劝解。看过三国演义的都知道，关羽要是不劝住张飞，这家伙早把茅屋给烧了。画面上刘关张都在，唯独不见诸葛亮，估计这老哥还在茅草屋里睡觉呢。

整个故事寓意体现得非常好，刘备那种求贤若渴的心理表现得淋漓尽致。雕工很精细，根本看不到竹子本身的粗糙纹理，好像这根本不是竹雕，而是一种硬木雕刻。无论是雕工还是内容，都称得上刀工流畅、意境深远。竹筒上留有“可笔老人”四个行草大字，彰显出浑厚的书法功力。伍子几乎可以断定，这绝对是古人留下的珍品，不说别的，单就这四个婉丽遒劲的行草字迹，一般人就模仿不出来，要是有人能把字儿模仿成这样，他也不用做假了，直接就是一流的书法家。

伍子把玩过后，伸手要把笔筒放回盒子里，他已经断定这件竹雕是真品，无论是刀工、寓意、笔法，还是包浆和成色，都没有任何问题。这时候韩笑雨轻轻拉了伍子一把，伍子马上会意，他知道韩笑雨可能从中发现了问题，于是把笔筒递给她。

韩笑雨接过笔筒，仔细看看笔筒的某一部位，然后又指给伍子看。伍子顺着韩笑雨嫩白的手指看向笔筒的那个部位，只看了几眼，便发现了其中的疑点：问题就出在“三顾茅庐”的主角刘备身上。客观地说，刘备这个人物雕刻得相当不错，毕恭毕敬、求贤若渴的神态，细致入微的衣着，无不彰显出高深的雕刻功力。不过仔细一看，这个刘备头上戴的帽子有问题，他竟然戴着王冠，这绝对严重违背了历史。众所周知，刘备当时被曹操打得灰头土脸，不得已寄居在刘表手下，兵马驻扎在新野小城，兵不过千，将不过关张赵，要多狼狈有多狼狈。不要说王冠，连州牧的帽子恐怕也没资格戴。刘备当时要戴王冠，不要说曹操，刘表就先把他给灭了，再说刘备自己也不敢。

一个王冠，彻底把这个笔筒给否定了。首先，明清的竹雕大家都是文人雅士，不可能犯这么低级的错误；其次，即便这件竹雕的作者不是文化人，《三国演义》他肯定也有耳闻，“三顾茅庐”这么重要的历史事件不可能搞错；第三，退一万步说，这件竹雕是真的，由于这个王冠的失误，其价值也会大大缩水。

伍子刚才鉴赏这件竹雕时太注重于宏观，这个微小的地方倒没有在意。韩笑雨毕竟是女人，看东西喜欢从微观入手，很敏感地发现了这个细微疑点。

伍子惊出一身冷汗，幸好有韩笑雨在，不然又得打眼。他把竹筒放回盒子里，盖上盖子推到宋掌柜面前。“掌柜的，这东西有问题呀。”伍子说完用眼睛盯着他，察言观色也是做古董交易的一个必备手段。

宋掌柜一开始挺自信，瞅着伍子鉴赏这件竹雕，似笑非笑、气定神闲，一副颇有把握的样子。可等到韩笑雨把竹雕的一个细节指给伍子时，他气定神闲的神态陡然消失，好像做了错事被人家发现，又好像人家揪住了自己的小尾巴，脸色变得难看起来。

伍子瞅着宋掌柜脸色的阴晴变化，心里更多了几分把握，这竹雕肯定有问题。宋掌柜尴尬地笑笑：“小兄弟，真人面前不说假话，这竹筒是我半月前收上来的，当时吧，我怎么看这东西都像真的，唯有一点还吃不准，想必你也看出来了，就是刘备头上的帽子，确切地说是王冠，这一个小细节几乎把整个作品都给毁了。我当时心里也在打鼓，吃不准的东西按说不能收，可这个笔筒无论成色、包浆，还是做工、意境，都无可挑剔，因为一顶帽子把整件作品给否了，似乎有点草率，兄弟你说是不是？”

伍子点点头，宋掌柜这话应该是实话，作为古玩店的大掌柜，他不可能看不出这件笔筒的可疑之处，更不可能看不到这件笔筒的可贵之处。一件古玩，有好的地方，同时也有可疑的地方，这才是最令人头痛的，要也不是，弃也不是，叫人进退两难。伍子补充一句：“宋掌柜最终还是把东西收下了？”

宋掌柜点点头：“收下了，不管怎么说，这件笔筒的可贵之处远远大于可疑之处，我狠狠心，冒险把东西收下来。不过宋哥我也不是傻子，吃不准的东西当然不会乱开高价，我是按半真品的价格买下来的。小兄弟如果眼光独到，有胆气、有魄力，我可以把东西转让给你。”

宋掌柜这话也应该是真的，收一件自己拿不准的东西，自然带有很强的赌博性。他所说的半真品的价格，就是按真品价格折半来计算的，至于宋掌柜把真品的价格定位在多少就不得而知了。

伍子低头沉思了片刻，问宋掌柜：“这件笔筒不知道掌柜的多少钱收的，又打算多少钱出手？说实话，我也挺喜欢这个笔筒，也想赌一把，只要价钱合适我就要了。”

旁边的韩笑雨闻言杏眼圆睁，心说这家伙是不是打眼上瘾了，吃不准的东西也要。她跟他事先有约定，买来的东西每人出一半的钱，这等于伍子也要拉着她赌一把。最可气的是，伍子做这么大的决定，竟然不跟她商量一下，甚至连看都没有看她一眼，丝毫没把她这个股东放在眼里。韩笑雨柳眉紧锁，有些不高兴。

韩笑雨这边心里直打鼓，宋掌柜那边却是心花怒放："这个笔筒要是真的，能值五万以上，过几年价格还能翻倍。我是以半价收下来的，两万五，兄弟要买，一口价，两万五千五，哥我只赚五百块钱的保管费，你看怎么样？"

伍子心里暗笑，这宋掌柜前面的话估计是真的，唯独这最后一句。这件笔筒的市值五万完全是他信口一说，两万五也是他自己开出来的，伍子怀疑里面有水分。他没有马上表态，而是扭头看着旁边的韩笑雨，想征求她的意见。韩笑雨小嘴一撅，把头转到一边不看他，心说你自己都决定了再来问我。她正憋了一肚子火，寻思着等出了这地方再好好治他。

韩笑雨没有表态，伍子只得道："掌柜的，您出的这价可有点高，刘备这顶帽子快把我的信心给打消没了，我不敢赌。"伍子对宋掌柜说道，两万五后面的零头干脆没提。他说的也不是没有道理，拿两万多块钱来赌一件吃不准的东西，代价有点高，伍子的钱又不是大风刮来的，他现在的经济情况远未到挥金如土的地步，还有就是要打压一下宋掌柜的利润空间，他可不相信宋掌柜收这件笔筒能超过两万。

宋掌柜听伍子开始讨价还价，没有马上表态，而是偷眼看了一下韩笑雨，他早看出来这位美女也是行家，至少能做伍子一半的主。韩笑雨表情冷淡，对这个笔筒没一点兴趣。宋掌柜也不傻，一味坚持不降价，这笔买卖可能就得黄。"这么着兄弟，你出个价，只要合适，宋哥我就出手。一回生二回熟，赔赚是其次，主要是交个朋友。"宋掌柜又把球踢给伍子。

伍子伸出两个手指头。

宋掌柜这次没有犹豫，他连笔筒带盒子往伍子跟前一推："成交！"

伍子没带那么多现金，好在韩笑雨身上的现金不少，两个人凑足了两万交给宋掌柜。店伙计过来把东西包装好，放在一个特别订制的提包里，提包上还有六朝坊的店名和标志，以及联系电话，显着挺正规。这年头广告无处不在，连古玩店都知道做广告了。

从六朝坊出来，已是下午五点多，天说黑就黑。两人刚钻进凯越车里，韩笑雨就伸手狠狠掐了伍子的胳膊一把。伍子毫无防备，疼得险些叫出声来，拿眼睛瞪着韩笑雨。

“我说你打眼是不是上瘾，自己打眼也就算了，这次还拉上我。明知拿不准的东西，为什么还买，有钱烧的，还是吃饱了撑的？”韩笑雨狠狠训斥道。

伍子对韩笑雨的责问一脸不屑：“女人就是女人，头发长见识短，你怎么知道这件东西我吃不准？告诉你吧，我有百分之百的把握，这东西它就是清代的真品。”

韩笑雨脸上的怒色缓和下来：“你怎么肯定这是真的，那刘备头上的帽子怎么解释？”

伍子故意卖关子：“这个嘛，我当然有足够的理由。不过现在还不能说，咱先吃饭，我饿得都快没力气说话了。”伍子说完就往靠背上一躺，眼睛闭上，哼起了小曲。

韩笑雨小嘴撅得老高，不过也拿他没办法，开始在附近找餐馆。汽车刚刚停在一家餐馆门前，伍子的手机就响起了，是楚珊打来的。伍子一边接听电话，一边不经意地瞄了韩笑雨一眼，韩笑雨把头歪向车窗外，一副漫不经心的样子。楚珊说她在家炒了几样好菜，等着他回家吃饭。伍子生病的这几天，确实没在家好好吃饭，现在病好了，楚珊想为他补补身体，人家是好意，伍子不忍心拒绝，一口答应下来。

挂断电话，伍子对韩笑雨说道：“这顿饭恐怕吃不成了，改天你还得补上，现在先送我回家。”

韩笑雨没有说什么，启动车子朝伍子租住的地方驶去。韩笑雨一边开车一边问：“那件竹雕笔筒到底怎么回事，你能不能说清楚一点。”

伍子说：“这笔筒说来话就长了，不是一两句能说清楚的。等明天吧，拿公司里去请李凯生老师鉴定一下，他是大行家，解释得肯定比我清楚。”自从鉴定过一对油炸核桃之后，伍子对李凯生的印象彻底转变，这老头平易近人，没有一点专家的架子，伍子打心底佩服这样的人，身份高、文化高、内涵高，但是架子不高。这样的人值得亲近，也值得尊敬。

汽车停在伍子租住的小区门口，这时候天已经完全黑下来，霓虹闪烁，万家灯火。伍子走下车，冲韩笑雨摆摆手，韩笑雨点头回应，然后倒车顺着原路返回去了。

伍子呆呆立在小区门口，一直看着别克凯越消失在滚滚车流之中。

韩笑雨送伍子下车后，突然觉得车厢里特别浮躁，就打开车窗透气，凉凉的夜风迅速吹进来，吹进她的眼睛。也许是被冷风刺激的原因，韩笑雨眼眶变得湿润起来，她赶紧用手擦擦眼角，没有让泪珠落下来。街上的车流排成一道道长龙，北京喧闹的夜晚更加衬托出韩笑雨内心的孤独，滚滚车流，每一辆都有属于自己的家、自己的归宿，而她呢，她的归宿又在哪里？

伍子回到家，一股温暖的气息扑面而来，顿时驱走了外面的阴凉和寒冷。楚珊已经准备好丰盛的晚餐，菜香四溢，勾起伍子的无限食欲。

两人吃完饭收拾好东西，伍子开始缠着楚珊不放，做出一些亲昵举动，自他回北京以后一直感冒缠身，没有过多的心情和精力去想其他。如今病好了，身体健壮得像头牛，一些男人的想法自然浮上心头。楚珊在伍子的怂恿下，半推半就移进卧室，久别胜新婚，两个年轻男女很快缠绵在一起。

伍子醒来时已经是第二天中午，楚珊一大早就去上班了，剩下他一人躺在床上看着天花板发呆。一夜缠绵消耗了不少精力，不过对于血气方刚的他来说不算什么，身体没有任何疲劳感，相反还一直沉浸在昨夜的激情四射中。

草草吃过午饭，伍子带着那个竹雕笔筒来到公司，找到韩笑雨和王帅，三人一起敲开李凯生办公室的门。伍子简单说明来意，然后把笔筒递到李凯生跟前。李凯生带上老花镜，拿起笔筒把玩了能有十几分钟，脸上始终露着微笑，并不住点头。伍子心里越来越有底，看来这件东西是买对了。

李凯生把笔筒放在桌上，问伍子："这个笔筒你怎么看？"

伍子也不客气，直接说出自己的想法："这个竹雕笔筒成色通体棕黄、包浆均匀自然，雕工细腻，意境悠远，属于典型的明清产物。上面有可笔老人的款识，据我所知，可笔老人是清代竹刻大师刘起晚年的别号，所以我认为是清中期的作品。从款识的字迹上来看，笔法婉丽遒劲，现代人很难模仿，应该是真品无疑。"

李凯生微笑着点点头，对伍子的判断不置可否："你说的有道理，不过呢，这竹筒上雕刻的刘备可不太对劲，头上还带着王冠。刘起可是雍正年间的高材生，雍正十年入过国子监，以他的学识，不会犯这种低级的错误吧？”

“就是啊，这个问题你怎么解释？”韩笑雨在一旁帮腔，李凯生提出的问题，也正是她心里的疑问。她倒要看看伍子如何答对，毕竟两万块钱里有自己的一半投资，她得为自己讨个说法。

“这个问题我是这么理解的，雍正年间，民间受《三国演义》的影响已十分广泛和深远，刘备俨然成了英雄，而曹操则成为永世不得翻身的大奸臣。那时候，民间说书的艺人讲到刘备落难的故事时，不少听众都跟着掉眼泪，当讲到刘备自封汉中王时，听众无不欢呼雀跃。当时一些理想主义者甚至改编三国，把一统三国的说成是刘备，严重夹杂了个人的感情因素。因此，问题就出在这里：刘起姓刘，刘备也姓刘，刘起会不会把刘备看成自己的老祖宗呢？我觉得这很有可能。刘备可以把中山靖王刘胜认成老祖宗，刘起为什么不能把刘备当成祖宗呢？况且古人都有这个毛病，喜欢把同姓的名人当成自己的先人，图个光宗耀祖。‘三顾茅庐’那会儿是刘备最落魄的一段时间，无家可归、寄人篱下，出于对先人的尊敬，刘起才动了‘篡改历史’的心思。最直接的体现就是在雕刻时把刘备的帽子换成了王冠。刘起这样做，也算找个心理平衡。于是嘛，一件不伦不类的竹雕作品就出现了。”伍子一口气讲完事情的前因后果。

韩笑雨和王帅目瞪口呆，一件竹雕、一顶小小的王冠，竟能繁生出如此丰富的想象。李凯生对伍子的解释倒没有感到意外，一件古董，如果它有不合常理的地方，必然得用不合常理的想象去理解。如果连不合常理的想象都解释不通的话，只能认为东西是假的。

伍子的解释毕竟是一面之词，你说刘起崇拜刘备，凭的只是一句话，恐怕还不能服众。刘起离现在已经有好几百年，他本人是不能开口说话了，所以是不是他的作品只能由后人来判断。至于判断的依据，这就是个见仁见智的问题了，有的人可能压根就找不到依据；有的人则可能像伍子一样，全凭丰富的想象；还有那么一小部分人，能从作品本身找到蛛丝马迹，从而断定作品的真伪和年代，这种人通常被称为专家。

现在这屋里唯一能称得上专家的只有李凯生，他对这件作品持什么态度，有何判断依据，成了在场其他人最关心的问题。伍子、韩笑雨、王帅三人都把目光集中到李凯生身上，期待他给这件竹雕作品一个最合理的解释。

李凯生把竹雕放在桌子中间，正好距离每个人都差不多远近，这样大家鉴赏起来比较方便。李凯生也不卖关子，直接步入正题，讲起他对这件竹雕的一些见解——

“这个竹雕笔筒通体棕黄、色泽自然，是老东西无疑。不过年代呢还到不了明代，明代的竹雕作品由于年代实在久远，一般都呈暗红色，品相好的还带有一种琥珀光泽的红色。清代的作品则多为棕色和棕黄，年代越近，色泽越浅。因此从色泽上来判断，应该是清中早期的东西。刘起生活的年代横跨康雍乾三代，时间上十分吻合。我们再看雕工，这件竹雕作品刀法细腻、意境悠远，仔细看会从中发现一些书卷之气，属于典型的明清文人之作，仅就这份书卷之气，现在的竹雕技师就很难模仿。刘起在雍正十年曾入国子监深造，也算是当时出类拔萃的文化人，故而他身上那种书卷之气体现在竹雕上，也合情合理。还有就是你们已经提到的，上面有可笔老人的款识，可笔老人就是刘起晚年的雅号，但这也不能证明竹雕就出自他之手，后人完全可以用一件普通的老竹雕刻上他的名字，然后借助名人效应升值。刘起在书法上学的是王献之和虞世南，王献之大家都知道，以行书和草书著称，而‘可笔老人’这四个字恰恰也是行草字体，而且笔法豪迈、气势宏伟，一般人很难模仿。从这一点看，是刘起的亲笔无疑。综合以上几点，我认为这件竹雕作品确实出自刘起之手，并且称得上上乘之作。”

李凯生一段长篇大论，说得伍子、韩笑雨和王帅跟吃了点头丸似的，除了点头还是点头。专家就是专家，人家看东西的深度和广度不是一般古玩爱好者所能比的，再有就是鉴定古玩所体现出来的深厚的文化积淀。有时候鉴定一件古玩，所涉及到的知识面非常广，这就需要鉴定者博览群书，不断增加阅历。这也是古董鉴定专家往往专攻一项的原因，要么玉器、要么书画、要么瓷器、要么青铜杂项，很少有人能面面俱到。

韩笑雨突然想起来，李凯生说了半天，根本没有提刘备头上那顶王冠是怎么回事。“李老师，你还没有说刘备头上那顶王冠是怎么回事呢。”韩笑雨忍不住对李凯生说道。

李凯生淡然一笑：“我们看古董，有时候要特别注重细节，有时候又要不必拘泥于细节。既然已经认准它是刘起的真品，又何必在意其中一点瑕疵呢。

也许真如伍子所说，刘起对刘备有典型的个人崇拜，也许另有原因，不过这都不重要，重要的是它是真品。”

李凯生的话令伍子受益匪浅，人家对于古玩的鉴赏和认知，远远要比自已豁达得多，古玩这一行真是活到老学到老，伍子竟有一种拜师的冲动。

“这个竹雕笔筒，市价能值多少？”王帅问了一个最直接、最现实，同时也是伍子和韩笑雨最关心的问题。

“以如今的行情来看，明清的竹雕作品行市一路走高，值五六万没有问题。几年以后可能会翻倍也说不定。”李凯生也来了一个最直接的。

伍子和韩笑雨面露喜色，这次总算捡漏了，一转手就能赚三四万，这对于他们来说算是不小的收获。尤其是伍子，自从“吴王夫差剑”以来接连打眼，这次终于打了个翻身仗，虽然赚的钱不多，但终归是个好兆头。

伍子兴奋地看向韩笑雨，正好韩笑雨也在看他，四目相对，除了喜悦和相互祝贺以外，还夹杂着一丝暧昧。他慌忙别开头，心咚咚直跳。

事情到此告一段落，伍子三人起身告辞，刚走到门口，李凯生突然想起点什么，赶紧把伍子叫住：“伍三思，你留一下，我有事问你。”伍子闻言停住脚步，韩笑雨拿着竹雕笔筒和王帅先一步出去了。

伍子关好门，重新回到李凯生对面的位置：“李老师，您还有事？”

李凯生摆摆手示意伍子先坐下，微闭双眼，琢磨了老半天才开口说话：“伍三思，你的相貌和某些神态让我想起了一个多年前的老伙计，他也姓伍，不知道跟你有没有关系。”

伍子听完这话随之一愣，想不到李凯生把自己叫住是为了这个：“是吗？姓伍的人虽然不如李姓、王姓那么多，可也不少。同姓多得是，李老师会不会认错了？”伍子解释道。

李凯生点点头：“也许吧，不过事情实在太巧了，我那老伙计也是搞古玩的，也姓伍，而且相貌跟你颇有几分相似。对了，你爷爷叫什么名字？是不是搞古董的？早年是不是在北京？”

伍子听李凯生这么一说，心头一动，对呀，爷爷的年纪跟李凯生也差不多，顶多就大几岁而已。说不定爷爷还真与这位李老师相熟呢，要真是那样的话，自己岂不是能跟李凯生攀上关系了，这对伍子日后鉴定古玩可是大有益处，他不敢怠慢，如实回答道："我爷爷外号叫伍秃子，早年间确实在北京城开了一家古玩店，后来不知什么原因，就回了河北老家。"

李凯生闻言身体一抖，差点从椅子上站起来，不过他很快控制住情绪："你外公是不是姓王？外号王狐狸？"

伍子点点头，又摇摇头："我外公确实姓王，不过外号是不是叫王狐狸就不得而知了。我是晚辈，不可能追着打听长辈的外号，我爸我妈还不揍我。我爷爷伍秃子的外号也是我连蒙带猜得出来的，据说他二十年前头发就掉光了，人们都秃子秃子地叫他。"伍子现在也有几分信了，李凯生不可能猜得这么准，看来他真的跟爷爷认识。

李凯生听完伍子的话点点头，他现在已经基本肯定了自己的想法，这时反倒平静下来，刚才的激动情绪完全消失。"想不到伍秃子的孙子都这么大了，嗯，不错，仪表堂堂，是个人才。以你现在的古玩鉴赏能力，假以时日，不会在你爷爷之下。"李凯生用欣赏的眼光盯着伍子，在提到他爷爷时，眼神里又透出一丝羡慕。

"这么说，您认识我爷爷？那我也该叫您一声爷爷了。"伍子巴不得跟李凯生攀上关系，既然有攀关系的机会，当然不能浪费。他毕恭毕敬地叫了李凯生一个"李爷爷"。

这一声"李爷爷"把李凯生惊得嘴巴张得老大，脸上每一条皱纹几乎都要绽放。"好孩子，嘴挺甜，我喜欢。哦，对了，你到北京是你爷爷叫你来的，还是你自己偷偷跑来的？"李凯生问了伍子一个莫名其妙的问题。

伍子有些纳闷，自己来北京干吗非要扯上爷爷？除了爷爷叫自己来和自己偷偷跑来，就没有第三种可能？比如自己心血来潮，一个人很随意地就来了，好像自己来北京非要爷爷批准似的。在伍子印象里，爷爷确实曾经对他说过，没有他的同意不许来北京！并且语气严厉，跟立家法似的，弄得伍子当时莫名其妙，还不敢不答应。

伍子沉默了一会儿才回答："我来北京爷爷到现在还不知道，不过在我大学毕业的时候爷爷的确告诫过我，没有他的允许不准我踏进北京城半步。"伍子跟李凯生说了实话，既然李凯生连这个秘密都知道，证明他跟爷爷之间的关系非同一般，实话实说也无妨。还有，伍子有一种感觉，爷爷一再强调不准他来北京，里面肯定有重大隐情，这在伍子心里一直是个谜。李凯生作为爷爷的老相识，又问自己这个敏感的问题，他肯定知道其中的内幕。伍子心里胡思乱想，思绪在情绪的带动下禁不住回到十八年前——

那时候伍子刚上小学一年级，爷爷在北京开着一家挺大的古玩店，爷爷和父亲整天在店里忙活，人来人往，生意兴隆。他记得店里随便一间房都比学校的好几间教室宽敞，他当时的身材，站一百个都不觉得拥挤。他经常在店里的大厅玩耍，和店里的伙计捉迷藏、躲猫猫，有时候甚至还在一些瓷器里尿尿。店里所有的伙计都哄着他，夏天给他买冰棍，冬天买糖葫芦，就差叫他一声“伍少爷”了，那是伍子记事以来最快乐的一段童年时光。

可是好景不长，突然在一天夜里，伍子的爸爸抱起睡梦中的伍子，带着母亲、爷爷、叔叔、婶婶，全家老小连夜离开北京。伍子醒来的时候，父亲已经抱着他走出家门老远，他趴在父亲背上回头看了一眼，偌大的店铺在夜里模模糊糊，除了一团黑乎乎的影子，什么也看不见，这一眼竟成了伍子对他们家古玩店的最后一眼。

伍子全家人连夜回到河北老家。说是老家，其实伍家好几代以前就已经离开了，只不过祖坟尚在而已。一开始他们全家住在爷爷的一个族弟家，后来自己盖上了几间瓦房，伍子同爷爷和父母一起开始了乡村生活。他清楚地记得，自从回老家之后，父亲一夜白头，好像突然间老了十几岁，从此变得沉默寡言，再也不是以前那个意气风发、谈吐优雅的伍掌柜。并且从此患上严重的自闭症，有时候脾气特别暴躁，动不动就扇伍子的屁股。伍子的童年从此发生根本性的变化，再也不能养尊处优，再也不是伙计们心目中的伍少爷，他的印象里，自己的童年除了贫穷就是家庭暴力。

伍子十五六岁的时候，外公把他从老家接到省城石家庄，他外公也是搞古玩的，在一所大学的考古系任教，退休以后定居在石家庄。也就是从这时候开始，伍子有机会接触到五花八门的古董，外公经常言传身教，传授了伍子不少古玩鉴定方面的知识。大专毕业以后，伍子一时找不到合适的工作，就在离老家不远的梨城开了一家古玩店。古玩店临开张之际，伍子的爷爷和父亲把伍子叫到跟前，郑重其事地告诉他：“开古玩店可以，伍家人的血液本来流淌的就是古玩的血，但有一样，绝对不能到北京去，更不能去北京搞古玩。”爷爷和父亲说这话时一脸严肃，像是对伍子的告诫，更像是宣布家法。

这件事除了伍子祖孙三代知道，再知情的就只有他外公和母亲了。如今李凯生一下子说出这个秘密，伍子在吃惊的同时也有所觉察，这个李凯生与自己家族肯定关系密切，或许他能从李凯生这里了解到家族突然衰败的原因。伍子曾经不止一次问爷爷和外公，偌大的产业为什么一夜之间土崩瓦解，可惜两位老人闭口不谈，无论伍子如何耍赖都无济于事，这更令他心里生疑，对家族的衰败产生了浓厚的兴趣。

如今了解家族历史的机会终于出现，他当然不会放过："李老师，不，李爷爷，我们家当时为什么一夜之间就破败了，而且还远远搬出了北京城，连我这个后辈都不能轻易踏足，这是为什么？"

李凯生坐在椅子上很长时间没有表态，越是这样，伍子越感到其中隐情巨大，心咚咚直跳，那是一种谜底即将被揭开的激动。李凯生长叹一声，把老花镜摘下来，用手指揉搓着眼镜："伍子啊，你年纪还小，有些事情还不能告诉你，知道了对你的成长反而不利，甚至，甚至还会有性命之忧。这也是你爷爷和外公不告诉你真相的原因，我想，等到时机成熟，他们就会告诉你的。你现在要做的不是去搞清楚事情的真相，而是要让自己成熟起来，强大起来。"

李凯生不肯透底多少也在伍子的意料之中，不过他没想到李凯生会这么鼓励自己。虽然伍子很想知道家族衰落的真相，但的确如李凯生所说，在他不够强大的时候，知道了真相又能怎么样。伍子站起来向李凯生深深鞠了一躬："谢谢李爷爷的提醒，我知道该怎么做了。"

李凯生欣慰地点点头："好孩子，心胸开阔，有点伍秃子当年的风范。"说罢长长打了个哈欠，伸伸懒腰，对伍子说道："好了，今天先谈到这，年纪大了说一会儿话就觉得累，岁月不饶人啊，孙子辈都这么大了。对了，明后天到我家做客，我们家那保姆可是做得一手好菜呦。"

伍子再三称谢，从办公室里退出来。这时候韩笑雨和王帅早已抱着竹雕笔筒不知去向，伍子暗暗好笑，看来这二位这辈子还没捡过漏，一个小小的竹雕，至于吗？

# 第13章　李家姐妹

第二天中午的时候，李凯生果然邀请伍子去他家做客，时间就定在傍晚。伍子一阵犯难，初次去长辈家里，总不能空着手吧，况且李凯生还不止一次帮自己。送什么礼物呢？这才是最令人犯难的，礼物太贵重，李凯生恐怕不会接受；太随意了，又拿不出手，送什么好呢……

伍子突然想到了韩笑雨，何不让她帮忙出出主意，这丫头古灵精怪，或许有什么好建议，最起码也应该有几个鬼点子。

伍子拨通了韩笑雨的手机，两人很快取得联系，韩笑雨开车去伍子家小区门口接他。伍子钻进车里劈头就问："送什么东西合适？"

韩笑雨白了伍子一眼："看把你急的，让本姑娘喘口气好不好，现在先不告诉你，到地方你就知道了。"别克凯越顺着大街一路往前，天气不是很好，天空晦暗，零星飘着小雪花。见韩笑雨卖关子，伍子也不再追问，看她胸有成竹的样子，应该错不了。

别克凯越在离潘家园不远的地方停下来，伍子恍然大悟，对呀，李凯生是玩古董的，何不买一件古董送给他。转念一想，什么样的古董最合适呢？随便淘一件瞎货肯定不行，李凯生是行家，眼里不揉沙子；弄一件真正的元青花，别说千载难逢，就是遇到了也买不起。

伍子为难地看着韩笑雨："送件什么样的古玩合适呢？"

韩笑雨拉住他一只手，大步走进潘家园的古玩市场："现在瞎琢磨什么，先进去看看再说，有缘人自然能得到有缘的物件。"

可能是由于天气不好，市场上远没有平时热闹，阴晦的天气加上不时飘落的小雪花，使许多人失去了淘宝的兴趣。伍子和韩笑雨走在略显空荡的市场里，眼睛四下寻摸，希望能找到令人眼前一亮的东西。同样是搞古玩的，送出去的东西就得特别有讲究，不求东西多么贵重，最起码得有特色。

在古玩市场较中间的部位，一个摊位引起了伍子和韩笑雨的兴趣。这是一个专卖玉器的摊位，地方不大，东西却琳琅满目。两人不止一次来潘家园，以前这个位置并不是卖玉器的，可能是新加进来的，也可能是趁原来的摊主今天没出摊先占用一天，不管怎么说，反正这个摊位挺面生。

伍子和韩笑雨同时蹲下身子，仔细把玩着地摊上的玉件，这些玉件大多属于硬玉，也就是翡翠。有手镯、手珠、坠饰，还有各式各样的雕刻品。两人看过之后不住摇头，这些翡翠饰品的品质都比较低档，绝大部分是C货，也有少量的B货，但连一件A货都没有。这种东西当一般的装饰品还可以，拿这个送人可就有点掉价了，尤其是送给李凯生这样的古玩行家，更是拿不出手。

翡翠里面以A货最为上乘，它是没有经过高热、高压等人工作伪的原装翠玉，绝对的天然质地；B货就是将原石里面有脏（黑点）的翡翠，用强酸腐蚀破坏掉里面的“脏”和“绵”，增加透明度，然后再用高压将环氧树脂填充进去，把里面的空隙补足，这种做工的翡翠含有有害的化学物质，长期佩戴对人体有害；至于C货，完全就是人工注色，没有色根，如果用查尔斯滤色镜观察，绿色就会消失或变红。

其实，不要说普通的地摊，就是大型的珠宝商场也不一定全是A货，有的珠宝商店往往还是B货唱主角，C货则属于商场里面打折最厉害的那种。俗话说，一分钱一分货，商家没有傻瓜，打折的东西当然没有好货，绝对上乘的A货，即便好几年卖不出去恐怕也不会打折。

伍子一脸失望，好不容易碰上个新摊位，竟然都是一些下等货色，这东西拿出去送礼，不要说人家李凯生，自己都觉得过意不去。伍子站起身打算离开，这时候旁边的韩笑雨狠狠拉了他一把：“你着什么急呀，看那边。”

伍子顺着韩笑雨的手指看去，摊位的角落还放着一堆石头，石块有大有小，最大的跟西瓜差不多，最小的约合大人的拳头，每块石头的颜色也不尽相同。这当然不是普通的石头，伍子知道这些是翡翠原石，也就是没有经过开解的翡翠原料。说原料也不太确切，因为有些石头切开以后，里面有绿；但有些石头切开后，里面什么都没有。所以，购买翡翠原石也叫赌石，如果切开后有绿，那就是赌涨，反之则是赌亏。在所有的翡翠原石里面，真正能赌涨的也就十之一二，甚至更少，所以在翡翠的原产地缅甸，许多人都只卖原石，不开解，于是大量的翡翠原石就流入了中国内地。

韩笑雨的意思再明白不过，就是叫伍子选一块翡翠原石送给李凯生，里面有没有绿谁也不知道，很有趣味性，而且送这东西既不显摆，也不太小气，属于别出心裁的一件礼物。伍子对韩笑雨的提议很满意，他凑到石堆旁边，仔细观察每一块原石，选来选去，选中了一块外壳比较坚硬、颜色比较黑的。这块原石的形状十分不规则，乍一看有点像缩进脖子的乌龟，单从欣赏的角度来看，也是比较有新意的。伍子对翡翠中的赌石完全不在行，只是略微了解一些基本知识而已。一般来说，原石的外观是赌石的第一要素，因为一块石头的形成，里面和外面肯定会有联系，只是关联的程度不一样罢了。

伍子记得书上曾经说过：绿随黑走，也就是说外表颜色黑，里面出绿的可能性会比较大，当然，这也不是绝对的。

“老板，这块石头多少钱？”伍子指着选中的石头问摊主道。

“九千块。”摊主用浓重的黔南话说道。

看来这位也是从云南直接去缅甸进货的，然后再运到北京，这样少了很多中间环节，利润空间比较大。既然这样，伍子也就不客气，开始狠狠杀价。

“九千块太贵，你以为这是狗头金啊？这个数怎么样？”伍子伸出三个手指头。

摊主见状头摇得跟拨浪鼓似的：“三千块太少，我要赔钱的。”

……

几经讨价还价，最后双方以五千块成交。伍子点好五千块递给摊主，然后抱起这块原石转身就走，韩笑雨拉住伍子，向摊主要了一个外观挺漂亮的木盒，再把原石放进去。伍子暗忖，到底是女人心细，自己怎么就没想到呢，要是把原石放进塑料袋里，然后提着上李凯生家，人家还以为自己提的是一只烧鸡呢。

从潘家园市场出来，离傍晚还早，伍子又准备了一些水果，感觉拿这些东西去李凯生家还算得体。天色越来越暗，零星的小雪花变成了浓密的、纷纷扬扬的鹅毛大雪。韩笑雨干脆开车直接把伍子送到李凯生家的大门口，伍子下车前问韩笑雨：“要不我们一起去？反正李凯生也不是外人，都是一个公司的同事。”

韩笑雨摇摇头：“人家请的是你，又不是我。再说，我跟李老师几年以前就认识，他家也去过几次。他孙女特别漂亮，你进去后可别看傻了。”

“瞧你说的，哥们我就那点出息？”伍子不以为然，钻出车门，一手怀抱着装翡翠原石，一手拎着水果，直到别克凯越走远，才按李凯生告诉他的地址走进小区。

伍子摁响了李凯生家的门铃，工夫不大房门就打开了，开门的是一个眉清目秀的小姑娘，约莫二十一二的光景，一脸清纯。伍子暗想，这就是韩笑雨临走前所说的美女？未免有点夸张吧，只感觉眉清目秀而已，倒是她身上那种青春的张力不是一般年轻人所具备的。

这个想法说起来复杂，实际上在大脑里的思维只是一瞬间。男人，尤其是血气方刚的年轻男人，在看到年轻女孩的第一眼，心里想的无非就是对方的身材样貌。这倒不是伍子花心好色，他只是一个拥有正常心态的男人。伍子从不认为自己很崇高、伟大，事实上他后来的一些所作所为，也确实称不上光明正大。

伍子自我介绍完之后，女孩很有礼貌地把他让进屋，李凯生也迎了出来，把他热情地让到客厅的椅子上。

伍子环视了一下房屋，面积可不小，光客厅就有六十几个平方，他估摸了一下，这样面积的一栋宅子，市价起码在两百万以上。这也不奇怪，像李凯生这种搞古玩几十年的人，买这么几套房还是不成问题的。他家这客厅装饰得古色古香，没有现代的沙发茶几什么的，清一色仿红木家具，有种明清老宅子的味道。仅从这装饰风格就能看出，房子的主人是一个很怀旧的人，除了搞古玩的行家，谁还会把家装饰成这样？

“彩奇，给你哥哥倒杯水。”李凯生对女孩说道。

女孩很快端来一个古朴的紫砂壶，给两人倒上茶。伍子不经意间又多看了女孩两眼，他再次确定了自己刚进门时的想法，这女孩只能用四个字形容——活力四射。

伍子把那块翡翠原石递给李凯生，李凯生也没有客气，直接收下了。李凯生把翡翠原石放在手里把玩一会儿，不住地点头，对伍子说道：“你小子行啊，想不到还有这副眼力。”

伍子不好意思地挠挠头：“我对翡翠原石不在行，完全是瞎蒙的。我是看这块石头的颜色不错，而且形状刚好像一只行走的乌龟。乌龟不是长寿吗，象征着您老寿比南山。”

“好小子，把老夫我比作乌龟？”李凯生故作不悦道。

伍子也意识到自己的比喻有些不恰当，赶紧捂住嘴巴。不过话已经说出去了，所谓覆水难收，捂也没用。伍子偷眼看了看李凯生，发现他并没有真的生气。两人四目相对，片刻沉默之后，同时爆出爽朗的笑声。

伍子和李凯生在客厅里闲谈，李彩奇自个儿钻进里屋没有再出来，对客人的到来反应十分冷淡，这着实令伍子好一阵失落。保姆正忙前忙后地在厨房准备晚饭，据李凯生说保姆做的菜相当不错，今天可以一饱口福了。

伍子跟李凯生聊天，话题老往二十年前引，提一些当年北京古玩市场的情况。他这么做其实是想把爷爷和父亲当年在北京衰败的隐情套出来，事情的真相犹如一块巨大的磁石，不断吸引着他刨根问底儿。李凯生如一只狡猾的狐狸，每到关键时刻就把话题绕开，伍子只能暗暗着急。

一会儿工夫，保姆做好了饭菜，李凯生邀请伍子就座，伍子客气几句之后跟着主人来到餐厅。餐厅十分敞亮，能赶上普通人家的客厅，中间摆着一张大八仙桌，八把红木椅子。这时候李彩奇也从卧室里钻出来，嘟囔着快点开饭，惹得李凯生直拿眼睛瞪她，李彩奇却把脸扭向一边装作没看见。李凯生冲伍子一阵苦笑，无奈道：“两个孙女都被我从小惯坏了，都二十多岁的人了，还跟小丫头片子似的。”

伍子这才知道，原来李凯生有两个孙女，不知道另外一个长得怎么样，是不是也跟李彩奇差不多？临来之前韩笑雨提醒过他，千万别被李家孙女的相貌吓傻了，现在看来她的话有些过头了。

这时候门铃响起，李彩奇像只欢快的小鸟跑过去开门：“姐姐回来了。”

房门打开，一道黄色身影闪进客厅，伍子出于礼貌没有紧盯着瞧，来人直接走进卧室。一会儿，一个和李彩奇穿着差不多的女孩走进餐厅，也是一件粉色毛衣，身材比李彩奇略高。

李凯生把两个女孩叫到餐桌旁边，对伍子说道：“我来介绍一下，这是我的两个孙女。老二李彩奇你刚才见过了，刚进来的这个是大孙女，叫李彩奕。以后你们要多多交流，我这个孙女也是搞古玩的。”

伍子刚才见到李彩奕就觉得十分眼熟，但又想不起来在哪里见过，直到李凯生说完最后一句，伍子才恍然大悟。他想起来了，这个李彩奕他在老街见过，当时伍子还在老街开店，李彩奕到他店里买东西，他还给人家介绍所谓的元青花……

真是“冤家路窄”，想不到在这里碰到了。伍子暗暗感叹世界之小，李彩奕的爷爷跟自己的爷爷竟然还是老相识。旁边的李彩奕对伍子倒没什么反应，好像根本不记得有那回事。她不提，伍子自然不会提，只当以前的事没有发生过。

在李凯生的张罗下，四个人坐好开始晚餐……

席间，伍子偷眼看了看李彩奕，眼前这个女孩真的是很漂亮，怪不得韩笑雨提醒自己，上次见她时伍子就已经被她的美貌迷住，这次再见，竟然还是有些失神。伍子突然想起了董春，董春被公认为艾利丝拍卖公司的第一美女，但董春身上有一种媚态和现代人的开放，而这个女孩留给人的则是一种天然去雕饰的清纯与典雅。

从李凯生家出来已经是晚上十一点，外面的雪下得非常大，大地被映成一片白色的世界，冷风不遗余力地往伍子怀里钻，他下意识地裹紧身上的棉衣。刚从温暖的楼房里出来，对外面的寒冷还不太适应，伍子不由自主打了个冷颤。这顿饭他吃得很不尽兴，一则是当着李凯生这个长辈的面，不能太没礼貌；二来自己是客人，要保持一种礼貌的姿态，不然被人笑话，尤其当着两位美女的面，伍子更要保持风度。

伍子站在小区门口，等待出租车的到来，这种天气路上的出租车极少，得耐心等待。这时候从小区里面驶出来一辆车，车灯的光线正好照在伍子身上，映出一道长长的影子。汽车在伍子身后停下，滴滴响起喇叭。伍子以为自己挡住了人家的去路，于是往旁边闪了闪，汽车没有移动，依旧滴滴响着喇叭。

好半天伍子才意识到，车上的人好像是在叫自己，他走过去一看，汽车玻璃轻轻落下，露出李彩奕的脸。伍子暗暗纳闷，不是说好不需要她送，怎么又来了？李彩奕冲伍子冷冷地说道：“还愣着干什么？赶紧上车呀。”

伍子无奈地打开车门，坐进车厢后排，以往韩笑雨的车他都是坐在副驾驶座上，现在他只能坐后排，这就是熟与不熟的差别。

汽车缓缓启动，李彩奕问伍子：“你家怎么走？”

伍子说出大概方位，汽车踏着皑皑白雪一路向前。街上的车辆比往常少了许多，每一辆车都开得小心翼翼，生怕得到天气和路况的惩罚。车厢里比较沉闷，李彩奕不说话，伍子也不好主动说什么。

“你倒是说话呀，这么开车我会犯困的，到时候你出事故是小，我还得跟着搭上。”李彩奕终于开口。

伍子挠挠头：“说什么呀？我这人不善言谈，让你见笑了。”

开车的李彩奕扑哧一声笑了：“你还不善言谈？向我兜售元青花的时候可不是这样子，夸夸其谈、满嘴跑火车，不懂行的很容易被你忽悠住。”

伍子心里一惊，原来她还记得这事儿，那她在家的时候怎么不提呢？伍子感觉这女孩城府挺深，远非表面上那么单纯：“想不到你还记得这档子事，你的眼力让我很佩服，如今这年月，搞古玩的美女行家可是不多见。对了，你在什么地方上班？”伍子先夸对方几句，然后开始打听对方的一些情况。

“我在市民间收藏协会上班，张文平知道吗？那是协会会长，也是我的老师。”李彩奕说道。

“张文平，听说过，也在拍卖会场见过，不过我认识人家，人家不认识我。”伍子想起了瓷器专场拍卖会的场面，张文平他还有一点印象，那人似乎一脸的奸相。

说到拍卖会，李彩奕突然想起什么：“对了，张老师也在筹划组建一个拍卖品公司，估计明年就能挂牌成立，到时候艾利丝又多了一个竞争对手，我们也会成为对手。”

伍子一脸的无所谓，拉拢客户是公司业务部的事，他只做好鉴定就可以了。他同时预感到公司决定在天津组建分公司，绝不仅仅是扩大业务那么简单，很可能是一种战略转移。张文平要成立艺术品拍卖公司，这么大的事艾利丝高层不可能不知道，面对张文平这种收藏大鳄的挑战，艾利丝公司显然有了战略转移的准备。

不过，这只是伍子的一个猜测，对于商业经营他还是门外汉，艾利丝公司高层的真正用意，恐怕不是他能轻易猜透的。

# 第 14 章　神秘的“马尾辫”

临近春节的这些天，艾利丝拍卖公司一系列动作进一步印证了伍子的猜测，公司对于天津分公司的投入明显高于北京总公司，无论是人力还是物力，都明显倾向于天津。很显然，公司正在将战略重心从北京移到天津。至于是不是受到张文平的压力才如此动作，这个秘密恐怕只有艾利丝的高层才知道了。

春节越来越近，进入腊月，年味开始浓郁，这时候伍子的工作反倒忙碌起来，因为公司以拜早年的名义四处拉拢客户，客户拉到以后，紧接着就是古玩鉴定。伍子的工作量和压力空前增大，他的一句话直接关系到古玩的去留，所以鉴定时不能有丝毫含糊，既不能因为自己的疏忽放进来一件赝品，也不能因为大意而溜走一件真品，这可是需要实打实的能力。

艾利丝拍卖公司对外宣传的宗旨是全部拍品“保真、保老，假一赔十”，正是靠着这种诚信经营的理念，艾利丝才能在强手林立的北京拍卖市场占据一席之地。其实对于古玩的真假，拍卖公司没有一定要保真的义务，《拍卖法》上也没有规定拍卖公司要对拍品的真假负责，不少拍卖公司都或多或少拍卖过赝品，而且拍得赝品的顾客还没地方说理儿去，只能自认倒霉。艾利丝拍卖公司这种“保真”的承诺，在拍卖市场上确实很少见到。

公司对外做出这种承诺，无形中给伍子增加不少压力，他的一个失误，很可能会把整个公司的信誉给毁了。哪怕拍出去一件价值很小的赝品，公司辛辛苦苦打下的天津这块阵地也会失守。伍子经常为鉴定一件古董再三考量，反复斟酌，甚至查阅大量的资料。

到了农历腊月二十五，楚珊打来电话，说幼儿园已经放假，问他是不是一起回老家。伍子正在为一件玉珑发愁，他对楚珊说自己最近实在太忙，恐怕得过几天才能回去，楚珊也没有再说什么，默默地挂断电话。

伍子放下电话，继续为手里这件玉珑发愁，客户还等着签拍卖协议呢，今天务必要把鉴定结果拿出来。不过这块玉他实在拿不准，从雕工上看完全是战国的风格，沁色看上去也比较老，基本可以确定是真品，可他总感觉这块玉有问题，但又不知道问题在哪。按理说，他完全可以采取“宁可错杀，不可放过”的原则，直接把这块玉给否了，不过那样的话，公司就会失去这个客户和他背后的资源，这对公司拓展业务可不利。

玉珑从商周一直到汉朝都比较流行，样式也随着年代有所演变，总的来说，雕刻形状类似于龙的，叫玉珑；而形状类似于虎的，叫玉琥。玉珑和玉琥都是古代玉件中比较常见的。伍子想起了韩笑雨，如果她在的话，起码还能有个人商议一下，再说韩笑雨专攻玉器，肯定能看出其中的隐情。他自己也纳闷，为什么一到鉴定古玩的时候就会想起她，似乎只有她在身边自己才有底，这就是传说中的好感，或是依赖吗？伍子努力驱除杂念，继续为眼前的玉件发愁。

正在无从下手之际，咚咚咚，外面有人敲门，伍子没好气道：“进——”

房门被推开，一个小巧玲珑的身影走进屋里，伍子抬头一瞧，两眼顿时放出光彩，说曹操曹操就到，进来的正是韩笑雨。伍子兴奋得差点冲上去给她来个热烈的拥抱，这下好了，眼前这枚玉珑总算碰上了克星。

“怎么？人家大老远过来投奔你，还不欢迎啊，连杯热水都没有？”韩笑雨故作生气。

“哪能呢？晚上请你喝咖啡，不过现在你得先帮个忙，给这件玉珑把把关。”伍子直奔主题，除了这枚玉珑，后面还有好几件古玩等着鉴定呢，他得抓紧时间。

韩笑雨从北京过来也是总公司的意思，知道伍子最近忙得不可开交，特地派她过来帮忙。韩笑雨把玉珑接到手里，这件玉珑有点类似于玉璜，略呈半圆形，龙身装饰，有谷纹，玉质呈青色，表面有斑斑点点的鸡骨白，符合战国玉珑的特征。

伍子等得有些着急，开口问道：“怎么样，有问题吗？”

韩笑雨用手抚摸着这块玉，说道：“从玉珑的风格和纹饰上看，应该是战国时期的，不过战国时期的玉珑摸上去有点扎手，这块玉却没有那种扎手的感觉。再有，玉的沁色比较轻浮，缺乏从里到外的过渡，属于沁色做假没有做进去的那种。”

伍子长长舒出一口气，玉珑的鉴定终于可以告一段落，接下来还有一件瓷器、几幅字画和几件木器需要鉴定，繁重的工作远没有结束。不过现在多了韩笑雨，伍子感觉身上的压力一下卸去大半，男女搭配，干活不累，果然是至理名言。

第二天上午，楚珊打来电话，说自己在北京西客站，马上就要上火车回家了。伍子这才意识到，自己只顾忙着鉴定把人家都忘了，只能安慰叮嘱几句，春运人多，一切小心保重。

转眼到了腊月二十九，鉴定工作告一段落。韩笑雨在上午就自己驾车回了老家，公司其他人也走了大半，伍子草草收拾收拾东西，从天津站坐火车直接奔回家。赶到火车站，伍子才体会到什么叫春运，什么叫人口大国，购票的队伍从车站大厅一直排到广场，而且队伍还在不断拉长，民警随处可见，忙碌地维护现场秩序。以前，春运在伍子心里只是一个词语，现在他才体会到其中的内涵，“春运”两字饱含了多少回乡旅客的辛酸和铁路工作人员的辛苦。

伍子一直排到夜里十一点，总算买到车票，抬头看看购票大厅里的钟表，还有一个小时就是大年三十了，以这种方式迎接新年他还是头一次。

伍子回到老家，已经是大年三十的中午，还好，赶上了年三十的午饭。爷爷和母亲见伍子回来，都是一脸的亲切和喜悦，尤其是母亲，眼里滚动着激动的泪花，只有伍子的父亲依旧一脸木讷，好像对伍子的回家无动于衷。在伍子印象里，自从搬到老家以后父亲就这样了，沉默寡言、颓唐不堪，父亲看上去又苍老了几岁，原本魁梧的身材深深驼下去，脸上沟壑纵横。

看着有些破败的家和颓废不堪的父亲，伍子心里的那个疑问开始无限膨胀，导致自己家族破败的原因到底是什么？十八年前究竟发生了什么事情？

伍子几次话到嘴边，又生生咽了下去，他知道，问也白问，爷爷和父亲不会告诉他半个字。以前他碰过无数次钉子，这次想必也一样。伍子强忍住内心的疑惑，他不想破坏大团圆的良好气氛。同时，他也在心底下定决心，伍家决不能如此沉沦下去，他要让伍家重返当年的辉煌……

正月初五这天，伍子从老家赶到老街，和往年一样，这个春节在家里过得非常不爽。爷爷的老态龙钟，父亲的颓废苍老，母亲的忍气吞声，这样的家一点生机都没有，十几年来都没有变化。可以想象，当年家族的突变，对他们的打击是何等沉重。

伍子实在受不了这种气氛，离上班还有好几天，他便借口工作太忙来到梨城。伍子没敢说自己在北京工作过，以他父亲那脾气，知道后很可能把他给废了，还好现在调到了天津，母亲问起时他直接说在天津上班。

伍子事先已经和楚珊约好了，刚出汽车站，便看见楚珊修长的身影站在车站门口，东张西望，好像在寻找伍子。伍子走过去给她一个轻轻的拥抱，大庭广众之下，倒也没有再进一步亲昵的举动。

两人没有过多停留，拿起各自的行李朝火车站走去，梨城的火车站在长途汽车站的斜对面，二百来米的距离。正月初五，过年的气氛还很浓，两人坐上北行的列车，看着渐行渐远的梨城，一股淡淡的乡愁油然而生。

楚珊当初去北京是在家人极力反对下做出的决定，这次回家不知道家人对她的态度怎么样，是不是还在生她的气。伍子问起楚珊这事，她回答得含含糊糊，只说回家后父母对自己很好，这个年过得挺舒心。伍子见楚珊闪烁其词，也不便多问，人家舍去工作和亲人去北京完全是因为自己，他一定要让她过上富足的生活，若干年后，当她回忆起自己的选择，能够不后悔、不埋怨，让她感觉把青春交给自己没有错。

回到北京的住处，熟悉的气息扑面而来，这是他们的爱巢，在这里，两个人可以卸去伪装，肆无忌惮，全身心零距离接触。久别胜新婚，两人在客厅休息了片刻，还未从旅途的劳顿中恢复过来，伍子已经迫不及待地靠近楚珊的身体。他身体里好像有一堆狂躁的野火，要把自己焚烧，同时还要把身边的楚珊一起焚烧。

楚珊双手勾住伍子的脖颈，伍子顺势抱起这个可人的身躯走进了卧室，太阳也好像被这里的激情所羞赧，偷偷躲进云层里。窗外偶尔响起零星的鞭炮声，像是对这对恋人的祝福，又像是对这段恋情的见证。

楚珊重新从床上起来时，窗外已是万家灯火，伍子仰躺在床上疲惫而惬意。看着楚珊在厨房忙碌的身影，一种巨大的满足感袭上心头，有这样一个女人为自己付出，夫复何求！

两人在爱巢里度过了几天浪漫的时光，正月初九，伍子赶去天津。明天是新年后上班的第一天，新的一年，新的开始，无论是对艾利丝拍卖公司还是伍子来说，北方重镇天津都是一个充满希望和挑战的城市……

时间过得飞快，在一天天的忙碌中，转眼三个月过去。伍子再看窗外树木的时候，枝条上的芽苞鼓起老高，又是一个生机盎然的春天。

分公司的春拍准备工作正在紧锣密鼓地展开，拍品市值估计会超过一亿，虽然尚未达到两亿的既定目标，但是对于一个成立不到半年的新公司来说，也能交代过去。外地还有十几件拍品等待鉴定和签约，搞定这些以后春拍就可以开始了，伍子长长舒出一口气，终于可以消停一段时间。他心里一直惦记着沈阳道古物交易市场，年后还一次都没去过呢。对于搞古玩的人来讲，守着身边的古玩市场不能去，无疑是人生最大的痛苦，现在好了，他有足够的时间去沈阳道淘宝了。

……

天津市沈阳道古玩交易市场。

伍子漫无目的地混迹在古玩市场的滚滚人流中，这是他今年第九次光顾这里，目的就是为了练眼力，顺便从摊上淘换一些宝贝。街道两边尽是大小不一的地摊，摊位上铺着看不清颜色的布块，堆满了各式各样的“破铜烂铁”，不过，你可别小看这些“破烂”，指不定里面就有价值连城的古董。

某人曾花了十几块钱买了一块不起眼的古玉，找专家鉴定竟是良渚文化时期的东西，价值瞬间翻了千倍。某人花了五块钱买了一枚文玩核桃，由于只是一枚，所以就跟白捡似的，无意中又在另一个摊位收购了一枚，这两枚核桃刚好配成一对，纹理、成色、个头几乎一模一样，简直就是孪生的，价值一下子翻了数百倍。还有更玄的，有人曾经在地摊上用收废品的价钱买了一捆旧报纸，里面有几封七十年代的书信，书信上竟有一枚“全国河山一片红”的邮票，尽管邮票是用过的，但它的价值起码也翻了几万、十几万倍……

像这样靠捡漏一夜暴富的例子在沈阳道绝不罕见，也正是由于这些“英雄事迹”的流传，才使得更多的人抱着捡漏子、钻空子的心态，想在古玩界淘一把金。当然，一夜暴富的例子多发生在二十世纪七八十年代，如今捡漏，尤其是捡大漏的情况越来越少。现在来沈阳道的人多是出于一种收藏爱好，玩玩而已，想靠捡漏买房买车，那就跟天上掉馅饼差不多。

伍子就是为数不多的想着天上掉馅饼的人，他总梦想着有一天能捡个大漏，一夜暴富，到时候房子、车子、女人就都有了。当然，他现在有楚珊陪伴，女人就不奢望了，最起码房子和车子是他目前最迫切想得到的。伍子有这种幻想也是被逼出来的，自从大学毕业后就一直没找到合适的工作，他送过水、当过保安、做过服务生，不过那都不是长远之计，作为一个中文系的高材生，总不能一辈子就这样混下去吧，后来他才在小城开了一家古玩店，走进了古玩这个大千世界。

而且，伍子的爷爷、外公、父亲以前都是做古玩生意的，据他爷爷讲，他的祖爷、太祖爷也都是搞古玩的，那是货真价实的古玩世家。伍子出生在古玩世家，即使不专程去学，平时耳濡目染，也足以让他成为半个专家了，不然艾利丝公司也不会高薪聘用他，并且把鉴定部主任的重担交给他。

伍子来天津没多久，已经在大堆大堆的“破烂”中淘换出不少小宝贝，一转手就能比成本翻上几番，也算捡了一些小漏。伍子有时候都挺佩服自己的，他就是天生搞古玩的料，骨子里流的就是做古玩的血。最重要的是，他感觉今年的手风特别顺，几乎是百发百中，完全不像去年，淘一次东西打一次眼，他以前还不相信古玩界里有运气这一说，现在他信了。

今儿是周四，沈阳道的大日子，伍子老早就赶到这里。尽管十点以后摊位才会摆齐，买卖者才会多起来，不过他觉得早一点来有好处，多给自己一点时间，就多了一分淘换到宝贝的先机，机会可不等人，那么多双眼睛都盯着这些“破烂”，早一点出手就会多一点机会。

不过，伍子今天的运气出奇的臭，从早晨到中午，一件能看上眼的开门货都没捞到，要么是摊主要价太高，根本没有利润可图；要么就是有人跟自己抬价，硬生生让到嘴的肥肉给人家抠了出去。至于那些真正意义上的破铜烂铁，伍子自然不会去收，那都是忽悠不懂眼的棒槌的。

伍子的心情差到极点，他甚至怀疑自己运气之所以这么坏，是跟早上吃了几块臭豆腐有关，由于急着赶时间，他连牙也没刷，怪不得运气会这么差。伍子越想越觉得有理，早知道这样，买几块绿箭口香糖含在嘴里多好。您还别不信，搞古玩这东西跟机缘有很大关系，也许是早上几块臭豆腐把今天的机缘给破坏了。

伍子一脸沮丧地在人群里瞎挤，这时候已经到了吃午饭的点，人流开始变稀，再一次的交易高潮得到下午两点以后。他决定先找个小饭馆填饱肚子再说，吃完饭顺便漱漱口，把上午的晦气全吐出来。伍子沿着拥挤的摊位往山东路的方向走，突然，一道亮丽的风景瞬间吸引住他的眼球，让将他吃午饭的想法抛到了九霄云外。

一个女孩在一家名叫“聚宝斋”的古玩店旁边摆了个小摊，一块鲜红的绫子铺在地上，绫子上放着一把淡紫色的古琴，鲜红的绫子和紫色的古琴搭配在一起浑然天成，在这个满是陈旧气息的古物市场里十分扎眼。

伍子只觉眼前一亮，人不由自主地朝那把古琴走去，让他眼前发亮的不仅是那把古色古香的琴，还有守在古琴旁边的女孩。这女孩也就二十出头的年纪，皮肤白净，身着粉白色的运动衫，在运动衫的衬托下，她整个人更显得清清爽爽，乌黑的长发梳成了一个马尾辫垂在身后，整个人少了几分俗气，多了几分灵秀。

伍子的目光从落在她身上开始就再也移不开，他经常混迹于城市的各个角落，美女自然也见过不少，身边的楚珊，同事韩笑雨、董春，李凯生的两个孙女李彩奇、李彩奕等，每一个都无愧于美女的称号。伍子自认为对美女多少有些免疫力，可他在见到这个卖古琴的女孩后，多年形成的免疫力瞬间崩溃。他一直以为女人有没有气质、漂亮不漂亮，跟发型关系重大。发型在某种程度上是一个女人的招牌，每个女人都有一套适合自己的发型，发型合适了，添色三分；发型不合适，减色七分。伍子现在看到的这个女孩，最适合的发型恐怕就是马尾辫了，这种发型让原本就气质不俗的她又多了几分灵气和简约。这样的女人如果放在古代，绝对是祸国殃民级的。

伍子不动声色地走到古琴旁边，准确地说是走到那个令他魂不守舍的“马尾辫”旁边，开始煞有介事地观察古琴。

古琴长三尺五六寸，宽有六寸，厚约两寸半，从外形和尺寸上看符合古琴的特征。这把琴通体呈紫红色，琴身背面还刻有模糊的字体，可能由于年代久远，漆色部分剥落，字迹也分辨不清。仔细看的话，还可以看见古琴上有许多细小的断纹。断纹是鉴别古琴年代的重要依据，行里有句老话叫“琴无百年无断纹”。当然，以现在的作假手段，断纹也是可以人工做出来的。伍子又小心翼翼地把琴身翻过来看看底板，脸上流露出一丝冷笑，不过很快就消失不见。

“这把古琴多少钱？”伍子操着标准的普通话问道。

“马尾辫”见他对古琴有意思，明眸一闪，没有说出具体价格，而是把纤纤玉手伸出来，看样子是要跟伍子握手。伍子当然知道行内的规矩，对方不想在大庭广众之下讲价钱，于是用古玩界通用的手势代替。他很内行地握住这只玉手，小巧冰凉的手指在伍子的大手掌里微微动了几下，伍子心领神会，对方报价三十万。

“这把古琴可是晋代的，离现在将近两千年，如今存世的不超过三把，要不是我急着用钱，也不会以这么低的价格出售，我从小到大可都是守着这把古琴睡觉的。”马尾辫在跟伍子握完手补充道，她说话时明眸闪烁，一副忍痛割爱的表情。

“呵呵……”马尾辫的话把伍子给逗乐了，“如果真要是晋代的话，不要说三十万，三千万也值，不过我看你这把琴可不是晋代的，倒像是汉代的。”

汉代比晋代又早了好几百年，看着马尾辫兴奋的表情，伍子很不忍心地泼了一盆冷水：“先别高兴得太早，我话还没说完，先弱弱地问一句，你从小到大守着这么一副棺材板睡觉，就没有孤魂野鬼缠着你？”

“你什么意思，什么守着棺材板睡觉？”马尾辫兴奋的表情一扫而光，小脸煞白煞白，仿佛听到了最不可思议的事情。

伍子对对方惊疑的表情视而不见，真理面前也不管什么怜香惜玉了：“我的意思是说，你这把古琴是棺材板做的，它用的木料是汉代的，可制琴手艺是现代的。也就是说，这把琴是现代人用汉代的棺材板制成的，盗墓也好、考古也好，棺材板流到了民间，有人就把它做成了古琴，再拿到市场上出售，由于料子很老，一开始还真迷惑了不少人。”

伍子这话说完，马尾辫白净的脸蛋儿泛起一缕粉红，好像被人揭开了一层盖头，羞羞答答地低下头。伍子见状，对自己的“残忍”行为一阵自责，人家不就卖一件假古董，至于毫不留情地给她揭穿吗？

要说，一个女孩子贩卖假古董也不容易，尤其是这么漂亮的。伍子打算挽回自己的失礼：“瞧瞧，中午都过了，还没吃午饭吧，今天我请客，顺便把古琴的造假知识给你补习补习，你这把古琴造得也太蹩脚了，就是在假货里也只是一般般。”伍子说完话，拿眼睛大胆地盯着马尾辫粉红的脸庞。

马尾辫目光闪烁，轻咬红唇，似乎做出了什么决定，她弯腰把古琴用铺在地上的红绫包好抱在怀里,跟着伍子一前一后地走出了沈阳道市场的中心地带。

在山东路的一个小餐厅里,伍子和马尾辫找了一个僻静的角落面对面坐好。马尾辫小心翼翼地把古琴放在一张凳子上，动作之轻柔，好像它真是一把价值千万的古琴。伍子一声苦笑：“我说同志，那把琴放远一点好不好，守着一副棺材板吃饭，膈应人。”马尾辫没有说话，而是用眼睛狠狠瞪了他一眼，这次她倒没有脸红，好像已经适应了伍子的大胆揭露。不过，这一眼差点把伍子给瞪得晕倒，美女就是美女，连生气的表情都这么让人陶醉。

两人简单要了几样饭菜，守着这么一位美女，伍子食欲大开，大口吃饭的同时话匣子也大开：“要说起用棺材板制作古琴，历史还不短，汉代的棺材板的确是制作古琴的好料子，业内叫它汉木。汉木制出的琴也称得上是乐器中的上品，但是跟古董沾不上边。用棺材板赚钱还是小日本的发明创造，当年一批又一批日本人通过各种渠道收购了大量的汉代棺木，价钱高得离谱，于是很多盗墓贼在掏空坟墓的同时，连棺材也带出去卖给日本人。当时不少中国人还以为日本人是傻帽，这外汇挣得也太容易了，后来才知道，人家把棺木带回日本加工成古琴，然后再返销回中国，价格何止翻了百倍千倍。我们中国的父老乡亲原以为忽悠了小日本，其实是被人家给耍了……”

伍子越说越玄，在把日本人臭骂了一顿的同时，又狠狠同情了中国老乡一把。马尾辫似乎被他的爱国情绪所感染，时不时也插上几句，伍子则不厌其烦地给她解释，一顿气氛和谐而热烈的午餐在持续进行中……

“你为什么说我这把古琴是假的，到底看出了什么漏洞？”马尾辫眨着大眼睛问道。

“你这把琴啊，首先纹饰上就不对，还刻画着凤鸟纹，这个花纹跟商代青铜器上的短尾鸟纹一模一样。如果我没猜错的话，这花纹应该是由美术学院的学生照着样板画出来的,你看,还透着一股学生气呢。再看这木材,黝黑而松透,这是典型的汉代棺木特征……”伍子也不客气,夸夸其谈,列举了一大堆漏洞,好像马尾辫手里的根本不是古琴，简直就是一文不值的破烂。

马尾辫似乎为伍子的理论深深折服，双手托着香腮，眼睛一眨不眨看着他唾沫星子乱飞。伍子很久都没这么痛快过了，如此忠实的听众，他当然不会错过这么一次良好的表演机会，尤其听众还是一位万里挑一的美女。

“想不到你年纪不大，也是一位搞古玩的行家，你自己肯定收藏了不少古物吧？”马尾辫把正说得天花乱坠的伍子打断，轻轻问了一句。

“那当然，别看咱来天津的时间不长，可小玩意儿还真淘换了不少，什么古玉、古钱币、紫砂壶、民窑青花、竹雕、佛像……少说也有那么几十件。”伍子说到这，好一阵眉飞色舞，好像沈阳道就他一个识货的。

“如果你有兴趣，可以到我租住的房子里去看看，里面虽然没有很开门的上等货，不过那些小件样样都是真品，随便哪一样都比你仿造的古琴强。兴许还有你喜欢的东西，冲我们认识一场，可以按进价倒给你。”伍子边说话边用眼睛瞄着马尾辫，见对方没有反对的意思，心里暗暗高兴，这事有门。

果然，马尾辫稍微犹豫一下就答应下来：“行啊，去就去，反正我这把古琴今天也出不了手，只好再找识货的了……”

伍子见她又提及古琴，一脸不屑：“怎么说呢？就你这把破琴，仿制水平也太低了，跟高仿差得太远，没事在家摆着玩吧。哦，对了，你晚上守着这么一副棺材板睡觉，就不觉得害怕吗？这可是几千年的老棺材板，肯定沾了不少阴气，还有尸液……”

“你少说两句行不行，诚心恶心我是吧？”马尾辫一双明眸狠狠瞪了伍子一眼，不过脚下没闲着，一路跟着伍子走出餐馆。

伍子暗暗高兴，今天自己真是撞大运了，怪不得一上午收不到好东西，原来有这么一位美女等着自己，这叫古场失意，情场得意。他本来已经有了楚珊，并且在心里发过誓一定好好待人家。可今天不知怎么回事，心里有一种渴望一夜情的冲动，他暗暗宽慰自己，出轨仅此一次，下不为例。再规矩的男人也有野性的一面，比如伍子，在这一刻理智已经被冲动淹没。

伍子在山东路拦下一辆出租车，一路往南，他在天津市南郊租了一套两居室的房子，虽然远离市区，不过房租比市区便宜了一多半。半个多小时，终于到达目的地，马尾辫下车四处瞧瞧，这地方可真够偏僻的，再往南估计就到静海了。

伍子看出马尾辫的顾虑，毕竟任何一个女孩跟着陌生男子到这种偏僻的地方都会有顾虑，他冲她尴尬地一笑：“没办法，这不是图房租便宜吗，要不我把东西拿下来，咱们在这院里看？”

马尾辫犹豫了片刻，红唇一抿，好像下了很大的决心：“得了，还是上去吧，这么远都跟着你来了，反正再活几十年也是个死。”说完话，毫不犹豫地进了单元门，一副视死如归的架势。

伍子听了马尾辫的话感觉怪别扭，特别是最后那句话，好像跟着他上楼就等于赴刑场似的，至于吗？难道男人都跟她想的似的那么龌龊？原本还有一点别的想法，在看到对方视死如归的架势后，伍子的心态反倒平和下来。今儿爷就是要摆出一副正人君子的样子，叫你个不开眼的小女子瞧瞧，天底下正派的男人还是有的。

伍子租住的地方在五楼，两人顺着楼梯转了好几个弯才爬上来。走进房间，伍子很快进入角色，以主人的姿态接待马尾辫，他先用紫砂壶沏上一壶龙井，淡淡的茶香弥漫着整个客厅，伍子从里屋提出一只大皮箱子，轻轻放在地上打开，这些日子在沈阳道淘换来的玩意儿全在里面。

马尾辫也顾不上喝茶，凑过去蹲在皮箱旁边，可不是，里面尽是大小不一的古货。伍子一脸得意，这可都是自己辛苦得来的战利品，他一件一件从箱子里往外摆，每拿出一件都要给马尾辫介绍几句。

“瞧瞧这个，青花小碗，别看它没有款，这可是道光民窑的精品，两百块钱收的，一出手最起码能翻三五倍；再瞧瞧这个，汉代的玉璧，只可惜残缺不全，要不然价值得上万，三十块钱我就把它给拿下了；这个是我在废纸堆里捡到的两本红楼梦，民国十一年的印刷品，可惜只有上中两册，要是全本的话，那也要值几千块；这几个小铜疙瘩是汉代的私印，汉代私印单个买卖不值钱，但要是数量特别多的话，组成一个系列，那可就是天价了……”伍子夸夸其谈、如数家珍，将皮箱子里的东西挨个夸了一遍，唾沫星子围着嘴巴乱飞，仿佛一个敬业的推销员。

“你淘换到的东西还真不少。”马尾辫听伍子介绍完，眨着水汪汪的大眼睛夸了一句。

伍子得意：“那是，凭咱这眼力，在地摊堆上一过滤，什么宝贝都逃不出这双法眼。”他嘴上夸夸其谈，心里却想起了吴王夫差剑、文玩核桃、绿油漆瓷罐那档子事，这种丑事他当然不会提，而且知道的人越少越好。

说着说着天就黑下来了，太阳只剩下黄呼呼的影子，伍子消散下去的龌龊想法又重新盘踞心头，看着马尾辫有要走的意思，没等对方说出口，他赶紧说道：“时候也不早了，不如在这吃了晚饭再走，本人炒的鱼香肉丝据说还不错。吃完饭看看这些小玩意儿哪个顺眼，随便带上一件，也算我们交个朋友，以后在古玩这行混也好有个照应。”

也许是被伍子传说中的鱼香肉丝手艺所打动，也许是被伍子许诺下的赠品打动，马尾辫奇迹般地答应留下来吃饭。伍子心里一阵巨大的兴奋，后面的事看来有门，他强忍住冉冉升起的欲望，煞有介事地在厨房里做饭。马尾辫把玩了一会儿散在地上的古董，然后很知趣地到厨房里帮忙，择菜、洗菜、端碗、刷碟。

一直到华灯初上饭菜才做好，一份鱼香肉丝、一份麻辣豆腐、一份尖椒豆腐皮。伍子故意把吃饭的节奏慢下去半拍，一小口一小口地咀嚼，俨然一位很有修养的绅士，等吃完饭就已是九点多钟，这么偏僻的地方，又是这个点，根本就没什么出租车了。伍子暗暗高兴，这正是他想要的。

“怎么样？我做的鱼香肉丝还可以吧？”

“还行，就是辣椒酱放多了一点，你这种做法可能是川菜系的做法，还有一种做法是改放番茄酱，做出来的口味是酸甜的。”

“看不出你除了能贩卖假古董，对菜系还有研究。”

“一般吧，我二舅是个厨师，他是当兵转业的，在部队时就给首长做饭。”

“对了，听口音你不像天津人。”

“我老家是苏州的。”

“哦，我说你身上怎么有种江南美女的韵味呢，原来如此。大老远跑天津来贩卖假琴，可够辛苦的，我老家在河北，祖上三代都跟古董打交道。”

两个人有一搭无一搭地闲聊，不知不觉又过去很长时间，后来伍子嫌干说话太没情调，就把一台破音响打开，客厅里响起变了味儿的摇滚乐。这音响还是房东留下的，交房时千叮万嘱，别把这音响给弄坏了。这可是古物，80 年代的进口货，市面上已经见不到了，过几年说不定还是古董。伍子暗笑，看来这位房东也是搞收藏的。

在音乐的带动下，伍子的心越来越浮躁，里面就像有一团小火苗在燃烧。冷静，一定得冷静，他暗暗告诫自己，心里怎么想都可以，就是不能胡来，心急吃不了热豆腐。后来伍子实在难受，就起身去洗手间冲了个冷水澡，人总算平静下来。等伍子出来，马尾辫也进去冲澡，卫生间的门是磨砂玻璃的，影影绰绰透出一条玲珑的曲线，伍子感觉头有些大。

再后来，伍子和马尾辫就拥在一起跳舞，一开始是客厅，后来转移到卧室……

伍子感觉眼前这个女人缥缈得就像一阵风，明明就在眼前，却怎么也抓不住，急得他满头大汗。这马尾辫该不会是古琴成了精，传说中的通灵之器吧？他以前听外公提起过，如果古玩年份非常久远，又在特殊的环境里存放了很长时间，那么器物本身就有了灵性。有缘人得到它自然平安无事，如果是没有缘分的人得到它，则必然灾祸不断，轻则家人不睦，重则家破人亡。搞古董有些年份的人，或多或少都遇上过奇异的事情，有经验的人会赶紧把灵气旺盛的东西倒手，没经验的还傻呵呵摆在家里，干等着倒霉，只不过这事轻易没人往外说。

此刻的马尾辫就好像是一件通灵之器，看起来漂亮得没得挑，就是近不得身。伍子拼命地抓呀抓，抓到手的除了空气之外什么也没有，马尾辫就在他眼前晃啊晃，刚冲过澡的身体还带着水珠，就跟被水淋过的羊脂玉差不多，晶莹剔透，耐人寻味。后来伍子真急了，干脆把身体一扭，不再理会马尾辫，自己昏昏沉沉睡过去了……

一阵低沉的摇滚乐钻进耳朵，伍子睡觉的那根神经被粗暴地拨醒，他微微睁开眼，强烈的阳光白亮亮地射进来，刺得眼睛生疼。伍子赶紧把眼闭上，爵士乐再次传入耳朵，他浑身一激灵，心想坏了，破音响整整开了一宿，这要是坏在自己手里，房东指定饶不了他，八十年代的进口货，赔都没地方赔去。

伍子一骨碌从床上起来，这才注意到自己原来没脱衣服，不对呀，昨晚上明明是脱了衣服的，还有马尾辫，她也……

“马尾辫，马尾辫哪去了？”伍子一下从昏沉中惊醒，里里外外找了三遍，哪还有人家的影子。

坏了！看来昨天遇上了一女贼！他的宝贝古董呀，可别被人给顺了去，这可是伍子这些天收来的命根子。伍子一个箭步冲进客厅，还好，皮箱子还在，打开箱子瞧瞧，还好还好，收来的小玩意儿都在里面。见皮箱里的东西一件不少，伍子的心总算平和了一些，这些古货要真被女贼给顺了去，他跳楼的心都有。新仿的古琴，梳着马尾辫的漂亮女孩，艳遇……满以为撞大运了，没想到撞上一个大陷阱。现在头还发涨，脚下发轻，这哪是睡觉呀，分明是被人家迷昏过去的。

伍子有气无力地把音响关掉，屋里一下子沉静下来，伍子这才感觉到浑身上下酸痛无力，脑袋跟灌了铅似的，又涨又痛。一种巨大的失落感铺天盖地砸下来，这艳遇来得太容易了，原来是一大陷阱，这亏吃的，自己险些就败在一个陌生女人的石榴裙下。不，已经败了，只不过人家没一下把他给弄死。

伍子强撑着身子重新检查了一遍房间，古董都在，现金也一分不少，银行卡原封不动地躺在抽屉里……值钱的东西一样不少。这可他妈奇怪了，这女贼把自己迷晕过去，不拿古董不拿钱，她为的是什么？难道……难道她想劫色？也不对，那样的话她直说多好，自己肯定会成全她，再说这衣服不还好好穿在身上吗？

伍子越想头越痛，往床上囫囵一躺，全身说不出的难受。这事儿太玄乎了，难道真遇上了通灵古物？他胡思乱想了一阵，只觉昏昏沉沉，后来脑袋一歪又睡过去了。

伍子醒来时已经是傍晚，他赶紧向公司请了几天病假。

一连五天，伍子头昏脑涨的劲儿才算缓过来。这五天过得，浑浑噩噩、浑身乏力，除了睡觉就是吃药，饭也没吃几口，眼圈黑了，嘴唇裂了，嗓子也哑了，整个人大病一场，精神和身体都受到极大的摧残。伍子心里大骂不止，这是什么迷药，副作用也忒大了，看这症状跟感冒差不多，他一直吃着感冒药，也不知管不管用。上次感冒还有楚珊照顾，这次无论如何也不敢跟人家说，完全是自己咎由自取。

到第六天的时候，伍子感觉好多了，脑袋逐渐清醒，肌肉也不疼了。他再回想那天发生的一切，明显就是个套儿，只怪当时鬼迷心窍，一点漏洞都没发现。他也不仔细想想，一个大美女平白无故跟自己跑家里来，可能吗？他就是癞蛤蟆想吃天鹅肉。不过这马尾辫是怎么迷晕自己的呢？哦，对了，肯定是趁自己洗澡的时候她在茶水里下了迷药，这是她唯一下手的机会。至于后来，就是完全是他妈的幻觉，还跟人家跳舞，肯定是昏迷前的想象。

但是，还有一个问题他一直不明白，马尾辫迷晕他的目的是什么？为钱，现金和银行卡都在；为古董，皮箱里的东西一件不少。这就奇了怪了，该不会是……对方诚心耍自己吧？漂亮女人都是他娘的祸水，伍子在心里骂了马尾辫 N 遍以后，才悻悻睡去。

第二天是周四，又一个沈阳道的大日子，算起来离遇到马尾辫整整一周。伍子的身体已经完全恢复，他饱饱吃了一顿早饭，再次赶往沈阳道……

# 第 15 章　合作伙伴

天津市沈阳道古物市场成立于二十世纪八十年代，如今已成为全国最大的古物交易市场之一。古玩界流传着这样一句话：先有天津沈阳道，后有北京潘家园。不知道这是天津人自夸还是确有其事，不管怎么说，国内外很多收藏者都把星期四看成中国古玩界的“天津日”。

伍子漫无目的地在市场上瞎逛，发生了马尾辫那档子事儿，他心里十分烦乱，心一乱，眼睛就有些不好使，一上午也没淘换到什么好东西。

沈阳道这时候就像开了锅一样，卖货的、买货的、砍价的，人声鼎沸。伍子无意间抬头一瞧，这不是“聚宝斋”吗？一周前就是在这地方遇到马尾辫的，铺着块红绫，摆着把破琴，梳着个马尾辫，单纯得要死，没想到竟然是个骗子。“人啊，千万不能被外表所迷惑，尤其是漂亮女人，《西游记》里的女妖精个个漂亮，不还是要吃唐僧肉吗？”伍子大发一阵感慨，现在人去地空，马尾辫，哪儿找去？

伍子心有不甘，就这么被人家给耍了，太跌份儿了。他围着市场转了一圈，哪里还有马尾辫的影子，她本来就不是本地人，一早离开天津也说不定。“这死丫头，别让爷我碰见，否则看爷怎么收拾你！”伍子暗暗放出狠话。

“哎，这位小兄弟，看您在这市场也转悠老半天了，想淘换好东西？我这有一块汉代古玉，您瞧瞧。”一个古董贩子殷勤地说道。

伍子第一感觉就是自己遇到“跟屁虫”了，他回头瞧瞧说话这位：三十多岁，一头不男不女的发型，三角眼，鼻子略呈鹰钩状，说话时眼神闪闪烁烁，一脸奸相。唯一看得过去的是脸上的皮肤，白白净净，油光水滑，显然保养得很好。就这皮肤，要不是眼角的鱼尾纹暴露了真实年龄，说他二十五六也有人信，操着一口标准的天津话，看样子是本地人。

“跟屁虫”对伍子不怀好意的注视一点也不在意，依旧我行我素：“哥哥我最近得了几件宝贝，都是汉代的好东西，您过过眼。”说着把手中的一块玉佩递到伍子面前。

伍子接过来看了两眼，又放在鼻子底下闻闻，不动声色地还给那人，二话不说，扭头就走。

“哎呦，兄弟，您别急着走啊，这可是汉玉，难得一见的精品。”“跟屁虫”一把拉住伍子，把嘴巴凑到他耳边，神秘兮兮地说道：“不瞒兄弟您说，哥哥是盗墓出身，前些天刚在邯郸搞了一座汉墓，这块玉就是墓里边的精品。王侯将相的陪葬品，没得挑！”说完话又把那块玉递到伍子跟前。

伍子轻笑了一声，不知是冷笑还是什么笑：“你这块玉开价多少？”

“跟屁虫”一看有门，三角眼眯成了一条线：“您要是真想要，一口价，八千。”

伍子闻听也没答话，扭头又要走。

“兄弟，别走啊，八千您要嫌贵，六千，五千……两千总行了吧……”跟屁虫紧跟着伍子不放，不用讨价还价，他自己就把价钱给降下去了。

伍子本来心情就差，被“跟屁虫”这么一搅和，心情差到极点。他回头一看，那“跟屁虫”还在屁股后边喋喋不休。“我说哥们，古玩市场这么多人，你干嘛非得缠着我呀？”伍子没好气地嚷道。

“跟屁虫”见伍子有些恼火也不在意，反而露出一脸严肃：“你以为随便什么人都能镇得住这块汉玉吗？这可是古玉，有灵性的，非得有缘人才能镇住。要不是看你有大富大贵之气，我才懒得匀给你。这么着吧，一口价，三百，这可是给您留的一大漏！”跟屁虫一脸惋惜，跟吃了多大亏似的。

“就你这块玉，我看顶多值三十，多一分我都不要。”伍子最后跟这人摊牌。

“八千块的东西你给我三十，我这可是汉玉，你当是石头呢，兄弟，成心耍我是吧？”“跟屁虫”脸上的笑容戛然而止，随之罩上一层冰霜，表情转化得也忒快了点，看他这气势要打架也说不定。

“你这是汉玉，还值八千？得嘞，听我给你讲讲吧。您这块东西是玉没错，但它是最低等的马牙种，像这么大块也就值二十，算上机器雕工，顶多才三十。看看，这块玉表面的沁色都是人为做上去的，最简单的方法就是把玉埋在粪坑里，过个两三年再取出来，沁色就有了。您从粪坑里取出来后好像还没洗干净，您自己闻闻，还有一股子屎尿味，三十块钱我都出高了。”伍子见对方死缠烂打，干脆揭了老底。

“跟屁虫”冷若冰霜的脸上显出一丝尴尬，瞬间又恢复了先前的笑容：“嘿嘿……想不到兄弟对玉器还挺在行，得了，算我找错人了。”

伍子见对方要撤，却没有放过对方的意思，接着说道：“哥们，看来你倒腾玉器的时间也不短了。从沁色上看，就您这块玉佩埋在粪坑里至少得五年，哥们造假有一定年头了吧，兄弟我甘拜下风！”

“跟屁虫”脸上的尴尬更甚几分，他抬头看看天：“哎呦，都中午了，今儿哥哥请你吃饭，小小年纪懂得不少，我就佩服这样的！”说着拉起伍子的胳膊往市场外走。

伍子没有拒绝，反正也到了吃午饭的时候，他下意识地瞧瞧不远处的“聚宝斋”古玩店。前几天在这地方遇到马尾辫，今天又在这里遇到一个“跟屁虫”，不知道这次是不是人家下好的套……

山东路夜来香餐厅，伍子和跟屁虫坐在一个角落里，点了几个菜，一箱啤酒。伍子四下看看，这地方太眼熟了，上次跟马尾辫一起吃饭也是这家餐厅，坐的就是旁边那张桌子。“真是他娘的造化弄人，前度伍郎今又来。”伍子暗暗感叹，当然，这种丢人的事他是不会跟“跟屁虫”说的。

几瓶啤酒下肚，“跟屁虫”的话开始多起来，话题都是这些年他做出的一些“业绩”，他的主要业绩就是做旧，把新东西做成老东西，也就是把工艺品做成古董。什么青铜器、玉器、书画、瓷器等，没有他不能做旧的，而且经他手做旧的东西，不是特别内行的人真看不出来。凭着这门手艺，他在沈阳道这地方还坑了不少人。一些上当受骗的人提起他，祖宗奶奶恐怕都得骂出来。“跟屁虫”在本地的人脉挺广，跟一些古玩名家和大古玩店都有联系，他偶尔也出手一些够分量的真货，不过这都属于“搬砖头”，赚个差价。

从“跟屁虫”的言谈里面，伍子对这人有了初步了解，这人不光是吹，对古玩造假的确有一套。伍子虽然能够“识假”，但对“制假”知道的不多，尤其是现代高科技下的古董做旧、古董仿制，这年头搞古玩不懂这个，肯定要吃亏。眼前这家伙不就是一个现成的“制假”老师吗，跟他学学制假知识，肯定受益匪浅，学会了制假，对日后识假肯定也大有帮助。

有了这个想法后，伍子开始有意跟“跟屁虫”套近乎，左一杯右一杯，连连敬酒：“这位大哥，我想跟您学学做旧的手艺，不过您放心，我绝对不会抢您的饭碗，我这人只捡漏，从不作假，当然，给您交些学费也是可以的”。

“跟屁虫”有些受宠若惊：“兄弟这是哪里话，古玩做旧、造假也不是什么秘密，哥哥只要知道的，肯定毫无保留。对了，还没请教兄弟尊姓大名呢？”

“我姓伍，叫伍三思，您叫我伍子就行了。”伍子回答道。

“伍三思，这名字听起来好耳熟。哦，对了，一个历史名人就叫武三思，好像还是武则天的侄子。”“跟屁虫”对伍子这个名字挺感兴趣，伍三思，吾三思，做事三思而后行。

“大哥您怎么称呼啊？”伍子问道。

“哥哥我姓吴，叫用功。”“跟屁虫”回答道。

“哦，姓吴，叫用功，吴用功……”伍子听到这名字差点把刚喝进嘴里的啤酒给喷出来，吴用功不就是无用功吗，这名字可太逗了。

“用功”本是挺好的名字，挂在“吴”姓后面，可就变了味。看来，这起名字也是门学问，有时候不光名字好就行，还得考虑跟姓氏搭配起来是不是合适。吴用功，这名字叫的，怎么听怎么别扭……

吴用功好像看穿了伍子的心思，不好意思地解释道：“我父母都是普通工人，文化要多低有多低，他们最大的希望就是培养一个大学生儿子，希望我好好学习，天天向上，就起了个名字叫用功。我姓吴，可不就吴用功呗，以后你喊我老吴就行了。”

伍子一阵苦笑：“老吴大哥，咱谁也别笑话谁，以后兄弟相称就对了……”

“对，咱不提这个，名字不就是一代号吗？”老吴与伍子又干了一杯，然后缓缓说道，“以后咱俩合作，凭我的技术，你的眼力，一年之内保证你挣到这个数！”老吴说着向伍子伸出两个手指头。伍子有些不解，两根手指头代表什么，二万、二十万、二百万？

这顿饭吃得很尽兴，双方都有一种相见恨晚的感觉，能够与一个古玩行家交流，绝对是大有好处，伍子和老吴都是这么想的。搞古玩这东西，不可能面面俱到，也许你对瓷器在行，但对玉器就差点；也许你对青铜器在行，但对书画就差点。所以，与业内的人多交流，也是提高鉴赏能力的重要手段，不是非得打眼了，买到假货了才能增长经验，靠交学费积累学问，成本太高了。

第二天，伍子与老吴相约来到沈阳道古物市场，今天不是正日子，买卖比较少。两人漫无目的地瞎聊瞎逛，信步走到一个地摊旁边。这地摊的摊位还挺大，由于今天做买卖的人少，摊主一下子占据了原本三四个摊位的地方，地上铺着脏兮兮的布料，上面摆满了各式各样的古物，大件小件、瓷玉铜木，应有尽有。

老吴信手拿起一座观音像递给伍子："怎么样兄弟，这观音像还可以吧？"

伍子接过观音像仔细看看，这铜像好像年头很长了，上面的鎏金掉下去一多半，第一感觉这东西是挺老的。再看看观音的相貌，慈眉善目，挺随和的样子。莲花的底座没有封底，直接可以看见中空的内壳。伍子还在观察内壳，那边老吴开始问价了："老板，这鎏金观音什么价？"

"哎呦，这位大哥好眼力，这可是清朝的东西，看见没，莲花座上有款，光绪年的东西。您要有意，一口价，两万。要不是这佛像品相差了点，年代也不是太老，五万我也不出手。"地摊老板说道。

"兄弟，你怎么看？"老吴再次问伍子，看样子他是真有心要把观音像请回去。

"这观音像的内部有石英砂的痕迹，肯定是用现代模具浇筑而成的，而且线条比较生硬，没有古代佛像的流畅感；观音的相貌也不对，乍一看慈眉善目，仔细看的话，相貌有点甜；鎏金也不对，这不是真金，是化学金……"

伍子把想法原原本本告诉老吴，老吴咧嘴一笑："行啊兄弟，有两下子。来，再看看这件儿怎么样。"老吴把观音像放下，又抄起一只玉壶春瓶递给伍子，看意思是想请他鉴别一下真伪。

伍子马上明白了老吴的意思，该死的吴用功，他这是在考我呀，看来老吴对自己的古玩鉴别能力还不太信任，故意拉自己出来"实战"。即便这东西是假的，也得说出个所以然来，否则准会被老吴瞧不起。也难怪，人家老吴找的是合作伙伴，又不是拉徒弟，当然要试试合作伙伴在古玩造诣上的深浅。

伍子不动声色地接过瓶子，先看看器型，再看看花色和釉面，最后看了看款式和底胎："得了，这是一件很开门的赝品，一点真地方没有，属于假货中的劣质品。你看看上面的纹饰，死死板板，一点神韵也没有，连美院最差等的学生画出来都比这强；再看看这器型，臃肿笨重，比例也不协调，完全没有康熙玉壶春瓶的优美曲线和玲珑身段；底款是大清康熙年制，康熙瓷器的胎体洁白坚硬，断面有如‘糯米糕’，少有杂质，而这个瓶子，‘火石红’未免也太多了点吧？用手摸一摸，瓶子还烫手呢，估计是这几年才烧出来的；再用鼻子闻一闻，一股子酸味，上面这些老旧的痕迹估计是用硫酸烧出来的。”

老吴对伍子的鉴定很满意，三角眼眯成一条缝：“兄弟，真有你的，眼力不错，不错！你这个朋友我交定了。”

这段时间公司平静如常，伍子乐得一直跟着老吴在古物市场上混，学一些制假造假的技法，偶尔也当几回托。老吴是卖主，伍子假装买主，两人一唱一和，专门骗那些不懂装懂的棒槌。不过，伍子当托有一原则，只骗那些有钱又爱搞收藏的款爷，他们出手一万两万也不当回事，老弱病残，那是万万不能骗的。

正好，一个膀大肚圆的中年人挽着一位妙龄女子在沈阳道市场里闲逛，这男的挺富态，不说别的，光手上那只纯金的机械表就足以显示他的身份。这年头，多数人都不带手表，身边有手机，戴表那是多此一举。只有有身份的人，视时间如生命的人才会佩戴，就现在来讲，手腕上戴着金表的多半是公司老总，或者处级以上的干部。时不时抬起手腕看看时间，别有一番魅力。而这个男人身边的女子，至少比他年轻十几岁，一副小鸟依人的样子，胖男人在女子的依偎下显得更加神气十足。有时候，身边的女人也是男人地位和身份的象征，胖男人正好把这一点表现得淋漓尽致。

那胖男人一只手搂住女子纤细的腰肢，另一只手不停地比比划划，对地摊上的东西品头论足，俨然一位古玩行家。胖男人派头还不小，身后还跟着两人，看样子是保镖，不过这并未引起古玩市场里买卖人的注意，来这里的人都是为淘宝而来的，看古董尚且看不过来，哪还有时间看人。

胖男人似乎并不在意别人对他的熟视无睹，依旧我行我素，时不时对身边的一些古玩指指点点。这时候，一个贼眉鼠眼的中年人拍了拍胖男人的肩膀，鬼鬼祟祟道：“这位爷，您要战国古玉吗？”

胖男人扭头一瞧，身后站着位三十来岁的中年人，正一脸讨好地看着自己，还时不时四下张望，一副机警的神色。

“你有好东西，还是战国的？”胖男人问道，他实在不相信眼前这家伙会有战国时期的高古玉。

中年人先左右看看，才凑到胖男人耳边低声道："哥们儿，我新搞到一批高古玉，刚从古墓里弄出来的，您要有兴趣，不妨跟我过去瞧瞧。"说完话指了指市场不远处的一个角落。

胖男人犹豫了片刻，还是一口答应下来，他也知道，市场上这些东西看起来挺丰富，五花八门，实际上没几件真东西。要想搞到真货，从盗墓贼手里直接购买无疑是一条捷径，虽然要冒些风险，比如销赃罪什么的，但是对于他们这些款爷来说，没有什么摆不平的。胖男人把手从女人的腰肢上抽了回来，示意女人在原地等着，他去去就来，然后便跟着贼眉鼠眼的文物贩子走了。

古玩市场某一处不起眼的角落，贼眉鼠眼的中年人跟另一个年轻人会合，年轻人皱巴巴的衣服上沾满土屑，一看就是经常搞地下工作的。他从一个破箱子里摸出一块玉佩，递给胖男人："您看看，这可是战国时期的玉琥，兄弟我刚从邯郸的一个战国墓里摸来的。"

胖男人接过这块玉，上下打量几眼，玉的形状跟老虎差不多，表面和纹理之中还留有土屑的痕迹，看样子刚从地下挖出来不久。胖男人对中国的古代史多少也了解一些，邯郸是战国时期赵国的首都，周围有数不清的战国墓，所以这块玉的来历他倒是不怀疑，现在最重要的就是价格。

"这块玉琥多少钱？"胖男人问道。

"一口价，三万。这东西你要倒手的话，价格准翻一倍。"青年人说道。

胖男人一阵冷笑："三万高了吧，据我所知，这东西你们出手可不容易。这样吧，一万五，最多就是这价。"

青年人面露难色："这位大哥，干我们这一行也不容易，夹着脑袋混饭吃，一万五我们真不能出手。"但胖男人好像就认准了这个价位，多一分钱也不肯。

最后，贼眉鼠眼的中年人一咬牙，好像下了很大的决心："得了，三万块我再搭给你两件，怎么样？"说着又从纸箱子里摸出两件玉器，这两件比那件玉琥稍小，而且有些破损，不过沁色和那件玉琥一般不二。

胖男人接过来看看，略加思索，勉强答应下来。这两件虽然有些破损，不过加起来肯定值那件完整的玉琥，三万块换三件还是挺划算的。双方一手交钱一手交货，交易完成，贼眉鼠眼的中年人冲胖男人一乐："这位大哥，这地方我们不能多待，咱后会有期，先走一步。”说完转身消失在古玩市场的茫茫人流之中。

胖男人对这二位表示理解，像这种销赃的盗墓贼，最见不得阳光，一旦交易成功马上就撤走，生怕横生枝节。胖男人回到刚才那窈窕的女人身边，女人见他这么快淘来三块高古玉，粉嫩的小脸满是惊喜。看着身边的女人如此高兴，胖男人也开心，那是一种在女人面前显摆的成就感。

古玩市场的另一个角落，贼眉鼠眼的中年人和那个年轻人正兴奋地数着刚得来的人民币，不多不少，整整三万块。贼眉鼠眼的中年人就是吴用功，而年轻人则是伍子，他们正在为刚刚做成的这笔买卖暗自得意。三块所谓的高古玉，成本还不到一百块，真正意义上的一本万利啊！

这样的买卖吴用功在伍子的配合之下做了好几桩，每次都能有几千到几万的收入，伍子深深地体会到古玩界的钱原来这么好挣。当然还是那句话，他只蒙有钱人，平头百姓、老弱病残决不能下手，这是伍子做这事的底线，所谓盗亦有道，蒙老百姓的血汗钱，天理难容。

时间过得飞快，转眼过去一个多月，伍子和老吴已经成了无话不谈的哥们，两人又联手做了几桩大买卖。通过这些天的交往，伍子发现老吴不仅是能白话，肚子里还真有些东西，天文地理，古今中外，没有他不知道的。更重要的，老吴不仅能造假、识假，还能与时俱进，时刻掌握着古玩界作假的最新动态，他做旧的东西，有的甚至能够乱真，不小心观察真就被蒙过去了。

伍子称老吴一声大哥，老吴回敬他一声兄弟，配合得倒也天衣无缝。两个人联手可比一个人跑单挣钱容易，和气生财，谁跟钱过不去呀？人就是这样，只要有了共同的目标、共同的爱好，建立感情就容易得很。

又是一个星期四，沈阳道的大日子，伍子手气不错，淘换到几个小件，价值翻番不成问题。他又跟老吴暗中配合，出手了几件假货，狠狠赚了一笔。老吴挺高兴，拉着伍子去饭馆吃饭，还没走出古物市场，老吴好像突然被什么东西扎了一下，浑身一激灵，身体僵在原地不动，眼睛直勾勾地盯着远方，看样子像是发现了什么宝贝。

伍子见老吴这德行，不知道怎么回事，顺着老吴的目光看去，这一看惊了一大跳，我的娘呀，这不是失踪了很长时间的马尾辫吗？伍子差点叫出声来，马尾辫不出现还好，她的出现将伍子原本平息的愤怒重新唤起，他扯开嗓子冲马尾辫大喊：“你个小骗子，给我站住！”

马尾辫正坐在一家古玩店旁边摆弄古琴，听有人大喊大叫，扭头看去，只见伍子和老吴正穿过人群拼命往这边挤，怒目而视的样子，恨不能把她给生吞活剥了。马尾辫一阵惊慌，急忙收拾起古琴，快速挤进熙熙攘攘的人流中。

等伍子和老吴追过去，马尾辫已经不见踪影。两人不敢耽搁，朝着前面一路追下去，偌大的古物市场人实在太多了，找一个人谈何容易，再说这个人还诚心躲着他们，两人从中午一直找到傍晚，一无所获。

老吴眼里直冒火，一肚子怒气无处发泄，看见旁边的伍子，可算找到了出气筒，一腔怒火全发泄在伍子身上：“我说你怎么搞的，脑子进水了？你走到她跟前再喊不行吗，离那么老远就开始瞎叫唤，这下可好，人都被你吓跑了，失去这次机会，还指不定什么时候才能碰见，也许这辈子都碰不到了，你说怎么办，怎么办？”

伍子被老吴劈头盖脸的怒骂给弄蒙了，才多大点事儿，至于吗？我跟她有仇，又不是你。唉，不对，看老吴气冲斗牛的样子，不像是替他着急呀，难道……难道老吴也被马尾辫骗过？伍子想到这一下激动起来：“我说老吴呀，吴用功，吴哥，咱俩可真是有缘，一起逛市场，一起卖假货，连上当都上同一个人的当。”

“你说什么？你再说一遍！”老吴好像明白了伍子的意思，不过还想再确定一下。

“我说我们哥俩被同一人给骗了，就是那马尾辫。”伍子对着老吴的耳朵大声喊道。

“你也被骗过？我说呢，你怎么看见她就跟看到仇人似的，这事可他娘的巧了，咱俩真是同病相怜。”老吴差点被这种巧合给气乐了。同病相怜，两人的感情无意间又拉近了几分。

都市的霓虹灯闪闪烁烁，一眼望不到边际，车流在街道上滚滚而过，形成波涛起伏的灯浪，勾勒出这个滨海城市的博大与深奥。

伍子和老吴在一家餐馆喝闷酒，马尾辫的出现彻底打乱了他们平静的生活，不知不觉两箱啤酒下肚。“我说老吴，你是怎么被她给骗的，你这位造假专家也会被她给蒙了？”伍子喷着酒气问道。

“唉，别提了，说出来都觉得丢人，就她那把破琴，蒙得了我？造假我比她在行，随便一上手就比她高明。都怪哥哥我当时色迷心窍，以为撞桃花运了，稀里糊涂把她给领到家去，也不知她用了什么迷药，我跟她什么还没做呢，就迷迷糊糊晕过去了，第二天醒来，哪还有她的影子。”老吴老脸通红，说出了实话，“对了，你是怎么被骗的，也是美色迷了心窍？”

伍子不好意思地点点头：“总体情况跟你差不多，也是稀里糊涂就昏迷过去，第二天醒过来，人不见了。不过还好，我淘换的那些小玩意儿一样不少。”伍子仰脖喝下一杯啤酒，接着说道，“老吴啊老吴，你也太重色轻友了，认识你这么久也没请我去你家一次，马尾辫刚刚认识，你就把人请到家里去，你可太不够意思了。”

老吴被伍子一针见血的质问弄得脸上有些挂不住：“好了兄弟，既然你这么说，我明天就请你去我家转转，哥哥我不是重色轻友的人，我这脾气跟刘备特像，视兄弟如手足，看女人如衣服。”

“得了得了，这会儿说话不算，等明天踏进你们家门才算数。”

第二天下午，老吴真带着伍子去了他家。老吴家在市区西郊，这地方属于城乡结合部，不像市区那么繁华，比起乡村又更热闹，总体来说比较乱，一些外来人口经常在这种地方租房子。

老吴家是一幢面积不算小的四合院，门外有条挺深的胡同，再外面才是大街，地方够僻静，正是制假贩假的好地方。伍子一踏进院门，就被里面的陈设彻底震住，这是人住的地方吗，他差点以为自己进了废品收购站。

角落里一堆一堆满是不知名的石块，院子中央摆着几尊破损严重的石雕像，雕像旁边还有几件锈迹斑斑的破铜器，房檐底下几个罐罐里面盛着不知名的液体，散发着刺鼻的酸味。西厢房门大开，屋里什么锤子、斧子、电动砂轮、电锯、电动打孔机，应有尽有，看来这是他的制假作坊。

老吴不好意思地冲伍子一乐：“院里有点乱，咱们屋里坐。”伍子信步走进客厅，首先映入眼帘的是一堆碎瓷片，角落里还有一堆低等玉料，沙发上摆着一只破损的青花梅瓶，茶几上摆着一小瓶一小瓶不知名的药品，上面有标签，但多数都是外文，不知道做什么用的，往里屋一瞧，满地都是破旧的陶器和年头不短的烂砖头。

“吴哥，你让我往哪儿坐呀？”伍子被老吴的专业精神所震撼，不过还是不忘逗他一句。

“我说不让你来吧，就怕你挑理儿，连我爸我妈都受不了我，搬去东城住了，兄弟你就将就点吧，今儿就住这，咱哥俩喝个痛快。”

伍子总算见识了老吴的敬业精神，同时也深深被他的专业技能所折服，跟这样的造假行家结交，在以后的收藏之路上肯定受益匪浅。搞收藏，免不了跟假货打交道，尤其是这年头，真货越来越少，假货越来越多，要想少打眼，就得多学习。人常说知识就是力量，在古玩界，这知识就等于财富。

这天两人喝了不少酒，最后连尿尿的力气都没了，老吴为了照顾客人，把自己睡觉的大床让给了伍子，伍子把床上的碎瓷片打扫干净，和衣而卧。这一觉睡得，要多别扭有多别扭，一不小心滚到瓷片堆里，就得把身体割破。

第二天早起，伍子随手抓起床边一块破瓷片，有意无意看了两眼：“不是吧！”他一下子从床上惊坐起来，这块瓷片竟然是货真价实的乾隆青花，就如今这市价，巴掌大一块的清三代瓷片，至少能值几十块。他又随手拿起几块瓷片仔细看看，脸上的表情越来越夸张，这些竟然都是明清时期的瓷片。伍子简直不敢相信自己的眼睛，就床上这一堆瓷片，起码能有二三百片，市值可能得超过三五万，这还不包括客厅里的那一堆。

“好个吴用功，你小子深藏不露啊，这些宝贝就这么随意堆放，暴殄天物啊这是！”伍子暗暗问候了老吴的八辈祖宗。他们认识这么长时间，老吴从来没跟他提起过，怪不得不带自己进他家门，原来这小子家里有货啊，就这堆瓷片，都能开一个小型的瓷片博物馆了。

“哎，我说老吴，你小子不仗义啊，家里这么多宝贝瓷片，可从来没跟我提起过，你小子跟我耍心眼！”伍子冲正在忙着做早饭的老吴吼道。

老吴瞅了伍子一眼，满脸不在乎：“不就是一堆明清瓷片吗，有什么大惊小怪。那都是我十几年前在北京弄来的，当时不是赶上平安大街改造吗？”老吴一边说话，手头也没闲着，继续在气炉子上煎鸡蛋，然后慢慢向伍子道出原委。

说起平安大街改造，还要追溯到二十世纪九十年代，那可能是北京城腹地最后一次大规模的改造。从官园到东四十条，连接东西二环，这就是平安大街的雏形。这条大街在开挖路槽的过程中出土了大量的瓷器碎片，令很多文物工作者始料不及。这些瓷片都是明清时期遗留下来的，在当时来讲只能算比较有收藏价值，其受重视的程度完全不能跟现在相比。一些有眼光的收藏爱好者开始收集这些瓷片，成天跟在施工队屁股后头，一袋一袋往家里背瓷片。修路的工人们一个个目瞪口呆，这些平时看起来文弱的书生，背起麻袋来还真利索。

平安大街紧邻北海公园和故宫，历来就是明清两朝的皇家腹地，出土一些瓷片也很正常，只是数量之多，令人始料未及。一开始，瓷片还是白捡的，后来淘宝的人越来越多，就开始出现交易买卖了。修路工人们下班后也都捡瓷片，成了一项很不错的兼职工作，当时的瓷片还停留在一块钱或五毛钱一块，如今同样的瓷片已飞涨到几十块，甚至上百块。

吴用功也算最早一批去平安街淘宝的人，搞到的瓷片有好几麻袋。父亲见他不务正业，成天往家里背破瓷烂瓦，二话不说，抄起菜刀就要跟他玩命。老吴拔腿便跑，好几天没敢进家门，只能偷偷打电话嘱咐他老妈，千万把瓷片看好了，少一块他就死在外面。老妈心疼儿子，不惜跟老伴决裂，护住了这批瓷片。有一次媒人给介绍对象，说好晚上六点见面，老吴只顾着清洗瓷片上的泥土，愣是把相亲给耽误了，父母一气之下搬出家门，只剩下老吴跟一堆瓷片过日子。

老吴一直没找到工作，钱紧的时候也出手过一些瓷片，再后来瓷片价格一路飙升，老吴再没舍得卖。但家里的地方实在有限，瓷片只能随意堆放在客厅和床上，不明真相的还以为老吴是个神经病。最危险的地方往往是最安全的地方，老吴家曾失窃过一次，家里被翻了个底朝天，几百块现金和几尊铜佛像不翼而飞，万幸的是这堆瓷片完好无损。现金老吴不心疼，不就几百块钱吗？佛像老吴也不心疼，那是他自己作旧的，唯独那堆瓷片他最在意，那可是货真价实的老东西。小偷光顾老吴家里，也许会狠狠骂几句：这房主大概是他娘的神经病，没事弄这么些破瓷烂瓦干什么！老吴的不拘小节使他的瓷片躲过一劫，于是这堆瓷片一直这么放着，十几年如一日。

伍子对老吴这堆宝贝有了个初步了解，平安大街改造对他来说很遥远，出土瓷片更是闻所未闻，那会儿估计他还在上小学。

伍子和老吴的早餐很简单，几根油条、一碗豆浆、几个煎鸡蛋。老吴一边喝豆浆，一边道出了自己的宏图大志——把瓷片修补成整器。如果美梦成真的话，那就不是简单的一加一等于二的问题了。几块瓷片凑成整器，价值很可能会成百上千万，不过这只是一个美好的愿望而已，离具体实施还有十万八千里。

老吴的话令伍子心中一动，他的瓷片修补计划和自己的“麻仓土烧制元青花”的计划如出一辙，欠缺的只是工艺问题。如果把老吴的瓷片和自己的麻仓土整合在一起，会不会收到更好的效果呢？这只是伍子灵光闪现的设想，他没有立时告诉老吴，更没有把麻仓土的事告诉他。伍子在等，他在等待一个合适的时机，他有一种预感，老吴的瓷片和自己的麻仓土如果珠联璧合，很可能会产生轰动世界的效果。

后面的日子，两个人依旧合伙做买卖，跟上几次一样，老吴是卖主，伍子当托。按伍子的约定，都是卖给刚入行不久的款爷，反正他们知道上当了也不心疼。老吴挺够意思，收入所得全部四六开，伍子无形中又得了一笔数目不小的收入，这比他靠捡漏赚钱容易多了。拍卖公司那边一直不温不火，需要伍子鉴定的拍品不多，他也乐得逍遥。

伍子现在最大的愿望就是开一家属于自己的古玩店，他祖上本来就是干这个的，这也叫光复祖业。不过他手头最差的就是钱，没钱就没法租门店，也没法进货。现在好了，有了老吴给自己的分成，再加上这些日子以来捡的小漏，东西全部出手也是一笔可观的收入，算起来离开古玩店也差不多了。

心里有了开店的想法，伍子再也沉不住气，这是他一直以来的梦想，现在终于可以实现。当然，经营模式不能再跟老街的博古轩一样。伍子找了几个合适的机会，把淘换来的小物件全部出手，赚了十几万，再加上老吴给他的提成，开一家古玩店不成问题。

伍子把想法跟老吴一说，没想到他也非常感兴趣：“开古玩店这是件好事呀，要开店咱就开个大的，多了不敢说，三五十万吴哥我还能拿得出。到时候你做大掌柜的，股份咱俩一人一半。”老吴对伍子的想法十分赞成。

“好，就照你说的办，有了自己的古玩店，就算有了一个运作的平台，收货出货一条龙，不愁赚不到钱。”伍子想不到老吴对开店也感兴趣，这下事情好办多了。

接下来几天，两人开始寻找门店。找来找去，在锦州道最靠近古物市场的地方选中一家门店。门脸够气派，面积也够大，特别适合做古玩生意。伍子和老吴一商议，当即向房东交了定金，准备过几天就开始装修，尽快开张。

半月后，古玩店正式开张，老吴给门店起了个极具个性的名字：珍宝岛。这名字够响亮，也符合古玩店的寓意。同时也容易令人联想起二十世纪六十年代中苏边境的一些事情，走进这家店铺，兴许还能激发起顾客的爱国热情。开店之初伍子向老吴约法三章，店里决不能经营假货，更不能出售老吴制造的赝品，这是立店之本。开店跟摆地摊不一样，不讲诚信可不行，因为你做的是长久买卖，老吴也是精明之人，知道伍子的用心，当下便同意了。

由于伍子要在公司上班，老吴则继续倒腾赝品，店里需要一个固定的人看守门面，于是老吴把他的外甥和外甥女叫到店里，专门看店面。珍宝岛古玩店一楼是营业厅，二楼有四个卧室，足够伍子和老吴他们居住。

珍宝岛开张一个月，每天都有几笔生意，不过都是些零零碎碎的小生意，营业额少得可怜，粗略算了一下，这一月下来不要说赚钱，连房租都不够，这还不包括两个营业员的工资、水电费、各种额外费用等。照这么下去，伍子和老吴凑的一百多万用不了两年就得赔进去。

伍子找到老吴商议对策，再这么下去无异于是等死，他投进去的60万可是全部家当啊。老吴也没有什么对策，做生意不同于卖假货，得讲诚信，一步一步来，也许熬上几个月就能好转。伍子虽然无奈，也只能等等看，等把珍宝岛的牌子打响了，生意兴许就好了，他们现在要做的就是等。

这天晚上，老吴和他外甥都没在店里，只有伍子和老吴的外甥女在。老吴的外甥女叫周晓晓，外甥叫周晓彬，这兄妹还是对双胞胎，都才中专刚毕业，还没找到工作，暂时在店里帮忙。平常珍宝岛古玩店晚上九点以前就会关门，今天为了等周晓彬回来，一直到晚上十点都还没有关门。

# 第 16 章　丹青诡事

店门虚掩，伍子半躺在藤条编制的躺椅上看着时下很流行的电视剧——《神探狄仁杰》。周晓晓也没有去楼上休息，而是拿着一支鸡毛掸子拂拭柜台上面的尘土。

周晓晓今年 21 岁，清清瘦瘦的一个女孩，面目清秀、唇红齿白，人还挺耐看。伍子挺纳闷，像老吴这种贼眉鼠眼、一脸奸相的人，怎么会有这么不错的外甥女呢？周晓晓嗓音还特别好，尤其是模仿梅艳芳的歌声，简直是惟妙惟肖，足以乱真。她一首充满感伤的《女人花》清唱出来，几乎就是梅艳芳的翻版。有时候伍子也觉得好笑，老吴和周晓晓其实也有相似之处，前者善于仿制古董，后者善于模仿明星的歌声，也算有一脉传承的关系。

电视上，超级女声的比赛正如火如荼地进行，吸引了全国上上下下无数年轻人的目光，伍子觉得周晓晓应该去参加超级女声，不敢保证能拿冠军，但最起码也是前十。他认为周晓晓无论是歌声还是外表，都不输于任何一届超女。伍子甚至觉得，周晓晓在自己的古玩店里帮忙简直就是浪费人生，她应该有更广阔的发展天地。

伍子在躺椅上，手里握着一把紫砂壶。一边品着茶香，一边欣赏着剧情惊险的电视剧，旁边还有一个美女的身影，这种感觉那叫一个爽。伍子的心情好久没有这么惬意过了。一壶好茶、一位美女、一个好心情，人生如此，夫复何求！之前他因古玩店生意惨淡而低落的情绪已经一扫而光。

咚咚咚……伍子的好心情被一阵敲门声打断，周晓晓放下手里的鸡毛掸子，准备过去开门。伍子冲她摆摆手，示意她不要动，深更半夜敲门，这可不是什么好兆头。周晓彬如果回来，不会这么轻微地敲门，肯定是直接喊周晓晓的名字，叫她赶紧开门。现在的情形不是这样，除了敲门声没有一点人语。出于安全考虑，伍子制止了准备去开门的周晓晓。

店里的防盗门是卷帘门，此时被拉下来大半，里边的玻璃门虚掩着。伍子弯腰往外看看，只能看见两条腿，人的上半截被门挡着看不见，不过肯定是一个陌生人。外面大街上灯火通明，时间也不过夜里十点多一点儿，应该不会是劫匪之类的。

伍子仗着胆子拉起卷帘门，外面站着一位衣着普通，瘦小枯干的男人。这人也就一米六多一点的，比楚珊要矮上一大截，在男人里属于偏矮的那种，皮包骨的身材，瘦小枯干，体重最多不会超过110斤。他身上背着一个长条口袋，这人跟伍子站在一起，更加衬托出伍子的高大伟岸。

"这位兄弟，你们店里收古画吗？"瘦小男人操着河南口音说道。

"收，只要是开门的东西，本店肯定收。"伍子一边打量来人，一边答道。

瘦小男人朝伍子身边凑凑，压低声音说道："能不能进去说话，我手里有好东西，包您满意。"

"这个……"伍子稍微犹豫了一下，放陌生男人进店，会不会引狼入室呢？不过转念一想，自己这身材就算单挑也不会吃亏，进来就进来，看他能耍什么花样。"好，进来吧。"伍子把瘦小男人让进店里。

为了避免误会，瘦小男人进店以后连头都没抬，没有观察店里的格局，更没有看旁边的周晓晓一眼，直接把后背上的长条袋子放在柜台上，伸手从里边取出东西。伍子看着对方的动作，心里稍微有些紧张，心说他不会掏出一把枪来吧？

不过事实很快证明，他的担心是多余的，瘦小男人一口气从袋子里抽出五幅画，往伍子跟前一推："喏，就是这五幅古画，兄弟先过过眼，要觉得是真品，咱们再谈价钱。"

店里灯光明亮，伍子可以清楚地看到这些画有绢本、有纸本，年代好像都挺久远，虽然画是卷着的，但依然能看出岁月沧桑的印记。

伍子戴上周晓晓递过来的手套，随便拿起一幅画轻轻展开，画卷只展开一半，伍子的心脏已经怦怦直跳，这幅画的题款和印章竟然是元代的赵孟頫。提起赵孟頫那可是大名鼎鼎，他是元代屈指可数的绘画名家，绝对开宗立派的人物。赵孟頫的画在如今的拍卖市场炙手可热，即便只是小尺幅、有残缺的也能拍上数百万，更何况这幅保存相对完好的？这要拿到拍卖市场上，拍价过千万也不稀奇。

难道老天爷开眼，眷顾咱们穷人，天上要掉馅饼了？伍子强忍住内心的激动，顺手打开另一幅。这幅画更惊人，落款是北宋山水画的泰斗范宽。说到范宽可能有人不知道，但提起“溪山行旅图”恐怕没有人不知道，那可是书画中的无价之宝，国宝中的国宝，现珍藏于台北故宫博物院。范宽生活的年代离现在已经整整一千年，他留下来的传世品少之又少，随便一幅都能价值上千万，想不到今天竟然能遇上。伍子仔细揣摩这幅画，从绘画的风格和意境来看，的确有范宽的影子。

伍子展开第三幅，这幅画的名气也不小，是南宋李唐的手笔，从绘画意境和笔法功力来看，也有几分可能是真迹。

桌上还有两幅，伍子没有打开，仅这三幅已经让他魂不守舍了，饶是伍子心理素质再好，这会儿也是额头见汗。这三幅画在收藏界可都是核武器级别的，只要有一幅是真的，一旦出现在拍卖市场，引起的震动难以想象。现在的问题是，伍子还吃不准东西的真假，难道天上会掉这么大的馅饼？！

伍子很纳闷，一个乡下人怎么可能有这么多名家大作，他祖上是地主？军阀？什么样的地主能有如此大的手笔？不要说现在，就是放在解放前这几幅画也是价值连城，一般的地主老财不可能收藏得起。军阀的话，倒还有可能，军阀手上有军权，可以盗墓，也可以抢夺。伍子脑子里来回搜索，河南一带的军阀当中，特别喜欢古画的可不多。

还是这个瘦小男人给伍子解开了疑团，他祖上不是什么地主，也不是什么军阀，就是一盗墓的。解放前曾经盗过一座明朝古墓，据说还是明朝的宰相墓，里面什么金银珠宝都没有，只有这几幅古画。后来赶上全国解放，三反五反，再后来又是大跃进、“文化大革命”，东西一直没出手。他爷爷一直到死，东西还放在家里，成了祖传的玩意儿，如今他爸爸年纪也大了，还得了个什么癌，手头急需用钱，这才想到把东西出手，毕竟这东西来路不正，所以才深夜叩门。

判断古玩真假自然不能听故事，主要还得看货。其实，伍子从心里已经初步认定东西是真的，只是这几幅画影响太大了，他对自己的判断失去了信心。从纸张的成色和裱工来看，这最起码是老东西，即便不是真迹，也是明清时期的老仿，有一定的收藏价值。

“你打算多少钱出手？”伍子问身边的瘦小男人，一方面是探对方的底，另一方面是先把人稳住，这可是票大买卖，煮熟的鸭子绝对不能飞了。

“一口价 50 万，一幅画 10 万。”瘦小男人用干脆的河南话做出回答。

瘦小男人开口要 50 万，伍子当然不会马上答应，一来手头没那么多现金；二来他得请老吴过来把把眼，毕竟这生意是他们两人的。要是老吴在就好了，起码可以交流一下，他是作假高手，赝品肯定瞒不过他。这小子指不定又在哪个洗头房潇洒去了，总是在关键时刻掉链子，伍子暗暗埋怨。

他让周晓晓先把瘦小男人稳住，自己偷偷拨通了老吴的电话，把大概情况说了一下。电话那边传来老吴一系列指示，伍子一边听一边点头，禁不住佩服老吴的足智多谋，这老狐狸办事果然滴水不漏。

伍子挂断电话，重新来到瘦小男人跟前，抱歉地一笑：“真对不住您，这几件东西我拿不准，所以不敢收下。不过呢，我可以给你介绍一个买家，他或许对这东西感兴趣，你看怎么样？”

瘦小男人略微有些失望，不过还是答应了伍子的建议。伍子给瘦小男人写下一个地址，然后送出店外。

看着瘦小男人渐渐远去，伍子掏出手机拨通了一个号码：“喂，目标已经过去，赶紧准备……”

伍子回到店里，把卷帘门重重放下来，坐在躺椅上紧闭双眼，好半天才缓过劲来。今天这事太邪门，怎么看都像是陷阱，也不知道那边准备得怎么样，能不能把这个不速之客拿下。伍子把紫砂壶里的凉茶咕咚咕咚地灌进肚里，躁动的心情总算缓和一些，扭头见周晓晓还在旁边一副不知所措的样子，便冲她说道：“你先上楼去睡吧，我在下边等个人。”

周晓晓答应一声，顺着楼梯走上二楼，偌大的厅里只剩下伍子一人。他比周晓晓只大三四岁，按说不存在什么代沟，可周晓晓总是对他毕恭毕敬，俨然一副学生对待老师的态度，一开始弄得伍子挺不好意思，后来也就渐渐习惯了。周晓晓对伍子这种态度，一则因为老吴是她的长辈，伍子和老吴兄弟相称，所以她对伍子有顾忌；二则伍子是店里的老板，周晓晓是员工，员工对老板自然应该尊敬。总之，周晓晓对伍子没有同龄人之间的那种随意和自然。

入夜后的天津卫十分寂静，除了偶尔驶过大街的汽车，再也没有其他动静。大厅里除了咔咔走动的机械大钟，听不到一丝声音，伍子几乎能听见自己的心跳。他抬头看看大钟，午夜十二点半，估算一下时间，那边的事情也该结束了，怎么还没有消息呢？伍子心里开始打鼓，该不会出现什么意外吧？

“我的天，可千万别出意外！”伍子暗暗祈祷，如果这世界真有上帝的话，他现在绝对是最虔诚的信徒。让这么个大漏从眼皮底下溜走，能把他给心疼死，该死的老吴，也不知道他的主意成不成。

嘡嘡嘡……外面响起敲门声，伍子一骨碌从躺椅上站起，冲着门外喊道：“谁啊？”

“我，快开门！”门外传来熟悉的声音。

伍子赶紧拉起卷帘门，门外站着的正是他朝思暮想的老吴。“怎么样，事情办妥了？”伍子迫不及待地问道。

老吴快速闪进店里，没有立即回答伍子的问题，而是吩咐他道：“快进来，把店门关好。”

伍子把卷帘门重重拉下，连里面的玻璃门也一并锁好，见老吴身上背着一条长口袋，马上意识到事情成了。原来伍子给老吴拨通电话以后，老吴果然在一家按摩中心享受西式按摩，听到伍子带来的消息，他果断地作出决定：先看货，如果是真的，管它来路如何，照收不误。

为了防止是圈套，或者日后惹上麻烦，绝不能在“珍宝岛”古玩店直接收这批货。老吴绕了一个挺大的圈子：伍子先把瘦小男人打发走，离“珍宝岛”越远越好，然后老吴再找人跟瘦小男人联系，告诉人家一个地址，最后老吴才出面，鉴定货物、谈价钱、交易。

几经周折，老吴总算跟瘦小男人接上头，这时候两人见面的地点已经远在塘沽区，离伍子的古玩店有好几十里，彻底摆脱了关系。老吴逐一看过这几幅字画，得出的结论跟伍子一样，九成九都是真迹，最起码他这个做假专家没有看出任何做假的痕迹。老吴心花怒放，天上掉下的这个馅饼也太大了，几乎能把人砸死。他原本还想砍价，但瘦小男人一口咬住 50 万这个底线，说什么也不答应。而且对老吴几次三番改变交易地点十分不满，看这意思，再砍价的话人家就拿东西走人了，老吴没办法，50 万成交。

老吴拎着成交的古画，打车一溜烟回到“珍宝岛”跟伍子会合，于是就有了刚才敲门那一幕。

等老吴把长条口袋放在柜台上，伍子立即紧张问道：“东西是不是真的？多少钱拿下的？”

老吴没理伍子一连串的疑问，从口袋里随便掏出一幅画，轻轻展开，动作轻柔得像抚摸心爱的少女。伍子和老吴两双眼睛都沉浸在这幅古画之中，这幅画正是范宽的山水图，山势磅礴，溪水潺潺，大有跟《溪山行旅图》媲美之势。两人来来回回欣赏了十几遍，没有看出丝毫破绽，几乎认定这就是范宽的真迹。毕竟两个行家都没看出破绽，真品的几率大大增加。这幅画一经问世，其影响力和震撼力绝不在《溪山行旅图》之下，整个拍卖市场都将为之震动。拍卖过千万是轻而易举，如果行市好的话，过亿也说不定。

一幅画就能过亿，那这五幅画岂不是要五亿！天啊，那自己岂不一夜之间成了亿万富翁。伍子和老吴都从对方眼里看到灼热的兴奋，亿万富翁，这意味着他们这辈子都不用奋斗了，钱打着滚花也花不完啊。

老吴一屁股坐在椅子上，浑身上下抽搐不止，好像羊角风突然发作。嘴里不停重复着几个字：“真迹，全他娘的是真迹！一幅就是几千万啊……”伍子也傻了，差点就跟他一样羊角风发作，还好他定力比老吴强些，没抽过去。

这种价值的古画，不要说几幅，就是一幅也足以震动整个古玩界，处理起来必须低调，最近几年都不能出手。伍子和老吴一商议，最起码等十年才考虑出手，而且要一幅一幅地走掉，这东西太惹眼，稍不留神就会被盯上，被法院定个销赃罪可不是闹着玩的。

第二天凌晨，伍子把几幅画收拾好，重新用袋子装起来，放在店里最秘密的地方。周晓晓起床后见老舅和伍子还在一楼，好像一宿没睡，虽不知道怎么回事，不过也没好意思问，她眼里老舅和伍子向来都这么神神秘秘。

周晓晓打开店门和窗户，清晨和煦的阳光照进店里，将昨夜诡异的气氛一扫而光。伍子和老吴还沉浸在昨夜的兴奋和忐忑中，天上突然掉下这么大的馅饼，今天不会再出现什么变故吧。尽管老吴把交易地点和线索远远撇开了“珍宝岛”，可如果有心人顺藤摸瓜，还是会找到这里。是福不是祸，是祸躲不过，他们现在能做的就是静静等待，只要今天不出意外，事情就好办多了。

“我说老吴，依你看，这瘦小男人什么来历，怎么会有这么多名人字画，而且这么便宜就出手？”伍子问老吴。

老吴转着三角眼思索片刻，说道："那人不是告诉过你吗，他祖上是盗墓的，遗留下来这么几幅画，最近手头紧才出手。"

"这话你也信，蒙三岁小孩的吧，我看肯定有隐情。"伍子对老吴的回答不以为然。

老吴点点头："这话当然不可全信，但至少能信一半。你看那人的身材，瘦小枯干，特别适合盗墓，说他出身盗墓世家也有可能。这几幅画嘛，不见得是祖上留下来的，极有可能是最近做下的案子。他说盗的是一座宰相墓，这倒有可能，能把这么珍贵的书画做陪葬品，也只有宰相这一级别的才能做到。对了，你查查最近报纸和网上的新闻，看有没有古墓被盗的消息，如果没有，我们就是安全的；如果有，怕是十有八九要倒霉。"老吴说完这话一脸严肃，好像碰上了什么破解不了的难题，像他这样的人都愁眉不展，足见事情的严重性。

伍子不敢怠慢，一边叫周晓晓去街上买几份当天的报纸，一边打开电脑浏览各大新闻网站。还好，各种媒体上都没有关于古墓被盗或是博物馆被窃的新闻。伍子和老吴长出了一口气，事情还不至于太糟，今天就是一个坎儿，只要熬过去，危险程度将大大降低。

摊上这么大一档子事，伍子自然没心情去公司，他和老吴坐在大厅里的两把仿红木椅上，有一搭无一搭地聊着昨天发生的事情，声音极低，只有他们两个人能听见。虽然一夜未睡，但两人还是全无睡意。店里冷冷清清，除了周晓晓和周晓彬，一个客人也没有。惨淡的经营再这么持续下去，资金的压力将越来越大，伍子把所有的家底都投了进去，可以说没留任何退路，只能硬着头皮走下去。这几幅古画如果能平平安安出手，对于伍子来说将是他人生的巨大转折，几亿元拍卖费到手，一个小小的古玩店又何足挂齿。

一直到中午，店里平静如常，伍子和老吴稍微吃了几口饭，这会儿睡意也上来了，各自回房间小憩。一直到傍晚才起床，两人又干坐到晚上十点，这时候离瘦小男人出现已经整整一天，一切平安无事，两人的心才安定了一些，这道坎儿总算过了。老吴打算回家去住，临走向伍子要了两幅古画，说要回家仔细研究研究，看看其中有什么隐秘的破绽。伍子随便抽出两幅交给老吴，老吴用报纸包好，走出店门。

口袋里还剩三幅古画，伍子吩咐周晓晓和周晓彬关好店门，他拿起剩下的三幅画走进自己的卧室。伍子何尝不想一睹为快，这可是书法名家的力作，他用抹布把卧室里的桌子来来回回擦了好几遍，生怕桌面不干净的东西污了古画卷面，直到确认没有一丁点污渍，他才小心翼翼地把其中一幅画展开，平铺在桌子上。

这是元代赵孟頫的那幅水墨山水画，尺幅有六平方尺那么大，画卷的一半为山水图画，另一半为书法。众所周知，赵孟頫的书法与欧阳询、颜真卿、柳公权并列为楷书四大家之一，他的绘画和书法齐名，是宋元画坛变革转型时期承前启后的大家，所以这幅半绘画半书法的作品更显得弥足珍贵。

伍子对书法不在行，不过他还是能从字里行间看出恢弘的气势，一个个洒脱的字体组合在一起，犹如一列列整装待发的士兵。不说别的，单这字迹就极难模仿。伍子越发肯定，这幅画绝对是真迹。

等伍子把眼睛从画里拔出来，已经是夜里十二点了，他把画卷轻轻卷好放回口袋里，然后躺在床上匆匆睡去，一天一夜没有好好休息，这一觉睡得特别踏实。

第二天早上八点，伍子才睁开惺忪的双眼。他拉开窗帘，外面明媚的阳光毫无保留地照射进来。伍子这间卧室临着外面的街道，是楼上四个卧室里唯一能见到阳光的。他一打开窗户，清新的空气就迎面扑来，令人神清气爽。伍子深吸了几口气，重新回到桌子旁边，装着古画的袋子就横放在桌上。

伍子的手不由自主又伸进袋子里，在明媚的阳光下欣赏古画，或许别有情趣。他随手拿出一幅放在桌子上轻轻展开，这次是南宋李唐的作品，绢本。李唐生活在北宋和南宋之间，精于山水和人物，曾被宋徽宗补入画院。

昨晚上看了一宿赵孟頫的作品，现在欣赏一下李唐的真迹也不错，但古画在展开的一刹那，不可思议的一幕发生了：好端端的一幅古画，瞬间化成纸灰，窗外微风吹过，纸灰四散开去，无影无踪，犹如融化进空气一般。伍子的手还保持着打开古画的姿势，目瞪口呆，一时没有从惊变中回过味来……

"怎么回事！好端端一幅古画，竟然成了一堆纸灰！不对，现在连纸灰也没了。"伍子暗暗惊呼。他无论如何不敢相信这是真的，颤抖着双手抚摸着空空如也的桌面，试图把蒸发掉的古画找回来。

好半天，伍子才从惊变中回过神来，他颤抖着双手从袋子里再拿出一幅，鬼使神差地再次打开，最不愿看到的一幕又发生了，好好的古画再次变成纸灰，被窗外微风一吹，瞬间蒸发在空气里。伍子彻底垮下去，发疯似的围着桌子寻找，好像古画没有消失，只是掉在地上而已。老天爷似乎有意和他较劲，两次把古画从他手里夺走，只留给他一缕空气……

伍子瘫软在地板上，浑身无力，两幅古画就这么没了，悄无声息，连个影子都没留下。两幅画，两个亿啊！伍子仿佛看到几麻袋钞票瞬间灰飞烟灭……

咚咚咚……一阵敲门声，伍子瘫坐在地上连开门的力气也没有："进来。"他用沙哑的声音说道，只一会儿工夫，仿佛苍老了十岁。房门打开，探进来一个脑袋，正是周晓彬："伍子哥，该吃早饭了。"周晓彬说道。他只比伍子小三岁，没有老吴时经常跟伍子兄弟相称。

周晓彬见伍子坐在地板上，还以为伍子突然犯了什么病，赶紧过去把他搀起来，扶到旁边的椅子上。伍子大脑一片混乱，他首先想到的是如何向老吴交代，自己说古画在空气里蒸发掉了，老吴会相信吗？他肯定以为自己见财起意，想要独吞几幅古画，现在就是有一百张嘴也说不清。

伍子跟老吴的关系，通过这些天的合作和交流，已经相当稳固，甚至无话不谈、肝胆相照，要不然也不会合伙开古玩店，但事情涉及到两幅价值连城的古画，每一幅都能过亿，他们之间的友谊，能经受住两个亿的考验吗？古往今来，有多少真诚的友谊被金钱摧垮，他和老吴又岂能超越古人？

伍子暗暗打定主意，如果老吴怪罪，大不了把剩下这一幅古画给他，自己什么都不要。毕竟古画是从自己手里没的，责任应该自己来负。

"我爱你，爱着你，就像老鼠爱大米……"手机铃声响起，伍子一瞧是老吴打来的，这家伙仿佛得知消息似的，这么快就找上门来。伍子长叹一声，是福不是祸，是祸躲不过，问题早晚得面对，心一横接下手机。

"喂，伍子，你在店里吗？我马上过去，有话跟你说，你可千万挺住，哥哥我办了一件天大的错事，哥哥我该死，对不住你……"伍子刚应了一声，老吴自顾自地说完就挂了电话。

伍子苦笑一声，心说你办了错事，我的错比你还大，两幅古画眼睁睁就没了。伍子魂不守舍地坐在椅子上等着老吴，心里想好了，到时候老吴要骂街就让他骂，要打人就让他打，总之是打不还手、骂不还口，价值上亿的古画都没了，还不许人家发泄一下啊……

若要诚心等一个人，你会发现时间过得很慢，伍子左等右等，仍不见老吴露面。他心里有些烦躁，既然知道早晚会来，还不如一下来个痛快，这么干等着反倒令人心里不踏实。周晓彬把伍子搀下一楼，周晓晓在楼下给伍子留着一份早餐，伍子摆摆手示意把早餐撤了，遇上这种事情，他哪里还有心情吃饭。

伍子一屁股坐在躺椅上，身体半躺，闭着眼睛回想刚才发生的一幕。一切太不可思议了，就跟活见鬼似的，他多么希望这是一场梦啊，一觉醒来古画还在。伍子伸出一根指头放进嘴里，用牙齿使劲咬了一下，挺疼，不是做梦。

老吴终于来了，伍子睁开眼瞧瞧，老吴平时黑亮整齐的发型今天一反常态，凌乱地铺散在头顶，好像一个乱七八糟的老鸹窝；两腮和下颌的胡须也没刮，黑硬的胡楂在白净的脸上特别扎眼。老吴精神萎靡，好像一夜没有睡好，又好像遭到了什么巨大打击，眼角还有眼屎，应该连脸也没洗，整个人一夜之间好像苍老了十岁。

伍子腾一下从躺椅上坐起，心里暗暗吃惊，什么事令老吴颓唐成这样？凭老吴那脾气，可不是轻易受到打击的人。

老吴扑通一声瘫在一把仿红木椅上："伍子，哥对不住你！你骂我打我都成，一切的错都怨哥哥我！"老吴沙哑着嗓子对伍子说道，仿佛做下了天底下最大的错事。

老吴的话把伍子弄得莫名其妙，他到底做错了什么，至于这么低三下四地求饶吗？转念又一想，现在你求我，等会儿我把古画的事情告诉你，反过来就得我求你了。

"老吴，你这是怎么了？我们兄弟之间还用得着这么见外吗？"伍子尽量把关系和老吴拉近，一会儿自己道歉时用得着，现在先把话放在这里，提前做好预防。

"兄弟，哥哥我犯的错可不是一般的错，我说出来你可要挺住，千万别抽过去。还有，你是打是骂都成，千万别动刀子拼命……"老吴哭丧着脸继续求饶。

伍子心里本来就烦，听老吴半天说不到重点，腾地一下从躺椅上站起来："老吴，吴用功，你他娘的要是再不说正事，我可真动刀子了，到底发生了什么，你倒是说啊！"

老吴被伍子的动作吓了一跳，赶紧解释："兄弟，你别发火，是这么回事，昨天晚上我拿走两幅古画，打算回家好好欣赏欣赏，谁知道今天早上……其中一幅画莫名其妙地化成纸灰，它没了。”

“啊！你说什么？你再说一遍！”伍子一把揪住老吴的脖领，瞪圆眼睛喊。原来这种诡异的事情不光自己遇到，老吴也没有幸免，他隐隐意识到，这几幅画有问题。

老吴耷拉着脑袋连连求饶：“兄弟你消消气，都是哥哥我的不对，不是说好不生气的吗？”

伍子双手慢慢松开老吴的脖领，一屁股坐回躺椅上：“老吴，跟你说实话吧，那情况我也遇到了……”

老吴：“……”

临近中午的锦州道一派繁华，尤其是靠近古物市场的这一段，人流滚滚，喧嚣异常。“珍宝岛”古玩店却店门紧闭，好像与世隔绝一般，寂静得出奇，店里只有两个老板和两个员工。两个年纪稍大一点的男人面容阴沉，好像遇到了什么最难缠的事情。另外还有一男一女两个年轻人，趴在柜台上默默无语，两个老板愁眉不展，他们自然不敢放肆。

不用问，两个老板自然是伍子和老吴，年轻的员工则是周晓彬和周晓晓兄妹。伍子和老吴把早上遇到的诡异经历各自讲述一遍，遭遇竟出奇的相似，古画顷刻间化成纸灰，转眼无影无踪。还好老吴做事比伍子稳重，在第一幅画“蒸发”以后，没有再打开第二幅，不像伍子一连损失两幅，这么算来该挨骂的还是伍子。

“他娘的，这几幅画肯定有问题。”伍子悻悻地说道，不过问题出在哪儿，他却没有头绪。

老吴点头表示同意，怪不得天上会掉下这么大号的馅饼，原来这馅饼是泥做的，不好消化。

“伍子，你听没听说过古董通灵的说法？”老吴突然问伍子一句。

“古董通灵，这话怎么讲？”伍子似乎意识到老吴所指。

“有些古董由于存放的环境特殊，能够吸收天地之灵气，年深日久，古董就有了灵气，也就是成精了。我们手里这几幅画，可能就是成了精的古董，一不小心，被它逃跑了。”老吴一脸正色地说道。

“古董成精，这太夸张了吧！”伍子摇头，虽然他对这事有所耳闻，但在他的认知里仅限于传说，就好像某人说他真见过如来佛一样，估计是没人信的。

老吴一脸正色：“你看过《封神榜》没？看过《西游记》和《聊斋》没？动物和植物吸收天地灵气能成精，古董为什么不能？你还别不信，古玩界老早就有古董成精的说法，亏你还出身古玩世家，老辈人没跟你提过？”

一句话把伍子给问住了，他爷爷和外公好像真跟他讲过古董成精的事儿，不过仅限于皮毛。伍子原本不相信什么幽灵之类的传说，可今天这事情太他娘的诡异，科学手段根本解释不通，此刻也由不得他不信。

“你的意思是，这几幅画成精了，我们一不小心让它们给跑了？”伍子问道。

老吴点点头：“对，所以剩下的两幅要千万小心，不到万不得已不能再打开。”

事情到现在已经很明了，那个瘦小枯干的卖主肯定知道古画通灵的秘密，不然不会急于出手，而且是以50万甩手。这么算起来，两人遇到的不是馅饼，而是一个诡异的陷阱，好在手里还有两幅古画，只要剩下的两幅能够完好保存，并且平安出手，也还是赚大了。所以，如今不是讨论馅饼还是陷阱的时候，而是要考虑如何把古画保存好，零和一亿之间，只隔着一条不太清晰的界限，就看他们如何去把握了。

“你有什么办法把灵气给去掉？”伍子问老吴。

老吴一脸茫然地摇摇头：“我能有什么办法，只能询问一些书画界的老前辈，看他们有没有类似的经历以及处理的办法。”

伍子默不作声，目前也只有这样了，他小心翼翼地把仅存的两幅古画收好，存放在二楼最隐蔽的地方。这些古画什么时候能够重见天日，就要看他们的造化了。命里有时终须有，命里无时莫强求，收藏古董，机缘占到很大一部分。行里有句话，三分靠眼力，七分靠缘分，这就跟男女搞对象是一样的。世界这么大，上亿的适龄人，为什么偏偏他和她终成眷属呢。

想明白了缘由，两人反倒轻松了下来，他们和周晓彬、周晓晓一起吃了午饭。之后老吴起身离开，他每天都有忙不完的事，好像地球离了他就不转了似的。伍子则上楼休息，最近发生的事情太过诡异、大起大落，他的神经经受了一次又一次的考验，需要好好休息一下。

# 第17章　董老爷子

第二天，楚珊打来电话，说幼儿园里一个小孩的爸爸是北京某大型模特公司的老总，特别看好她的身材和天生的模特气质，说只要加以专业训练，用不了多久，她就能成为名模，甚至超级名模。楚珊打电话是想询问伍子的意见，让伍子拿个主意，是继续留在幼儿园教书，还是去模特公司发展。

伍子在电话里支支吾吾，不置可否，对于模特这个行业，伍子完全陌生。在他的印象里，这个行业太开放，看似风光的名模，背地里不知有多少辛酸，尤其是在成名以前，为了争取上镜的机会，动不动就会被老板潜规则一把。他打从心里不希望楚珊参与这个行当，再说楚珊已经二十四五，过了训练的最佳年龄。这时候再训练，难说有多大成就，那个老板邀她入行，指不定有什么不可告人的目的。

伍子心里这么想，嘴上却没有这么说，他只告诉楚珊尊重她的选择，无论她做什么决定，他都会支持她。伍子已经被古画的事折磨得焦头烂额，匆匆说了几句就挂了电话，他并没有注意到楚珊的感受。

电话另一头，楚珊默默地放下电话，心里无比失落，其实只要伍子说一句不同意，她绝不会去做那个行当，可如今他只是说了一句支持她的选择，这令她失落到了极点，难道他真的不在乎自己吗？不在乎自己被这个行业的潜规则毁掉？楚珊的眼睛有些湿润，自从他去天津以后，房间里越来越缺少男人的气息。

沉默良久，楚珊毅然拿起手机，拨通了一个陌生的号码：“喂，陈总吗？我是楚珊，嗯，我想好了，去你的模特公司发展……”

晚上伍子回到店里，经过一天的调整，他心情平复不少，突然想起了楚珊。伍子猛一拍额头，该死，当时怎么没劝劝她呢，伍子赶紧拨通楚珊的手机，好半天对方才接通电话。楚珊说她刚刚辞掉了幼儿园的工作，准备明天去模特公司报道。伍子心里一沉，她怎么会做这种选择呢？他有心劝她还是不要去的好，可话到嘴边又咽了回去，还是尊重她吧，真正的爱情，自然能经受住各种考验。

“明天去报名，用不用我陪你去？”伍子强忍住内心的不快，对楚珊说道。

“好吧，我早上等你……”楚珊挂断电话，一股暖流在心头缓缓流动，这是近来伍子说得最动人的一句话。

“伍子哥，这么晚了你到哪里去？”周晓彬见伍子要出门，赶紧问道。

“我去趟北京，今晚就不回来了。”伍子边说话边走出店门，“对了，你和周晓晓把门关好，晚上有人叫门不要开，先给你老舅打电话。”伍子嘱咐送出来的周晓彬。

在街上拦下一辆出租车，伍子直奔北京……

咚咚咚……熟睡中的楚珊被一阵敲门声吵醒，自己在北京没有任何熟人，谁这么晚还敲门？楚珊提心吊胆地走进客厅，眼睛贴在防盗门上的猫眼往外看，一个熟悉的身影正站在问外，义无反顾地敲着房门，楚珊大喜过望，高兴地打开了门。

敲门的正是伍子，在放下电话之后，他突然有了马上去见楚珊的念头。他能体会到楚珊的不易，孤身陪自己来北京，为了不给自己增加负担，一直默默地在这里生活，他欠她太多太多了。

房门打开，楚珊穿着宽松的睡衣出现在他面前，松散的布料遮掩不住亭亭玉立的身段，胸部高傲地呈现在伍子面前，刺激着男性独有的神经。伍子抑制不住心里的激动，一把将楚珊搂进怀里，楚珊应和着伍子的动作，一双小手紧紧勾在他脖子上。伍子将身体挤进屋里，回手关闭房门，双手抱起这尊完美的身体，快步移向卧室。卧室的壁灯发出昏暗的光线，增添了几分暧昧的气氛，他一把将楚珊扔在床上，借着胸中熊熊燃烧的火苗，快速进入角色……

没有前奏，一切都来得很突然，也很激烈，疾风骤雨、酣畅淋漓。那是一种积蓄了很久的能量大爆发，在无私的给予和付出中，两人都从对方那里得到了满足。

伍子和楚珊聊了很久，比如他在天津的见闻，比如她在幼儿园的趣事。一直到凌晨两人还是没有睡意，好像要把分别的这段时间欠下的话语全都补上，不过谁也没有提模特公司的事，两人都在有意无意地回避着这个敏感的话题。

第二天上午，伍子陪同楚珊去模特公司报道，这家公司叫维纳斯模特公司。那个陈总要楚珊上八楼报道，两人走进八楼的走廊才发现，这个楼层是公司高管的办公室，从门前一个个标志牌就能看出来，有各个部门经理的、副总经理的、总经理的……

楚珊在总经理办公室门前止住脚步，回头冲伍子轻轻一笑，伍子点点头，示意她进去，自己就在这里等着。楚珊轻轻敲门，里边有反应之后，推门进去……

大约一刻钟后，楚珊从办公室里退出来，一个男人紧跟着送出房门。伍子仔细打量这人，大约四十来岁，稍微有些谢顶，白白胖胖，挺富态，一看就是成功人士，平时养尊处优惯了。这人和楚珊客气几句，重新回到办公室，这时候隔壁房间出来一位身着职业装的年轻女人，领着楚珊向另一楼层走去。

伍子紧随其后，偷偷问楚珊这是上哪儿，楚珊说要去训练房，今天就开始训练。训练房在大厦顶层，这是一个开放式的大厅，四周都是玻璃，宽敞明亮。站在边上可以将小半个北京城的风景尽收眼底，大有一览众山小的气势。

伍子看见这里有不少穿着紧身背心和短裤的年轻女孩，每一个都是瘦瘦高高，充满活力。这些人在教练的指导下做出各种动作，站立、踢腿、走猫步，这应该是模特们平时的基本功训练了，楚珊以后也要跟她们一样，刻苦训练，争取在 T 型台上一展风采。这台上一分钟，台下十年功，要出名哪有那么容易，看看这些人一个个训练得汗流浃背，就知道做一个名模有多么难了。而且，有时候就算你努力了，也不一定能成功，成为名模的毕竟是少数，绝大多数人只能位于金字塔的最底层。

伍子对楚珊做模特并没有抱多大期望，一则是她年龄偏大，错过了训练的黄金时间；二来楚珊不是那种什么事都做得出的女人，在这个潜规则横行的社会，过于洁身自好的人是很难成功的；三来楚珊没有什么背景，缺少人捧，走红的可能性不大，不过她既然想做，就由着她吧。

着职业装的女人把楚珊领到地方后，将她介绍给其中一个教练，然后就自己离开了。这位教练相貌中上，身材也很不错，其实整个大厅里的这些女人，每个人的身材都挺惹火，只是极少有像楚珊这样好的罢了。

教练看样子也不到三十，跟楚珊打过招呼之后，捎带冲后面的伍子报以微笑，伍子不好意思地挠挠头，人家的礼貌和热情使他一时不知所措。教练向楚珊介绍了训练的基本情况，还有作息安排，楚珊一一了解之后来到伍子跟前，说道："今天开始我就要正式训练了，你先回去吧，不要耽误了你的工作。"

伍子点点头，轻轻拍了一下楚珊的香肩："平时多打电话，还有，不要太辛苦自己了，我能养得起你。"

楚珊眼里充满阵阵暖意："我会照顾好自己的，你也一样，别委屈了自己。"

不知为什么，伍子从维纳斯模特公司出来，心里总有一种失落的感觉。他宽慰自己，楚珊做模特是好事，能有一位名模做老婆，人前要多风光有多风光，他平定了一下思绪，打车直接回了天津。

一周后的中午，伍子正在公司上班，老吴急匆匆打来电话，说他有办法解决古画通灵的问题，让伍子马上过去一趟。伍子交代好公司的事情，一溜烟跑回店里，老吴正在大厅里等他。

见到伍子进来，老吴一把抓住他的胳膊，不由分说地拉着他往外走："赶紧的，我找到了解决古画灵气的办法。"

伍子一把挣开老吴的大手："别这么着急行不行，要解决古画的灵气，也得先把古画带上吧。"

老吴一拍脑门，可不是，光顾着着急，倒把主要东西给忘了。"快，快，把画带上，我们去找一个人，再晚就来不及了！"老吴催促道。

伍子把古画取出带好，两人上了一辆出租车，路上老吴给伍子介绍了事情的缘由：在东兴路的荐福庵附近，住着一位书画装裱大师，这老爷子姓董，今年已经九十，是健在的装裱大师中辈分最高、手艺最好的一位。如今装裱也有门派划分，按特色不同可分为京裱和苏裱等，董老爷子就是京裱的嫡派传人。这两幅沾有灵性的古画，如果能经董老爷子的手重新装裱，肯定会化险为夷，再也不会化成纸灰溜走了。

听老吴这么一说，伍子也挺高兴，这个问题如果能解决，他们后半辈子基本就吃喝不愁了。不过老吴还说，这董老爷子的脾气特别古怪，他认准的画，不要钱也给裱；他看不上的画，就是给一百万也不装。这个问题伍子倒不担心，手里的两幅古画都是货真价实的名家手笔，作为装裱大师，哪个不愿意装裱一幅千古流传的名画呢？

出租车停在二宫公园西面的东兴路上，这地方离荐福庵还有一段距离，老吴就领着伍子下车了。“老吴，我们这是去哪啊？这里离荐福庵可还远呢。”伍子郁闷道。

“谁告诉你我们要去荐福庵了，董老爷子又不是尼姑，我是说在荐福庵附近，知道吗？”老吴没好气地解释道。

“好吧，你这一个‘附近’用得也太离谱了，一下子‘附近’出三里多路。”伍子对老吴的语言表达能力颇为不满。

两人边说边走，老吴一指前面：“喏，那就是董老爷子的宅邸，我们得做好心理准备，搞不好要吃闭门羹。”

伍子往老吴指的方向瞧去，这是一个保存相当完好的四合院，门庭高大、灰瓦白墙。后面依稀可见二宫公园的假山，院前是宽阔的水泥马路，再往前是一个人工湖，湖面开阔，湖岸绿树成荫。在这高楼林立的大都市里，这地方倒显得别有洞天，看惯了钢筋水泥的建筑，偶然见到这么古朴的四合院，着实令人身心舒爽、心旷神怡。

伍子站在远处，静静地观察这座四合院好久，由衷地发出一声赞叹：这地方的风水实在太好了，四合院正后方是座假山，这在风水学上叫做“背有靠山”，主事业有成；门庭前面是马路，在风水学中，车流等同于水流，水主财运，门庭对着马路就是开门见财；大门前的空地叫“名堂”，空地上如果有水池子，就叫“明堂聚水”，主财源滚滚。小小一个四合院，把风水学上的几大好处都占齐了，这要放在几十年前不算什么，但搁在现在可就难得了。如今大城市每年都在搞拆迁，能盖楼的地方都挤满了高楼大厦，风水被破坏得一塌糊涂。像今天见到的这种四合院的风水，整个城市恐怕也找不出几处来。

伍子把自己的一番风水见解告诉了老吴，老吴三角眼一瞪：“你小子啥时候研究起风水来了，不过这话也在理儿，不说别的，就这座四合院的地皮就值老鼻子钱了，这可是市区，寸土寸金啊。你说这宅子风水好，我绝对相信。”

伍子差点气趴下，我跟你讲风水，你怎么扯上地皮了：“对了，你是怎么认识董老爷子的？貌似以董老爷子的身份，不会跟你这种人打交道吧。”伍子突然想起这个问题。

老吴垮下脸，愤愤道：“我这种人怎么了？别瞧不起人，我还就告诉你，我跟董老爷子认识好几年了，在好几个大场合上都见过面，只是没机会说话而已。”

伍子扑哧一声乐了："认识好几年了还没机会说话，是你认识人家，人家不认识你吧？"

老吴脸上闪出一丝尴尬："你少说废话，赶紧走吧，晚了人家可就不见客了。"

老吴领着伍子一路紧走，来到四合院大门前。黑油漆的大门好像有年头没保养了，漆色变得很淡，有的地方开始一块一块脱落。古旧的门扇与古朴的院墙色调统一，透露出这座宅院的沧桑与厚重。两扇门上各有一个铺首，铺首是学名，说白了就是兽头上衔着一个门环。

古代对大门的漆色和铺首都有森严的等级规定：王府为红漆铜环，侯府为金漆锡环，二品以上为绿漆锡环，五品以上为黑漆锡环，六品以下的官员均为黑漆铁环。所以，我们看到的老百姓家的宅子，多为黑漆铁环，判断一所老宅子有没有出过大官，看它大门的漆色和铺首就能判断出来。这是经验之谈，很多到老宅子淘宝的古董商，第一眼就是看大门上的铺首，如果是锡环或者铜环，证明这家祖上出过王公贵胄，淘到好东西的可能性大增，反之，则几率减小。

这家四合院的大门是黑漆铁环，看大门的漆色和铺首样式，是老年间保留下来的无疑。基本可以断定这是一座保存完好的民间建筑，虽未出过什么大官，但看宅子的气势，当年至少也是富庶之家，能够如此完整地保留下来，更是难能可贵。

老吴走上台阶轻轻叩打门环，不一会儿，一个戴着眼镜的男人打开院门，这人三十岁左右，见到老吴先是一愣，而后客气地问道："这位先生，你有事？"

老吴赶紧赔笑："我们找董老爷子，有两幅古画需要他老人家装裱，是冯会长介绍我们来的，这是他的名片。"老吴说着从衣兜里掏出一张名片递给戴眼镜的男人。

老吴所说的冯会长正是天津市民间收藏协会的副会长，叫冯海马。这人伍子也有耳闻，他来天津这么长时间，又是搞艺术品拍卖的，冯海马这种收藏界大腕自然要拜访到。

伍子心知，以老吴的身份，根本不可能跟冯海马有深交，今天打出冯海马的旗号，也是为了办事方便一些，不知老吴从哪里弄来一张冯海马的名片，还真把对方给唬住了。戴眼镜的男人看过名片后，又还给老吴，客气地说道："二位稍等，我进去通报一声。我爷爷最近身体不太好，见不见二位还不好说，请多多见谅吧。”说完之后转身回到院里，不过大门没有关，给老吴和伍子敞开。两人也不便贸然进去，在大门外静静等候。

既然这位戴眼镜的男人自称董老爷子为爷爷，想必就是他孙子了，老吴和伍子暗暗称这人为小董。

工夫不长，小董返回门外：“不好意思，让二位久等了。我爷爷现在精神头挺好，可以见见二位，不过有言在先，如果是名画好画，我们董家肯定会装裱，但若质量一般，那就只有请二位原封不动地拿回去了。”

老吴和伍子同时点点头：“那是自然，不是名画我们也不敢求董老爷子出手。”

两人跟着小董走进院里，这里绿树成荫、花木成畦，一股清凉和植物的芳香扑面而来，令人神清气爽。走进院里，俨然进了一个返璞归真的世界，身处这所宅院，你绝难相信外边就是高楼林立的大都市，田园和都市仅一墙之隔。

伍子和老吴在第二层院子的客厅里见到了董老爷子，这老头身材俊朗、鹤发童颜，谈吐之间隐隐有神仙之态。小隐隐于山，大隐隐于市，在这个喧嚣的大都市，谁能想到有这么一位世外高人隐居。

老吴毕恭毕敬给地董老爷子见礼，然后说明了来意。董老爷子的脾气倒也直爽，让两人把画给他瞧瞧，伍子刚要把画递过去，却被老吴一把拦住：“老爷子，您先别急着看，这画它有点古怪……”

老吴把遇到的怪异之事讲述一遍，董老爷子还没有表态，他旁边的小董腾一下蹿到老吴近前：“二位，你们说的这事太诡异，东西也不是什么好来的，画我们不裱了！”说完把手一伸，向老吴和伍子下了逐客令。

伍子满心疑问，刚才还文质彬彬的小董，怎么说翻脸就翻脸，老吴说错了什么话？伍子呆呆站在原地，想不出个所以然，老吴则把眼睛投向董老爷子，求他说句话。

小董神情严峻，见爷爷不表态，心里更加急躁，直接下了逐客令：“二位先回去吧，我爷爷最近身体不好，需要多休息，二位的书画我们董家装裱不了。”

人家直接逐客，再赖着不走就太不像话了，像老吴这么脸皮厚的都有些挂不住了，转回身无精打采地往外走，这时候一直没发言的董老爷子突然发话：

“吴用功，既然来了，就把东西拿出来吧，老夫我也长长眼。”

老吴闻言提溜一下转身，感激地望着董老爷子，这事有门啊。旁边的小董则神情惊讶地望着爷爷：“爷爷你……我们不能再装裱了……”

董老爷子冲小董摆摆手，示意他不要说话。小董见爷爷拿定主意，一时也没有办法，只能用眼睛狠狠瞪了老吴一眼。老吴假装没看见，抓住时机赶紧把书画递到董老爷子手里，生怕老爷子变卦。这会儿他也顾不得书画打开后可能变成纸灰了，如果董老爷子都解决不了，这画留一辈子也没用，长痛不如短痛，还不如豁出去试试。

董老爷子把两幅装在口袋里的古画接过去，伍子的心提到了嗓子眼，这可是硕果仅存的两幅，五十万换来的，相当于他的半个身家了。更主要的是这两幅画都是真迹，千金难得的名家手笔，白白化成灰烬，无论对他自己还是中国书画界来说，都是不可估量的损失。再说，他对董老爷子也不了解，只是听老吴介绍了一下，他真有办法将古画修复吗？

伍子、老吴还有小董，三双眼睛直勾勾地盯着董老爷子手里的古画，前两位是担心古画再次化成灰烬，后一个则担心爷爷会心动，继而出手装裱。看小董那紧张的架势，好像他爷爷出手装裱古画，天就会塌下来似的。

董老爷子没有直接将古画打开，而是轻轻放在旁边的红木桌上，回头对小董说道：“董轩，把屋里的窗帘、门帘都拉上，不要见一点阳光。还有，把蜡烛点上。”

伍子和老吴这才知道，原来这位小董叫董轩。董轩为难地看着爷爷，身子没有动：“爷爷这……我们还是不要多管闲事……”

董老爷子一摆手，打断董轩的话：“照我说的去办，爷爷这么大年纪了，做事有分寸。”

董轩没有办法，只得挨个拉好客厅的窗帘，最后关上门，连门帘也拉得紧紧的。屋里一下子暗淡下来，如同到了晚上。董轩又拿出火柴，依次点亮了客厅里的蜡烛。伍子和老吴这才发现，客厅周围有好些个铜质的烛台，这些烛台造型别致，一水的铜鎏金，虽然光线暗淡，仍能看出是年头不短的古物。数根拇指粗的蜡烛熊熊燃烧，大厅的光线总算亮起来。

董老爷子伸手从口袋里拿出一幅古画，打开之前先看了看卷轴和画纸的成色，然后才把古画放在红木方桌上，缓缓打开。屋里的气氛紧张到极点，伍子和老吴的心提到了嗓子眼，价值连城的古画从手心瞬间化成纸灰，那种打击不是哪个人都能承受的，更不能连续承受好几次。董轩的担心不亚于伍子和老吴，古画不是他的，他到底在担心什么就不得而知了。伍子隐约觉得董轩这人怪怪的，只是他现在的注意力全都放在了古画上面，没有去深究。

古画在董老爷子的操持下缓缓打开，好几双眼睛都盯住他那双手，这是一双创造奇迹的手，只是不知道今天能不能将奇迹延续下去。这双手在烛光的映衬下洁白发亮，散发着油润的光泽，指甲挺长，犹如通透的美玉。不难看出，这是一双保养极好的手，但绝不娇气，这双手不知装裱了多少书画，使多少破损不堪的书画重新焕发光彩……

画卷完全打开，古画完好无损，令伍子和老吴心惊肉跳的诡异事情没有发生，两人的心总算放回肚里。伍子偷眼看看老吴，见他额头大汗淋漓，暗暗好笑，老吴看上去大大咧咧，天不怕地不怕的一个人，原来也是草包一个。他嘲笑老吴，却没有看看自己，额头上的冷汗也不比老吴的少……

这幅画正是元代赵孟頫的那幅半画半书的作品，董老爷子既然精于装裱，自然对于书画大为了解。老爷子只看了几眼，眼神就深深陷入其中，好半天拔不出来。伍子更加肯定，这绝对是真迹，不然董老爷子不会是这种神情。董老爷子一生都在跟书画打交道，他接触过的名人字画可以说数不胜数，单就书画专业而言，董老爷子的认知和造诣绝不在国家级鉴宝专家之下，能令他如此动容的作品，无疑是上乘中的上乘。

“爷爷，你怎么了……咱们别蹚这浑水……”董轩见爷爷深陷其中，上前打断董老爷子，心有不甘地继续劝解。

董老爷子的思绪被打断，很不情愿地将眼神从画卷里抽出来，一脸愠色地冲董轩摆摆手，示意他不要再说。董轩见爷爷生气，退到一边不再言语，只能拿眼神狠狠瞪着两位不速之客。老吴见董老爷子有意出手，大喜过望，对董轩的不友好视而不见。

董老爷子把古画重新卷起来，放进袋子，对老吴说道：“这幅画很开门，元代赵孟頫的真迹无疑。你再说一遍，这画是如何得来的？”老爷子这时一脸严肃，红润的脸上透出一股肃然之气，不怒而威。

看见这张脸，老吴连撒谎的勇气都没有，一五一十地把经过讲述了一遍。董老爷子听完点点头："算你小子有自知之明，没跟老头子我撒谎，你刚才要是跟我耍滑头、说假话，就是王羲之的兰亭序我也不裱！"

老吴赶紧赔笑："在您老面前，我哪敢说谎。这画虽说来历不明不白，但总算是正经得来的，装裱这样的东西，也不算辱没您老人家的一世英名。"

董老爷子点点头："你小子挺聪明，没有编故事骗老夫，我一看这幅画的某些细节，就猜出你们交易的大概时间，肯定是在晚上。"说着话又瞧瞧伍子，"这小孩是……"

老吴赶紧解释："这是我的搭档，我们合伙开了一家古玩店。他姓伍，叫伍三思。"

"姓伍……"董老爷子闻听一愣，马上问伍子道，"你祖上是不是开古玩店的？你爷爷叫伍秃子，你外公姓王，外号王狐狸？"

伍子闻听也随之一愣，这老爷子怎么知道自己的家世？难道他跟爷爷也认识？或者有什么渊源？伍子机械地点点头："老爷子您说得太对了，我爷爷的外号的确叫伍秃子，我们家祖上也是开古玩店的，听说当年在北京也有一号。"

董老爷子听罢一声长叹："天意，天意啊！从你一进门我就看着眼熟，果然是伍秃子的后人，不错，眉眼之间跟你爷爷有几分相像。看来这幅画我不装裱都不行了，唉，老了老了都不让人安生，天意不可违啊……"老爷子好一阵感叹，弄得伍子十分纳闷，看样子他跟爷爷大有渊源。

"你爷爷伍秃子也年过七十了吧？说起来他还是我的一个晚辈，曾经救过老头子我的性命，后来也就兄弟相称了。老伍家早年在北京城可是风光无限，不过说衰败就衰败了，唉，世事难料，世事难料啊！"

伍子心里一翻个，听董老爷子这口气，好像跟爷爷十分熟稔。他一直想弄清自己家族衰败的内幕，这位董老爷子肯定知情，这可是了解家族往事的好机会。伍子打定主意，今天一定要弄清楚当年家族衰败的真相，哪怕是古画也不裱了。

"董老爷子，既然您跟我爷爷是忘年之交，那咱们就是一家人了，恕我冒昧地问一句，当年我们家在北京到底发生了什么？为什么我爷爷和父亲一夜之间撤离北京？"伍子一脸恭敬地问道。

董老爷子摇摇头，轻叹一声：“唉，老一辈的恩怨还是让它过去吧，冤冤相报何时了。对了，你这两幅画先放这里，老头子我豁出这把老骨头，也一定要把它修复好，也算报了伍秃子当年的救命之恩。半月后你们来取，记住中间不要来打扰，我要和孙儿闭门半个月，专心修复古画，画里蕴藏的玄机远不是你们想的那么简单……”

伍子好一阵失望，董老爷子没有回答他的问题，而是话锋一转，重新回到修复古画上面来。自己是晚辈，又是初次见面，也不好一再追问，况且人家已经答应修复古画了，这次来的目的已经达到了。

寒暄几句之后，伍子和老吴起身告辞，董老爷子叫董轩送客。董轩沉着脸将两人送出大门，临别连句客套话也没说，咣当一声关上大门。伍子和老吴面面相觑，这个董轩表现有些古怪，自从进客厅之后始终对他们存有敌意。

离开董家四合院，两人在回去的路上一直默默无言，他们现在要做的就是等待，半个月之后才能见分晓。希望董老爷子能够将两幅画修复好，放下保护中国传统文化的高帽不谈，单说经济价值，就不是一个亿所能衡量的。

接下来的日子，伍子终于体会到了什么叫度日如年，不管在自己的店里还是在公司，他满脑子都是董老爷子的身影。神秘莫测的古画，真的能被他修复？还有，他对自己家的隐秘往事知之甚多，为什么不愿提及？自己能不能想个法子从他嘴里套出真相……

伍子抽时间回了一趟北京，看看楚珊在维纳斯模特公司的训练情况。还是那座大厦的顶层，还是那个训练大厅，楚珊正在和几个女孩一起练习走猫步，紧身的背心和短裤勾勒出一副副动人的躯体。楚珊在这些女孩子中间有一种鹤立鸡群的气势，无论是体型还是身段，都明显胜出许多。

伍子没有过去打扰楚珊，而是静静地站在角落里看她训练。不过十来天的时间，楚珊的猫步已经很有专业水准，各种动作相当规范。上帝造物各专一行，看来楚珊天生就是做模特的料，也许她走这条路是对的。楚珊跟着自己来到北京，一起过着北漂的生活，但她不是自己的附属品，她应该有自己的事业和追求。伍子突然觉得自己以前的想法很自私，男人有时候太容易自我了，幸好他没有阻止楚珊走模特道路，不然他将扼杀一个天才。

训练告一段落，伍子掏出手机拨通楚珊的号码。

另一边楚珊抓起电话接听："喂，你在哪里？"

"我在你的身后。"

楚珊微微愣了一下，扭头看见伍子，狠狠扑进他怀里，两人顾不得大庭广众，热烈地拥抱在一起……

楚珊提前结束训练，陪伍子一起回家。伍子本来打算弄几样好菜，被楚珊婉言拒绝，她现在正在减肥，模特嘛，需要百分之百的窈窕身材。伍子这才发现，才几天不见，楚珊的脸已经瘦下去一圈。

两人一夜缠绵，第二天在小区外分别，伍子回天津，楚珊去维纳斯模特公司。

伍子乘班车回到天津，公司一切如常，春拍的准备工作有条不紊地进行。只不过公司刚刚起步，货源有限，离两亿元的成交额指标始终有一些差距。总之，天津卫这一炮无论如何要打响，业务部正在加紧联系客户，甚至派出一批线人去民间海选，目前效果一般。缺少客户，伍子的鉴定部也很清闲，这使他有了足够时间去沈阳道淘宝。他心里最惦记的还是书画装裱的事情，整整过去十二天，还有三天就是董老爷子约定的日子，不知道事情的结果会怎么样。

老吴这几天一直没有消息，也不知道在捣鼓什么，估计是又学到了什么古董作伪的新技术，跑古玩市场实践去了。古玩店的生意日渐好转，本月下来一盘点，略有盈余。一切都在向好的方面发展，伍子的心情也舒坦了些许，单等着三天后去董老爷子家取画。

三天后。伍子和老吴如约出现在董老爷子家门前，还是那扇黑油漆大门，还是那对铺首，老吴上前敲门，开门的还是那个戴眼镜的年轻人董轩。几天不见，董轩整整瘦下去一圈，眼圈发黑、双目无神、精神萎靡，好像经受了什么摧残和打击。

董轩仍是一脸的不友好，见到伍子和老吴上门，脸冷得像一块冰。老吴尴尬地一笑："董轩兄弟，我们来拜会董老爷子，他在家吗？"

"跟我来。"董轩冷冷丢下一句话，转身返回院里。

伍子和老吴面面相觑，跟着董轩走进院里，还是那个大厅，只不过董老爷子没有在屋里，正堂方桌上放着一幅卷轴，董轩拿起来一把扔给老吴："这是你要的东西。"

老吴接过卷轴，顾不得董轩的冰冷目光，跟伍子一起轻轻打开，正是赵孟頫那幅半字半画的作品。这幅画和原来几乎没有变化，除了原来破损的部位修复完整外，实在看不出是重新装裱过的。如果不是破损的部分被修复，伍子甚至怀疑这幅画根本没有动过。

老吴和伍子围着古画足足看了一刻钟，也没发现重新装裱的印记，不过有一点是实实在在的：这幅古画完好无损，没有化成灰烬，两人相视一笑，悬着的心总算放下。

方桌上只有一幅画，另一幅不见踪影，两人也不好意思问，滔滔不绝地给董轩说着感谢的话。董轩爱答不理，有一句无一句地应和着，这时候内室传来一声轻咳，董老爷子姗姗而至。

伍子和老吴赶紧站起身，毕恭毕敬地叫了一声董老爷子。几天不见，这老头儿和孙儿董轩一样，脸上消瘦不少，原本丰神飘洒、气宇轩昂的神态，被颓唐和憔悴取代，银色须髯凌乱不堪，整个人仿佛一夜之间老了十岁。董老爷子的精神好像也不太好，对伍子和老吴的问候只是摆摆手，没有说话。

好半天，董老爷子才对伍子说道："怎么样，装裱得还算满意？"

伍子赶紧点头："老爷子，您太神奇了，裱功天下难寻。既修复了破损，又保住了原装老裱的韵味，实在难能可贵，如果换成新裱，古画价值将大打折扣。"

董老爷子坦然一笑，不过笑容有些勉强，难掩精神颓唐的实质。"你小子有眼力，说话嘴也甜，不错，不错。"董老爷子说到这重重喘了几口粗气，才缓过来继续说道，"两幅画只装裱好了这一幅，另一幅有点难度，你也看见了，老夫我的身体是一天不如一天，干一点儿活就吃力，老喽，老喽……"

伍子看这老爷子身体实在不好，要求人家尽快装裱的确强人所难，九十来岁的人，还干这种细活，精力消耗非常之大。

"老爷子，您量力而为，古画装裱我们不着急，您身体要吃不消的话，我们就不裱了。"伍子关心地说道。他这话是真心实意，为了自己的事，犯不着让人家累垮身子。

"你们两个不要在这里假慈悲，你们知道我爷爷为这画付出了多少吗？九十来岁的人，差点把命搭上！"一旁的董轩冲着伍子和老吴吼道。

伍子和老吴同时一愣，对啊，只顾着高兴了，古画里蕴藏的秘密和人家修复的技巧还没来得及询问呢，古画为什么会化成灰烬？为什么经过董老爷子的手处理之后就平安无事？这是一个天大的谜团，老吴搞了半辈子的假古董，硬是摸不着一点头绪，古画中的奥秘也是两人迫切想知道的事情。

“董老，如果方便的话，您给我们介绍一下古画里面的奥秘吧，为什么会它会化成灰烬，您又是如何装裱的？”伍子毕恭毕敬地说道。

“你认为古画化成灰烬是怎么回事？”董老爷子反问道。

伍子将老吴当初的判断和盘托出：“古画保存的年份太长，吸收天地灵气，它成精了，所以遇到合适的时机，它就化成纸灰逃走了。”

董老爷子听罢爽朗地一笑：“年轻人想象力够丰富的，你啊，只说对了一半。古画吸收的不是灵气，是阴气。这两幅画的阴气太重，所以一遇到阳光就化成了纸灰。”

伍子恍然大悟，怪不得那个瘦小男人选择晚上出来交易，怪不得古画在大白天展开立马化成灰烬；怪不得董老爷子在白天打开古画时，将屋里所有的门窗都遮盖严实……原来玄机在这里。董老爷子不愧是行家，只听老吴介绍了一遍经过，就判断出了古画隐藏的奥秘，并能对症施治。

老吴仍是有些不明白，问道：“董老，这到底是怎么回事，您能详细给我们说说吗？当然，涉及到装裱秘技的地方，您可以跳过，我对这件事还一头雾水。”

董老爷子无意隐瞒，爽快地对董轩说道：“董轩，你把事情的经过讲给他们听吧。”

董轩皱皱眉，似乎不愿搭理伍子和老吴，不过爷爷有吩咐，他不得不照做，董轩一五一十讲述了事情的经过——

董老爷子拿到古画后，首先提鼻闻闻，发现画卷上还残存着一丝古墓气息，这足以说明古画出土的时间不超过三年，而且十有八九是盗墓得来的。那瘦小的男人说是盗一座宰相墓得来的，这很有可能，因为只有朝廷一品大员才有可能在古画上做如此大的手脚。

墓主人在用古画陪葬时，曾用特殊方法处理过，一旦古画埋进古墓，年深日久，古墓里的尸气和阴气就会融进古画之中。这样一来，古画就无法再重见天日，即便有人盗墓得了古画，也不可能再见阳光，否则古画立马会变成一堆纸灰。相信那个瘦小的男人盗墓成功后，得了不少古画，他在不知情的情况下对着阳光打开，古画立时化为灰烬，经过多次实验，盗墓贼终于死心，也终于明白，这批古画他们根本不可能真正得到。于是想到了在晚上秘密出手，而且时间也不能拖得太长，一旦拖到天亮就都露陷了。因此，瘦小男人找到了伍子的店里，要价也不高，五十万而已，以伍子和老吴的鉴赏水平，必定知道以五十万买入十分值得，所以这笔交易就算成了。

董老爷子当时听老吴介绍了一遍经过，马上就断定是古画沾染的阴气太重，见不得阳光，于是将大厅所有的门窗遮蔽严实后才打开古画。同样的问题董老爷子年轻时就遇到过，所以这次遇到如此蹊跷的事也不觉得奇怪。修复古画，使它能重见阳光，最关键的就是把画卷上的阴气除掉。

伍子和老吴听到这里一阵激动，竖起耳朵仔细听着。故事到了这里才是关键，董老爷子到底是用什么法子将阴气祛除的呢？看老爷子颓唐憔悴的神态，肯定耗费了不少心神。

董轩说到这拿眼睛瞅瞅董老爷子，见爷爷没有表态，这才接着往下讲——

祛除阴气，自然需要阳气来中和调理。董老爷子先将古画浸泡在盛放药水的大缸里，将画纸和托纸分开，然后用专门的画纸刀将古画切割成手掌大小的方块，贴在皮肤上，用人体的阳气来中和古画蕴含的阴气。董老爷子亲自操刀，将古画平均分成几十片，贴在孙儿董轩的前心和后背上，剩余一部分，老爷子贴在了自己身上。祖孙俩用身体里多少年积蓄下的阳气驱除了古画里蕴含的阴气。

一连七天七夜，古画里的阴气被祛除干净，董家祖孙体内的阳气也损失大半，原本鲜亮而富有弹性的皮肤变得暗淡无光，七天，对董家祖孙来说仿佛过了七年。董轩还好，三十来岁血气方刚，尽管元气大受损耗，不过还能挺住。董老爷子则不同，九十来岁的人，看上去丰神飘洒，阳气终究衰弱，古画的纸片贴在身体上，阴气随即往身体里渗入，阴阳交混，董老爷子咬着牙坚持挺过七天，古画里的阴气祛除干净，他的身体却垮了。所以，伍子和老吴见到董轩时，对方一脸憔悴；见到董老爷子，更是气色失常。

祛除干净古画里的阴气，接下来就是装裱，几十块纸片要拼合得天衣无缝，配上托纸，变得完好如初，看不出任何切割和拼装的痕迹。这就需要装裱师极高的技艺和操作手法，稍有不慎，纸片拼装失败，整幅画就废了。画心托好后，接下来就是用绫子装裱天头、地头、隔水等，这样一幅画的主体就修复好了。董老爷子所用的托画心的生宣和裱幅天头、地头的绫子都是有年头儿的老东西，古旧气息明显。而且，董老爷子还运用了祖传的书画作旧秘术，最大限度地保住了画卷的古旧气息，甚至看不出这幅画重新装裱过。

这年头儿，有年份的宣纸和绫子都是书画做伪的原料，本身就价值不菲，一刀老宣纸价值十几万也不是奇事。一刀纸一百张，相当于每张纸一千块，这在收藏界也算是天价了。董老爷子所用的生宣，虽不敢说千元一张，恐怕几百元总还是值的。像董家这种世代相传的装裱名家，家里多少都有几刀有年份的老纸，经他们之手装裱出来的书画，古韵味十足。总之，为了这幅画，董家祖孙的确下了不少心思。

伍子和老吴面面相觑，心里一阵感动。人家是冒着阳寿折损的风险给他们修复古画，这种人格和敬业精神，绝对称得上中国收藏界的典范，甚至可以说是发扬和挽救传统文化的典范。两人对祖孙俩千恩万谢，挽救了这幅画，就等于挽救了他们上亿的财富，说多少感谢的话也不为过。董轩依旧态度冷淡，对二人的感谢冷眼相对，董老爷子则微笑不语，一副长者之风。

又坐了片刻，董老爷子面露倦色，冲伍子和老吴摆摆手：“你们先拿着这幅画去吧，另一幅可能要等一段时间才能修复。老夫的身体是一天不如一天，等身子好些了，肯定会修好剩下的这幅。”说完眼睛一闭，身体靠在椅子上不言语，看得出老人的精神的确是很虚弱。

伍子和老吴不敢再待下去，轻轻退出大厅。董轩随后跟出来，虽然脸色还是冰冷，不过他显然属于外冷内热的人，不然也不会送他们出来。

两人对董轩一脸歉意，伍子深深向董轩鞠了一个躬：“修复古画这事麻烦你和老爷子了，一个简单的谢谢和对不起都表达不了我们此时的心情，但我还是要说一声谢谢，我们对不住你和老爷子！”他这话说得真心实意，人家至今都没提报酬的事情，为自己的事情呕心沥血，甚至冒着折损阳寿的风险。

董轩一摆手：“现在说这些还有什么用？如今你应该知道当初我为什么极力劝阻爷爷修复古画了吧，就我爷爷那身体，他吃得消吗？”

伍子一脸惭愧："这样吧，剩下的那幅画我们不修了，等一会儿老爷子醒了，我进去跟他说。那幅画我们带走，决不能为这事再让老爷子身体受损，他年纪大了，可经不起折腾。"

董轩一声苦笑："晚了，就我爷爷那脾气，他认准的事情，九头牛都拉不回来，你们还是祈祷我爷爷平安无事吧。如今修复这两幅古画成了他的一个心结，也是他人生中的一个坎儿，必定是要经历的，躲不掉。还有，听我爷爷说他好像欠你们家一个人情，这次总算有机会还了。"

伍子心中一动，这董老爷子跟自己家大有渊源，通过他了解家族往事或许是个突破口，只是董老爷子现在的精神不太好，要不然伍子肯定要问个水落石出，哪怕效仿电视剧里的情景，在门前跪上个三天三夜。

这时候老吴突然插话："修复古画的关键，不就是用身体的阳气祛除古画蕴含的阴气吗？这好办，我身体里的阳气特充足，把画片全贴我身上不就得了。实在不行，还有我兄弟伍三思，他身上也贴几片……"

伍子恍然大悟，对呀，自己和老吴亲自上阵，关键性的问题不就解决了。再让董家祖孙俩去冒险，伍子实在于心不忍，能让他和老吴自己解决，那是最好。

董轩一声冷笑，对老吴说道："你以为是个人都能贴吗？我看就你这身体，画片贴在身上不出三天，就会全身发黑、糜烂，中阴毒而死。"

董轩这话吓得老吴一哆嗦，大家都是男人，我的身板也不比你差，怎么你能挺过来，我就得中毒身亡？伍子也有相同的疑惑，董轩的话未免太玄了点吧？

"怎么，你们不信？"董轩似乎看出了伍子和老吴的心思，解释道，"祛除古画里的阴气，需要纯阳之体，知道什么是纯阳之体吗？说简单一些，就是处男。不要以为我这是吓唬你们，这可是我们董家好几代装裱艺人总结出来的经验！"

伍子和老吴点头，原来玄机在这里，不过转念一想，不对啊，如果只有处男之身才是纯阳之体，那么年近九旬的董老爷子呢，他也是纯阳之体？那他的孙子董轩又是怎么来的？

"你们两个真是讨厌，如果不是爷爷一再交代要善待你们，我早把你们撵出去了。这么跟你们说吧，我不是爷爷的亲孙子，是他老人家从垃圾堆里捡来的。我爷爷终身未娶，他儿子也就是我叔叔，是我爷爷族弟家的孩子，过继给他养老送终的，现在你们该明白了吧。"董轩没好气地说道。

伍子和老吴不好意思地点点头，自己这点心思让人家猜个正着，两人都有些尴尬，赶紧告辞。董轩也不客气，将他们送出大门，就重重关上了院门。

回到古玩店，两人打开画卷足足看了一个多小时，越看越吃惊，董老爷子不愧为装裱大师。人家重新装裱过的东西，跟原装老裱简直一般不二，可说是最大限度地保留了作品的观赏性和经济价值。如果不是亲耳听见，谁能相信这幅画曾经被切割成几十块纸片，老吴拿出放大镜仔细观察，愣是没看出一点衔接的痕迹，这就叫功夫，这才是装裱大师的水准。

对于另一幅古画，两人十分放心，修复好是早晚的事，反倒是董老爷子的身体让他们有些担心，九十来岁的人了，实在折腾不起，为这事要有个三长两短，他们两人怎么过意得去。何况，伍子还想着以后再次拜会董老，了解他们家衰败的内幕呢……

# 第18章　闹鬼九窍塞

时光流转，不知不觉已是春末夏初，太阳的火力越来越旺盛，人们的衣装也在悄然变化，尤其是那些青春靓丽的女孩，纷纷褪去长裤，换上紧身丝袜，将一双双美腿勾勒得楚楚动人。初夏是一个充满浪漫色彩的季节，无论是人还是街道两边的树木，都显得生机盎然、朝气蓬勃。这时候高考刚结束不久，少男少女们怀揣着朦胧的情感，开始向人生更高一阶迈进。总之，整个城市变得热闹起来，傍晚街上的行人多了，卖烧烤的摊位也多了……

伍子闲来无事总爱在店里的藤椅上半躺着，用紫砂壶沏上一壶茶，或闭目养神，或看无聊而冗长的韩国剧，那叫一个舒服。周晓彬经常被老吴领着出去，鬼鬼祟祟，不知搞什么名堂。店里通常只剩下周晓晓一个员工，这小姑娘挺勤快，一天到晚打理店面，将店里面擦拭得一尘不染。

伍子看着周晓晓用鸡毛撣子拂拭货架子的身影，突然想起一个人，就是那个令他和老吴尴尬无比的马尾辫。粗眼一看，周晓晓的背影跟马尾辫还真有几分相似，也许是他对马尾辫念念不忘的缘故。

想起马尾辫，伍子又是一阵惆怅，这女人太他娘的神秘了。他和老吴不止一次谈起过马尾辫，一致认为，这个神秘女人肯定还会在沈阳道出现，至少她应该还在天津。等有机会逮住她一定好好审问，到底是用了什么法子将他和老吴迷昏的，她的企图是什么。

一个烈日炎炎的午后，天气热得出奇，盛夏正迈开大步，一步一步走来。街上行人稀少，只剩下微微打蔫的树木和滚滚而过的车流。伍子躺在藤椅上闭目养神，周晓晓则趴在柜台上打盹。店门一开，一个六十多岁颇有些儒雅风度的老者来到店里。老者一身休闲装，头发花白，看上去慈眉善目，一脸和气，叫人看着心里就舒服。

周晓晓从半睡半醒中缓过来，赶紧招呼客人："老大爷，您需要什么东西?

本店所有的古玩都保老保真，假一赔十。”

老者冲周晓晓爽朗地一笑：“小姑娘，我不是来买东西的，我有一件东西要出手，不知道贵店收不收。”老者也不绕弯子，从背包里拿出一个红布包，看意思是要把包里的东西出售给店里。

伍子这才发现老者手里还拎着一个背包，周晓晓接过红布包，然后递给伍子。伍子将红布包放在藤椅旁边的方桌上，轻轻打开，里面有大大小小好几个玉件，仔细数数，一共八件。这八件小玉器形状各异，有的类似树叶；有的呈U字形；有的呈细小的圆柱状；有的则一边粗一边细，跟玉簪差不多，只不过短小一些。

伍子一眼就看出来，这些小玉器是一套组件，学名“九窍塞”。这是古代死了人以后，用来堵住尸体九窍的玉器。人的九窍分别是眼、耳、口、鼻、阴和肛。那为什么“九窍塞”是八件呢？因为塞住两个鼻孔的是一件玉器，正是那件呈U字状的玉件，所以“九窍塞”有时候是八件。当然，塞鼻孔的玉器也有单个的，呈圆柱状，那样就是九件了。

说到“九窍塞”可能有人不知道，但提起金缕玉衣，想必无人不知、无人不晓。“九窍塞”跟金缕玉衣一样，都属于葬玉。所谓葬玉，就是专门给死人陪葬用的玉器。伍子当初给老姜鉴定的玉枕，也属于葬玉的一种，只不过没有“九窍塞”和金缕玉衣普遍罢了。

古代有一种传说，人死了以后用玉器塞住九窍，尸体就不会腐烂，甚至可以飞升天界，于是“九窍塞”成了古代贵族陪葬的必备之物，尤其在汉代，葬玉盛极一时。古代统治阶级对玉器陪葬品的数量和样式有严格规定，金缕玉衣只有亲王一级的才能使用，一般的贵族只能用“九窍塞”代替了。所以，“九窍塞”的出土数量远远超过金缕玉衣，后者就更显得弥足珍贵。

伍子戴上手套，将八件小玉器一件一件拿起来仔细观察，每件玉器表面都有明显的氧化层，从包浆上看应该是老料；玉器的沁色十分明显，不少地方已经钙化，附着着所谓的鸡骨白。从各方面看都像是老东西，而且是高古玉，这八个玉件沁色几乎一模一样，无疑是在同一时间、同一地点出土。

“这位先生，您开个价吧，只要价钱合适，我们店就收了。”伍子客客气气地对老者说道。既然东西是真的，价钱又合适，当然要收下来。店里正缺少像模像样的古玩，收下这套“九窍塞”，无疑给店里镀上一层金。

老者一脸和蔼地对伍子笑笑：“小朋友，小小年纪还挺识货，这可是汉代的‘九窍塞’，整整一套。年纪轻轻就当店老板，不容易啊，没两把刷子谁敢开古玩店。我一进门就看着你顺眼，也是咱爷俩有缘，得了，就算咱们交个朋友，你给一万块钱，这玉归你。”

一万块钱收一套“九窍塞”，按说不贵，别看玉件小，玉质也不算上乘，但贵在年份老，而且是一整套。

伍子有心收下，不过他还得压压价，哪有一口价成交的买卖，压价是常理。“老人家，这‘九窍塞’本店收了，只不过很不凑巧，店里一时没那么多钱，我们这只有八千，您看成吗？”伍子装作为难地说道，尽量表现出对“九窍塞”不甚在意。

老者稍微犹豫了一下，随即答应下来：“八千就八千，谁让咱爷俩有缘呢，看得出这店也是刚开张，就当老头子我送个喜庆。”

伍子赶紧赔笑：“多谢老爷子，您以后有什么好东西，多往这里来，本店绝对价格公道。”

这时候周晓晓已在柜台里取出八千块钱递给老者，老者清点完毕，把钱揣怀里走出店门。临出门前扭头看了看周晓晓，对伍子说道：“这小女娃挺漂亮，你女朋友吧？不错不错，也算古玩街上的金童玉女了，祝两位小朋友晚上做个好梦。”说完露出一丝诡异的笑。

伍子感觉这笑容十分不自然，古怪的笑容跟儒雅的气质格格不入，好像大有深意。他想追出去问问老者是什么意思，不过晚了一步，老者已消失在锦州道滚滚车流之中。旁边的周晓晓被老者的话语弄得玉面娇羞，如一对红透的苹果。

伍子送走老者回来，周晓晓正在摆弄着这套小玉件，看这套玉件形状古怪，好奇地问道：“伍子哥，这些都是什么啊？”

“这东西叫‘九窍塞’，是古时候的陪葬品，人死后塞在九窍里面的东西。你看，那两片类似树叶的，就放在眼睛上；类似 U 字形的，塞进鼻孔里；两个类似玉簪的塞进耳朵……”伍子挨个给周晓晓讲解，作为古玩店的员工，一点古玩常识都不懂可不行，伍子和老吴一直在有意无意地培养周晓彬兄妹俩的古玩知识。

周晓晓听了伍子的介绍，赶紧把手里的玉件丢下："伍子哥，你怎么不早说，这不都是死人身上摘下来的东西吗，恶心死了！"周晓晓说着话跑进卫生间，哗哗冲洗小手，她这样的小女生可不会对死人身上的东西感兴趣。伍子看着周晓晓恶心的样子，一阵苦笑。其实，这套玉件里他还有两样没给周晓晓介绍，一件是塞在尸体的肛部，一件塞在尸体的阴部，这两样玉件在收藏家眼里历来被看做是脏玉，特别不吉利。很多收藏家收藏"九窍塞"的时候只收藏头部七窍的玉件，叫"七窍塞"。出于男女有别的顾忌，伍子没给周晓晓介绍，他突然想起了韩笑雨，像她那样年轻又专攻古董的美女，还真是万里挑一。算起来已经两个多月没有见她了，不知道她现在怎么样。

周晓晓洗完手出来，伍子已经把"九窍塞"用红布包好了。听过伍子的介绍，周晓晓再也不肯靠近这套玉件，一个人躲得远远的，无精打采地擦拭货架上的古玩摆设。伍子的情绪在周晓晓带动之下也有些别扭，不管怎么说，"九窍塞"也是陪葬品，像这路东西十有八九都是盗墓得来的。偷坟掘墓、暴尸荒野，墓主人如果在天有灵，会安息吗？

陪葬品分为两种：一种是间接的，如瓷器、书画、金银、青铜器等，这些可能是死者生前喜欢的东西，嘱咐后人带进墓里，也可能是后辈为了孝敬而陪葬；还有一种是直接的，如金缕玉衣、九窍塞、玉握、玉含等，都是专门为死人准备的东西，直接摆放在死者的身体上，有着特殊的含义，活人绝对不会去佩戴或者把玩。像"九窍塞"这种东西古玩店收购以后，一般都会马上想办法出手，毕竟留在店里太晦气，伍子也开始琢磨着将这套"九窍塞"出手。

老吴打来电话，说他和周晓彬不回去过夜，晚上只剩下伍子和周晓晓。店里一楼是门面，二楼是一间小客厅和四间卧室，伍子、老吴、周晓彬兄妹每人一间。吃过晚饭，伍子就在楼下大厅里看球赛，周晓晓则在楼上小客厅里看电视剧。

夜里有些闷热，伍子半躺在藤椅上，品着紫砂壶沏出来的好茶，满身惬意。八千块钱收了一套"九窍塞"，无论如何是赚了，一转手肯定三万以上。他没把这事儿告诉老吴，等回来给他个惊喜。这年头，什么怪事都能碰上，这么大的漏都有人送上门来。

伍子又想起了去年那把吴王夫差剑，离现在整整过去一年，这套“九窍塞”不会跟那把宝剑似的，也是高仿品吧？伍子心里开始打鼓，重新从柜台上拿出“九窍塞”，翻来覆去地观察。没错，的确是真的。在古玩市场历练了这么几年，伍子自信这点眼力还是有的。吴王夫差剑如果他仔细观察，也能发现其中可疑之处，只不过当时鬼迷心窍而已。

一直到夜里十二点，伍子才重新把“九窍塞”放回柜台，终于可以睡个安稳觉了，这套玉件绝没有问题，肯定是有年头的老玉。大半夜拿着陪葬品把玩，伍子想起来也觉得别扭，他学着周晓晓的样子，在卫生间哗哗冲洗双手，觉得彻底干净了才关掉水龙头。

伍子关闭了大厅里所有的日光灯，只留下两个小灯泡照明，光线一下变得昏暗。他又重新检查了一遍门窗，确定都关好了才走上二楼。二楼客厅里的灯还亮着，不过电视关了，周晓晓已经回房休息。伍子走进卧室，重重躺在床上，很快进入梦乡。

伍子是被一阵隐隐约约的怪异声惊醒的，他一开始还没太在意，以为是外面大街上摩托车的声音。后来才感觉不对，现在是午夜两点，哪里来的摩托车。侧耳细听，这声音跟摩托车声是有差别的，更像是什么动物在低吼，又好像是人嘤嘤的哭泣声。

这是怎么回事，难道店里闹鬼了？

伍子脑子里有了这个想法，激灵一下从床上坐起，顿时睡意全无。他仗着胆子贴在门上细听，周围静悄悄的，没有一丝声响，只有客厅里一台老式座钟咔嚓咔嚓的摆动声。伍子还不放心，又打开房门往客厅里扫视了一圈，日光灯尽职尽责地照亮着整个客厅，一切正常。伍子这才安下心来，也许是白天捡了个大漏，脑袋兴奋得睡不着。伍子自嘲地摇摇头，重新关门睡觉。

伍子躺回床上后，翻来覆去睡不着，好半天才重新有了点睡意，正在他半睡半醒之间，沉闷而怪异的声音再次响起。伍子这次听得更加真切，声音忽高忽低，没什么规律，像是人在哭，又像是什么东西在低吼。再仔细听，声音很空灵、很死性，好像根本不是人或动物发出来的。“我的妈呀，还真闹鬼了！”伍子瘫软在床上，心怦怦直跳，再也没有勇气去客厅里一看究竟。

这时候旁边的卧室响起开门声，然后有轻微的脚步声，应该是周晓晓穿着拖鞋在客厅走动。现在不开门也不行了，伍子硬着头皮打开房门。果然，周晓晓穿着睡衣站在伍子卧室门口，看样子正准备敲门，脸上还带着一丝惊恐。

“伍子哥，你听见楼下的哭声了吗？”周晓晓吞吞吐吐地对伍子说道。伍子比周晓晓只大四岁，周晓晓习惯叫他伍子哥。按理说伍子跟老吴是哥们，周晓晓又管老吴叫老舅，她也应该管伍子叫一声老舅才对。只不过由于年龄差不多，平常还是叫伍子哥。

她也听到声音了？伍子越发觉得事情不对：“我是听到有点动静，不过刚才检查过了，一切正常，赶紧睡觉吧，没事。”他怕周晓晓害怕，没有把心里的疑问说出来。

周晓晓将信将疑地点点头：“伍子哥，我还是很害怕，要不，咱们谁也别回屋了，一起在客厅看电视吧。”这话一出口，她脸上显出一丝红晕，头顿时压得很低。

“好吧。”两个人在一起胆子还大些，伍子稍微犹豫了一下，便同意了周晓晓的要求。在古玩店相处的这段时间，周晓晓对伍子毕恭毕敬，有时候像妹妹对待大哥，有时候像员工对待老板。伍子对待周晓晓自然也跟亲妹妹似的，有老吴这层关系，他怎么也不能亏待人家，店里的生意一直不景气，但周晓晓的工资从来没拖欠过，碰上今晚这种诡异的情况，照顾一下女孩子脆弱的心灵也是应该的。

二楼的小客厅摆着几件休闲的沙发和一个玻璃茶几，跟一楼古色古香的装修截然不同。伍子把客厅所有的灯都打开，这样胆气足了一些。周晓晓冲了两杯咖啡放在茶几上，看这意思是准备熬到天亮了。

周晓晓打开电视，而后和伍子隔着茶几面对面坐下，屏幕上正在播一场激烈的足球比赛。气氛有些沉闷，两人谁也不说话，都无聊地盯着一个足球在绿茵场上乱滚。屋外不远处的迪厅还在营业，时下很流行的“两只蝴蝶”的歌声隐隐传来：“我和你缠缠绵绵翩翩飞，飞越这红尘永相随……”

流行歌曲在老街一家挨一家的古玩店上空飘扬，显得有些另类，就好像一件古老的青铜器上镶了块玻璃一样。伍子以前很讨厌这种流行歌曲，它和古玩似乎是两个不相容的存在，不过现在他突然觉得这种音乐很亲切。流行音乐是一种现代象征，现代气息浓一些，古老而诡异的事情就会少一些吧。

伍子不经意间瞅瞅对面的周晓晓，一身宽松的睡裙，光着两只脚丫，露出脚趾甲上鲜红的指甲油，长发随意盘在脑后。周晓晓这种打扮伍子还是第一次见到，尤其是这么近的距离，他能清楚地感觉到一股朝气蓬勃的年轻女孩的气息扑面而来。这种气息如同魔力一般，强烈刺激着伍子的某根神经。他赶紧把注意力集中到电视上，伍子也算是个球迷，五大联赛几乎是必修课，但他现在心中烦乱，看了半天也不知是英超还是西甲……

一杯咖啡很快喝完，周晓晓端起咖啡壶给伍子续了一杯，在她弯腰的瞬间，伍子无意中透过宽松的脖领瞥见里面两团白花花的东西，圆圆的，鼓鼓的。伍子赶紧把眼睛移开，脑袋嗡嗡作响，心里默默骂自己无耻、下流，你可是老吴的哥们，人家可是老吴的亲外甥女。

这时候周晓晓已经回到座位上，见伍子面色有些难看，关切问道："伍子哥，你怎么了？"

伍子双手摸一把脸，伸伸懒腰："没事，只是有点累。"

"用不用我给你按摩按摩，舒筋活血，很解乏的，我以前经常给我爸妈按摩，他们都说好。"周晓晓甜甜地说道。

伍子赶紧摆手："不用不用，我休息一会儿就没事了。"

呜呜……咕咕……怪异的声音再次响起，伍子浑身一激灵，一股冷气传遍全身。他可以肯定，声音就是楼下发出来的，侧耳再听，声音瞬间消失了。

"伍子哥，你听……"周晓晓惊恐不安地望着伍子。两个人谁也没有再说话，伍子把电视机的音量关掉，侧着耳朵听着楼下的动静。楼下客厅里一片安静，除了两人的呼吸再也没有一丁点声响，好像刚才的声音是幻觉。

周晓晓颤抖着身体从对面的沙发上起来，坐到伍子旁边："伍子哥，我怕！"柔弱的声音很容易让人产生怜悯。

伍子拍拍周晓晓的肩膀，安慰道："没事的，刚才可能是幻觉，你听，根本没有动静啊。"

呜呜……伍子说话的余音还没落下，空灵的声音再次传出。这次两人都听得真真切切，这绝对不是人或什么动物发出的，因为声响很死性，没有一丝活气，好像不是来自这个世界似的。

周晓晓两只手臂死死抱住伍子的胳膊，他能感觉到她的身体在颤抖，那是一种发自内心的恐惧。楼上楼下一片寂静，怪异的声音再次消失，留下一片静谧的空间。

“他娘的！今天真遇到鬼了？”伍子暗叹晦气，他虽不是一个纯粹的唯物主义者，但一直认为，所谓的鬼啊神的，都是历史遗留下来的骗人钱财的把戏，不过此刻他的想法开始动摇，如果世上没有鬼，这怪异的声音是怎么来的？不行，得下去看看，总这么呆着也不是个办法。

伍子仗着胆子站起身，挣脱周晓晓两只手的缠绕，对她说道：“今天这事有点怪，我得下去看看，你在这等着，我去去就来。”

周晓晓脸色煞白，颤声道：“我跟你一起去，我一个人在这里害怕！”

伍子没办法，只好带着周晓晓一起下楼。这样也好，他一个人下去也有些害怕，有周晓晓在旁边陪着还能壮壮胆子。周晓晓冰凉的小手死死抓住伍子，两人斜着身子一前一后走下楼梯。

一楼大厅里灯光昏暗，伍子临休息时关掉了大部分的灯光，只有两盏白炽灯照明。大厅一片寂静，除了昏黄的光线，再也没有一丝有生气的东西。两人围着大厅转了一圈，打开了大厅里所有的灯光，光线充足，两人的胆子也壮了些，眼睛来回寻摸，声音到底发自哪儿呢……

大厅里静悄悄的，除了伍子和周晓晓一粗一细的呼吸声，没有任何动静。一刻钟过去，伍子仗着胆子查遍了每一个角落，都没有发现什么异常。他开始怀疑自己是不是产生了幻觉，可也不对，周晓晓也听到了，不可能两人一起产生幻觉吧？但是又没发现什么，伍子只好说道：“这里挺正常的，咱们还是上楼吧。”

伍子拉着周晓晓重新上楼，一楼大厅的灯都没有关，灯光亮着，给人的心理压力会小一些。两人并肩坐在沙发上，把电视机的声音调得很大，试图盖过那种缥缈诡异的声音……

好不容易熬到天亮，伍子长出一口气，这一夜过的，要多累有多累。他最揪心的还是那怪异的声音，不知道今天晚上还会不会发生，好在今天老吴就会回来，这家伙见多识广，看看他怎么说。

中午时候，老吴果然回来了。伍子迫不及待地把昨晚发生的怪事告诉了老吴，周晓晓也在一旁补充。听完两人的介绍，老吴面露沉吟之色，倒背手在大厅里来回走动，思索着事情的来龙去脉。突然，他好像意识到什么：“你这几天是不是收了什么古董？”

伍子如实回答：“就昨天收了一套‘九窍塞’，八千块钱，我看值。绝对是老东西，玉料也不错。”他边说话边从柜台里把“九窍塞”拿出来给老吴看。

老吴接过红布包，放在桌子上打开，将一套小玉件捏在手里来回把玩，足足有十分钟才把玉件放下，又将整个红布包托起来，放在鼻子底下闻闻，脸色阴晴不定。

伍子紧紧盯着老吴的表情变化，心顿时提到了嗓子眼，难道这套“九窍塞”有问题，是人工做旧的假货？“老吴，这套‘九窍塞’有什么不对吗？”伍子小心翼翼问道。

老吴意识到伍子误会了，说道：“这套玉件是汉代的不假，而且有将近两千年的历史，八千块钱绝对值，一转手肯定能翻好几倍。”

伍子长出一口气，尽管他早已断定这是真品，但经过老吴亲口确定，多少有些悬着的心才算放下：“我说嘛，这东西一看就是大开门，八千块钱收下来，绝对捡了大漏。”

老吴摇摇头，一本正经道：“人家跑上门让你捡漏，这事是不是太邪乎？八千块钱，你以为人家卖主傻啊，这里面肯定有问题。”

伍子不以为然：“‘九窍塞’属于地地道道的陪葬品，有两件还是脏玉，这么丧气的东西，收藏人群肯定有限，八千块钱也算合理。”

老吴一脸阴沉地摇头：“如果只是因为它太丧气，价值也绝对不止八千，这套‘九窍塞’的品相不错，更何况还是完美无缺的一整套，就是八万也可能值。人家主动找上门来让你捡漏，这太不正常了，天上不会无缘无故掉馅饼，前一阵刚发生的古画事件你忘啦？我怀疑这套‘九窍塞’和那几幅古画一样，也是阴气过重的东西。你闻闻，这东西好像刚出土没多久，还留着一股子尸体腐烂的味道。”

周晓晓闻听这话，赶紧捂住鼻子躲得老远，伍子则郑重其事地放在鼻子底下闻闻，果然一股淡淡的土腥味和腐臭味钻进鼻孔，味道极淡，不仔细闻根本发觉不了。“他娘的，最近这是咋了，邪性的事情都让我们碰上了！”伍子狠狠骂了一句。

“像这种从古墓里挖出来的冥器，守着死尸放了那么多年，阴气很重，闹鬼可不是什么新鲜事。”老吴一脸严肃地说道。

伍子脸色有些难看，古画那篇还没翻过去，又来“九窍塞”这一出，怪不得老者这么便宜就把“九窍塞”出手了，他肯定知道这东西闹鬼。伍子突然想起老者临走前那诡异的笑容和他说的那句话“祝两位小朋友晚上做个好梦。”原来玄机在这里，伍子顿时对那位老者产生了一种莫名的厌恶，看上去颇为儒雅的一个人，也忒损了点。

伍子把昨天发生的事情一五一十告诉了老吴，老吴一阵慨叹：“古玩这一行，水深到你无法想象，明里暗里的圈套数不胜数，一不小心就会陷进去。我们练就一副好眼力，不光是为了看古董，还得看人，看清一件古董容易，看清一个人难啊！你看我经常搞一些假货蒙那些外行人，就认为我虚伪，我不是东西。其实你错了，古玩这行里比我更虚伪、更不是东西的大有人在，至少吴哥我从来没坑过老人和孩子，也算是童叟无欺……”

伍子没工夫听他瞎白话，直接问了一个最现实的问题打断他的话：“你看这套‘九窍塞’怎么处理？”伍子眼下最关心的还是这个，这可是花了八千块收来的。

老吴无奈一乐：“怎么处理？还能怎么处理？找一家店铺倒手呗，只要把价钱控制在两万以内，还是很好出手的，运气好碰上冤大头，五万也有可能。”

倒手，那岂不是又有一家店铺要倒霉了，伍子暗暗寻思。不过这东西除了倒手别无他法，留下来肯定不行，夜夜闹鬼谁也受不了，指不定还会招来什么灾祸。直接扔垃圾堆里也不行，这可是八千块钱收来的，唯一的办法只有倒手，自己把损失补回来，把闹鬼的事儿留给别人。这么做是有点儿缺德，好在老吴不是正人君子，伍子也不是。

“哎，对了！你这说古画和‘九窍塞’，一前一后，都被我们赶上了，而且这两样东西都透着邪性，会不会是在同一个墓里被盗出来的呢？”伍子通过这些天发生的事情，做出一个大胆的推测。

老吴点点头，又摇摇头：“有这种可能，不过也存在偶然，反正最近的事情太邪门，一件接一件，咱们最好谨慎一点，搞不好要出岔子，等有时间到庙里烧烧香，去去晦气。”

“得了吧你，烧香要是管用，你就不会干这么多缺德事了，那些买到你假古董的人还不得咒死你。”伍子不以为然。

“信不信由你，总之得小心，我总感觉吧，咱哥俩最近老走背字。”老吴不放心，嘱咐伍子道。

事情到这里算告一段落，老吴将“九窍塞”拿走了，他自有他的方式出手。伍子安心在公司上班，同时经营着自己的古玩店。周晓晓自那一夜后，一直惊魂未定，请了好几天的假，很多天以后才缓过来。

# 第19章　亡命追杀

春拍在即，公司开始了春拍前的最后努力，伍子的工作也开始忙碌起来，除了在公司鉴定一些古玩之外，有时候还要出差，到顾客家里做鉴定，店里的事暂时交给了老吴和周晓斌兄妹。

伍子的眼皮最近突突直跳，一连好几天都是如此，都说左眼跳灾、右眼跳财，可他是两个眼皮子一起跳，到底是祸还是福？伍子的心里有些不自在，难道是工作太忙累的，还是什么福祸的征兆？

店里的生意经历了一开始的萧条之后逐步好转，维持收支平衡已经没有问题，生意好的时候甚至略有盈余。伍子心情不错，生意上了正轨，一切都有了奔头，毕竟他把全部身家都投在了这里面。

伍子突然想起来，他在郊区还租着一套单元楼呢，店里有住处，这套房也可以退了。这天伍子叫上老吴直奔城南，准备收拾收拾东西退房，等他们把东西收拾好，天已经黑了，便决定在这里住一宿，第二天走人。两人要了几瓶啤酒几样小菜，边喝酒边憧憬着古玩店的美好未来。尤其是老吴，有了古玩店这个平台，他的一些社会关系就可以盘活，做起生意来更加如鱼得水，钱还不跟流水似的往腰包里淌。伍子则有自己的想法，他要开店，继而开连锁店，把生意做遍沈阳道、潘家园，整个北方古玩市场，甚至全国，重现伍家当年的辉煌。

咚咚咚……一阵急促的敲门声把两人从美好的幻想中惊醒。谁呀这是，不是说好了明天交钥匙吗，这房东也忒着急了，伍子边发牢骚边起身开门。他打开门一瞧，眼前这人吓了他一跳，心脏好悬没从嘴里蹦出来。面前这人是个丑鬼吗？不是，相反还是个大美女，而且是个令他终生难忘的大美女，相信老吴也一样，因为这人正是他们寻找多日的马尾辫。

“你来做什么……”伍子话还没问完，马尾辫灵巧的身体迫不及待地挤进屋里，双手狠狠地关上房门。人大口大口地喘着粗气，胸口一起一伏。老吴看着马尾辫起伏的胸膛，眼睛有些发直，早把兴师问罪的事儿抛到九霄云外。

多少日子不见，马尾辫的形象一点没变，还是粉白色运动装，一双运动鞋，只是脸蛋比原来潮红一些，额头渗出缕缕香汗，好像刚刚经过剧烈运动。

“你怎么来了？还想再坑我们，今儿咱的账也该算算了！”老吴终于把目光从马尾辫身上挪开，目中露出一丝凶相，恶狠狠地说道。

马尾辫对老吴的质问视而不见，急匆匆走到窗户边，稍微把窗帘拉开条缝，机警地往外扫视一遍，然后才回头说道：“以前是我不对，可我确实有难言之隐，现在我被人盯上了，随时有危险，求你们帮帮忙，以后必有重谢！”马尾辫说完这话又往窗外看一眼，似乎外面有什么巨大危险。

“帮你？怎么帮你？你怎么谢我们？”老吴望着眼前惊恐万分的马尾辫，眼神里的凶光已经消失，重新被迷离的眼神取代。

“只要你们帮我脱险，完成我爷爷的遗愿，什么条件我都可以答应，包括给你们一笔钱。”马尾辫毫不犹豫地回答道。

“好，就这么定了。”老吴干脆地答应，似乎觉得这是一笔很合算的买卖。

“定什么定？你看看外边吧，这里都被人家包围了。”伍子不知什么时候也站到窗前，指着窗户外边说道。

老吴闻言一愣，急忙往窗外看看，十几个穿黑西装的汉子封锁了所有的单元门，说不定会挨家挨户搜查。“马尾辫，你该不是招惹了什么黑社会吧？”老吴死死地盯着马尾辫清秀的脸庞。

马尾辫看了看楼下的情况，脸上又显出几分焦急之色：“没你们说得那么严重，不过这帮人不好惹，我手里有他们想要的重要东西，你们赶紧想法子帮我脱身，事关重大，东西一旦落入他们之手，后果不堪设想。求求你们了，没时间了，脱身以后我给你们一大笔钱！”马尾辫语气有些急躁，仿佛到了生死关头。

伍子和老吴对视一眼，分别从对方眼里看出对这事的态度。

“我们怎么才能混出去？”老吴没有废话，直接问伍子脱险的方法，这地方他住了几个月，应该很熟悉。

“跟我来。”伍子干脆地说了一声，人毫不犹豫地打开房门，不过他并没有顺着楼梯往下，而是直接往楼上走。老吴和马尾辫紧随其后，看伍子很有信心的样子，应该错不了。

三人快步上到五楼，这已经是顶楼。五楼楼梯平台正上方有一个天窗，墙壁上有爬梯，可以直通楼顶。伍子抓住爬梯三两下爬上楼顶，紧跟着马尾辫和老吴也爬了上来。三人趴在楼檐边隐住身体往楼下看，十几个黑西装的汉子已不见踪影，看样子是开始挨家挨户搜查了。

“下一步怎么走？你快点，没时间了！”老吴催促道。顺着天窗都能听到有人上楼的声音，声音清脆而杂乱，看样子人还不少。

伍子顺着楼顶往正东跑过去，一直到楼顶最东边才站住脚。老吴和马尾辫紧随其后，一看这情况马上明白了伍子的意图，挨着这栋楼有一棵挺高的大杨树，枝叶已经长到了五楼楼顶，伍子那意思是他们顺着大杨树下去。下去之后正好是小区外面，只要人平安着地，就算大功告成。

“跳啊，只要下去了就平安了。”伍子指了指大树，又指了指老吴，意思让他先下去。

老吴犹犹豫豫，连续试了几次，都没敢抓住树枝往下爬：“我说伍子，这能行吗？树枝一断可就摔死了，要不还是你先，吴哥我胆小。”

“我先就我先，让开。”伍子把老吴拉到一边，伸手抓住一根拇指粗的树枝，再伸出另一只手抓住一根树枝，身体稍微用力跃到一根比较粗的树枝上。他不再招呼老吴和马尾辫，身体顺着树干往下爬，时间不长，已经爬下两层楼高的距离。马尾辫把一个长条包裹缠在身后，学着伍子的动作也跃上一个较粗的树枝上，她身子比较轻，做起动作来比伍子还要灵活。老吴在楼顶上面露难色，他的体重最沉，动作最不灵便，这么细的树枝万一折了，必然粉身碎骨。

“老吴，你倒是快点呀，没时间了！”伍子大声催促，这会儿工夫他都下到了二楼的位置，眼看就接近地面，马尾辫也下到了三楼的位置。越往下树枝越粗，基本不会有什么危险，最难的就是上边这一段。老吴伸手试了几次，就他这体重，抓着拇指粗细的树枝往下爬，那不是玩命吗？

“老吴，时间不多了，你快点！”伍子再次催促。这时候天窗方向出现了几个人影，看样子是有人追上了楼顶。

“得了，为了心中的大美女，玩儿一次命吧！”老吴紧咬牙关，看准前面一根比较粗的树枝，纵身一跳。到底是搞古董的，老吴的眼力还不错，距离和力度判断得恰到好处，双手稳稳抓住了树枝。

咔哧……树枝承受不住老吴那么重的身体，很不情愿地折成两段，老吴沉重的身体急剧下坠，他慌忙间两手乱抓，还好大杨树枝繁叶茂，很容易就抓住了另外一根树枝，身体停止下坠。尽管如此，老吴仍惊出一身冷汗，心里止不住暗骂：这他娘不是玩命吗？

楼顶上人影晃动，不速之客马上追到，几道红外线光柱照射到老吴身上，老吴暗暗心惊，这些人身上该不会还带着狙击枪吧？

老吴不敢耽搁，稍微调整一下身体，赶忙顺着树干往下爬。咔嚓……头顶传来树枝折断的声音，扑通……一个黑影重重摔在地上。老吴心里清楚，楼顶上有人要追下来，结果树枝折断，人一头栽了下去。肉体与地面重重的撞击声弄得老吴心惊肉跳，还好自己重新抓住树枝，要不然就跟这人的下场一样。

老吴心里发毛，手上的动作没停，一直顺着树干往下爬。也许是这一摔震住了楼顶上的人，没有谁再敢轻易尝试，干巴巴在楼顶打转，偶尔闪出几道荧光，有人在用手机通话。

老吴好不容易下到二层楼的高度，伍子和马尾辫已经到了地面。“老吴，没时间了，跳下来啊！”伍子急促地喊道。

老吴低头往下看，下面黑洞洞的，看不到地面，从这么高的地方跳下去，那不是找死吗？“命可是自己的，该死的伍子，他倒是一点不心疼！”老吴一边暗骂伍子不是东西，一边往下爬，等爬到一层半高的地方，几辆车已绕过院子朝这边追了过来，车灯闪烁，照出伍子和马尾辫忽长忽短的身影。

“吴用功，你他娘的快点，迟了大家都得死！”这回伍子真急了。

老吴也看见正北面有车灯闪烁，那些人紧追不放，他估摸着现在离地面也不太高，撒手闭眼跳下树梢。一层半的高度，也不算低，老吴一屁股坐到地上，身体一阵酸麻，脚后跟骨折了一样痛。旁边一人趴在地上一动不动，看来他就是从楼顶上摔下来的那个倒霉蛋。

伍子拉起老吴，往车灯相反方向奔跑，老吴一瘸一拐，拼命跟上伍子的节奏。“快点想个辙，这么跑下去，我们绝对跑不过汽车。”老吴喘着粗气嚷道。

“前面有条小胡同，拐进去就安全了。”伍子回答。

他们闭住气不再说话，一路狂奔，后面的车灯越来越亮，照出三条清晰的人影。人影忽长忽短，三人都很熟悉，那正是自己的影子。后面的汽车不时发出一阵变态的吼声，随时都可能将三条人影吞没。伍子见前面不远有一根电线杆子，心里大喜，他说的胡同就在电线杆子旁边，那胡同汽车绝对进不去。

伍子一手拉着老吴，一手拉着马尾辫，终于冲到胡同口。三人钻进了胡同，影子戛然消失，这里没有路灯，只能摸黑前行。胡同口紧接着传来汽车紧急刹车声和重重的关门声，一道光柱从街道一头射向另一头，人影骚动，看样子很快就会追过来。

老吴边跑边说："伍子，这该不会是条死胡同吧，要那样的话我们就死定了。"伍子狠狠瞪他一眼，没有答话，跑过一段距离，老吴悬着的心总算放下，这里的地形太复杂了，一条胡同竟然有几条岔道，跟诸葛亮布置的八阵图差不多。伍子领着老吴和马尾辫七拐八拐，很快消失在黑暗中。

也不知跑出多长时间，老吴实在坚持不住，使劲挣开伍子的手："歇歇……歇歇……我实在跑不动了。"说完也不管伍子同不同意，就一屁股坐在地上，大口大口地喘气。

伍子这时也是在咬着牙坚持，见老吴提出休息，也没有反对，这地方距离他租住的单元楼已经很远，应该安全了。伍子看看身后的马尾辫，这女人虽然呼吸有些急促，却没有像老吴那样一屁股瘫在地上，始终一副举重若轻的姿态。他暗暗惊叹，马尾辫的体能不错，该不会是经常被仇家追杀，把长跑技术给练出来了吧？

突然，远处隐隐约约传出几声狗叫，该不会这么快追上来了吧？伍子赶紧从地上站起："此地不宜久留，快走……"他话还没说完，突然从背地里钻出一条人影，借着蒙蒙月色，隐约可见手中一把两尺来长的砍刀，这人什么时候摸过来的，谁也没注意。一愣神的工夫，砍刀划出一道冰冷的弧线朝伍子身体砍过去。

"快闪开……"老吴在旁边看得清清楚楚，一个箭步扑到伍子跟前，用后背死死护住他。

老吴刚一扑到，冰冷的刀弧也到了，噗……一声血腥的闷响。

夜色很浓，看不清血光飞溅的场面，但老吴瞬间扭曲的五官伍子能看得到，身边发生了什么也能想象得到。这一刻他的心脏仿佛停止跳动，甚至能体会到老吴血液从身体喷出的痛楚。

“老吴……”伍子发出一声撕心裂肺的吼叫，吼声里夹杂着惊惧、意外、愤怒、担忧，他的心情也像这吼声一样，复杂而凄凉。

拿砍刀的人似是没料到这种意外，传说中的江湖义气居然会在眼皮子底下发生，这人一时不知所措，手中的砍刀停滞在空中。马尾辫抓住机会，从墙角捡起一块砖头，狠狠砸向这人脑门。啪……血滴飞溅，高大的身影直挺挺摔在地上，砍刀落地，发出一阵清脆的金属撞击声。

伍子离这人近在咫尺，马尾辫用板砖拍打这人脑门，随之一股温热的鲜血溅到他脸上，黏黏糊糊，还带着体温。强烈的血腥味刺激着他的神经，这一幕恐怕只有电影里才会发生，想不到今天自己竟遇上了。一开始有人从五楼顶摔下来，现在又有人脑袋挨一板砖，还有替自己挨了一刀的老吴，弄不好就是三条人命。三条人命啊！自己一时冲动竟干起了玩命的勾当，更重要的是一旦得罪黑社会，他这辈子都别想安生。

“伍子，想什么呢？快点离开这里。”老吴挣扎着身体从伍子怀里挣脱开，用不容置疑的口气催促道。

“老吴，我背你。”马尾辫抬头辨辨方向，背起老吴朝一个方向一路跑下去。伍子紧随其后，本来他打算背着老吴，没想到马尾辫先他一步。伍子想拦下来自己背，这时候马尾辫已经跑出老远，真没想到这个看起来柔弱的女孩这么大力气。伍子紧走几步追上去，双手扶住趴在马尾辫背上的老吴，老吴后背上的衣服一片精湿，黏黏糊糊，血液完全把衣服浸透。

刚跑出不远，几道手电筒的光柱出现在原来的地方，果然有人追上来。

“这么直着跑早晚被发现，拐弯……赶紧的！”老吴虚弱的声音催促道。

“老吴，你别说话，坚持住，我就近找一家医院。”伍子边跑边说，声音有些哽咽，两行热泪不由自主地滴滴答答溢出。他们萍水相逢，认识不过才几个月，在一起合作不过是靠着利益上的关系。老吴能挺身而出，替他挡刀，是他无论如何都想不到的，要不是老吴，他这条命就没了。伍子暗下决心，今天就是死，也不能再让老吴受伤，交这样的朋友，值！

前边有一个胡同岔口，伍子和马尾辫不约而同都选择了这条狭窄的小胡同。这胡同比刚才那个更窄，三轮车进去都费事，整条胡同高低不平，曲曲折折。

三人好像三粒没有被消化掉的米粒，从大肠一下子进入到小肠。伍子对这一带也非常陌生，选择走这条路完全是靠直觉，要是死胡同的话，他们三人就死定了。

伍子和马尾辫一直往前，跑了很长一段时间，胡同终于到了尽头，眼前是一片开阔地，高洼不平，到处是生活垃圾和建筑垃圾。再往前就是庄稼地，高高低低的农作物被黑夜掩去原来的绿色，形成一块一眼望不到边的巨大黑幕。

马尾辫终于停住脚步，眼前的景象有些出乎意外，她也拿不准下一步该怎么走。伍子暗暗称奇，想不到马尾辫的体力这么好，背着个人还能跑这么快，自己刚刚能跟上，这个女子实在太令人意外了，她身上到底有多少未解之谜。不过，现在可不是探寻这些的时候，他最关心的是老吴的伤势："老吴，你可千万得挺住，我们马上给你找医院。"伍子声音再次哽咽，泪水围着眼圈打转，强忍住没流出来。

"下一步我们往哪儿走？"马尾辫忍住粗重的呼吸，询问伍子的意见，伍子马上明白马尾辫的意思，她是让自己做出选择。往庄稼地的方向走，那里最安全，只要一钻进庄稼地，对方就别想再追上，但这样老吴的伤就会耽搁；而往灯光亮的地方去，则会很容易找到诊所，老吴可以得到及时救治，不过被不速之客追杀的可能性也会大增。

毕竟伍子和老吴摊上这档子事，都是因为马尾辫，所以马尾辫不好擅作主张，而是把决定权交给了伍子。

"我们回市里，找最好的医院，一定要把老吴身上的伤治好。"伍子毫不犹豫做出决定。"你就不用回去了，反正已经脱险，该干吗干吗去。"他又对马尾辫说道，语气有些生硬和不满，毕竟老吴的惨遇跟她有直接关系。

马尾辫慢慢垂下头，没有表态，天色很暗，伍子看不清她的表情，不过他能猜到马尾辫一定满脸歉意。

"我看还是不要回市区，现在回去非常危险，我的伤不要紧，还能挺得住……"老吴费了很大劲从牙缝里挤出几句话，又缓口气说道，"那边有车灯来回穿梭，应该是条公路，我们过去拦辆车，去静海。"

伍子和马尾辫同时朝老吴指的方向望去，可不是，好多汽车沿着一个方向来回穿梭，密度还不小，看样子至少是条省道，要是能拦下辆车，是再好不过了。

马尾辫小心地将老吴放到地上，然后脱下身上的运动衫勒在老吴胸前，挽个套子勒紧，伍子也脱下上衣勒紧老吴的后背，这样能最大限度地减少血液流动。幸好老吴身上的衣服不少，那一刀也没持正部位，不然他肯定会休克的。

两人匆匆处理完伤口，伍子背起老吴，顺着庄稼地边的小路朝公路走去，看着距离挺远，实际上也就几百米。老吴趴在伍子后背上一个劲儿嘱咐："待会儿上了公路，马尾辫去拦车，因为她是女的，比较容易办事。大半夜拦车本来就难，一个大男人满身是血拦车，有汽车肯停才怪。还有，上车后伍子表现要狠一点，尽量往黑社会老大上面装，现在赶夜路的司机，就吃这一套。"

老吴断断续续交代完，三人也上了大公路。果然，这是一条天津直通静海的公路，虽然是半夜，车流量还是比较大。伍子背着老吴躲在阴影里，马尾辫一人去路边拦车，时间不长，终于有一辆出租车停下来。

"去哪啊？"司机问道。

"静海。"马尾辫回答。

"好嘞，上车吧。"司机说道。

马尾辫刚刚打开副驾驶车门，伍子就从黑暗里飞快窜出，钻进车里，他先稳住司机，随后马尾辫搀扶着老吴钻进汽车后排，两人上车后迅速关好车门。司机见这三位浑身是血，额头开始冒汗，扶住方向盘的手不停抖动。

"司机师傅，不要多心，我们只是赶路的，只要把我们送到静海，车钱照付。如果耍什么心眼，可别怪我不客气！"伍子说完狠狠瞪了司机一眼，再加上他脸上身上沾了不少血，给这双眼睛更添了几分杀气。

"别愣着了，开车吧。"后坐的老吴补充道。通过微弱的车灯可以看见，他身上的衣服完全成了红色，脸色煞白，再这样下去肯定会因失血过多而休克的，就他这样子，傻子也能猜到他刚才做了什么。

司机极不自然地启动汽车，朝静海方向驶去。"哥们儿开稳一点，当心出车祸。"伍子用冷冷的语气叮嘱道。

司机擦擦头上的汗滴，不住地点头："好，好。"

二十分钟以后，汽车驶进静海城区，在老吴的示意下，汽车停在了一个相对僻静的地方。伍子和马尾辫一起将老吴搀下车，老吴脸色白得如同一张纸，他坐过的地方被血浸湿了一大块，再这样下去非出危险不可。伍子掏出两百快钱递给司机，也不管够不够，背起老吴顺着路灯就往前走。司机稍微愣了一下，马上醒过神儿来，脚下一踩油门，汽车发出一声长啸，钻进了路灯尽头。

“前面那个胡同往左拐，我有一哥们儿住在那，我们先去那里。”老吴对伍子说道。

伍子背起老吴朝指定的方向走去……

三天后。

一辆半新的五菱面包车行驶在104国道上，汽车一路往南，车上两男一女三个人。开车的是伍子，马尾辫坐在副驾驶座上，后排座半趴着一个三十来岁的中年人，从后背到胸前缠着一圈圈的白色绷带，这人正是老吴。车跑得不快不慢，很稳当，看样子是有意照顾老吴的伤势。

“我说老吴，我们为什么非要去洛阳？中国的大城市多的是，离天津越远岂不是越好？我看还是去上海，要不去广州……”伍子一边开车，一边用商量的口气对老吴说道。

老吴在后排座趴着，用不容置疑的语气回答：“你懂什么，洛阳是四大古都之一，文化底蕴深厚，有价值的文物比比皆是。听说规模不小的古玩市场就有三四个，我们去那里，没准还能淘换到一些好东西。我一直就想去洛阳古物市场看看，正好这是个机会。”

伍子听老吴这么一说，也不再反对：“好，就听你的。洛阳是西汉的国都，周围的汉墓特别多，没准还真能淘换到汉代宝贝。对了，还有洛阳铲，看意思那地方盗墓挺盛行吧。”

老吴没有接伍子的话茬，转了话题：“我静海这哥们儿还够意思吧？照顾了咱们三天，还借给咱们一辆车。”

“得了吧你，就这辆破车，顶多值两万，咱可是给了那小子三万押金。这德性还够意思，干脆跟他断交，看他贼眉鼠眼的样，不是什么好鸟！”伍子没好气地回答。

“算了算了，这车也算解了咱的燃眉之急。哦，对了，咱现在是不是该审审她了。”老吴说着指了指副驾驶座上的马尾辫。

伍子一想也对，毕竟他和老吴落得这般狼狈，连天津都不敢待，这可都是马尾辫一手造成的。她现在还不给他们一个交代，无论如何说不过去。“你，怎么个情况？说吧。”伍子拿眼角扫了扫旁边的马尾辫，没好气地问道，语气像是在审问犯人。

马尾辫满脸歉意地冲伍子和老吴挤出一丝笑意，这一笑当真是美丽动人，两人肚子里的闷气当时就消了一半。他们不是没见过美女，也不是没见过美女笑，但这个马尾辫的杀伤力绝对超过以往任何一个。伍子突然想起了杜甫的一句诗：回眸一笑百媚生，六宫粉黛无颜色。身边这个女人的笑，不就是那种祸国殃民的笑吗？尤其是老吴，眼神开始迷离，一脸陶醉的样子。

“现在在车上还不好说，等到了洛阳，我会把一切告诉你们的。”马尾辫默默地说道。

伍子和老吴也没有追问，面包车沉闷着向前行驶……

终于进入洛阳郊区，再往前走就是洛阳城区的边缘，他们找了一家中档的宾馆定了两间客房，伍子和老吴一间，马尾辫一间。坐了一天一夜的汽车，骨头差点散架，伍子和老吴一商议，马尾辫这丫头还是明天再审，先好好休息一晚再说。

# 第20章　绝世古琴

第二天吃过早饭，伍子和老吴敲开马尾辫的房门，马尾辫似乎知道他们要来，茶几上已经摆好两杯茶水，她静静地坐在床头等着两人问话。伍子和老吴对视一眼，在茶几两旁的椅子上坐好。“把你的事情都说说吧，为什么被人追杀，为什么找我们帮忙，为什么迷晕我们……”伍子有些沉不住气，张口问了一大串为什么。

马尾辫把额头上的刘海往后理了理：“在说这些事情之前，我想先让你们看样东西。”说着伸手拿起放在地上的长条提包，这提包伍子和老吴非常熟悉，那天晚上马尾辫莫名其妙地出现，当时怀里就抱着这个提包，夜里被人追杀还抱着它死死不放，可能是什么重要东西。

伍子和老吴四只眼睛紧紧盯着，马尾辫已经把提包打开，里面还包裹着一层红绫，红绫解开，一把紫色的古琴呈现在眼前。

伍子和老吴看见这把琴，脸上露出哭笑不得的表情，这不就是马尾辫在古物市场上准备出售的破琴吗？这么一件粗制滥造的仿制品，怎么还带在身上，还宝贝得跟什么似的，这女人该不会耍什么心眼吧？

马尾辫将古琴递到伍子和老吴跟前，见他们表情怪怪的，抢先解释道：“你们仔细看看这把古琴，它绝不是仿制品，我知道你们都是玩古董的行家，求你们再仔细看看。”

看她一脸严肃的样子，好像古琴真有什么来历，难道自己看走了眼？想到此伍子和老吴不约而同地把注意力集中到那把琴上，一开始两人还没什么异样，五分钟之后，表情开始有些古怪；十分钟之后，伍子吃惊地从椅子上站起来；十五分钟以后，两人均是目瞪口呆，好像遇到了天底下最不可思议的事情。

“没错，这的确是一把古琴，最起码有一千年以上的历史。原先我还以为琴身上的断纹是人工做上去的，现在看来不是，都是自然形成的，还是最难得的龟背断，千金难买龟背断啊。”伍子喃喃道，像是对老吴说的，又像是自言自语。

老吴同样深有感触：“是啊，这绝对是真断纹，纹形流畅、纹尾自然消失、纹峰如剑刃状，假断纹经过冷热催化或刀刻等过程，难免有失自然，出现破绽，我看不会有假。不过这些凤鸟纹的确是近几年才画上去的，显得不伦不类，而且琴身表面还上了一层新漆，把原来很清晰的断纹遮掩了不少，就连琴背上的铭刻也给遮住了，这些假象险些把人给蒙住，不仔细看还真以为是件仿品。”

“哎，老吴，你用手摸摸，看看能不能摸出铭刻的是什么。”伍子听老吴说琴背上还有铭刻，顿时来了精神。只要搞清楚铭刻的内容，很可能就知道琴的制作者和制作年代，这对一件古董来说太重要了。

老吴把手放在铭文部位，微闭上眼睛仔细揣摩，好半天才睁开，眼神里透出抑制不住的兴奋：“这是唐代雷氏家族制作的古琴，铭文刻得清清楚楚有一个雷字，这可是绝世珍品！”

“这把琴要是不刷这层新漆，不画这层凤鸟图案，跟故宫里的九霄环佩绝对有一拼，这可是唐代的，全世界不超过二十把。九霄环佩值 4000 万，这把至少 3000 万。只可惜了，一件绝世珍品，被不懂眼的人给毁了。”伍子一阵感叹，想不到居然有人如此暴殄天物。

“那么多人追杀你，就是为了这把琴，他们要谋财害命？”老吴把思绪从古琴上收回来，问了马尾辫一个关键的问题。伍子听到这也脸色一凝，注意着马尾辫下面的回答。

“是的。”马尾辫回答得很干脆，仿佛已经料到对方要问这个问题，“不过这帮人不仅仅是谋财这么简单，这把古琴里隐藏着一个天大的秘密。”

伍子和老吴同时一愣，对望一眼异口同声问道：“什么秘密？”

马尾辫理了理思绪，准备把事情和盘托出，经历了这么大变故，她对伍子和老吴的戒心大大降低。“事情还要从几十年前说起，1969 年的春天，一个叫沈四海的年轻人随着一个考古队在浙江某个深山老林里挖掘一座古墓。那时候新中国刚成立不久，物资极度匮乏，很多考古队员都营养不良，当时的考古技术也很落后，一连发掘了一个多月仍没有完工。这时候到了夏天，在经历了连续几天的暴雨之后，考古工作全面停顿，所有人都被困在大山里。也该着出事，一天夜里，一场巨大的泥石流毫无征兆地席卷而来，躲在帐篷里的人们连逃避的机会都没有，连考古专家带民工，二十几个人全部被埋在底下。沈四海很幸运，他在巨大的洪流冲击下，身体鬼使神差地浮在了最上面。沈四海从泥浆中挣扎出来时，太阳正暖洋洋地照射着大地，整个山坳被填成了平地，凌乱的树枝、树根、大小不一的石块掺杂在泥浆里。帐篷、墓坑，全都被泥浆掩埋，偶尔还有几块帆布碎片和雨鞋、水壶等裸露在外，预示着这里曾经有活人居住。触目惊心的惨状强烈刺激着沈四海的神经，他发疯似地在泥浆里乱抓，试图找到他的老师、他的同事，嘴里不时发出绝望的哀号……直到他筋疲力尽地躺在山坡上，依然一无所获，在大自然面前，人力有时候真的很渺小。沈四海是被后来闻讯赶来的村民救醒的，在沈四海的苦苦哀求下，村民又进行了营救，但是没有找到一个幸存者。这时候离事发已经好几天，即便能找到，恐怕也是一具尸体，这也是当地村民不愿意枉费心机的原因。唯一的收获是，一个村民在泥浆里摸出一把长条的东西，上面还有彩色纹饰，他感觉应该有用，就把东西交给了沈四海。而那个长条的东西，在上面的泥土被清理干净后，露出的就是这把古琴。”

“你说了半天，古琴之中到底有什么秘密啊？”老吴最关心的不是古琴的来历，而是它所隐藏的秘密。

马尾辫没有理睬老吴，依旧接着往下讲：“当时正值十年‘文革’，破四旧运动在全国轰轰烈烈地展开，搞考古的人在当时不吃香，甚至有很多人还遭到迫害。一下子死这么多人，却没有引起当地政府的重视，各地都在武斗，失踪几个考古人员根本没人在意。当地政府在向上级汇报时用的是失踪，而不是死亡，事情的严重性被人为地降低了许多。沈四海多方走动无果，灰溜溜地回到原单位，他本想将那把古琴上交给单位领导，单位里一个资深老教授劝阻了他，全国都在破四旧，这把古琴要交上去，十有八九得毁了，还不如自己留下。就这样，古琴一直留在沈四海身边。几十年后，沈四海成了全国首屈一指的考古专家，考古界的泰斗。八十年代末，他从苏州调往北京，这时人们都尊称他沈教授。沈教授和那把古琴相伴多年，几乎成了他身体的一部分，那可是几十条人命换来的东西啊！沈教授终身未娶，只守着那把古琴相依为命，日久年深，他竟从古琴里发现了一个惊天大秘密。”

“什么秘密？”伍子和老吴迫不及待地问道。

马尾辫没有理睬他们的急切心情，仍然按自己的节奏叙述着故事的经过：“沈教授无意中发现，古琴有些奇怪，因为他在守着它时，有时候会无缘无故昏迷，有时候则平安无事。当沈教授发现这个秘密以后，对古琴更加着迷，经过多年的试验和研究，他终于弄清楚了其中的规律：古琴只在晚上才有可能使人昏迷，并且只对男人有效，女人则平安无事。也不是每一个晚上都发生这种怪事，只有在月光明亮的时候才会发生，而且月光越亮，效果越明显。”

伍子和老吴恍然大悟，原来是这样，怪不得他们跟马尾辫在一起时会无缘无故昏迷不醒，敢情是这把古琴在搞鬼。“这也算惊天秘密？”老吴有些不屑地说道。

“当然不止这些，沈教授为古琴专门成立了一个秘密研究小组，成员只有四个，都是他最得意的学生。经过多年的潜心研究，研究小组终于发现了古琴的另一个巨大秘密，这个研究结果一旦公布于世，对全国、全世界都有划时代的影响。也许是这个发现太重要了，沈教授连夜给国家社会科学院写了报告，请国家插手进一步研究，报告准备第二天呈上去，结果当天晚上就出事了。沈教授家突然闯进一伙不速之客，企图抢夺报告，在千钧一发之际，沈教授果断地把报告付之一炬，并将古琴交给他的孙女，掩护她顺利逃走，而沈教授本人则被人秘密绑架。”

“哦？你不说沈教授终身未娶吗？怎么又冒出一个孙女？”伍子抓住要点，用怀疑的口气问道。

“沈教授收养过一个孤儿，由于年纪相差太大，所以祖孙相称。那个孤儿就是我，沈教授就是我的爷爷，我叫沈冰。”马尾辫解释道。

“原来如此，这么一说故事就圆满多了，那天晚上我们遇到的那伙人，就是绑架你爷爷的人了？”

“是的。他们的目标有两个，一个是我爷爷，一个就是这把古琴。”

“既然你知道有人在暗中抓你，怎么还敢明目张胆地在古玩市场摆摊，还要卖了这把古琴，你什么意思？”老吴问道。

“从家里逃出来以后，我马上报了案，可警察根本不相信我说的话，只当一般的绑架案处理，这么久还没有头绪。后来我绝望了，把古琴重新刷了一次油漆，还自己新画了一些图案，一般人根本认不出来。我在古玩市场上摆摊，目的就是想遇到一个真正识货的，或许只有这样才能重新发现古琴的秘密。只有把古琴的秘密公布于众，才会受到社会舆论的重视，这样我爷爷才可能获救，这是目前我唯一的希望。”马尾辫说完，满怀期望地望着伍子和老吴，明眸流转，看得人心神荡漾。

伍子和老吴同时陶醉了那么一下，不过很快清醒过来。沈教授和他最得意的弟子研究了多少年才出的成果，他们两个“二五眼”怎么可能研究出来，不过这不能在马尾辫面前表露出来，伍子和老吴挺了挺胸脯，一副舍我其谁的架势。马尾辫向二人投去感激的目光，两人又是一阵陶醉……

“你爷爷没有把最新的研究成果跟你提过？”老吴禁不住问道。

马尾辫眼神里露出一丝黯淡：“没有，爷爷说这关系到整个国家，事关重大，根本没有跟我透露过半句。”

“这可就难办了，不过你也别着急，咱们慢慢来，时间长了总会有发现的。”老吴闻听后一阵失望，还是不忘安慰马尾辫几句。

后来几天，伍子和老吴开始频繁出入马尾辫的房间，抱住古琴不放，使出浑身解数，企图破解其中的秘密，一连研究了好久都毫无收获。这二位都是研究古董的行家，他们要发现不了，这个秘密肯定隐藏得很深。沈教授带领着研究小组十几年才发现的秘密，伍子和老吴两人再聪明也不可能几天时间就能破解。

不过，他们俩还是发现了其中的一些蹊跷，制作古琴的原料的确是汉代的棺材板，木色黝黑、松透，有典型的汉木特征。伍子推测应该是这样的：在唐代有人挖掘了一个汉代古墓，后来这副棺材板流转到雷氏家族手中，于是就将这副上好的原料制成了一把古琴。这把古琴不知什么时候又做了陪葬品，直到二十世纪六十年代，沈教授等一批人重新把它挖掘出来。这把琴具体是什么木料，楠木、杉木、桐木，还是其他什么珍贵木料，伍子和老吴没有看出来。一来琴身涂着厚重的漆料，看不出木材纹路；二来这木材经历的年代太久，两次尘封进古墓，又两次重见天日，包浆和原来的成色都发生了巨大变化，不能用现在的经验去判断。

伍子和老吴把这几天的研究成果告诉马尾辫，虽然没有什么实质性进展，终归是有所发现。她冲二人欣慰地点点头，嫣然一笑。伍子和老吴顿时心里生出一丝异样的感觉，千金难买美人一笑，这几天的辛苦总算没白费。

知道了古琴不同寻常的经历，尤其是它能使男人莫名其妙地昏迷，更加使伍子和老吴对这把琴敬而远之，生怕什么时候自己又被迷晕，出丑不说，搞不好还有什么危险。鬼才知道马尾辫她爷爷所指的震惊全国的秘密到底是好事还是坏事，在没有搞清楚这些之前，他们最好还是离古琴远点。伍子和老吴这态度，携带和保存古琴的事情只能由马尾辫一人负责，东西本来就是她的，自己保管也无可厚非。

接下来几天，伍子和老吴频繁出入在洛阳的古玩市场，他们都是专业搞古玩的，去古玩市场淘货就跟医生天天去医院、老师天天去学校一样平常。当然，两人不会忘记把马尾辫也带上，于是在熙熙攘攘的古玩市场出现了两男一女三个身影，女的容貌绝丽，梳着一个很迷人的马尾辫。旁边两个男的，一个脸色煞白、满脸奸相，一个相貌中上、有些傻里傻气。这三人走在一起显得那么不伦不类，吸引了市场里不少人的目光。

伍子深切地感受到周围目光的扎眼，不自觉把距离和马尾辫拉开一些。老吴则若无其事，与马尾辫并肩而行，手里不停比比画画，似乎在介绍一些古董的优劣。马尾辫则不住点头，时不时用一双明眸打量老吴几眼，一副崇拜的表情。伍子恨不能上前一脚把老吴踢开，看他那眉飞色舞的样子，肯定对马尾辫没安好心。谁让自己心虚呢，给了老吴这么好的表现机会。人哪，都是死要面子活受罪，伍子暗暗感叹。

洛阳因地处洛水之北而得名，是中国四大古都之一，文化底蕴深厚，与洛阳厚重的历史相应，洛阳的古玩市场也兴旺非常。豫深文博城古玩城是豫西地区最大的古玩字画集散地，一楼和地下一层以瓷器、玉器、老书刊和字画居多，二楼、三楼以陶器、青铜器和古钱币居多。每到周六、周日，天刚蒙蒙亮，“跑地皮”的商贩就背包携箱，云集在这里摆摊。早上七点钟左右，一楼大厅内、走廊里已经摆满了地摊，前来淘宝的藏友摩肩接踵，好不热闹，这里也是外地藏友到洛阳淘宝的必到之处。

伍子三人今天来得很早，七点钟便赶到了市场最繁华的地方。老吴照旧把全部心思用在马尾辫身上，手舞足蹈地讲解着一些古董鉴别和作假的常识，对地摊上可能出现的大漏视而不见。伍子暗暗骂老吴不是玩意儿，为了讨好女人连正经事儿都不做了，他跟在老吴后面无聊透顶，后来干脆把所有的注意力都放在两边的地摊上。

不久，伍子便被地摊上一个小瓶子给吸引住了，这小瓶子有点像观音菩萨手里拿的玉净瓶，不过这瓶子比玉净瓶的肚大，又有点像喝酒用的小酒壶，但个头却比酒壶稍微大一些，这瓶子的学名叫玉壶春瓶。有人说这瓶子是从实用酒器演变成陈设瓷器的，也有人说是由寺庙里的玉净瓶演变而来。不管怎么样，这东西看上去线条流畅、温文尔雅，无论是做摆设还是做酒器都十分得宜。

不过，吸引伍子注意力的不是瓶子的外表，而是瓶子上面的纹饰。说实在的，玉壶春瓶由于小巧玲珑、器型优美，深受人们喜爱，也因为这样，市场上的仿品比比皆是，看着挺好、挺漂亮，花几千、几万块钱买了，其实也就值几十。伍子看到的这个瓶子画的是青花“刀马人”，也就是画面上有人物、战马、兵器，描写的是战争场面。图案古拙典雅、栩栩如生，是时代打上去的印记，现代人是模仿不来的，“刀马人”图案元明清都很流行。当然，伍子没指望这是一件元青花，最起码也应该是一件清早期的东西。

伍子拿起瓶子仔细端详，底款刻的是“大清康熙年制”，再看看胎体，质地坚硬细密，胎土淘练得极其纯正细腻，有如糯米。伍子心里一翻个，热血开始在心里奔腾翻滚，想不到这么容易就遇到了康熙年的青花珍品。

“老吴，你过来！”伍子冲着前面的老吴喊道，这么一会儿工夫，老吴已经陪着马尾辫走出老远，险些淹没在人流之中。

老吴听见伍子喊他，很不情愿地走回来：“什么事……”

伍子把玉壶春瓶子递给老吴，他一见这瓶子，硬生生把后面的话给咽了回去。老吴只扫了几眼，已有九成把握，这是一件康熙官窑的珍品。他不动声色地冲伍子挤挤眼，意思是说这东西很开门，不管用什么办法都得收下来。

“这瓶子多少钱？”老吴重新把瓶子放下，不动声色地问道。

“这玉壶春瓶可是康熙官窑的精品，少了这个数免谈。”摊主伸出一个手势，用一口流利的豫西话回答。

见对方知道这瓶子的背景和大概价值，伍子和老吴同时心里一紧，脸色有些难看，这种情况下捡漏不太可能了，现在能做的就是尽量压价，力争用最低的价钱把这瓶子收下来。对方出价二十万，根据经验，最起码有五万元的压价空间。

“我说老乡，我们外地来洛阳旅游的，在这里闲逛，是真心喜欢你这个瓶子，你看这个数怎么样？”老吴向摊主摆出一个十万的手势。

“不行，不行，你忒能压价了，你要真心想要，给这个数得了。”摊主摆出一个十八万的手势。

“有点高，你看这个价咋样？”老吴继续压价……

几经讨价还价，双方决定十五万成交，这个价位大家都能接受。伍子把摊上的东西都扫视一遍，几百件玩意儿也就这瓶子是真的，看来这也算他的镇摊之宝了，价格再低人家肯定不卖。稍有不足的是瓶口有一个磕碰的痕迹，掉了一个小角，观赏性受到一些影响，不然肯定不止这个价。

马尾辫在摊位旁边等着，伍子和老吴去取钱，十五万他们不可能随身携带。伍子把沈阳道收的东西倒卖之后，有十二三万的积蓄，老吴银行卡里有四万，凑十五万还是有富裕的。两人从银行里把钱取出，急匆匆赶回摊位，生怕中间发生什么变故，毕竟生意还不算成交，万一有别人看上，事情就不好办了。

伍子和老吴赶到摊位前，马尾辫、摊主和玉壶春瓶子都在，两人长出一口气。摊主见对方把钱取来，也没急着接，而是神秘兮兮地凑到老吴和伍子跟前，低声说道：“看得出两位也是行家，咱也别藏着掖着，我家里还有几件宝贝，都是珍品，你们有没有兴趣瞧瞧？”

伍子和老吴心里同时一喜，想不到今天真碰到“茬”上了，有这么好的机会，他们自然不会放过。这家伙既然有这么一个康熙官窑的玉壶春，说不定还真有什么其它珍品。

“二位稍等。”摊主歉意地一笑，掏出手机开始打电话，看样子是叫人把几件好东西给送过来。伍子和老吴心里都有些期待，对方会拿来什么宝贝呢？

半小时以后，一个满脸络腮胡子的中年人拎来一个大号皮箱。摊主把皮箱打开，里面整整齐齐地摆放着几个大小不一的盒子，都是那种淡灰色盛放古董的专用盒。盒子大小虽然不一样，但是摆在皮箱里刚刚好，显然都是特意定做的。

摊主和络腮胡子的男人同时动手，把盒子打开，在里面黄绫的衬托下，一件件各式各样的古玩呈现在面前，有古玉、瓷器，还有青铜器。伍子和老吴把东西挨个看了一遍，古玉和瓷器都有做旧的痕迹，尽管水平很高，还是难逃老吴的法眼。唯独青铜酒樽是老东西，看包浆和制作工艺，至少是汉代以前的，这东西的价值可比那个瓶子高多了。老吴眼睛有些发直，对那个酒樽特别痴迷。

摊主早看出了老吴的心思，不失时机地说道："怎么样兄弟？这酒樽也一块倒给你，价钱嘛，跟那瓶子一个价，你看怎么样？"

老吴两眼冒火，冲着伍子咽了咽口水，想征求一下他的意见，伍子见老吴财迷心窍，狠狠拍了他后背一巴掌。老吴背上的伤还没好，这一下疼得他一咧嘴，好悬没叫出声来。中国法律有规定，清代以前的青铜器可以收藏，但不允许买卖，否则就是犯法。难怪伍子会狠狠拍老吴一巴掌，这小子要玩火，得让他清醒清醒。

"这位大哥，东西是好东西，但我们不能收，大庭广众之下被人举报了，谁也不好。我们可是外地人，比不了你们本地人。"伍子冲摊主一本正经地说道。

摊主自然明白伍子的意思，尴尬地一笑，也不再说什么，他把所有的盒子盖好，然后将玉壶春瓶放在一个特制的盒子里装好。伍子和摊主一手交钱一手交货，这交易就算成了。马尾辫被伍子和摊主的对话弄得一头雾水，老吴赶紧抓住机会解释，一副讨好的架势。

伍子把装瓷瓶的盒子拿到手，打开略微一瞧，见瓶口有磕破的痕迹，没错，就是它，于是把盒子重新盖好，同老吴、马尾辫返回宾馆。

走进宾馆客房，老吴一屁股躺在床上，非常惬意地哼着流行歌曲。今天收的这瓶子只要一倒手，至少能卖二十万以上，也算发了笔小财。他把瓶子握在手里狠狠亲了几口，就好像那是一个窈窕美女。欣赏不大一会儿，老吴的眼神开始发直，一脸不可思议的神色。"伍子，你快点过来，这是刚才那瓶子吗？"老吴声音急切，而且还有些发抖。

"瓶子没问题呀，瓶口上还有那个磕碰的痕迹呢。"伍子刚从卫生间出来，一脸茫然。

"瓶子被人家掉包了，我们上当了！"老吴的话犹如一颗重磅炸弹，险些把伍子轰倒。

伍子把瓶子接到手里，只仔细瞅了两眼，额头上的汗珠已经冒了出来。瓶子的花色还是原来的花色，大小形状都一样，甚至瓶口也有磕碰的痕迹，只不过这瓶子已经不是原来那个了。原来那个是康熙官窑，眼前这个是现代瓷器厂生产的。伍子眼前一黑，差点摔倒在地上，十五万就这么打了水漂，而且最让他窝火的是对方竟然在他的眼皮底下把东西给掉包了，他愣是一点没发觉。

“你怎么搞的？青天白日让人家在眼皮底下掉包！”老吴有些恼火，冲伍子吼道。

“这能都赖我吗？我做交易，你在旁边跟美女唠嗑，一点不注意人家的小动作。如果我们两个都能小心些，事情至于这样吗？你自己说，美女重要还是钱重要？”伍子根本不买老吴的账，冲老吴一顿乱吼。

老吴没有搭腔，他当时的确在跟马尾辫扯青铜器的问题，根本没把注意力放在交易上，伍子的埋怨也不是没有道理。“娘的，做了一辈子假货，今天被假货给蒙了，这帮狗日的！”老吴狠狠地骂道。

两人风风火火地赶回古玩市场，虽然明知道找回来的可能性微乎其微，可偏偏要试试，似乎只有这样才能彻底死心。等他们赶到原来的摊位一瞧，空空荡荡，摊主和络腮胡子的中年人不见踪影。人家凭空赚取十五万，当然不会在原地等着人找后账。

伍子和老吴顿时如泄了气的皮球，整个人几乎瘫在地上，十五万啊，就这么没了。回去的路上谁也没有说话，思绪混乱，走路都不知道先迈哪条腿。整条西大街人流滚滚，他们混在其中，犹如激流中的两条小鱼，渺小而无助。

一直到天完全黑下来两人才回到宾馆，马尾辫正一脸焦急地等在大门口，不停地东张西望。这世界上还有人惦记自己，尤其还是位美女，伍子和老吴一阵激动，心里的郁闷消去了小半。

伍子恶狠狠地瞪着躺在床上的玉壶春瓶子，瓶口的破损正好冲着他，仿佛在咧嘴嘲笑。伍子一腔郁闷无处发泄，抓起瓶子就要往地上扔，被老吴一把拦住：“兄弟，冷静一点。瓶子是无辜的，留着吧，也算是保留一个教训，等脑袋发热的时候看看它，兴许就能少上一次当。十五万买个教训是贵了点，不过我们今天上一个十五万的小当，明天就会少上一个一百五十万的大当，说起来还是赚了。做买卖嘛，就得有赚有赔，只赚不赔那还是做买卖吗？得了，今天这损失算我一个人的……”

“老吴，吴用功！你这说的什么话，什么叫损失算你的，既然我们一起合作，就不分你我，有苦一起吃，有钱一块赚！”伍子眼中露出一股刚毅，老吴连刀子都能替他挡，这点损失算什么。

四只手紧紧握在一起，那是一种同甘苦、共患难的兄弟情义。

吱……房门打开，马尾辫犹如一缕春风渗进房间：“两个大老爷们儿，吃一次亏不至于把你们打倒吧，为这点事斤斤计较，可不是男子汉，不就是钱吗，实在不行我把这把琴卖了，反正上面的秘密一时半会儿也解不开。”

马尾辫的话让两人更加无地自容，在女人面前示弱，那不是男人的本性。老吴冲马尾辫咧嘴一乐：“你那把琴还是小心地保存吧，我们还没到山穷水尽的地步，我和伍子手头还有一两万，够我们用一阵子了。等我们淘几次货，多挣一些钱，然后就陪你去找专家鉴定，就算跑到天涯海角，也得把琴上的秘密给破了。”

伍子也点点头：“你放心，你的事我们一定帮忙，再说古琴上的秘密我们也很着迷。”

六目相对，六只手紧紧握在一起……

接下来的几天，伍子和老吴拼命在古玩市场转悠，试图多捡几个漏，好弥补这次打眼的损失。老天爷偏偏和他们开了一个不小的玩笑，几天下来，他们愣是一件值钱的东西都没收到，老吴不住地发牢骚：“洛阳这地方真邪性，所有人似乎都是古玩行家，一点捡漏的机会都不给人留下。”

又连续几天没有收获，两人开始着急，他们手里的钱不多了，总共还有一万多一点，住宾馆要钱，吃饭要钱，打车来回跑古玩市场还得要钱，这么消耗下去，不出一个月就得耗光。更不用说还得留一部分当淘货的本钱，本钱太少，根本淘不到大件。

伍子家自从发生了重大变故之后已经一贫如洗，根本不可能给他寄钱。老吴和父母分居多年，跟脱离亲子关系差不多，更谈不上要钱。马尾辫就一个爷爷还被绑架了，找谁借钱也不现实。珍宝岛古玩店除了一点流水现金，也没有富裕。一文钱憋倒英雄汉，这句话他们有了深深的体会，这年月，离了钱什么也办不了。秦琼那么大的英雄好汉，没钱了照样卖马，更何况是伍子和老吴。

眼见处境越来越困难，老吴一跺脚：“只有去找他了！”看样子他还有什么备用方案没有实施，伍子和马尾辫都一脸期待，紧盯着他苍白而极具奸相的脸，仿佛在欣赏一件绝世珍宝。

原来，老吴在洛阳还有一门远房亲戚，他爸爸的表姑的儿子，据说也是做古玩生意的，还有一个规模不小的古玩店。老吴应该管这人叫表叔，这位表叔在他七八岁时还去过天津，不过总共就见过这么一面。这么多年也没走动，不知道表叔还认不认识他，即便认识，肯不肯借钱还是两说，但是现在也没有其他办法，只有先硬着头皮试一试。

老吴费尽周折，终于找到了表叔家的地址。在一个风和日丽的上午，老吴带着伍子和马尾辫赶到天子驾六古玩城，他表叔就在这里开着家古玩店，老吴事先已经打听好，他表叔的古玩店叫“望海居”。

三人很快来到望海居门口，老吴在门口稍微顿了顿，整一整衣领，硬着头皮走进店里……

半个小时以后，望海居的钱老板已经跟这个远房侄子相谈甚欢。钱老板这人一脸精明，对老吴是问寒问暖，关心备至，就好像他亲儿子离家十年又回来了。越是这样，老吴心里越没底，这位表叔太深沉了，喜怒不行于色，一脸的老奸巨猾。不知道自己一提借钱的事儿，表叔还会不会这么客气。老吴暗暗盘算，即便是客气，有时候也分两种，一种是客气地接受，一种是客气地拒绝，不知道这位表叔客气的背后，暗含的是哪一种可能。

说来说去，老吴终于说道他和伍子被骗的经过，钱老板闻听微笑不语，等老吴把被骗的经过讲完，他开始慢条斯理地分析骗局中的秘密——

首先，摊主拿出一个真玉壶春瓶子把人吸引住，然后以偏低的价格成交，出于顾客都有占小便宜的心理，摊主开始推销另外的东西。这时候，络腮胡子拿来一大堆装在盒子里的古董，问题就出在这里。那么一大堆盒子，很容易从中偷梁换柱，尤其是玉壶春瓶的瓶口有一处磕碰的痕迹，这个看似随意的细节很能蒙人，老吴和伍子都轻易被这个细节蒙蔽，以为只要瓶子上有碰痕，就是自己看中的那个，殊不知人家已经利用这个细节做好了套子。

老吴和伍子如梦方醒，这个套子实在没什么技术含量，却很能蒙人。看来做古玩这一行，随时随地都得把眼睛擦亮了，陷阱遍地都是，稍不留神就得掉下去。

“像这种事情，古玩市场每天都在发生，不光是在洛阳，全国都一样。古玩这一行有它的特殊性，吃了亏、打了眼就得自认倒霉。古董没有真假之分，只有真品和仿品之分，买到仿品去消协投诉，在古玩这一行不管用。像你们碰上的那两个人，不用问，在本地都有一定势力，所以吃了亏也得认。”钱老板大有深意地对老吴说道，那语气俨然就是长辈教导晚辈。

老吴心里一热，看来借钱的事有门。“表叔教育得很对，古玩这一行真是太难混了，我要有表叔一半的眼力，现在也早发了。”老吴赶紧奉承这位表叔几句。

与钱老板闲谈了好一会儿，老吴终于谈到正题：“表叔，按理说头一次见面我不该向您开口，可我现在实在混不下去了，一下子被骗了十五万，老本全赔进去，连翻身的机会都没有，表叔手头如果宽裕的话，能不能先借我一点资金周转……”

“想借钱，早说呀。表叔我正好有点闲钱，你先拿一部分，五万够不够？”钱老板听明白老吴的意思，毫不犹豫答应下来。

“叔，你就是我的亲叔，您这钱可救了我亲命了！”老吴满脸堆笑，犹如一朵绽放的白牡丹。伍子在旁边暗暗好笑，看他那样，比见了他亲爹还亲。钱哪，能使外人成为亲人、亲人变成仇人。伍子心里也一下有了底，有了这五万块钱，翻盘的本钱就有了。

表叔把钱准备好，老吴客气了几句就双手接过，拿了人家的钱，转身就走也不太合适，老吴三人勉强又坐了一会儿。马尾辫的那把古琴正好请钱老板看看，人家在古玩界闯荡多年，兴许能看破其中的秘密。

钱老板接过古琴仔细看了几分钟，渐渐面露沉吟之色，以他的眼力当然能看出这是一把货真价实的古琴。在如今这市面上，这样的古琴可是难得一见，即便是钱老板这样的老江湖也不禁为之动容。

“怎么样表叔？看出什么名堂了吗？”老吴小心翼翼问道。

“如果我没看错的话，这是一把货真价实的古琴，应该是唐代的，这东西流传到现在，全世界也就屈指可数的几把。只可惜，上面这层漆色是现代人胡乱涂抹上去的，收藏价值反倒减去几分，不过即便如此，恐怕也不止这个数。”钱老板说着伸出一根手指头。

老吴把古琴可能蕴藏着惊天秘密的事情告诉了表叔，既然人家可以毫不犹豫地借钱给他，证明这位表叔还是可以信任的。当听说琴里的秘密足可震动全国，甚至全世界，见多识广的钱老板也大为愕然，禁不住多看了古琴几眼。不过，除了这把琴价值不菲之外，钱老板倒没有看出其中还有什么秘密，马尾辫三人不禁一阵失望。

钱老板给马尾辫提了个建议，建议她去南方走走，琴出自南方，可能那里有人能看透。另外，多注意一下专门收藏木器的博物馆或古玩店，这琴上如果有什么秘密，十有八九跟它的材质有关，专门搞木器收藏的或许能发现些什么。

从“望海居”出来，三人长长出了口气，古琴的秘密虽没有解开，不过总算拿到一些钱应急。有了这五万块做本钱，以伍子和老吴的眼力，翻本不是问题，时间也不会太长。

在老吴等人离开“望海居”后，柜台后面突然闪出一个络腮胡子的中年人，要是让老吴和伍子看见，肯定得揪着脖领子跟他拼命，这人正是骗了他们十五万的两个人之一。络腮胡子对钱老板一脸恭敬，探出头向门外看看，确定吴用功和伍子走远，才一脸恭维地对钱老板说道：“事情还真巧，想不到钱爷还有这么一个远房侄子，那钱是不是得退回去？”

钱老板轻蔑地看了一眼络腮胡子，冷笑道：“他们不是刚从这拿走五万吗？这事就这么算了。那女孩身上有一把古琴，大有来头，告诉小三，把这几个人盯紧了……”

“我爱你爱着你，就像老鼠爱大米……”回宾馆的路上，伍子的手机突然铃声大振，是天津分公司打来的，告诉他浙江那边有几件拍品，需要他过去鉴定一下，如果东西没有问题就尽快签下拍卖合同。伍子一寻思，这样正好，给公司做鉴定的同时，顺便去南方寻访古琴的秘密，一举两得。

况且，现在他也不能回天津，那伙人上次没有得到古琴，可能会守株待兔，一直隐藏在天津，这段时间去南方避避风头也好。他们唯一牵挂的就是那辆破面包车，虽说不值几个钱，终究是个代步工具，直接开杭州去吧，又不现实，后来干脆开进一家汽修厂，先寄存下再说。

三人退掉宾馆房间，直接登上南下的火车，到达杭州火车站已是晚上十二点。在洛阳上车时还是晴空万里，到了杭州，天空就飘起了细密的小雨，三个人都没带雨具，只好躲在车站大厅里。雨夜下的杭州有些阴凉，万家灯火在浓密的雨线下变得模糊，给这个城市平添了几分神秘。

看这雨势一时半会儿停不了，伍子和老吴、马尾辫干脆就在车站的宾馆住下了。

第二天，伍子要按照公司的指示去杭州郊区鉴定一件古董，剩下老吴和马尾辫无所事事，老吴要跟着伍子一块去，马尾辫坐了一整天火车还没缓过劲，选择留在宾馆休息。

古董的主人住在市区南边的萧山区，蜀山路往东，紧挨着铁佛禅寺，在一幢老居民楼的四楼。伍子自我介绍以后，主人家非常热情地招呼他和老吴进屋，端茶上水，十分好客。

这家主人是两位老人，老两口退休后独自生活，老头姓赵，自称老赵头儿。从谈话中伍子得知，老赵头也是疯狂的收藏爱好者，从二十世纪八十年代开始就搞收藏，到如今已经有二十多年的历史。老赵头平常省吃俭用，那点退休金全都用在了搞收藏上，这么些年下来，钱没攒下多少，古董倒是收藏了那么几十件。

寒暄几句之后，伍子切入正题："老赵头儿，不，赵大爷，你压箱底的宝贝都有啥，咱们也长长眼。"

老赵头儿见伍子恭维他，一脸的满足，起身走进里屋，不一会儿，抱出来一个长条状的箱子。老赵头轻轻地将箱子放在桌上，慢慢打开，里面还衬着一层泡沫板，泡沫板里面还包着一层黄锦。伍子和老吴暗暗感叹，不说别的，单从包装上看，这里面的东西就不一般。

老赵头儿打开了最后一层包裹，一件紫红色的木器呈现在伍子和老吴面前，两人看见里面的东西，几乎同时瞪大眼睛，差点叫出声来——古琴，里面竟然是一把古琴！